HERMES

在古希腊神话中,赫耳墨斯是宙斯和迈亚的儿子,奥林波斯神们的信使,道路与边界之神,睡眠与梦想之神,亡灵的引导者,演说者、商人、小偷、旅者和牧人的保护神……

西方传统 经典与解释 **HERMES**
Classici et Commentarii

布鲁姆集

刘小枫 ● 主编

爱的设计

—— 卢梭与浪漫派

The Project of Love:
Rousseau and the Romantics

［美］阿兰·布鲁姆 Allan Bloom ｜ 著

胡辛凯 ｜ 译

华夏出版社

古典教育基金·"资龙"资助项目

"布鲁姆集"出版说明

阿兰·布鲁姆(1930—1992)因其《美国精神的封闭》(1987)一书引发争议,不仅在美国名气很大,在我国读书界也名气不小。我们知道,他是出生于普通社工(social worker)家庭的才子:15岁上芝加哥大学,18岁本科毕业,25岁以研究古希腊修辞家伊索克拉底(Isocrates)的博士论文获得博士学位。

38岁那年(1968),布鲁姆翻译的柏拉图《王制》出版,并附有义疏,为他赢得了古典学家的声誉,尽管译文因严格按字面翻译而过于生硬,受到不少批评。同一年,布鲁姆还出版了他翻译的卢梭《致达朗贝尔论剧院的信》,11年后又翻译出版了卢梭自认为最重要的著作《爱弥儿》(1979)。无论柏拉图的《王制》还是卢梭的《爱弥儿》,都是大部头经典。我们可以设想,倘若不是哈钦斯(1899—1977)校长划时代地改造了芝加哥大学本科教育,确立起"阅读大书"(Great Books)的博雅教育理念,①布鲁姆这样罕见的才子恐怕不会把自己的大量人生时间用来翻译这样的大部头经典。

《美国精神的封闭》引发的争议让我们想起卢梭在39岁那年因《论科学和文艺》而引发的争议。尽管卢梭在其写作生涯的开端就惹事,布鲁姆惹事时已经57岁,他们惹事的性质都一样:挑明了民

---

① 参见哈钦斯等著,《大学与博雅教育》,落崖编/译,北京:华夏出版社,2015。

主政体必然会面临的公民教育难题。《美国精神的封闭》有这样一个副标题:"高等教育如何导致民主失败和大学生心灵枯竭"(How Higher Education Has Failed Democracy and Impoverished the Souls of Today's Students)。在卢梭的时代,民主政体尚未形成,不可能谈论相应的高等教育问题,但《美国精神的封闭》与《论科学和文艺》所挑明的问题一以贯之:即便民主政体也应该封闭国家精神。

建立民主政体得凭靠哲学,民主政体建立之后,哲学自然会成为高等教育的基础。民主政体的基本特征之一是,智识人群体不再受任何建制约束,除非自己约束自己。由此不难设想,在开放的民主政体中,五花八门的哲学主张难免导致国家精神的混乱。《美国精神的封闭》表明:哲学的民主状态会危及民主政体的国家精神。布鲁姆去世前一年与同仁编辑过一部文集,他用书名及其副标题进一步挑明了这一问题。①

问题的吊诡在于:"美国精神"恰恰是心仪民主政体的哲学家们打造出来的。建立民主政体首先需要靠自由的哲学破除原生性的政治生活的基本原则——民主政体建立之后,又需要阻止哲学的自由破坏民主政体的立国精神。布鲁姆呼吁"封闭美国精神",我们则仍需要致力于"开放中国精神"——我们的许多智识人会说,理由很简单:尚未"开放",谈何需要"封闭"。

除了翻译大部头经典和教书育人培育好学生,②布鲁姆还写过

---

① 参见 Allan Bloom/Steven J. Kautz 编,*Confronting the Constitution: The Challenge to Locke, Montesquieu, Jefferson, and the Federalists from Utilitarianism, Historicism, Marxism, Freudism*, Washington, DC, 1991。

② 参见 Michael Palmer/Thomas Pangle 编,*Political Philosophy and the Human Soul: Essays in Memory of Allan Bloom*, Maryland, 1995。

一些绎读西方经典的文章,以政治哲人姿态与破坏政治生活基本原则的民主智术师们搏斗。布鲁姆从自己的老师施特劳斯那里懂得:

> 就算人们真的不需要绝对意义上所讲的政治哲学,只要某种错误政治教导会危害某种合理的政治行为,人们还是需要政治哲学。如果芝诺未曾否认运动的真实性,就没有必要去证明运动的真实性。如果智术师们未曾破坏政治生活的基本原则,也许柏拉图就不会被迫精心营造他的《王制》。①

布鲁姆绎释经典有两个显著特色:首先,以绎读文学经典为主;34岁那年,他就出版过《莎士比亚的政治学》(1964)。第二,其文风表明他不是为学院人写作,而是为普通大学生甚至知识大众写作——这意味着布鲁姆自觉地在做反向启蒙教育。

西方文史上的经典大家很多,布鲁姆主要绎释的是柏拉图、莎士比亚和卢梭的作品。可以推想,他选择这三位伟大的西方经典作家,与他思考自己的国家的政治生活品质息息相关。更明确地说,布鲁姆尤其关注古典作品中的"爱欲"主题,想必与美国大学上世纪60年代经历的"文革"有关。这场"爱欲解放"运动爆发时,正在康奈尔大学执教的布鲁姆才30多岁,他所经受的思想冲击恐怕不亚于我们所经历过的"文革"。美国的"文革"历时不长,其后续影响却未必逊于我们的"文革"。两种"文革"固然不可同日而语,却有着共同的品质:爱欲的民主化。由于"文革"后的中国更坚定了

---

① 施特劳斯,《苏格拉底问题与现代性》(增订本),刘振、彭磊等译,北京:华夏出版社,2016,页125。

拥抱美国式"文革"理想的决心,布鲁姆对西方经典的绎读在今天也适合我们的脾胃。

"经典与解释"系列已经先后翻译出版过布鲁姆的若干著述,在一些热心朋友的建议和努力下,我们将布鲁姆的所有著述翻译过来(含未刊博士论文),结为专辑,以飨读者。

刘小枫
古典文明研究工作坊
西方典籍编译部丁组
2016 年 10 月

目 录

中译本导言 / 1

一 爱欲的堕落 / 1
二 卢梭 / 30
三 司汤达的《红与黑》 / 171
四 奥斯汀的《傲慢与偏见》 / 212
五 福楼拜的《包法利夫人》 / 233
六 托尔斯泰的《安娜·卡列尼娜》 / 258
七 浪漫主义的余波 / 290

附

蒙田与拉博埃西 / 297
尾声:爱与友谊 / 318

中译本导言

一

阿兰·布鲁姆(Allan David Bloom)1930年9月14日出生于印第安纳波利斯(Indianapolis),16岁那年和他的母亲与姐姐一起迁居芝加哥。也就是在那一年,他和罗蒂(Richard Rorty)同时以"少年大学生"的身份进入芝加哥大学,这个后来"比他的出生地更像是他真正的家"的地方。也正是在那里,他遇到了影响他一生的施特劳斯(Leo Strauss)。对当时的布鲁姆来说,读政治理论就意味着读施特劳斯。即使是在巴黎游学的那会儿,施特劳斯的书和未刊文稿也是他寸不离身的东西。① 施特劳斯为年轻的布鲁姆打开了一个崭新的世界,一个别的学者未曾触碰过的世界,而这个世界也是后来布鲁姆试图向他的学生展现的。

事实上,施特劳斯的许多学生同时也是布鲁姆的学生,并且首先是布鲁姆的学生。施特劳斯培育了施特劳斯派,但却是布鲁姆壮大了它(虽然这或许有悖于施特劳斯的意愿)。尽管如此,布鲁姆却从未打算"另立门户",就像唐豪瑟说的,"没有谁比布鲁姆在守卫施特劳斯的遗产方面做得更得力",他总是不停地提起施特劳斯,不停地敦促他的学生去阅读施特劳斯和施特劳斯所致力的那些大书(great books)。

---

① 参福尔廷(Ernest Fortin),《忆师友:布鲁姆,1930—1992》(Friend and Teacher:Allan Bloom, 1930 – 1992),载于 *The Crisis Magazine*,1993年1月1日。

布鲁姆是一位杰出的学者。他于20世纪60年代翻译的《理想国》译本至今仍是英语世界最好的译本之一。① 他翻译的《爱弥儿》(*Emile*)和《致达朗贝尔论剧院的信》(*Letter to D'Alembert on the Theatre*)则早已成为英语世界通行的标准译本。他的那本"超级学术畅销书"——《美国精神的封闭》——至今仍是人们反思高等教育,反思60年代那段历史的必读书。②

二

《爱与友谊》(*Love and Friendship*)是布鲁姆和出版商西蒙与舒斯特签订的第二本书。在这本书中,布鲁姆用他最擅长的"解经技艺"处理了他毕生最关心的爱欲(eros)问题。在布鲁姆看来,现代人已经失去了爱的能力,他们是孤立的个体,拥有的只是临时的关系(relationship)。而造成这一切的罪魁祸首就是霍布斯、洛克以降的自由主义。自由主义不再像柏拉图和卢梭那样严肃地对待爱欲,不再赋予爱欲其所应得的地位。在无爱欲的现代性面前,人与人的联合丧失了自然的基础。为了使贫乏的布尔乔亚世界重新焕发出爱的生机,布鲁姆试图引领他的读者走上一趟"上升"之旅,从卢梭的浪漫主义出发,取道莎士比亚,最终来到柏拉图,而这三位都是布鲁姆一生最喜爱的思想家。

在题为《爱欲的堕落》的导言中,布鲁姆开门见山地宣告了"爱欲之死"。爱欲,在现代科学的还原论意识形态和不受约束的

---

① 萨克斯(Joe Sachs)在他的《理想国》新译本序言中写道:"不管这些年来我陆陆续续读到什么新译本,我总是会回到布鲁姆的译本,因为它仍是目前最准确的。"

② 据估计,《美国精神的封闭》的发行量甚至超过了所有其他施特劳斯派学者(包括施特劳斯本人)全部著作发行量的总和。

民主教条的围剿之下,已经奄奄一息。如今,爱欲是性,是关系,是权力,是契约,但唯独不是它自己。这是现代唯物主义科学与激进平等主义运动所取得的伟大胜利。它们成功地使人忘掉了爱欲,忘掉了"那曾被认为是人身上最神秘、最激动人心、最具生命力的东西"。

为了再现"爱欲之力量、危险与美丽",布鲁姆开始了他的回溯之旅。他的第一站是卢梭和他的门徒(司汤达、奥斯汀、福楼拜、托尔斯泰),因为"卢梭离我们所拥有的对爱的回忆最近"。在布鲁姆看来,卢梭比其他任何人都要清楚布尔乔亚社会的问题。在布尔乔亚社会中,人只关心如何自保(self-preservation),只想着如何趋利避害,但这样一来,人与人之间的长久联合也成了不可能的事。卢梭试图用浪漫主义的爱(romantic love)来解布尔乔亚社会习俗的毒,但这一解决方案失败了,因为"卢梭和他的门徒试图无中生有,试图用一根绳索将人从最初的泥淖里拉出来,但这根绳索却无法和任何位于高处的东西相连,除了希望和抱负"。浪漫主义是卢梭的建构,它曾一度给生活在无爱的布尔乔亚社会中的人们带去了希望,但是,随着它自身的那些有限可能被穷尽,它也失去了自身的魔力,最终,它的那些美好愿景落空了。

作为对卢梭及其浪漫主义计划的修正,布鲁姆随后将目光投向了莎士比亚和柏拉图,这两位他毕生致力的思想家。他相信,相较于卢梭那完全人为的(artificial)浪漫主义计划,莎士比亚和柏拉图是更为优越的选择(虽然他对卢梭的浪漫主义计划抱有极大的同情)。因为莎士比亚"不打算从幻觉中创造爱情,而是打算真实地呈现它……他是自然最纯粹的声音,因为他并不对自然进行干预";而柏拉图"不但与莎士比亚一样忠于自然,而且他还通过一个比戏剧更宽的光谱来表述爱欲,并对爱欲的意义作了一番更为贴切的理性论述"。

但是在布鲁姆眼里,这还不是莎士比亚和柏拉图胜过卢梭的全部理由。这一点通过蒙田的那个插曲最为清楚地表现了出来。在对蒙田《论友谊》的讨论中,布鲁姆指出,现代人(以卢梭及其浪漫派计划为代表)几乎从不讨论以自身为目的的友谊,而"在古典著作中却充满了这样的讨论"。对布鲁姆来说,古人(以莎士比亚和柏拉图为代表)能同时给予爱和友谊其所应得的关注,因而超然于现代人之上。"这[爱和友谊]是两种截然不同的关系,而且它们还很不幸地彼此冲突——除非存在一种自然的等级秩序,在这种秩序中,一种关系优先于另一种"。浪漫主义的爱指向肉体的联合,而友谊指向灵魂的联合——哲学,因此友谊必然高于欲爱。也正是因为这个原因,布鲁姆相信,不管他对卢梭怀有怎样的特殊情感,柏拉图和莎士比亚都要胜过他和他的门徒。

"当我写作这本书的时候,我正从一场大病中康复过来",在导言的最后,布鲁姆这样写道。但这不是真的,不论我们有多么希望它是真的。在遭受了一系列来势汹汹的恶疾折磨之后,布鲁姆的生命最终定格在1992年的那个秋天。他的这部"会饮"也成了他留给这个世界的"斐多"。毫无疑问,就像蒙田从未从他的朋友拉博埃西的死中恢复过来,他的离世无疑给热爱他的朋友和读者造成了永远无法痊愈的创痛。就像贝娄(Saul Bellow)在以布鲁姆为原型的传记小说《拉维尔斯坦》(*Ravelstein*)的末尾所说:"你很难说服自己相信,像拉维尔斯坦[布鲁姆]这样的人居然已经死了。"

三

由于《爱与友谊》的第二部分《莎士比亚与自然》和第三部分《爱的阶梯》早先已有中译,①因此在翻译过程中,译者并未对这两

---

① 《莎士比亚与自然》收录于《莎士比亚笔下的爱与友谊》,马涛红译,华夏出版社,2012。《爱的阶梯》收录于《柏拉图的〈会饮〉》,刘小枫等译,华夏出版社,2003。

部分进行重复劳动。译者要特别感谢浙江大学哲学系的林志猛博士,是他促成了译事,了了译者多年来的一个心愿;感谢浙江大学比较文学系的许志强教授,从他出色的教学中,译者收获颇丰;感谢华夏出版社的马涛红女士自始至终的帮助,她所付出的辛劳,远远超出了译者的想象。

胡辛凯
2015 年春
于浙江大学哲学系

一 爱欲的堕落

本书是一次尝试,一次在恰当的老师和知者(knowers),即那些诗性作者们的指导下再现"爱欲(eros)之力量、危险与美丽"的尝试。我不得不使用"爱欲"这个词,虽然这有悖于我的意愿——不仅因为"爱欲"那陌生且多少有点自命不凡的希腊感(greekness),还因为从弗洛伊德和马尔库塞开始,它就成了一个流行语(buzzword)。如今,面对那曾被认作是人生最有趣的经历的东西,我们的语言已变得贫乏,而这必然又预示着一种感觉上的贫乏。这就是为什么我们需要聆听那些古代作者的原因,因为他们严肃地对待"爱欲",并懂得如何言说它。

现在,"爱"这个字几乎和"一个人对另一个人不可抗拒的吸引力"以外的所有东西都扯上了关系。而"性"这个遮遮掩掩的伪科学词汇唯一告诉我们的是:人都有特定的生理需求。在当今关于性的公开讲话中,存在着一种可怕的"实事求是"。在电视上,学生会向我们讲述他们如何在那些性"接触"——本来我是打算称之为"历险"的,但那可能会夸大他们的意思——中使用安全套。在脱口秀节目里,年轻的大学生会告诉我们她们如何确定自己是否在各式各样的"邂逅"中遇到了强暴。如今,德性空有愤慨,却无处抱怨。性被作为"疾病与权力"这样的重要问题的一个附带方面,被说得很酷,且没了任何古老清教徒式的羞耻感。我们时代的性话题是关于"如何获得更大的肉体满足"(尽管这样的话题在日趋减少)或"如何保护我们免遭另一方的伤害"(这样的话题在日趋增多)的。而古代的观点是,语言的微妙(delicacy)是爱欲本性——某种神圣的本性——的一部分,用其他任何方式言说它都会造成对它的误解。那深植于爱欲之中的对人之联合(human connectedness)的渴望和随之而来的风险已经消失。我们的语言是一种将对他者的渴望简化为对个体私人满足与安全的需要的语言。

孤立(Isolation),一种与他人缺乏深交的感觉,似乎是我们时代的病症。存在着许多精神治疗的产业,它们用"关系"——这个苍白无力的伪科学词汇的遮遮掩掩使得实实在在的爱恋变得不可能——来表达我们所遇到的困难。这种描述人之联合的方式肇始于我们的爱恋的不得已性(tentativeness),肇始于那个被假定的事实,即我们生来就是一些独立的原子,但由于我们没有足够的能力,所以我们就想要从属于集体,而这样一种情况最多只能使契约关系成为可能。尽管公民身份、家庭、爱及友谊有着各不相同的基础与需要,但这个抽象的术语(社会契约)却将它们全部置于同一种权宜与概括之下。现在,当人们听到"把某人伟大的爱描述成一种关系"时,他们不得不装聋作哑。在罗密欧与朱丽叶之间存在着一种"关系"吗?这个术语仅仅适用于像"他们之间存在着暧昧关系"这样的表达。它暗示了一种不区分不同等级与程度的恋爱的朴素平等主义。"关系"是基于"同意",就好像说"我还没打算同意"。这是一个空洞的术语,它暗示了人之联合只能出自一种无目的的自由行为。这种表述散发着一股萨特在《禁闭》(*No Exit*)里说的"他人即地狱"的味道。① 正是当代的这种状况让我曾把我们描述成是活在社会中的遁世者(social solitaries)。但我的意思并不是说我们已经达到了被卢梭如此生动描述过的同时被康德——他向卢梭看齐——称作是升华之典范(the model of the sublime)的那种独立、自足的状态,而是说,我们是孤零零地活在社会之中,空有对他人的社会性需要,却又无从得到满足。

不过总的说来,如今人们——尤其是那些年轻人——最紧迫的

---

① 萨特,《禁闭》,见《禁闭及其他剧作》,Stuart Gilbert 译,New York: Vintage,1949,第 47 页。

需求,还是人的联合,一种超越"由自私自利引起的孤立"的联合。在这种联合中,为自己考虑与为他人考虑密不可分。在政治上,这种"对人之联合的需求"出现在对共同体的寻求之中,它不同于自由派个人主义者(liberal individualist)的简单集合。致力于达成这个目标(鉴于我们这个社会的结构及其基本原则,这个目标也许是不可能的)的严肃思考与行动已有很多,但在实践上,我却看不到有任何试图将其建立在爱欲之上的努力,虽然爱欲——这一自然的倾向总是出现在每个社会里,并且超越具体的社会原则和政治原则——无疑能将我们连在一起。对家庭分崩离析所表达的哀痛也已有很多,但在实践上,我却见不到有任何试图恢复恋爱规矩(romantic rituals)——它曾为家庭的诞生做了铺垫,并最终导致了家庭的诞生——的努力。我们见到的是一种奇怪的倒置:一方面,我们在努力使社会契约变成一个在其成员之间有着更少算计却有着更多感情的联合方式;而另一方面,我们却又在努力地将爱欲关系变成一种契约关系。把人与人之间的关系描述成是"自我"与"他者"之间的关系是典型的现代方式,而这种方式就像是在两个人之间挖了一道无可逾越的鸿沟。

  随着这个世界不再抱有幻想,它也开始去爱欲化(de-eroticization),而这是一个复杂的现象。它似乎是一系列原因共同作用的结果:我们的民主制度及其拉平(leveling)和自保的倾向、一种不可避免地将爱欲解释为性的"还原论-唯物论"科学,以及那个因上帝及其从属之神爱欲之死所导致的气氛。这一点从当今卑下而可笑的潮流中即可一览无余,例如,刚踏进史密斯学院(Smith College)的年轻女子被告知,外貌歧视(lookism)如今也算在像种族歧视、性别歧视和同性恋歧视这样公认的恶习之中。然而爱欲——虽然遗憾但这确是事实——正是从偏好(preference)开始的,它首先建立在两眼所见的东西上,建立在体现了肉体之美的理型(ideal)上。没有一个严肃的人会主张爱欲止步于肉体之美,但如果这种必要的"开始"受到了抑制,那么我们也要和爱欲说再见了。一种好的教育应该致力于鼓励和提升对美好之物的爱,而一种病态的、被误导了的卫道主义(moralism)却反其道而行之,它将这种渴望变成了一种罪行,因为这种渴望违反了"让每个人都能感觉不错"以及"以平等之名克服自然"的高尚目标(就好像美国人对美好之物已经有了一种高度发达的鉴赏力,且懂得在各种美好之物之间作出区分一样)。对美好之物的爱也许是激进平等主义的最后一个牺牲品,也是最美好的牺牲品。

或许考察爱欲之堕落的一种方式就是去看一看那如此深远地影响了美国人的伟大作品——金赛性学报告(The Kinsey Report)。① 它就像一颗出现在美利坚星空上的彗星,给那些自责地认为只有自己在做"那些事"的人以舒适、安慰和鼓励,以及大量其他所有人所做之事的激动人心的细节。1948年那起对美国性实践多样性的公开而广泛的讨论是非同寻常的,因此可以说,金赛性学报告满足了那些想要谈论和思考其私人性生活但又缺乏勇气的人。曾经也有过一些试图使其成为丑闻的尝试,例如声称作者是个性变态或作者有着不健康的淫乱行为。但这是在美国,科学的纯洁性和客观性不容那些道德狂热分子和宗教狂热分子的玷污。对金赛深信不疑的东西的攻击只会得到这样的答复:"这个人可是一位科学家!"——而这句话的意思是,他的客观性让他超然于所有如此这般的不满之上。金赛就是真理,我们不得不接受它,虽然这对大多数人而言也不是什么难事。

金赛本人是一个大块头男人,精神饱满,留着板寸头。他是美国德性(American virtues)的典范。据称,他在研究性学的同时也研究黄蜂。一个科学家不必告诉我们"他为什么这么做"、"他个人的动机是什么",他在许多领域内寻求真理,然后用自己的研究成果

---

① 金赛(Alfred C. Kinsey),柏莫罗(Wardell B. Pomeroy)和马丁(Clyde E. Martin),《男人的性行为》(*Sexual Behavior in the Human Male*), Philadelphia: W. B. Saunders Co,1948。

为知识库添砖加瓦。他没有一个道德计划,并且他还必须把注意力从那些关乎"好与坏"的问题上移开,因为这些问题恰恰是"主观的道德偏见"的主题。他仅仅告诉你事实,而你可以爱做什么就做什么。

但事实上,金赛非常明显地怀有一个政治意图,虽然那首先不是,甚至可能一点也不,来自"个人的或卑劣的私利"。他是一个处在某种衰败了的启蒙传统下的科学家,这种传统告诉他,科学最终会给人类带来幸福。他相信那些统计数据是不言自明的。这些数据向所有人表明,多样的性实践普遍存在,尽管那些实践令人吃惊。而那官方的版本,那告诉我们说大多数人都应该也确实在一夫一妻制的婚姻中得到了满足的说法,是不真实的。这样一种统计学的方法无疑会造成一种影响说,只有那些正在被研究的实践是真实的,而那些针对它们的道德判断仅仅只是些偏见,尤其是宗教意义上的偏见——在那个时候,宗教仍被认作是科学的劲敌。那个时候存在着一整套针对罪疚和重大社会污点的体系,以及很多可以判个人手淫、通奸、同性恋,甚至已婚夫妇在卧房里的行为——只要它偏离了生育的目的——监禁的法律。金赛似乎是认为,这些禁令造成了难以估量的苦难和合法快感的损失。他认为,如果人们能意识到他们只是一个庞大公共群体的一部分,他们的罪疚感就会减轻。而立法者也会受此影响,进而将那些古法(archaic laws)废除。金赛迈出了从"承认乱交的事实"到"证明它合法"的一步:因为每个人都这么干,"所以这并不表示我是一个坏人"。他无疑相信,人们实际在做的那些事都是自然的,而那些禁令,只是清教遗产的残余。一切都是那么的简单,那么的纯朴(simpleminded)。

在金赛那"叫大多数人震惊而又对大多数人的震惊毫不怜悯"的报告中或许还有那么些好的影响。但总的来说,我相信他的动机是好的,他并未从他的研究中得到什么私人的乐趣,尽管科学和社会打算从中牟利。他广泛考察了从手淫到同性恋,甚至还包括与动物交媾(一种集中出现在那时的农场小伙身上的行为)在内的全部性行为,他出人意料地发现有一大群人曾或多或少地参与过这当中的一项,而且还有一小部分人——尽管也已出人意料地大了——发现他们对这些行为中的这个或那个有着特殊的偏好。他研究方法的温和是惹人注目的。他几乎不提任何的性施虐和性受虐,他也没有确切地阐述过有关乱伦、娈童还有其他类似令人震惊的行为的问题。他对温和而无害的性行为的偏好(bias)——这种偏好应该要有能力点出自己——在这里得以彰显。残忍而危险的诱惑在其研究中也被排除,尽管它们同样发生在我们身边。对一个当代读者而言,金赛的另一个叫人吃惊的方面是他赤裸裸的精英主义——下层阶级的人不知道如何做爱,因为他们毫无想象力可言。只有那些有教养的人才能将他们自己从神话中解放出来,体会到平庸性爱与美妙性爱之间的差别。

金赛的研究方法展示了许多当代典型的对那些曾属于爱欲现象的东西的处理方式。这首先表现在,它既展现了美国人对公意(public opinion)的依赖,又加强了这种依赖:行动之前,记得先看下盖洛普的民意调查结果!因此,比起古代所偏好的勇敢果断(dare),这种方法更支持犹豫不决(timidity)。它试图使那些常常违背习俗且有赖于人内心心魔的东西变成习俗。金赛从未理解各式各样的性偏好的心理学效应,最重要的是,他也未理解这些性偏好在何种意义上拔高或降低了各个水平上的人的结合(human union on all levels)。他只是迎合了公众对"体面地谈论性"的渴望,满足了人们想要证实其各种偏好的需求。他用公意影响了关于性问题(sexual matters)的公意。

金赛性学报告出现在我们投票狂热的早期,而如今看来,投票已经成了我们做决策的唯一方式,它凌驾于所有关乎"好与坏"、"明智与愚蠢"的问题之上。金赛性学报告之所以如此重要,一方面是因为它出现得早,另一方面则是因为它触及了一个男人或女人一生中最私密的部分。金赛为将"爱欲"还原成"性"做出了贡献——一个人的内在感受在这种外在观点面前根本不堪一击。当然,这种观点不再仅仅局限在实验室里,而是成了所有人看待爱欲的方式。

金赛性学报告出来那会儿,我刚好十七岁。在芝加哥大学附近的某个波西米亚派对上,一位颇有风韵的女士——在我看来非常老,至少有三十岁了——对我说,"你正处于你性潜能的巅峰"。她参考的显然是金赛的发现,即比起其他年龄组,十七岁的雄性生物每天有着更多的性兴奋。于是乎,我开始忖度我该做点什么以便能跟上这个标准。金赛所做的统计导致了某种数学上的还原论。这样一种对千奇百怪嗜好的罗列甚至可能怂恿原本并未受到引诱的人去做那些行为,仅仅出于跟风。它告诉他们说,他们想干什么就干什么,因为这是具有普遍性的人类实践。但它并没有鼓励人们去想一想,"他们想干的究竟是什么"以及"那会带来怎样的后果"。金赛所代表的那一学派造成的巨大危害是,它使人在其自身水平上思考和讨论欲望的意义——不剥夺他们与生俱来的希望、恐惧和无尽的分歧——变得毫无必要。而这样一来,金赛和他的同僚们就剥夺了使一种真正的科学自省成为可能的语言。比起这些三脚猫的科学家,任何一个好的小说家都能教给我们更多有关我们欲望之意义的真实的东西。

金赛注意到了虔诚的犹太人和基督徒会由于其已婚的事实——而非其宗教虔诚——而大大减少这样的行为。但他并没有去反思这个事实,或者去问一问,在这些性行为中,有多少其实只是一个意志和教育的问题。或许他想到的只是:这样的一种禁令是陈腐的。而他剥去了那些时常伴随着性的偏见,进而呈现出了性的自然本性。不管他是否未完全意识到这一点,他都是一个支持在习俗与自然之间做出科学区分的人,并且他坚定地倒向了自然这边——这是他的自然科学所要求的。当然,只要他乐意,他可以辩称,他的著作没有任何规范性的表述,但他对一些事实的呈现必然夹带着一种道德标准。比如,如果有人告诉你,性是令人愉悦的,有各种各样的享受它的方法,不存在任何可以禁止它的理性根基,而且事实上人人都在这么做,那么你觉得言下之意是什么?说因为上帝要求守贞,而且爱与尊重也都有赖于守贞,所以要守贞是一回事,但说这仅仅是一个选择的问题———一些人选择守贞,而另一些人不——则是另一回事。就因为存在着一种对"享受性福(sexual satisfaction)"的正面鼓动,贞操已经成了一种空洞的英雄姿态。而这一切金赛其实都清楚,因为他想要帮助人们从中解脱出来(他用了一种非常好心但对各种嗜好不加净化的方式)。

这样的结果就是,性成了行为(behavior),而行为也是随后出现的那些新行为科学的一部分。这些科学在事实与价值之间做出区分。他们的从业者认为,一旦将事实从价值当中解放出来,他们就能创造出一种关于人的"真正的科学"。当你在《纽约时报》的插图中看到两个脸上挂着微笑的十五岁大的孩子从学校里出来,手里拿着发给他们的避孕套,你会为行为已成为当今唯一有意义的东西担心,会为我们已如此远离了那种自然的私密(natural intimacy)担心,更会为所有与此相关的复杂现象担心,比如试着和这样的孩子讨论爱和爱欲已是白费力气。所有的一切都是这样按部就班而不再有神秘感。

但是,有一个问题依然存在,即在不考虑意志、理性和想象的情况下,研究作为动物对立面的人是否可能?意志、理性和想象是人类独有的能力,它们允许性作为爱欲在人类中实现其自身。动物拥有的是性,而人拥有的则是爱欲,不做这种区分,精确的科学就是痴人说梦。金赛忽略了这个事实,那就是虽然对动物来说,只要时机合适,它们就会放纵自己,但它们的性欲范围却要小得多,它们的性欲几乎就是为了生殖。而这些千奇百怪、各式各样的人类性欲却指向一种不确定性,这种不确定性要求塑造出一种真正属于人的生活方式。这种不确定性就好比是为人类所需,但不为野兽所需的政治中的不确定性。我们不能忽视人类的想象与理智——这在其他物种那儿是没有的——在自我塑造中所起的作用,就像亚里士多德说的,政治共同体始于生存的需要,但终于美善的生活(good life)——

这个目标在原初的冲动下是不明显的。① 同样的，交配（coupling）始于性欲，终于爱情。五花八门的风流韵事，就像各种各样的政治秩序一样，都是人类时常会有的想要实现尚未开发的潜能——它们为人所特有——的不当尝试。在没有对这些共同体的目标做过检视之前，没人能对它们做出恰如其分的论述。

当然，美国人想要的还是能体面地公开谈论性，以及从那古老的约束中解放出来，对他们而言，这样的约束实在是太难忍受了。然而在美国，受到桎梏的爱欲寻求解放的方向不是浪漫主义文学，而是科学还原论。这一转向表现出一股压倒性的力量，这股力量比任何寻求真正满足的欲望都重要，它要让各种各样的性表达都成为习俗。每个人在满足成为可能之前都必须说出他被迫隐藏的秘密。这是有多适合我们"延迟满足"的机制：它总是说乐子还在后头。我们不妨拿这个与司汤达笔下的于连·索海尔（我会在后面谈到他）做一番比较：于连从未想过让通奸的行为变得体面，也从未觉得有必要让它变得体面，他完全沉浸在与两个和他如胶似漆的女人的私人关系里。这个科学转向与一种想"简化和驯服我们体内狂暴而躁动的情感"的渴望有关。金赛，以及大多数教导我们性的人，既没法告诉我们一丁点儿有关爱或勾引的技艺，也没法告诉我们半点关于这种微妙互动——这种互动将某人的身体交予他人，并通过这种方式来获得信任与尊重——的知识。对金赛来说，描述性和描述饮食习惯没有什么差别，而除了从民主社会中衍生出的那些陈腐而抽象的原则，人们所欲求的对象从本质上说也是中立的。金赛为那些对性"权利"（sexual"rights"）和"旨在推进这些权利的完全无爱欲的运动"无限而空洞的需求打下了基础。总的来说，作为科学的性学给我们带来的弊远大于利，尤其是当我们权衡了它在废除严厉而无人情味的法律上的贡献和它所造成的人类爱欲视角的缺失之后。

和金赛一起登上舞台的还有更为有趣的弗洛伊德，金赛和他的

---

① 亚里士多德，《政治学》，1278b21 – 25。

唯一共通点是他们都公开地讨论性。就像金赛把性搞得简单而切实际,弗洛伊德把性搞得复杂而又无处不在。这两个人一起攫住了对这些问题感兴趣的当代口味,他们在让性变得无所不在的同时也让它变得更容易被公众接受。弗洛伊德经久不衰的吸引力在于——甚至对德里达这样晦奥的人来说也是这样——他允许无止境地将性和其他所有东西混到一起说。性、科学以及"会很好地适应的承诺"(the promise of being well-adjusted)被弗洛伊德组合到了一起,而这一组合是不可战胜的。

  毫无疑问,阅读弗洛伊德是一个人可以想象得到的最无爱欲的体验。几乎没有一页或者一行弗洛伊德的东西可以激起一个正常读者的爱欲。一个人在没有被调动起来的情况下真能去讨论爱欲吗?弗洛伊德看起来并不是一个能勾起性欲的人(sexy man),并且他将他那对人和社会严峻而冷酷的观点带入了他对性的处理当中。他集中揭露和展示了性对我们灵魂造成的痛苦影响。在弗洛伊德那里,性是我们生命中最重要的东西,但毫无疑问,它不是一个美好的东西。文明人的性生活,与其他动物相比,要复杂而有趣得多,但严格地说它不够吸引人,也不含人们可以为其作诗的东西。和金赛一样,弗洛伊德继承了那种对自然与社会的区分,但他对人可能从社会中得到的那些满足感却不太乐观。他笔下的自然是霍布斯所描述过的那种自然:人为了生存,总是陷入一场所有人反对所有人的战争,①而社会是一种以压迫为代价换取战争祸害的减轻的途径。性在自然状态下是野蛮的,并且从本质上说,它毫无趣味可言。它在社会中变得有趣是因为社会对它动了手脚。而社会所做的这种手脚就是歪曲它、压制它,进而将它扩展到生活的各个领域,就像一个闯入者。终其一生,弗洛伊德都是自然科学那"无爱欲的自然观"(unerotic view of nature)的忠实信徒。爱欲是社会的副产品,它是必然的,但社会却绝非欲望和快感的对象。

---

  ① 霍布斯,《利维坦》,第1部分,第13章。

古人对政治的看法是,在人的自然本性中存在着一股把人推向社会的冲动,社会并不必然是人的残缺与分裂,而是人潜在的完满。类似地,古人相信爱欲是一种对美的自然渴望。这种渴望——考虑到人和物的复杂性——可能会受到破坏与误导,但就其本身而言,它是通过激情所能到达的一种人类社会性的完满。而在弗洛伊德那里却没有这样的东西。他民粹化了"爱欲"这个词,而这可能只是受过德国古典文化(Bildung)——它被尼采讥笑为是现代人为了掩盖平庸而做的涂脂抹粉——熏陶的维也纳布尔乔亚式虚荣的体现。弗洛伊德没能在性与爱之间建立起一种真正的区分,尽管他那良好的判断力(good sense)告诉他:性对灵魂的影响是不定的。但以他的哲学为基础,这些影响根本无法得到解释。[①]

当然,弗洛伊德不像金赛,他进入到了真正内在的体验之中。他谈论性对人们意味着什么,他关心各式各样的性满足与整全的人的关系。他可以毫无困难地谈论好的性渴望、性表达和坏的性渴望、性表达,虽然他隐藏了他的道德观。但是,通过用"健康"和"有病"来取代"好"与"坏",他把这种内在的体验搞得索然无味。他就像他所是的医生,喜欢从有病的东西入手,但这样一来,我们便无法得知健康是否仅仅意味着没有不健康。显然,社会仅仅是人必须要适应的必需品,而不是人的完成。吃、性交、睡所带来的真正满足植根于低级的自然本性中,这种自然本性在人还未成其为人的时候就存在,并且从未消失。那更高的东西,那文明化了的东西,那作为公民、医生、父亲和所有其他身份的东西,都没有自然的支持,因而都

---

① 马尔库塞是另一个使爱欲这个词在严肃对话中变得毫无用处的人。他只在一点上做得比弗洛伊德好,那就是他允诺了曾被弗洛伊德的道德省去的多形态的快感(polymorphous delight)。历史使满足能像第一次获得自然满足(还未被文明所修饰)时那样被获得,而马尔库塞藉此实现了这个在20世纪知识分子圈中如此风靡的目标,即将马克思与弗洛伊德这两股强大的力量结合到一起。参马尔库塞,《爱欲与文明》,1955。

是些次要的词汇。那么,既然它们提供的只是些次要的满足,并且又是只有在对人的自然本性做了十足毁灭性的伤害之后才会得到,人为什么要欲求它们?

弗洛伊德试图鼓励人们关注自身,鼓励他们严肃地看待自己的内心生活。但他的心理学却让所有的男男女女不再严肃地对待他们的真实体验。这些男男女女把动机(motives)看得比体验更加重要,因为他们的精神分析治疗师教导他们要关注真正的因(cause),即动机。而这样一来,他们真实的所感、所思与所做的独立性和魅力就都消失殆尽了。对弗洛伊德而言,所有东西实际上都是性化了的(sexualized),人得学着从他的喜好和活动背后识别出性动机,而在以前,人永远也不会想要去寻找这些动机。一个受过精神分析治疗或对精神分析理论情有独钟的政治家或经理无法从他们自身出发理解他们的活动,而只能把这些活动看作是由低级而原始的因所造成的复杂结果。这样的人会养成用反语去解释他们的所作所为的坏习惯,因为他们的所作所为总需通过其他东西来解释——他们的所作所为只是其他某种东西的伪装。在一个男男女女都变得越来越像演员的年代,这个习惯只不过全然加深了他们的无能,使他们更无力成为什么(be something)。以这种方式不停地审视某人的动机是在去神秘化(demystifying)和鼓励理性化的算计。这对爱情而言是极其致命的,因为"相信想象中的另一半的完美是实实在在的"这一点对爱情而言不可或缺,它也是在感情中催生"忘我"的关键。

弗洛伊德的存在很好地证明了在心理学研究中不存在从低到高移动的可能。他所受的教育和偏好逼着他去考虑作家们和画家们的伟大作品,以便使他的心理学名副其实。而这将他和金赛或那些典型的美国行为科学的从业者们区别了开来。这些行为科学的从业者没有意识到他们必须为人身上的高的东西(the high in man)寻找充分的心理学解释,其部分原因是,他们并不认为在人身上存在着高的东西。然而,由于受到了他那笨重的解释框架的拖累,当弗洛伊德真的跑去研读那些天才们的伟大作品时,他可笑地落在了他们的水平之下,因为他通常从性心理变态(psychosexual deviations)入手去解读他们的作品。① 表象被消解了,而作品自身的深度与美好也被简化成了构成作品的无聊部分。听听莫扎特,然后看精神分析师如何解释其作品。你得偏执(取这个词非精神分析的意思)地认为这样的解释能告诉我们任何有关音乐自身的东西,它通向一个更高的实在的世界,而这样一个世界离了弗洛伊德的那些幼稚的砖瓦就完全无法建造出来。弗洛伊德无法相信存在着一种人,他们生来就是作家,因为他笔下的自然人是没这种倾向的。作家必然来自他的那些自然满足(natural satisfactions),他希望以一种受到社会尊敬的方式来满足它们,因而就向缺乏真正爱欲的东西里注入了一种爱欲的魅力。这让我想起一位聪明的学生,他在三十年前以一种非常简洁的方式替我作了概括:当他告诉我,一个人总是像强迫症一样地去创造时,我问他这是为什么,他的回答是:"要不然人为什么要创造?"诗人那杰出的想象力在他们自己看来是最高存在者的恩赐,而对弗洛伊德主义者们来说,这种想象力就只是或近似春梦,它们表达和压制着那些粗鄙的性冲动。他们的理论走的显然都是下三路。弗洛伊德对宗教人物的看法也是出人意料的粗糙,他为了他的理论,不惜歪曲现象,然而事实上,理论只有通过那些现象才能被证明。他的理论无法充分地解释圣人、艺术家、立法者,甚至是提出该理论的那些科学家自己,它都无法解释。然而,人们很快就开始把他的理论看成是真实的东西,并开始忘却那些不符合他理论的东西。这就好像是经济学家口中那早已令人信服的人的"物质动机"(material motives),尽管人们实际上从没遇见过一个只关心利

---

① 见弗洛伊德的《达·芬奇与他的童年回忆》(*Leonardo Da Vinci and a Memory of His Childhood*),收入《弗洛伊德心理学著作全集标准版》(以下简称"标准版"),James Strachey 译,1957(1968 重印,London:The Hogarth Press),卷 11,第 63-137 页。

润最大化的人。当然,我们没有理由怀疑弗洛伊德对我们的艺术遗产有着真挚的依恋,也没有理由怀疑他从我们的艺术遗产中得到了真正的快感。在他谈陀思妥耶夫斯基的一篇论文中,弗洛伊德声称,在这样的伟大面前,精神分析也得缴械投降。① 但几乎就在同时,他又一次拿起武器,并把火力集中在了那些惯犯身上——在陀思妥耶夫斯基的例子里,是他的父亲。这样一来,那些读黑格尔的人首先问他们自己的问题就是"黑格尔的性动机是什么",而不是"他那关于世界的更丰富无比的论述是否是真实的"。要不了多久,我们的灵魂便脱离了实际(abstract)。

弗洛伊德的升华理论(theory of sublimation)是他孤注一掷的尝试,在该理论中,他企图在保留心理生活(psychological life)的丰富现象的同时忠实于他那清楚而简单的科学还原论原则。但他的尝试并未成功。甚至从一开始起,那种更高的心理生活就不得不变得比其实际之所是更粗糙而更少模棱两可,而这全是为了对那种现代科学的处理方式表示认可。而自此以后,弗洛伊德就真的无法清楚地从健康的升华(healthy sublimation)中区分出不健康的压抑(unhealthy repression)了,除非他用"所受折磨的程度"和"对其矫正的社会认可度"来区分它们。他无法解释升华有什么崇高的地方,而随之而来的是一个他无法避免的问题:"为什么要升华?升华本身有什么更高或更好的东西?为什么不去做自然而然的事?"升华瞬间崩塌回了那些最初构成它的元素,就像一座宏伟但却缺乏根基也无目的的塔楼。就研究更高的生活而言,弗洛伊德并不以细致或精巧著称,但那和他那群徒子徒孙所擅长的东西比起来真算不上什么。那种叫做"解构主义"的文学理论——它不负责任地用弗洛伊德主义来填补它空洞的范畴——解构了那些曾被认为是伟大作家的人。而这展现了当代高等文化生活的全部趋势:不管自然科

---

① 弗洛伊德,《陀思妥耶夫斯基与弑亲》(Dostoyevsky and Parricide),收入标准版,卷21,第177页。

学所呈现的,还是解构主义所呈现的,都只是解构——它们无法建构或者重构。爱欲已经成为一种谈论性(saying sex)的高端方式。

事实上,金赛与弗洛伊德——这两个人看起来是如此不同:一个嬉皮笑脸,另一个阴气沉沉;一个和"行为"打交道,不过问任何事;另一个专注于他认为的行为更深层、更阴暗的起源——有着相同的自然观:性只是性。这种自然观的两个版本已经成了我们谈论和思考爱欲的框架。爱欲,在弗洛伊德主义的表述中,就真的只是自私自利,它没为人类的亲密联系提供任何基础。它最多只是允许人们做一点退让,但那与爱的需求毫无关系。这样的理论让那些曾被认为是人身上最神秘、最激动人心、最具生命力的东西变得如此公开、沉闷和平庸,以至于让人厌恶。

然而,简单地讲,人类的性和想象活动是密不可分的。这一点每个人都清楚。身体的隐秘动作被某些想象点燃,而被另一些浇灭。美与德性的理念(ideas of beauty and merit),连同对永恒的渴望,首先是通过身体动作的伪币(base coin)表现出来。一个生物学家能够描述男性的勃起和女性的准备就绪(readiness),能告诉我们使这些得以可能的生理过程,但他无法告诉我们这些过程会在什么时候、对着谁触发。"爱欲之唤起"的真相拒绝唯物主义的解释,它从远处旁观行为。并且,是想象活动让性变成了爱欲。爱欲是诗的兄弟,当诗人教导人们爱欲时,他们自身的写作也正处于爱欲激情的掌控之中。没有想象,你永远无法拥有性,但另一方面,就算没有想象的任何帮助,你仍能感受到饥饿,仍能进食。因为饥饿纯粹是身体性的,我们完全可以将它交给科学家——现在是交给营养师。但我们的那些性营养师(sexual dietician)完全是荒谬的。通过忽视与诋毁想象,你最多只能使想象堕落和枯竭。

在一个更好的世界里,性教育是和品味的提升密切相关的。所有存在于文学作品中的爱者(lover)也是故事(tales)的爱好者,并且他们满脑子想的都是在他们神圣的追求过程中的那些崇高对手。

文明化的进程在暗中与对爱欲敏感性(sensibility)的细致描摹和对人与人之间相互吸引的微妙互动的真实审视相连。但今天，一切都密谋着想要扼杀想象。几乎已有一个世纪没有出现过任何描写爱的伟大小说家了。科学意义上的"性"声称它告诉我们的是真实的东西。在受过教育的人当中，阅读古典已经越来越不成其为一种品味，尽管那些肤浅的罗曼蒂克小说，就是那类有时被放在家用清洁剂盒子里的书，在家庭主妇中——她们还未听说爱欲已经死了——大行其道。而且，如今那些在研习典籍方面最受尊敬的权威告诉我们说，那些典籍所透露出的信息总是有害的并且带有性别歧视。事实上，在我们的视野范围内，能帮助人们渴望理型的东西根本就不存在。当然，如果你愿意，你还是可以在今天当一个浪漫主义者，但那就有点像在妓院里做一个处女。这样做全然不合我们时代的体温，并且在当前的大环境下，它也毫无依靠。

最受影响的当然还是谈论爱(talking about love)。爱欲要求言语，美丽的言语，以便把它的感受和需要传达给它的伴侣。但现在，大量的谈话都是关于"关系"和"人们正如何侵犯着彼此"的，甚至还有讨论如何管理水资源的。物自体(thing-in-itself)那令人敬畏的视野已经消失。要让学生们去谈他们所做的爱欲选择究竟意味着什么已经不可能了，能说的只是一些体现当下"思想正确"的陈词滥调。出于自保的考虑，没有人会冒险——就像柏拉图笔下的人物那样——为了他或她所做选择的尊严及其凌驾于所有事物之上的崇高地位争辩。人无法谈的东西，人对它无话可说的东西，几乎就不存在。词汇丰富的部分原因是经验丰富。正如在政治修辞(political rhetoric)——这种对解释正义的原因和围绕正义建立一个共同体而言至关重要的修辞——领域存在着一种灾难性的衰退，在爱的修辞领域，甚至存在着更为严重的衰退。然而，要想使爱变得更人性，伴侣们就必须与彼此谈话。

就像许多其他美国人一样，学生们也有一个倾向，那就是把他们对爱欲的反思停留在"在你自己的卧房内，你有权做任何事"上。

这是一个体面的自由派观点,它被采纳是为了保护人民免遭法律对其隐私的窥探和公意的反对。它对人们实际做出的行为一视同仁,不管那是恶习还是德行。它是自保性的,并且使性变得无趣,它是一种对品味的中立追求,就像在芭斯罗缤(Baskin-Robbins)的三十一种冰激凌里挑选一样。人们希望我们美国人能制定出一个宽容原则,它既提倡宽容,又不破坏对好与坏、高贵与低贱的私人鉴别。难道宽容就意味着一定要在男男女女的内心深处植入一种相对主义?难道宽容就意味着一定要剥夺他们偏爱美,渴望学习美的自然权利?和当代的那些道德原则一样,我们的宽容原则滋养了我们的随和(easygoingness),使我们不愿去评判我们自己。然而,不管这个活动多么让人不舒服,那些不愿意去评判的人就无法享受到爱欲至高无上的快乐。当人们在谈论那对其灵魂来说是如此重要、那接近于人生终极意义的东西——它能带来最大的好处——是什么,或者应该是什么的时候,我真的很难理解他们怎么会接受那种说他们的性偏好没有造成丁点危害的旨在使一切都变得不重要的原则。

但是现在又多了一种新的反自由主义潮流(new illiberal tendency)——那种为激进女权主义所倡导的野心勃勃的改造计划。它对宽容与随和表现出一种奇怪的态度——既支持又反对。它想要进入卧房,更想要进入灵魂,以便改变男性的性偏好与性行为。现在真正重要的不是"如此多的行为",而是"那些行为背后的意义"以及"做出那些行为之人的倾向"。关于男人的性(male sexuality)的新式讨论——这类讨论几乎专门针对男性,他们是这类讨论的主题——把爱欲关系描绘得极不讨喜。男人的肉欲,男人把女人当成"物"一样来对待——总的来说,男子气概——是新式性教育的主题。这种教育并不是为了那种崇高的东西,也不是为了升华,而是为了操控。这种教育的对象不是男女关系,而是解放:把女人从男人的压迫中或者自然的压迫中解放出来,以便使女性获得权力、能够选择。这是该运动创造出的"大词"(great word):选择——每个人都有权选择自己想要变成的样子——以及自由——据说那些看起来最自由的女性也深受父权结构的桎梏。男性和女性已不再被视作是一组互惠性的词语，而是男性想当然地逼迫女性进入这样一种互惠性当中，因此这一男性习惯必须被铲除。当然，强奸总是被禁止的，并且还存在着一条对自由原则的补充，它把"有在自己的卧房里做任何事的权利"限制在了"对性有自主行为能力的成年人"（consenting adults）之间。但现在，据说我们对强奸和同意有了更高层次的认识。在过去被当作是求爱的行为，在今天则被看成是"男性胁迫"和"利用了女性的柔弱与优柔寡断"。

在过去，对男性性欲的教育和绅士教育联系在一起，我们希望把他们都培养成绅士。对小姐——她的贞操是无价之宝并需要呵护——来说，绅士这个词是互惠性的。新近的那些信奉女权主义的女人对贞操没有半点呼求，她们甚至还嘲笑它。如今，把贞操问题作为强奸罪的一部分是冒犯性的。一个人是妓女还是特蕾莎修女（Mother Teresa）并不重要，尽管不是所有的陪审员都信服这一点。强奸不再因它侵害了一个柔弱而毫无防卫能力的人的庄重——这对"她对其所爱的男人的排他性从属（exclusive attachment）"而言是必需的——而被认为是坏的。如今我们说强奸是坏的，仅仅是因为它剥夺了女性的权力。男人都是些强奸犯，约会强奸犯，性虐孩子者，色情文学家，性骚扰者。男女之间的两性关系已不得不去适应一种改造他们的抽象计划。而在这类计划里不存在任何对爱欲之美或爱情之美的思考。

"非爱欲地处理爱欲"的支持者是那种热门的新原则，即认为所有的人类关系，尤其是两性关系，都源自人身上那个唯一的动力因（motivating principle）——权力意志。所有的东西都是"权力关系"、"残酷的权力"、"统治的意志"、"以某人自己的方式占有某物"。统治者与被统治者之间的关系是剥削关系。师生关系是一种权力关系，在这种关系中，老师只喜欢把他自己的观点和人格强加在学生身上。当然最重要的是，男女关系也是一种权力关系，在这种关系中，男人剥削、统治着女人。这种解释所表现出的粗俗是令人难以置信的,在它的衬托下,就连马克思对经济关系的描述也显得精妙无比。确实,在统治和被统治的关系里肯定存在着权力,但难道任何亲历过政治的人会说那就是全部或者最重要的事实(story)吗？难道我们能认为林肯和罗斯福从没关心过他的子民,对正义与善好也漠不关心吗？而当苏格拉底认为他的职业就是助产师,即唤起已在他学生体内存在的东西,并从一开始起就打算恭敬地试探他们的潜力时,他是不是在欺骗我们？如果有人拿苏格拉底跟当今更"先进"(advanced)的教师做比较,他会情不自禁地震惊于后者漫不经心的教导和对学生的辱骂,而这些已被视作是再自然不过的事——被他们对知识与权力、教学与宣传的不加区分而证明为是正当的。

在凡此种种的歪曲中,最糟糕的莫过于将爱——一种建立在自然的甜蜜、相互的关心,以及对共同的孩子的永恒关注之上的东西——变成一种权力斗争。这是那些知识分子所能玩的另一个把戏。但为什么有人会想对真实的体验做出如此暴力的事情？这是所有人反对所有人的战争,唯一可能的和平只能在那些人为的建构(artificial constructs)中获得。这是试图将所有的人类关系建立在契约、互利共赢而非自然倾向上的最后一步。为了使男人和女人彻底自由,抽象的理性只能把契约作为人与人联合的基础——社会契约、婚姻契约,通常都以商业契约(自私个体的联合)为参照。法条主义(Legalism)取代了感性。现在人们声称,男女关系并不建立在他们的情投意合上,而是其各自的权力意志互相妥协的结果。其他所有东西也都不过是长期存在着的由大男子主义者(phallocrats)编造的神话。菲勒斯至上(imperial phallus)的需求是所有问题的来源。它的帝国主义尚待解构,而柏拉图在《斐德若》中对它的解释——即从"生成"(becoming)通往"存在"(being)的翅膀——只不过是等级意识形态(rank ideology),因而无需严肃对待。

这个在现今知识精英中如此强大、如此有说服力的观点却不被那些精英中的"非业余选手"(not amateurs)所相信。它授权了一位名副其实的思想警察,这位警察的所作所为几乎是被一种宗教意义上的"性会作恶"的罪疚心理正当化的。消除性别歧视是一件比消除种族歧视更棘手的事,因为性器官天然地就和人的功能(human function)联系在一起,而肤色却不是。这种观点进一步促进了"性感"(sexiness)在自由派观念中的缺失,但在它和自由派的自由放任(lassier-aller)之间却存在着一种极端的张力。激进的女权主义者们坚信,自由派口中的那些"对性有自主行为能力的成年人"——尤其是其中的女人——之所以会同意是因为她们受到了性别歧视的教育和公意的胁迫。所以,我们必须先重新教育伴侣们,以便让他们不再觉得需要对方。而这会在相当长的一段时间里延迟享受。

所有在过去被认作是自然的东西如今都必须以抽象的平等之名加以克服。就像最近有人说的那样,"性别不是一个自然现象,而是一个文化现象"。世界的去爱欲化始于我们的唯物主义科学,并在这最后的激进平等主义大运动中到达了其实质性的顶点。我们身体与灵魂中最隐秘、最有趣的那些部分如今正臣服于严刑逼供的公共聚光灯之下。

很难说人们,尤其是年轻人,会对这种试图控制他们爱欲感觉与思考的独裁——它已经席卷了整个教育体制——作何反应。我们可以指望自然本性的反抗,至少在一些人那里是这样,因为自然本性确实反抗一切试图压迫它的僭政。19世纪50年代,中国政府为了应对鼠灾——大量繁殖的老鼠吃掉了很多粮食——设立了赏金,结果农民开始养老鼠了。这表明在中国,自然本性依旧鲜活。我怀疑是我们的历史主义,我们的那种"历史优先于自然"的信仰,让我们低估了自然本性对共产主义计划的反抗,并让我们认为共产主义终会如其所愿地成功改造人类。共产主义失败的最重要的原因就是那被遗忘了的自然本性。

从某种意义上说,自然本性永远是在场的,并且那是希望的一大源头,但如果一个人被教导用一种反常的方式解释自然本性,并且如果他身边的所有机构和文章都支持这样一种反常,那么他就需要通过极大的努力——不管是在思想上还是在感情上——才能认识"自然本性之所是"。现状想要显得永恒而自然。对那些想要反抗我们时代的正统学说和规定着他们所思所想的条条框框的人来说,存在着一种恢复自然本性的需要,在这种自然本性的表面,布满了层层叠叠的意识形态土灰。当卢梭把他在《论人与人之间不平等的起因与基础》中对自然人的研究比作是除掉附着在沉落于海底有年的海神格劳克斯雕像上的藤壶(barnacles)时,①他为这种恢复提供了一个样板。卢梭要从统治着那个时代大环境的布尔乔亚出发,一步步走向布尔乔亚的那个源头,对那个源头而言,布尔乔亚也只是一种受到扭曲的反映。当卢梭通过对其他时代和地域进行观察而重构了布尔乔亚,通过将布尔乔亚和人的真正之所是进行对比,这个仅仅看起来是人的布尔乔亚的"自私而不温不火的情感"就原形毕露了。

我想我们需要一到两代人,不是去做理论,而是试着去发现真正的爱欲现象。这意味着要离开我们的时代,去到那些更信仰它也没有像我们这样怪异的变革方案的时代和地域。在我看来,没有比阅读那些关心爱情的古典作家、诗人或诗哲(poet‑philosopher)更好的开启我们旅程的方法了。正如我已经说过的,恋人们的情话对爱情的产生至关重要,也是爱情的本质;因此,求助于那些作家和为了得到信息而求助于百科全书完全是两码事,因为求助前者是去分享那种爱的体验。在我年轻的那会儿,我经常听到弗洛伊德主义者们以一种自命不凡的口吻这样说道:莎士比亚和陀思妥耶夫斯基是很不错,靠着他们的诗性才华,他们瞥见了弗洛伊德用其科学理论建构起来的东西。他们的意思是,我们真的不再需要莎士比亚或陀思妥耶夫斯基了,因为弗洛伊德能教给我们一切真理。我一直认为

---

① 卢梭,《论人与人之间不平等的起因与基础》(*Discourse on the Origin and Foundations of Inequality*),收入 Roger Master 编,《第一篇与第二篇论文》(以下简称"第二篇论文"),New York:St. Martin's Press,1964,第 91 - 92 页。

这是一种相当愚蠢的看待事物的方式。莎士比亚是理解爱的,除非弗洛伊德的解释能像莎士比亚所呈现的那样饱含力量与精巧——这显然是弗洛伊德做不到的——否则他的理论就还欠火候。我寻求的是一种被我们的行话称为现象学的东西,一种在解释之前先以我们的真实体验为基础,然后再对我们尝试要解释的东西进行详细而全面描述的东西。这样的尝试在政治和宗教领域无疑也是需要的,虽然经过两百多年的抽象化,它们早已面目全非。但是,这一尝试还是在爱欲——在一个所有联系都已变得颇成问题的世界里,它是人之联合最初的希望,也是最好的希望——问题上最为迫切。最好的那些书不但能帮助我们描述这些现象,还能帮助我们体验到它们。这些书是深层体验的鲜活表述,并且,如果没有这些知者对那些体验的倡导,我们会发现要想进入爱欲问题是非常困难的——因为爱欲的问题十分仰赖有教养的感受(educated feeling),单单外部的观察是不够的。那些书或许能为残存于我们身上的自然本性发声。

然而我们发现,那些书就像爱欲自身一样,也正倍受攻击。我们生活在一个独立阅读——它也要求闲适与平静——已濒临灭绝的国家之中。更糟的是,支配着这片土地的那些理论告诉我们说,那些书既无永恒的意义也无内在的美,其作者的意图都只是些欺骗,尤其是自我欺骗;对这些文本的诠释只能交给那些知道其语境的学者,那些知道其作者的阶级、性别和种族的学者,以及那些最近破解了其作者无意识动机的密码的学者。那些向所有人言说的作为统一体的大书已被砸得稀巴烂。最重要的是,它们必须被解释成是反映了这些作者权力意志,并且必须按照那些称这些作者为我们品味的"僭主"的人的解释。那个告诉我们"爱情关系"就是"权力关系"的人同时也告诉我们,那些书与爱真理、爱美好之物没半点关系,只与爱权力有关,如果你把那叫爱的话。这样,他们就封锁了这条我们本可逃脱他们爱情观之局限的路。现在,美国对研习那些存在于我们视野之外的东西的漠然态度已得到了那些高级知识权威的认同。一堵被养满了鳄鱼的护城河环绕的高墙保护着我们免遭永恒之物的败坏。

本书是写给那些仍然觉得那些书很迷人的人,以及那些对爱情描写有着经久不衰的兴趣的人。这样的人读书是为了得到快乐和教导。这些关于爱的书预告并提高了它们读者的美妙人生,并在教导他们爱欲的同时也成为他们爱欲的一部分。这些书被接受首先是因为它们的真实性,它们讲的故事很好理解,也很好琢磨。但这并不表示和那些深入理解了它们并对它们进行过长时间反思的人一起研习这些文本是没用的,甚至是不必要的。再者,比如,对一个不知道拿破仑是谁的人来说,阅读司汤达是很困难的,但司汤达却能帮助我们重新认识拿破仑。这样的作家能使那些已显得贫瘠的生活、感觉和经历开始变得丰富。维克多·雨果或狄更斯小说所展现的通俗魅力已有一个多世纪,它们都不繁琐(sophistication),人们也能很好地理解它们,并对它们的内容有着相当程度的共识。这并未妨碍那些有着更为卓越的头脑或有着更为出众品位的人从那些小说中看到更多的东西,但拥有这般头脑和品味的人必定也是从思想不那么繁琐的读者那里起步的。

我知道现今批评家对这类阅读方式的所有反对,并且我已经能听到他们抗议的和声了,比如说我不懂他们。但这儿显然不是能详细地对此作出回应的地方。我在这儿能说的仅仅是,当我还是一个年轻小伙,求学欧洲时,我就已经严肃而持久地关注过这些观点的源头:尼采、海德格尔、拉康、福柯、列维纳斯、利奥塔、德勒兹,以及其他那些"其人其名正大行其道"的人。我宽慰自己说,他们的那些理论,以它们来到美国时那种形式,只是一股终会过去的狂热,我们只能希望这股狂热在对文学研究还未造成太多破坏以前就过去。我在这些自行呈现自身——而不是通过这些装备了新式批评家们的复杂解码器的放大镜——的书里看到了很多更深入也更具吸引力的东西。这让我不禁想起格劳乔·马克思(Groucho Marx)在赛马跑道上被奇科(Chico)骗,说他不能下那两美元的注,除非他已经买了一本饲养者手册,而接下来等着他的是一系列其他各式各样的"手册"。当格劳乔看完了所有这些并一脸茫然的时候,赛马比赛已经完了。如果要靠着这些新式批评,我们的一生也就完了。

读者将不得不去判断,就这些书而言,谁告诉他们得更多?以及是谁通过这些书让他们知道了更多有关他们人生的东西?我相信我在这本书里所诠释的那些作家都比我聪明,而且可能也比我对这个问题知道得更多。我不认同我们那些自以为是的批评家所假设的东西,即我们是从古到今第一个发现所有东西之起源的人。我写这本书的部分意图是想恢复我们对那些模棱两可的东西的认识,以及恢复那存在于向我们呈现自身的自然本性中的冲突。真正智识上的开放要求我们试着用作者们自己理解自己的方式去理解他们,而如果我们对自己的理解力不那么自负的话,这还是有可能实现的。我们从重新拾起小说开始,并带着孩提时代的好奇阅读它。我们寻求的,是空白的体验和开化的智性的结合。我确信,在本书接下来的章节中,我的许多具体的陈述会激起读者的反对,而我希望这些反对会激励他们做出他们自己更好的解读——但不能从这些作者和他们的书那里掉头,转而向弗洛伊德或德里达寻求不合适的答案。你可能不赞同我对《傲慢与偏见》中达西对伊丽莎白所说的某些话的解读,或者不赞同我对于连为了勾引玛蒂尔德而使用的某个计谋的解读,但更正我的方式应该是你仔细的观察和你良好的直觉。我当然注意到了当代对两性关系中可说与不可说之物的规定。但我力图不理会它们,而让那些作者自行说话。

在我写这本书的时候,色诺芬的一段文字总是浮现在我眼前,在那里,苏格拉底以一种最简单也最通俗的方式告诉他的一个充满敌意的批评者他做了什么以及那对他意味着什么:

安提丰,正如别人所欢喜的是一匹好马,一条狗或一只鸟一样,在更大的程度上我所欢喜的是有价值的朋友;而且,如果我知道什么好的事情,我就传授给他们,并把他们介绍给我所认为会使他们在德行方面有所增长的任何其他教师。贤明的古人在他们所著的书中遗留下来的宝贵的遗产,我也和他们共同研讨探索,如果我们从古人的书中发现什么好的东西,我们就把它摘录出来,我们把能够这样彼此帮助看成是极大的收获。

色诺芬评论道:"当我听见他这么说时,我觉得苏格拉底是真正幸福的……"①这儿不存在任何关于德尔菲神谕、精灵(daimonion)、圣职(divine mission)的宏大而神秘的修辞——这些都是苏格拉底神话学(Socratic mythology)的材料。关于这一点,我们一经比较就能立刻发现。另外,这样的苏格拉底式哲思几乎在任何地方、任何时代都可能发生——有着良好天性(good-natured)的人席地而坐,一起读着哲人们(wise men)的著作,并从中寻找能指导其人生的东西。"朋友"、"善好"、"利益"、"快乐"都是和读"记叙苏格拉底一生的那些书"息息相关的强有力的词汇。从哲学诞生开始到我们生活的年代,这一直都是使人生日趋完满的活动。而我确信,对这种天真但又极其神秘、易受伤害的事业的保护,是决定能否进入那些了不起的语词所展现的真实(reality)的关键。

当我写作这本书的时候,我正从一场大病中康复过来。但奇怪的是,这一写作活动竟把那段时期变成了我一生中最美妙的时刻之一。每一天,我都能与卢梭,或司汤达,或奥斯汀神交,并学到如此多有关爱与恨、为善与作恶的美妙的东西。每当晚上我要上床休息的时候,我便满心期待着第二天早上的起床,以便延续这种与书的

---

① 色诺芬,《回忆苏格拉底》,卷1,第6章,节14。上面的引文也出自此。中译在吴永泉译文的基础上略作了改动。(见《回忆苏格拉底》,吴永泉译,商务印书馆,1984年版,第37页。)

鲜活关系,通过它们,我也受到了鼓舞,并得以摆脱焦虑。我试着在这儿写下一些当时的体验。比起空泛地将德性与恶行教给奥斯汀,从她那儿学到关于这两者的知识是多么快乐的一件事啊。爱与友谊很可能就在于和对方分享这样的体验。沉醉其中的状态会将我们迅速地带离闷闷不乐的时光。我希望通过这本书,我至少能接触到一些潜在的朋友——他们既热爱文学,又不理会那些试图祛除这一热爱的冒牌郎中。

我并不想——事实也不允许我这么做——鼓吹一种高尚而仅仅是教导性的爱。如果你有继续阅读本书的心,你将会看到,正如这儿存在着光亮,这儿也存在着黑暗,存在着众多的希望与失望,存在着生活可能的点缀与真正的丑陋和恐怖。我仅仅是试着扮演一位忠实的掮客——为那些比我伟大的人物与作家。就像我已经说过的,我不提出任何理论,我也没有理论,尽管我的观察不自觉地质问着其他的理论。我没有建立体系,因为这种行为就好像是把传统中所有的书都晾在了一根晾衣绳上——就像令人尊敬而又有耐心的胡热蒙(Denis de Rougemont)在他的《西方世界的爱情》中所做的。① 作为一个出色的天主教徒,他想通过欲爱(Eros)和圣爱(agape)之间的斗争以及"前者想以后者面目出现的徒劳"来对爱情做一番完整的评价。我没有那么大的野心,我只想让你们看一看那些伟大的作家对这些东西是怎么想的。

一句话概括本书的计划。对于爱,我并不打算给出一个完全历史性的描述,也不打算给出一个关于爱情的意见汇总调查。相反,我力图使用一些最突出的对爱情有着极丰富描述,并且我们有直接经验的例子。我从卢梭和深受其影响的四位小说家开始,即司汤达、奥斯汀、福楼拜、和托尔斯泰。卢梭集哲人与文人于一身,这两面相互渗透、相互影响。他教导说,哲学必须集洞察力与诗所能提

---

① 胡热蒙,《西方世界的爱情》(*Love in the Western World*), Montgomery Belgion 译,1956(1983 年重印,Princeton:Princeton University Press)。

供的形式于一身。他是爱的现代阐述者与倡导者,他发起了一场爱的运动——浪漫主义运动。这场伟大的运动立志要在孤立的布尔乔亚社会中为人的联合提供一个新基础。它的爱情观试图将最纯洁的渴望与最完满的肉体满足结合到一起。它试图将性从基督教的原罪当中拯救出来,并在保证了从柏拉图对爱与友谊的理解中消失的互惠性之后,恢复柏拉图式爱欲(Platonic eros)的灵与肉的结合。它通过存在于极端不同因而完全互补的男女之间的"爱的理型"做到了这一点,而这个理型是由新近才被正当化的性冲动以及一种从自然中解放出来的想象力所建构起来的。

从某种程度上来说,浪漫主义运动是后来那些运动的先驱。后来那些运动想尽一切办法去控制爱欲而不是去发现它,它们将爱欲消解成了最粗野的元素,而那些想象产生的幻觉则完全消失了。然而,卢梭的计划仍然敬畏自然,它避开了还原论,并拥有无限的警觉(awareness)与敏感,而正是这一点启发了他之后的许多伟大而独立的艺术家。在本书中,卢梭与卢梭主义者们(Rousseauans)扮演了双重角色。他们是爱的伟大见证者,但他们运动的失败与19世纪末爱作为一个文学主题的垮台也是密切相关的。卢梭离我们所拥有的对爱的回忆最近。他试图通过在我们自行创造的幻觉中培植信仰的方式来拯救爱情,但从长远看,我相信,这必定是一次失败的尝试。但从那一失败中,我们能够学到关于我们自身的知识,并且它也激激发了我们把目光投向他处。我并不想让卢梭变成一个为我的偏好服务的稻草人,但他和那些追随他的小说家确实明确地展示了一套共同的主题,它们依然影响着我们,并且是为我们的两性思考(sexual thinking)所反对的替代选择。

我所解读的作品都出自那些"爱的小说家",他们既被卢梭的魅力弄得神魂颠倒,又对这种魅力有所抗拒。他们开拓了卢梭开创的所有可能的替代品:从一种浪漫主义的爱——它的核心是有才、有德但不完美的伴侣们的友谊最终发展成为婚姻——到浪漫主义的爱和家庭合法神圣性的一种极端对立。浪漫主义的爱变成了一个基点(standing point),通过这个基点,我们评判布尔乔亚们的世界——在这个世界里,不再有男人是值得爱的,婚姻已经变得可鄙,为艺术而艺术似乎就是唯一剩下的东西。

在浪漫主义之后,我把目光投向了莎士比亚,他并不打算从幻觉中创造爱情,而是打算真实地呈现它。对我来说,莎士比亚是自然最纯粹的声音,他并不对自然进行干预。他的戏剧向我们展示了最多样的爱欲表达,并且把爱欲这个词用在莎士比亚那里是合适的。各种各样的男男女女,在各种各样的情况下,由莎士比亚交到我们手里,供我们理解与欣赏,但不是按我们的意志和明显的需要进行改造。他以极为严肃的态度对待他笔下的爱人们,并且是带着同情地描写爱对合一的保证,描写爱对美好事物的神秘吸引力,以及它对克服哪怕是最丑陋的死亡的希望。然而,他也展现了爱的愚蠢与缺憾。他让我们惊叹超越政治忠诚与野心的爱,但与此同时,他也不忘提醒我们爱仍需法律的限制。最后,他让我们看到爱情有一段从异教时期到现代的历史,而基督教不仅仅是压迫的源头——这是它从浪漫主义年代开始就被诋毁的东西——也是女人的一种深化的源头和男人的一种新式敏感(new sensitivity)的源头。

最后,靠着古代人和现代人的伟大中介——蒙田,我转到了柏拉图,这位爱的古代哲人。他不但与莎士比亚一样忠于自然,而且他还通过一个比戏剧更宽的光谱来表述爱欲,并对其意义作了一番更为贴切的理性论述。毫无疑问,柏拉图的著作,撇开其哲学内容不谈,是可以和最伟大的艺术作品相提并论的东西。他不但把爱欲呈现为一个表明我们自身不完满的痛苦而贫乏的信号,他还把它呈现为一个给予的、创造性的信号。他探索了"爱自己"与"爱美好事物"间的张力,"从政治上看,爱欲必须从属于家庭"与"由乱伦、鸡奸和乱交这样可疑的爱欲现象所暗示的自由"间的张力。在爱欲里,他看到了同时达成个体幸福与真正人类共同体的可能性。

我几乎把这本书的一半篇幅都献给了卢梭和柏拉图,而通过对其他艺术家笔下人物的剖析,它的内容也得到了丰富。本书证实了存在于两种最伟大的有关爱欲的哲学教诲之间的对抗,而这也正是古今之争的另一篇章。

二　卢梭[*]

一

　　一个瑞士人告诉法国人说,他们并不懂得如何示爱。更令人惊奇的是,法国人居然相信了这个瑞士人,并把他奉为爱情技艺上的大师。之后,德国人又从法国人那里拜师学艺,然后把这些东西教给了英国人。这个人,也就是卢梭,把他们都引向了那种理想的、真诚的浪漫主义品味,以取代他们的文雅(gallantry)——它被卢梭视为一所教导虚荣的学校。这标志着生活在这种或那种延续至我们自己时代的布尔乔亚生活所造成的孤立当中的人对真正的人类联系和互惠开始了疯狂的求索。柏克(Edmund Burke)在这一求索开始之初就注意到了它,他视之为随政治革命而来的两性革命,视之为与现代政治生活相匹配的私人生活。柏克认为这完全是可耻的:

> 那种被称为"爱"的激情拥有如此普遍、如此强大的影响。它制造了如此多的欢愉,如此多的消遣,如此多常常决定人性格的生活片段,以至于那些引起同情、激发想象的模式和原则成了对每个社会的道德与风俗而言都至关重要的东西。你们的统治者很清楚这一点。在他们系统性地改变你们的风俗,使之相适于其政治的过程中,他们发现再没有比卢梭更方便的了。通过他,他们仿效着哲人,教导人们如何去爱。也就是说,他们教导

---

[*] 除特别标明,本章所引作品均为卢梭的作品。

了人们,教导了那些法国人一种脱离文雅的爱,一种没有任何青春和文雅的结晶作陪衬的爱,而正是这种青春和文雅的结晶使爱至少位列于那些生活的修饰品之中——如果不是位列于德性之中。在摈弃了这种生来就与优雅和礼貌相关的激情之后,他们又往他们的年轻人身上注入了一种未经加工的、粗野的、暗淡的、阴郁的"迂腐与下流"的强烈混合,"形而上学的沉思与最粗糙的感官感受"的强烈混合。这就是在他们那位伟大哲人身上,在他那充斥着哲学式文雅的《新爱洛伊丝》(Nouvelle Eloise)中所能找到的激情的一般道德(general morality of the passions)。①

但是,就阻止这一热力四射的影响扩散而言,柏克对卢梭浪漫主义计划的反对并不比他对卢梭政治计划的反对来得更成功。由小说和诗歌所组成的汪洋大海——始于卢梭自己的《新爱洛伊丝》和他的门徒圣皮埃尔(Bernardin de Saint-Pierre)的《保罗与弗吉尼亚》(Paul and Virginia),继之以十九世纪几乎所有的伟大小说——淹没了法国、德国、英国、俄国,它培养了那些民族的人民的品味,同时也浇灌了一种性心理学的种子。柏克失败了,但他就像其他任何人一样认清了那个罪魁祸首及其力量。

当柏克把卢梭的浪漫主义计划称为"迂腐与下流"的混合时,他捕捉到了这一两性革命的奇妙特征。一方面,存在着一种对美好之物,对最纯粹、最无保留意义上的爱的热烈而执着的献身;另一方面,又存在着一种对性——注意是性,不是爱欲或爱——的那些粗糙的物质事实(material facts)的科学关注。实验室里的实验和激情的拥抱毫不相干,献身于它们的人彼此也不相似,科学人有着祛魔的方法,而爱人则有着使人着魔的技艺。打从一开始起,客观性与

---

① 柏克,《致一位国会成员》(A Letter to a Member of the National Assembly),收录于《柏克演说和著作集》(The Writings and Speeches of Edmund Burke),L. G. Mitchell 编,Oxford:Oxford University,1989),卷8,第316-317页。

献身之间的这种不搭就位于现代爱情的核心——明显结合了那些同时也威胁其一致性的相反的魅力。伟大的浪漫主义渴望加上肉体的完全满足就是制胜之道。

这一奇怪的结合,加上那个倡导理想主义渴望的人对其反常甚至荒谬的两性生活的公开自白(confession),激起了柏克的厌恶。① 没有哪个哲人像卢梭那样告诉我们那么多关于他两性生活及其怪癖的事。事实上,只有蒙田说了一点关于他自己的事,柏拉图只讲述了一些关于苏格拉底挑逗人的细节。甚至卢梭的后继者们在这一点上也无一效仿。我们很想知道康德和黑格尔的两性生活是什么样的,就像我们很想知道培根和斯宾诺莎的两性生活是什么样的一样。但他们要么都很害羞,要么认为私人的性偏好和他们的思想是不相干的。但所有类型的艺术家都效仿了卢梭的榜样,他们总是更多地诉诸性趣味,同时把在细节中显露自身作为他们故事的一部分。托马斯·曼(Thomas Mann)说过,德国的学童们像过去希腊的学童们学习宙斯的爱情那样学习歌德的爱情。② 卢梭是艺术家中的哲人,哲人中的艺术家。性与对美好之物的爱有关。但我们也不应忘记,是爱欲之爱的体验在哲学的源头上将卢梭和苏格拉底联系到了一起。

卢梭提供了一长串经历供世人考察:手淫、暴露癖、乱伦、引起性紧张的惩罚行为和被惩罚行为(如今被称作施虐受虐狂)、通奸、召妓、三人同居(menages a trois)、生育和遗弃孩子,甚至还有他自己遇到的同性骚扰。③ 所有这些都被当作寻求自我知识的一部分而受到他的严肃对待。这在今天看来似乎平淡无奇,因为作者们继

---

① 柏克,《致一位国会成员》,前揭,第 313 页以下。
② 托马斯·曼,《歌德的文人生涯》,收录于《弗洛伊德,歌德,瓦格纳》(Freud, Goethe, Wagner),New York:Alfred A. Knopf,1937),第 97 页。
③ 《卢梭的忏悔录》(以下简称《忏悔录》),J. M. Cohen 译,New York:Penguin,1953),卷 3,第 108 - 109、90 - 91 页;卷 5,第 189 页;卷 1,第 25 - 28、36 页;卷 6,第 240 - 241 页;卷 7,第 297 - 302 页;卷 5,第 194 页;卷 7,第 320 - 322 页;卷 2,第 71 - 72 页。

续在真诚性的赌局里同台竞技。但这样的考察依然受到尊敬,并且来自那个发明了这一赌局、那个极有可能彻底思考过为何关注这些事务是一件好事的人。要体会卢梭这一做法的诡异,我们只需想一想,如果牛顿和爱因斯坦给我们留下了关于他们两性生活的详尽讨论,我们会作何反应,就知道了。这看起来根本不合适,并且即使是在最好的情况下,它也会被认为是和万有引力或相对论、他们真正的研究以及他们真正的生活不相干的东西。这样的自白会显得是在证明他们的科学本身并不是一种能让人完全满足的生活方式,并且他们不可能仅仅作为科学家而成为人类的榜样。卢梭的一生也献给了求知,并且撇开柏克的指责不说,撇开我们的常识和接受的意见不说,卢梭成功地使他的两性生活成了他求知人生的一部分。不仅仅只有艺术家,哲人、神学家和政治家也都如其所是地接受了他——作为献身于最整全知识(most comprehensive knowledge)的人的典范。

一个多世纪之后,弗洛伊德接过了接力棒。他试图以性为中心,建立起一种关于心理的自然科学。他试图让心理学中的性成为像物理学中的原子一样的东西,并去掉那些关注性的人身上的污点(比如说他们肮脏或者放纵)。但是弗洛伊德不像卢梭,他没有告诉我们任何关于他自己的性偏好和性实践的东西。他采纳了牛顿的那种姿态,那种纯粹主体无偏私地观察客体,或者反过来说,对主体那些最珍贵的幻觉进行客观性分析。我并不认为弗洛伊德不真诚。他似乎是认为,照着身体科学(science of bodies)那一伟大启蒙传统的样子,一个人也可以成为灵魂的科学家。这意味着,在我们所有人体内,或者至少是在我们那些受过科学方法训练的人体内,存在着一个匿名观察者(anonymous observer),他能如其所是地看待事物而不受我们的想象、虚荣或欲望的扭曲。他所需的只是滤去所有那些不纯的东西,或者说把镜子擦拭干净。

相反地,卢梭似乎认为我们的意识完全就是由那些不纯的东西组成的,在那当中性欲首当其冲,而理解知者(knowing the knower)

是所有智性事业(intellectual enterprises)中最难的。为了获得自我知识,人们将不得不严肃地对待正发生在自己身上的事。理性只是在我们体内同时运作着的许多东西之一,并且还不是其中最有力的一个。一个人在研究植物生态学时所产生的性冲动在结果上和想象一位可能会赞赏他的科学才华的女人而产生的性冲动别无二致。对真理的爱似乎并不是人的首要动机,因此,从人们透过激情的滤镜所看到的东西出发,到真理,还有很长一段路。卢梭支持个体和特殊个体的首要性,反对普遍的、整体划一的自然法。他从未怀疑过存在着一种人的自然本性,但它离我们是如此之远——人的自然本性难以触及,并且如此多不自然的历史遮蔽了它——以至于作为个体的我们甚至几乎都无法试着自然地生活。卢梭允许我们见证他试图发现自然本性的尝试——通过感受和思考他那独特的、后天习得的情感来从内部发现自然的踪迹。这不能不使我们大多数人去思考在我们自己身上所发生的相似的事。我们开始严肃地对待它们,并且我们也希望变得对自己真诚,不再选择遗忘或自欺。

《忏悔录》里的卢梭是一个异常敏感的现代人,拥有文明在激情生活(life of the passions)中制造的所有扭曲。从这个点出发,他向着两个方向前进:向自然状态下的野蛮人的性回归和向一种有可能实现的爱——这种爱将各种自然欲望的结合与所有能力都已得到发展的文明人的深刻和自我意识合在了一起——的理想生活前进。与他的思想不同,卢梭的生活要求他必须做出妥协——由于其混杂的教育而产生的那些近乎本能的冲突。在爱欲上,他总是做做这个,做做那个,以便让他的那些欲望表达自身,同时,他也总在考虑什么会满足他的同时尽量减少对他自己和别人的伤害。存在着感官的爱(sensual love)与情感的爱(sensitive love),激情的爱与家庭的爱(domestic love),仅仅存在于幻想之中的完美而理想的爱,合法的爱与不合法的爱,给他母亲般而非情妇般关怀的爱,几乎毫无意义的性与意义太过深远的爱,倾向于永恒和自足的爱——这种爱一方面与对正义和共同的善那无爱欲的爱对抗,另一方面又与自然独处和自我意识的魅力对抗。① 所有这些选择至少都有部分不令人满意的地方,而没有一个能满足那种对互惠的、永恒的完美之爱的渴望,没有一个能满足那种对失去的整全的渴望——那正是卢梭所创立的浪漫主义的核心。卢梭从没有说,"这就是我做的,如此而已"。他知道存在着堕落的欲望和行为。他总在留意性欲对他的整个灵魂所产生的影响,并据此对它作出评判。正如弗洛伊德是一个了解性但却不那么性感的人,卢梭是一个了解性并且性感的人。

依照卢梭,当下人的境况——卢梭最好地呈现了它——离自然是如此遥远,以至于人不再可能自然地生活。在文明人那丰富多彩的性生活中,除了原始的个人欲望和种族繁衍所要求的生育,没有多少可以被归给自然。剩下的那些都得自社会,而且可能非常混乱,会使人们陷入一种与他自己和他人的战争状态中。原初的那种渴望交合的性欲已经被转化成了一潭浑水,其他各种欲望如今都在那里面畅游并渗透进了生活的方方面面。现在,爱、那种想要得到爱的回报的渴望、家庭及其责任与禁忌、占有与妒忌、羞耻与愧疚,与其他许多东西一起,都被性欲所推动。所有因自我与"另一半"的分离而产生的痛苦现在都被说成来自那无辜的、自身很容易得到满足的性器官的性冲动。而当想象开始主导和控制身体的需要,推动它的那些对象就被改变了。真正的人性(a true personality)——某种和谐的整全,其成就是技艺的成果。在这一工作中,自然并未给予艺术家支持或引导。因此每一项这样的成就——就像严肃艺术家的作品必然打上了其自身特有的烙印——都是不同于彼此的。

---

① 《忏悔录》,卷1,第36页;《忏悔录》(Les Confessions de J. J. Rousseau),收录于《全集》(Oeuvre complete),Bernard Gagnebin 和 Marcel Raymond 编,4卷本(Paris:Gallimard,1959 – 1969,Bibliothigue de la Plèiade),卷1,第1247页,第27页的注(a);《忏悔录》,卷5,第189页。

人需要技艺,但很少有人拥有它。正如自然人都差不多,文明人都是不同的,并且它们中的绝大多数都一塌糊涂。没有卢梭的技艺,另一个有着相同性偏好和经历的人会被视为怪物。缺乏判断的自然标准并不会直接导致相对主义。然而,那一标准不是自然标准,而是美学标准。

但人的幸福只能在自然中被发现,或者只有依照自然才能被发现,因为只有在那里才存在着一个完美的平衡,他的欲望和他满足这些欲望的能力之间的平衡。从自然到社会的运动破坏了这一平衡。各种新的欲望,或者说各种翻新后的老欲望,开始出现,而想象创造出了各种满足,或者说各种满足的幻影,它们使欲望变得无穷无尽。自然使人整全,而社会却使人分裂。人的麻烦来自社会,而不是来自他的自然本性。他不适合社会生活,但这并不是他的错。可以说,他的欲望被接错了电路。一种更加古老的道德哲学——这种道德哲学可以追溯到亚里士多德——教导说,欲望依照自然就是无限的,但人拥有那种受理性控制的意志力,这种意志力能为了善而克制欲望。这种哲学使用的语言是关于德性与恶习的语言。在这种更加古老的观点看来,德性是自然的,而德性所施加的控制至少使一部分幸福成为可能。在苏格拉底看来,德性就是幸福。勇气控制人对痛苦的惧怕,节制控制人对快乐的喜爱。这种对快乐的控制——一种充满张力的被意愿的和谐(willed harmony)——自身在这一传统下也被认作是一种快乐。这类德性的存在以及它们那怡人的特征——也许要排除那种因优越而产生的自负的快乐——被卢梭断然地拒绝了。特别是节制这种德性——它控制与食物和性有关的欲望,卢梭对它尤为在意。对卢梭而言,人生来就是节制的。[①] 社会

[①] 从某种程度上说,马克思也主张这个观点,他认为是资本主义创造出了人为的、无止境的欲望。社会主义会使欲望回到它最初的状态。相反地,资本主义采纳了古代的观点,即欲望是无止境的,尽管它也分享了现代关于德性的观点。它不接受那些试图控制欲望的尝试,反倒是专注于它。

点燃了人的那些欲望,而对这些欲望施加控制的并不是德性,而是恐惧、外在的命令,以及那种我们现在称之为是压迫的东西。新的语言是关于健康与疾病的语言。社会所制造的创伤产生了性的神经官能症(sexual neurosis)。恐惧与虚荣使性欲和虚幻而扭曲的对象联系到了一起。为了得到那可能的丁点幸福,社会人需要治疗而非道德。

二

对卢梭来说,性欲既是诸多不幸的源头,也是那些最让人升华的时刻的源头。性欲在他的自我意识和他对他那个时代男男女女的观察中是如此的重要,以至于他很难不情不自禁地想到一种会严肃地对待性并能克服欲望与义务之间的本质冲突的教育。这将会是一种幸福教育(页327、419)。① 他曾直言不讳地把性交称为最大的快乐。因此,幸福的生活必须给这种快乐留出重要的位置。在他们改革人类和政治的计划中,卢梭的那些直接继承者和同代人都把注意力集中在避免"痛苦"这一人类惧怕的东西上。减少苦难是他们思想的消极目标。那门叫经济学的枯燥科学是他们改革的工具。卢梭选择了快乐-痛苦二分法的另一面,并把他的注意力集中在那种积极的目标之上。当然,他还没蠢到认为文明的生活应该致力于性交,但性的文明化延伸(civilized extensions)可以成为严肃之人的主题。爱、家庭、孩子,包括诗,都可以成为一种生活方式。将与我们息息相关的那个世界爱欲化,是可能的。小说成了卢梭改革的工具,并且他希望他的教化小说《爱弥儿》有朝一日可以不再只是想

---

① 本章的所有文中夹注对应的都是引用卢梭的《爱弥儿,或论教育》中的页码,Allan Bloom译,New York:Basic Books,1979。[译按]中译以李平沤先生的译本为底本,在与英译本明显相违时略有改动。

象,不再只是一部小说,而是转变成人类的历史(页 416)。

在《爱弥儿》中,卢梭处理了性的两个明显自然的方面(个体的快乐以及生育),并用各种情感与知识将它们连了起来。因为他发现性在人身上有着十分惊人的甚至是奇迹般的力量。卢梭在某种意义上是一个唯物论者,但他却在精液中发现了一种能使肉体性的东西变成精神性的东西的潜能(页 232、252)。与饥饿这一卢梭对爱弥儿教育的焦点(页 152)相比,在性的问题上其实可教之处更多。精细的口味,以及与炫耀稀有饮食有关的虚荣,可以使"吃"变得和自然人的大为不同,因为自然人只采集树上和地上的果子和坚果,并且吃得很快。但是对所有充斥着食物(这在一个像法国这样的国家里可谓司空见惯)的艺术和仪式来说,食物终究只是食物。没有人会誓死捍卫这种奢侈,也没有诗人会为它谱写赞歌。贪吃并不是恶习当中最糟的,但它却是最可鄙的。因为它是鼠目寸光(small-mindedness)的表现。一个人可以去想象一顿丰盛的晚宴。但如果这就是他憧憬的生活的极限,那这实在是有些微不足道,在道德和审美上有所欠缺。但是性——在自然上,它并不比吃更具精神性,并且,正如亚里士多德所言,它仅仅只是触感的另一种满足形式,是感觉中最卑下的①——它既有能力制造出灵魂最辉煌的飞跃,又有能力制造出可怕的悲剧。那种来自性液(sexual fluids)的能量是改变世界和点缀幻想的根源。德性的理念以及为他人牺牲都是它的一部分遗产,就像我们在中世纪的罗曼史里听到的那样。自然人的灵魂是单调的,在回应身体刺激时,它甚至可以说是机械的。正是因为有了性欲的可塑性,人才有了深度。再者,就像卢梭知道的,与社会人发展出的其他那些伟大激情不同,尤其是宗教信仰与爱国主义,性欲有一个自然的基础,有一个获得满足的自然器官,甚至可能还有一个自然的目的。

卢梭相信,人身上的这一爱欲成分既是被他的自由派前辈低估

---

① 亚里士多德,《尼各马可伦理学》,1118a24-b8。

的一股力量,因而是压抑的布尔乔亚的炸药,又是使人和谐化和道德化的一次契机。自由主义最伟大的代言人洛克写过一本非常有影响力的教育论著。出于对安全性的理性考虑,这本书对性只字不提,而只是给出了一些关于如何培养孩子得体的甚至是绅士的社交习惯的指导。孩子将被培养成一个顾家的男人(family man),但那是什么意思却几乎从未得到讨论。在结尾处,洛克轻而易举地就把孩子留给了他的夫人(页357)。① 相反的,卢梭笔下的孩子除了为那一刻做准备之外,什么也不做。人们也许会说,洛克相信,如果婚姻的双方拥有正派体面的性格的话,自然会照看着那种婚姻关系,但卢梭否认这一点,他并不认为存在着一种指向婚姻与家庭的自然目的论。自然提供给男人的只是和一个女人保持暂时联系的暂时的欲望。而这离"终生照料和保护他的妻子与孩子"还差得很远。就"终生照料和保护他的妻子与孩子"而言,男人并没有自然的欲望。通过强迫和习惯,这样一个目标可以实现,但由于洛克固执地要把自然状态下的自由作为人类关系的基础,因此他无法将家庭建立在那些传统的基础之上。从卢梭的角度看,洛克虽然在政治上激进(politically radical),但在家庭的问题上却大体保持着传统。卢梭持有并实践了这样一个信念:一旦自然被唤醒,所有人类关系的形式就都得按照它来重构。"经济人"(economic man),即那种理性的、勤劳的、因算计未来收益而非因德性而克制自己欲望的人,在自由主义传统中的首要性会使人忽视性在人身上的力量,而这会带来不可估量的后果。性的力量会存在,但它要么会被当作不存在的东西,要么会被当作不重要的东西而被轻慢地对待。洛克的这本教育之书最引人注目的创新是对如何每天按时大便的训练,因此他是在教人如何掌控无序的自然。② 相反地,卢梭的书关注对如何获得性高潮的训练(这不必是每天的),因而

---

① 洛克,《教育漫思》(Some Thoughts Concerning Education),§215。
② 同上书,§§23-28。

他是在协助自然达到一个新的满足高度(a new level of satisfaction)。就像洛克从不提性,卢梭几乎从不提厕所。这是两种不同的角度,而要说哪一种角度最可能是在讨好人,其实一点也不难。

不像古希腊哲学和基督教神学,现代自由主义对性没有任何严肃的教导。为了对付布尔乔亚们的性神经官能症,它不得不发明出弗洛伊德式的精神分析,这种半卢梭式的事业(semi‑Rousseauan enterprise)。然而,卢梭最本真的影响其实出现在那些伟大的浪漫主义小说里,这些小说并不打算帮助人们得到矫正,而是打算发现一种有着升华的性表达的生活。

卢梭如何处理性,以及他的处理方式如何有别于他的前辈们——不仅仅是现代人,也包括古代人——可以从一个下流而好笑的例子中看出。这个例子来自那个伟大的哲人八卦供应商第欧根尼·拉尔修(Diogenes Laertius):有一次,犬儒学派的第欧根尼被人发现在公共场合手淫,但当他因这一可耻行为而遭指责时,他并不打算为自己辩解,而是这样解释他的行为,"我多么希望挠挠胃就能缓解饥饿"。① 这种处理性欲的方式和犬儒主义的观点是一致的,这一学派主张人应该像狗一样生活,即免于意见的暴政而依照自然生活。在自然要求的最低限度内满足性与饥饿!这是一个极端的例子,但相似的态度在许多古代哲学中都存在,并且犬儒主义是一个衍生自苏格拉底的学派。卢克莱修《物性论》对卢梭的智性生活意义非凡,这本书卷四的最后一章传达了相似的信息:将你自己从欲望的迷幻力量中解放出来,只能给它们最低限度的满足!这样你就能去做你自己的事——对那些被选中的少数人即哲人而言,"做自己的事"首先就意味着沉思。

手淫的问题也经常在卢梭的著作中被提到,在一般情况下,它都被当成是一种坏的行为,但卢梭自己却对它如痴如醉。但是对卢

---

① 第欧根尼·拉尔修,《名哲言行录》(*Lives of Eminent Philosophers*),卷6,第69节。

梭来说,手淫既不是因为被迫,也不是因为失意了需要寻求补偿,而是让自己有机会使想象理想化,以创造出比现实世界所能提供的更完美的伴侣。这几乎是一种创造行为,卢梭是最早把"创造"这个词用于人类制作——相对于神圣制作——的人之一。① 卢梭并没有去除欲望,而是增加和提升了它。至少在性的方面,以与食物方面相对,卢梭不是一个极简主义者(minimalist),并且他表明了他的自然主义和古代的那种自然主义有多遥远。总的来说,卢梭不再像此前所有哲学那样,不管是现代的还是古代的,严苛地对待激情与想象。那个说存在着两种最高快乐——性与沉思——的亚里士多德主张性节制(sex moderation),因为人无法一边思考一边性交。② 但人能幻想,而且卢梭并不确定沉思是否是如此美妙的一件事。在感觉与性欲之间不存在沉思与性欲之间的那种张力。卢梭帮助人再一次变得整全。而这一联合人的方式所带来的结果就是,对真诚的偏好超过了对真理的偏好。浪漫主义小说、音乐与绘画代表了那些激情所处的新地位。在亚里士多德那里,悲剧净化着激情,而在卢梭之后,艺术放大着它们,并使它们变得狂喜。

三

卢梭把他的浪漫派设计理解成是对现代性负面评价——这种负面评价在他的《论科学与艺术》里表现得一清二楚——的一次回应。这种情况可以被归结成是个人主义,但这种个人主义不是美国民俗那种广受赞誉的德性——坚韧不拔的自足——而是一种身处社会之中有需要的孤立(needy isolation)。卢梭预见到了所有那些将人绑在一起的结构崩塌。他开创了那种如今依然流行的对人类

---

① 《忏悔录》,卷3,第108 – 109 页;卷4,第166 页。
② 亚里士多德,《尼各马可伦理学》,1152b16 – 18,1153a20 – 24。

关系的分析,即从自我与他者那不可联通的对立入手。共同的人性只是一种抽象,它对个体毫无影响力可言,并且也制造不出任何可感的共同善。每个人都知道他者,就好像科学家知道自然体(natural bodies)一样——不是从内部知道,而是通过笛卡尔式意识密闭箱的窥视孔知道。那种新式的哲学和新式的自然科学已经将人还原成了没有任何自然联系的原子。每一个人都需要其他每一个人,但没有人真正在意什么人。霍布斯说人生来就处在一场所有人反对所有人的战争之中,尽管卢梭对这一原则保有异议,他却认可公民社会建立在那一假设之上。公民社会以及公民社会中的人的关系都只不过是那一采用和平手段的战争的延伸,用各种各样的竞争与剥削——主要是经济上的——代替了生死搏斗。最主要的关系是通过契约,也就是两个个体之间的契约建立的。这两个个体在签订契约之后依然保持他们的个体状态,并且只有当契约对两个个体都有益时,契约才有效。他们之间的联系是人为的、算计的,最重要的是,这种联系是试探性的(tentative)。在这种情况下,人的防御系统总是处在戒备状态。

这种永不停歇的戒备的心理学效应是灾难性的。一个只关心自己的存在者不得不把时间花在琢磨别人的意图和试图不向别人表露真我上,不得不把时间花在恐吓、奉承和撒谎上。在他的自私之中,他忘却了自己。当他变得虚伪、忌妒、虚荣、盲从,变得要按他人的成功或失败来丈量他自己时,他的灵魂早已漫步到了九霄云外那没有人的世界,并且再也无法回来。这就是那种异化的情况,那种被萨特称为"他人即地狱"的情况。①

对卢梭而言,人的自私不仅仅是现代性下的一个事实,不仅仅是当代道德败坏或伪哲学的结果。事实上,它总是存在,它是人自然本性的一部分。新奇的仅仅是,现在每个人都知道这个事实,并且现代政治不但不打算忘记它,反而打算以它为基础。这一真理是

---

① 萨特,《禁闭》(*No Exit*),第47页。

致命的。在过去,像吕库戈斯(Lycurgus)和摩西(Moses)这样的立法者为了建立共同体而改变了人的自然本性(页40)。① 他们所采用的方法是,将个体的自私转化成集体的自私。人生活在家庭与国家——通过暴力与欺骗建立,被神话与宗教所粉饰——的升华结构之中,以至于他们对家庭与国家的关切和他们对自身的关切几乎无法分开。自私的行为会被法律惩戒,而自私的想法则会受到良心的谴责。现在,人们意识到自己的自私不但被允许,而且还被当作自愿联合的基础而受到鼓励。卢梭认为这是一场灾难,他的大部分作品都被他用来描绘和刻画这种自私所催生出的产物——那些布尔乔亚。②

尽管如此,卢梭也不像柏克,他既不建议回到老路上,也不打算支持那条老路。而这不仅仅是因为他认为后悔药不值得吃,而是因为他认为那条老路是不完整或不完美的,尽管它是高贵的。卢梭用的那个词,"去自然化"(denaturing),说明了一切。自然的东西是好的。如果社会生活要求遗弃它、破坏它,那么社会生活就有问题。受到扭曲的人已经在古代城邦和基督教信仰中展示了伟大的精神力量。那么,如果人的社会生活成了对自然的表达而非对自然的拒斥,那么他是否不仅会更幸福,而且会更伟大?现代危机提供了一次机会,一次完全地、自觉地重建人的机会。

这就是《爱弥儿》的任务。在《爱弥儿》的开头,卢梭强调了自然人与社会人的对立,欲望与责任的对立,而这些对立,是那不可解的人类问题的核心。准确地说,现代危机产生于那种相信对立双方可以变得一致的错误观点,这种观点催生出了布尔乔亚——

---

① 《关于波兰政府的一些思考》(*Considerations on the Government of Poland*),章2;《社会契约论》,卷2,章7。

② 见布鲁姆,《巨人与侏儒:1960—1990 论文集》(*Giants and Dwarfs: Essays 1960 - 1990*, New York: Simon and Schuster, 1990),第211 - 213 页。

布尔乔亚既不是自然人,也不是公民,他不知道他是什么,他遭受着名副其实的认同危机的折磨,总而言之,他什么都不是。但没过几行,卢梭便告诉我们说,他的书旨在联合这对立的两极(自然与社会),旨在克服某种意义上的矛盾律(principle of contradiction)(页40-41)。这成了许多19世纪哲学的计划,最著名的有康德、黑格尔和尼采的那些伟大综合(syntheses)。为了达到这个目的,卢梭选择的方法是教育和转化性能量。从一开始,这就是一个很有希望的开端,因为性是唯一生来就要求他人参与的人类需要。但它又没有看起来的那么有希望,因为它把他人仅仅当作满足自身的工具,而不是把他们自身当作目的。就产生的危害而言,把一个土豆当作工具要比把一个男人或女人当作工具小得多。把性当作关系基础的可能结果就是:人们彼此相互利用、折磨,一意想要在不放弃自己的自爱的情况下让他人放弃自爱(页213-214)。

四

在卢梭的心理学中,文明化了的性,那种与人们称之为爱的东西有关的性,是想象与自爱的产物。想象是潜伏在自然状态下的伟大而危险的潜能(页213-214)。[①] 当它被唤醒,人便开始脱离自然,并且是越来越脱离自然,因为想象意味着无穷无尽的恐惧与希望,它将人的感情延伸到了整个宇宙,并按照美的理念和良好品质来转变人的需求。在饥饿这一有限的领域内,卢梭通过描写爱弥儿的两顿正餐展现了这一转变。一次是和农民一起用餐,在那里,爱弥儿吃到的都是简单的自然食物,这些食物出自食用它们的农民之手,是他们劳动的果实。另一次是吃法式大餐,他对满目的银器、瓷

---

① 《论人与人之间不平等的起因和基础》,前揭,第117页以下。

器和水晶、侍者的礼节、罕见的食物、筹备的精良、来宾的壮观以及男女之间殷勤的关系叹为观止。第二餐是令人兴奋的,但当爱弥儿被卢梭问到"你估计这一切来到桌上共经过了多少双手"时,他哽噎了。他意识到,这整一个世界以及无数的男男女女都在被迫地为他中午吃的和他晚上将要在厕所拉的东西出力(页190-192)。但对一个法国人来说,这一切是必需的(出于虚荣,他或许能克服,但虚荣是比这种奢侈本身更坏的东西)。这种人为的必需是文明人生活中不可避免的东西。那种想象的或虚荣的快乐(包括痛苦)盖过了自然的快乐,从而使自然的快乐无从辨认。他的爱就像这样,但更甚、更是如此。在自然状态下,任何一个女人都足以满足男人的欲望,并且她被欲望的原因总是千篇一律,但想象使文明人开始挑剔他的对象,并使他萌生出了关于他想和她们如何相处的各种复杂的想法。

对排他性占有和互惠的欲望出自自爱,那一卢梭理解的灵魂的神秘拱顶石。在完全自然的性行为中,伴侣们根本不关心另一方的所思所感,也不关心另一方之前做过什么,今后会做什么。这种关系几乎不比一个男人和他所吃食物的关系重要多少。这些性伴侣也许意识到了他们属于相同的物种,但这并不意味着什么。一切都与个体的"我"有关,而与不可感的"你"或"我们"无关。不像其他更早的道德主义者,卢梭并不责备这种自我中心主义,也不与之斗争。那就是自然本性。去抱怨人的自私就像是在抱怨他生来没有翅膀。

卢梭称这种排他的自我关切为自爱。对一个自然人来说,它包括给他自己食物,给他一个临时的女人,以及给他一种休憩的状态,在这种状态下,他能感受到他自己的存在。他对自身拥有绝对的权力。卢梭赞赏这种自私,他反对那些基督教的道德主义者,后者将自私看作是恶的源头,并且为了反对自私,他们要求人们"爱邻人如爱己"。卢梭指出,真正的对立不在自我中心主义和利他主义之间,或者诸如此类的东西之间,而是在好的自爱和坏的自爱之间,爱自己(amour de soi)和自爱(amour – propre)之间(页 92,213 – 125,243)。① 这一区分将卢梭和马基雅维利及其门徒联系了起来,因为后者主张与其徒劳地按照想象中的应然生活,不如按照事物的实然生活。这是迈向效用道德(effective morality)的第一步。而卢梭的这一区分也决定了 19 世纪和 20 世纪对待自我中心主义的方式。自我中心主义不再被理解成是人罪恶本性的一个问题,而是被理解成一种异化,因为这种异化,人偏离了他真正的善。

对卢梭来说,人是唯一一种能够在认识到他人的存在之后改变或强化自己的自爱的动物。他能将他对个人幸福的简单追求转化为一种对成为人中之龙的关切。这意味着他那绝对的存在变成了一种相对的存在,这种存在取决于他人的看法和行为。从"爱自己"到"自爱"的微小转变构成了人的心理。一条狗有时会为了一块骨头而与另一条狗争抢,但它不会关心另一条狗怎么看它。它或许会因没有抢到那块骨头而难过,但它不会觉得它被那条狗侮辱了,不会发誓报复并终其一生地想要惩罚那条狗。但这是文明人从儿童时期开始就经常做的事。当一个婴儿发现他能通过哭来命令他的父母之后,他便忘记了他的真实需要,他开始把时间花在对父母发号施令上。与他的主奴关系相比,食物开始变得次要。去爱他自己意味着他人必须爱他和服侍他,而最终当他全神贯注于那神圣的荣誉时,真实的需要也就消失了。而这是人身上的恶的开端,它让人想要去伤害和惩罚他人(页 64 – 69)。向自爱的这种转变让人意识到彼此的意图,因此,以一种可怕的方式,对他人意识的意识也产生了。与他人保持关系意味着自己的存在已与他们有关,而人生也将在他们的看法下度过。在此之前,人想的只是他自己。现在他必须通过他人来想他自己,他想要让他人爱他胜过爱他们自己。

从"爱自己"到"自爱"的运动被称作异化,即与他人纠缠而忘却了自身。造成社会人苦难的确切机理就在这里。虚荣与骄傲生

---

① 《论人与人之间不平等的起因和基础》,第 221 – 222 页,注(o)。

来就和它们所产生的那些效应连在一起:竞争、野心、愤怒、忌妒、嫉妒、虚伪、欺骗以及其他。一种卢梭式的心理疗法将会治疗自爱在文明人身上所造成的那些扭曲。当卢梭斥责自爱时,他有时听上去就像一个圣经中的先知。然而他并不打算通过诉诸德性来克服自爱,而是提出了各种恢复真实自我的策略,以此来克服自爱。他是现代人中的现代人。

但是卢梭并不完全敌视自爱,尽管看起来不是这样。在他看来,自爱是一把双刃剑。在大多数情况下,就像在所有人类事务上,它被用在了错误的方向上,但如果它被用在正确的方向上,那它就能成为追求灵魂伟大(greatness of soul)的源头。例如,为了政治的、文学的或科学的荣耀,为了爱。所有这一切都始于那种想被他人视为最好的欲望。

当然,性是自爱必定会表达的地方。一个人可以被培养成一个生活在社会中的鲁滨逊(Robinson Crusoe),在生活的必需品方面独立于他人,免于对他人的物质依附与精神依附。但一旦一个文明人遇到了一个女人,他就得在意她的意愿,不是出于对她的尊敬,而是出于对他自己的尊敬。她的看法比性行为本身重要得多。仅仅交出她自己是不够的,她还必须希望交出自己。

当然,一旦自爱之心发作,一个男人很有可能只想征服一个女人的意志,而不想让自己沦陷。勾引,那种试图获得她对他魅力的认可的尝试,成了爱恋的技艺。在卢梭看来,这种技艺曾以其最精巧、最具艺术性的形式主导过法国的贵族生活。没有荣誉感的男人和没有羞怯感的女人含蓄地用爱来小打小闹。没有人会真的全情投入,他们用爱的形式嘲弄着爱的实质。他们的性行为被想象和虚荣所装饰,但却没有真爱的那种道德性,因为在真爱中,性是对永远相互尊重的一次誓言。卢梭的门徒拉克洛(Choderlos de Laclos)在《危险的关系》里发展了这种关系的逻辑。在这部作品里,两个主人公,瓦尔蒙子爵(Vicomte de Valmont)和梅特伊公爵夫人(Marquise de Merteuil)的全部快乐都集中在他们的性胜利(sexual victory)中——打破习俗上的风化,以及战胜单纯(innocence),尤其是战胜德性,极大地增强了这种快乐。① 对那些相信他们已经驯化了性欲,并使其道德化了的人而言,欺骗在他们操控性欲的过程中起着主导作用,而愉悦也在这个过程中达到了高潮,最终使他们毫无自尊。在这场所有人反对所有人的爱欲之战中必定会出现的是,两个主人,在征服了其他次要人物之后,必须接受彼此的挑战,而这样的结果每个人都很清楚。这种剥削和斗争要比商业上的剥削和斗争可怕得多,因为在商业中,关系完全是外在的,个体也明显都只关心自己。考虑到人的自爱,要说"像关心自己一样关心另一方"这样的允诺完全就是欺骗,几乎是不可能的。

但是,再重复一次,尽管自爱已经是对人自然本性的一种歪曲,它却是人身上唯一能联结灵魂的东西。不管是爱的教育,还是联合的教育,甚至是道德教育,教育者都明智地把性欲、想象以及自爱组成艺术联合体(artistic unity),作为其教育的工具。这是和苏格拉底提倡的那种教育极端不同的一种教育,因为苏格拉底声称,他的教育仅仅是在唤醒人身上与生俱来的东西。② 卢梭的教育是在塑造,而非唤醒。他的教育既是一种创造计划,也是一种创造行为。

五

在人尚逗留于自然状态的那最后一刻中——也就是在他屈服

---

① 见拉克洛(Choderlos de Laclos),《塞西莉亚,或一个女继承人的回忆》(*Cecilia ou les memoires d'une heritiere*),收录于《全集》(Oeuvres complete),Laurent Versini 编,Paris:Gallimard, Bibliothèque de la Plèiade,1979,第 469 页;《皮克毕监狱来简》(*Lettres de la prison de Picpus*),《拉克洛致一位女士》(*à madame de laclos*),1794 年 6 月 2 日,同上书,第 825 页;另参《危险的关系》,P. W. K. Stone 译,New York:Penguin,1961,第 15 页,第 79 页。

② 柏拉图,《理想国》,518b - c;《泰阿泰德》,148b5 - 151d6。

于公民社会及其法律之前,当他还保留着自由之身时——卢梭发现了一种类似于圣经中记载的堕落的东西。人停止了流浪,而开始与同伴一起安顿下来。在这样的小共同体中,他们开始比较,开始形成偏好。不再是任何男人或女人都足以满足他们。他们形成了关于品质(merit)和美——这是爱的两个组成部分——的观念,这些观念使他们产生了对单一伴侣的排他性偏好,当然,他们的伴侣也占有着他们,回报着他们。但是,一旦这些希望受挫,妒忌就会产生,憎恨与复仇之心也会随之而来。这是人第一次心血来潮地想要作恶。但这还没有完。这些聚居在一起的、从本质上说闲散的男人和女人,专注于唱歌和跳舞——这些与爱相随的事。但在这些事上,有一些人做得比其他人好。每一个人都想表现得有吸引力,都想被关注和被偏好。因此,某种半自然的不平等就出现在了人群之中,随之而来的还有这种不平等所产生的痛苦与争斗。现在,幸福取决于他人的看法。唱歌唱得最好、跳舞跳得最好、最美丽、最机灵、最强壮或者最优雅,对获得他人的尊重——尤其是异性的尊重——而言不可或缺。那些没能做到最好的人会感到羞愧和妒忌。因此那些不能享有这些善的人就被怂恿去装出拥有这些善的样子,进而成了伪君子和假道学。他们开始了那种变化无常的折磨人的地下生活,因为他们的自尊有赖于他人。而这一切都是为了性!①

撇开这第一次共同生活(cohabitations)所产生的所有不愉快的偶然结果,卢梭宣称这已经是最幸福的时刻——介于最初那种野蛮的慵懒和最终我们拥有的那种自爱的白热化活动之间。最终,钱——一种完全习俗性的东西——会成为那种唯一能区分人的特征,因为它能收买其他所有人和东西。卢梭的分析很像马克思,但对他来说,性的斗争要先于阶级斗争,并且指向那些经济无法解决的匮乏。卢梭就好像是预见到了20世纪那些想要糅合马克思与弗洛伊德的知识分子。

---

① 《论人与人之间不平等的起因和基础》,第148–150页。

六

"只有到了现在,人才真正开始生活;只有到了现在,他才熟悉了所有人的事务。"(页212)这是卢梭对他所谓的青春期"危机"的描述。这是第二次新生,它使人从只关心个体的自保走向关心他的种族。在这一刻,生命的意义和秘密进入了爱弥儿的血液,而卢梭可以把为有智慧的人准备的古典方案(classic formula)用在他身上。性是通往人性(humanity)的钥匙。直到这一刻,爱弥儿才理解他和无生气的物质存在者(dead physical being)——那一属于自然科学的领域——的关系。现在他必须研究人,研究他和他同类的关系。他对人性的理解取决于他身体的新状况。青春期此前还从未被描述得如此意义重大。这是生死攸关的时刻,要么向善,要么向恶。

从某种意义上说,卢梭是一个自然主义者(naturalist),他把人看作是动物王国的一部分。所有动物似乎都是为了繁殖才存在。当幼小的动物能繁殖时,它们就成了它们之所是。存在着一种明显的向着巅峰运动的趋势。当它们抵达巅峰,它们就都成了它们永远将是的东西。因此,在它们的整全中,它们的首要活动是繁殖。它们在繁衍种族的同时也从中得到了快乐。自然似乎是想用最大的快乐去激励它们履行那最为必要的职能,而当它们履行了这一职能,性高潮便是它们存在的巅峰。当它们不再有能力进行性行为,它们便走上了通往死亡和无用的下坡路,它们虽然还活着,但已不再是其真实之所是。小狗是可爱的,老狗可以是让人动容的,但每个人都看得出来,与定义这一种族的完美的狗相比,它们都是不完美的。在威斯敏斯特狗展(Westminster Dog Show)上,没有给最佳小狗和最佳老狗准备的奖。而其他所有种族也是这样。这不是学者们的疯话,而是我们感官所察觉到的明证。生命科学也许不能解释这种证据,但它也不能摒弃这种证据。我们在所有人身上也能看到这种证据,尽管从卢梭开始,我们已经浪漫化了儿童的纯真,因为他让我们怀疑是否存在着一种文明化的成熟(civilized maturity)。除了那些从父权制的习俗中获益的人,比如斯威夫特笔下那些长生不老的"斯特鲁布鲁格",没有人会偏爱生命的最后阶段。

可是,人是所有动物中唯一一种需要性教育的动物。其他大多数动物为了生存需要接受某种教育或学习,但这类教育与学习在它们能够繁殖之后便停止了。而对人来说,教育中最严肃的那部分只有在他能生育之后才可以开始。其他动物需要的只是后代,并且它们要做的只是生殖,尤其是其中的雄性。而人类的孩子,尤其是文明人的孩子,需要父母更持久、更复杂的关心。生物学家说,人的性成熟来得比其他动物早,而这似乎是在暗示自然的某种令人费解的意图。① 如果我们用康德所暗示的方式去解释卢梭要解决的问题,②那就是:人有两个青春期,一个青春期让他有能力繁衍后代,而另一个青春期让他有道德能力和理智能力去关心他的后代。在这两个青春期之间,至少隔了十年。真正的文化(a real culture)在于这两个青春期的一致。这意味着,除非某人的性欲不仅仅是为了发生性行为,而是为了与他爱慕并且会永远爱慕的对象发生性行为,否则他将永远生活在欲望与责任的永恒冲突之中。对于从外部强加给它的限制与法律,欲望生来就会反抗。在灵魂中存在着一场战争,战争的双方不停地打着游击战,两边都会取得小小的胜利,会有妥协,会进行虚假的和平谈判。这场战争在使灵魂精疲力竭的同时,也让交战的双方忘记了它们最初的目的。这是现代人的处境。

---

① 哈里森等(G. A. Harrison et al.),《人类生物学》(Human Biology),New York:Oxford University Press,1964,第318 – 320页。

② 康德,《人类历史的推测开端》(speculative Beginning of Human History),收录于《永久和平论及其他论文》(Perpetual Peace and Other Essays),Ted Humphrey译,Indianapolis:Hackett Publishing Company,1983,第54 – 56页。

一个有文化的人（a cultured person）是这样一种人,在这种人身上,性欲已用这样一种方式进行了转化,以至于它渴望唯一固定伴侣身上的真、善、美,以及作为这种渴望的完成和奖赏的性高潮。这是对原初状态的一次回归,因为在原初状态下,履行自然责任——生育——也有这种最大的快乐作为奖赏。

但现在,责任不再自然,它包括成为未来的父母、公民和人性动物（human animals）。自此以后,责任的履行和最大的快乐之间的一致就变得最不可能了。在文明人身上,快乐不但受到了削弱,还受到了社会加在它身上的坏良心（bad conscience）的歪曲。人们做高贵的行为是为了获利,而且也做得半心半意。卢梭看到的那一束能引领真正的文明人（real civilized man）走向理想中的文化人（ideal of cultured man）的光就是爱（这是一样罕见但也不是不可能的东西）,在爱情中,各种甜蜜的意向和最高贵的渴望,甚至是牺牲,联系到了一起。通常形式的爱是不够的,但当它受到了鼓励和启蒙,它就能为我们指路。他取得的能力加强着他而非分裂着他,而如此一来的结果将会是更高层次的人的联合。社会将会是实现他在家庭中的性欲的工具,而非其压迫者。这就是康德眼里的卢梭的计划,据康德称,这一计划表现在《新爱洛伊丝》和《爱弥儿》里：在自然与社会那悲剧性的断裂发生在人身上之后——卢梭早期的那些成名作致力于描述这一断裂——卢梭试图使人再一次变得整全。也许康德对这一计划的解读并不彻底,但这种解读认出了卢梭思想中最富教益的那一部分。一个多世纪以来,对人类共同体的叙述都集中在对性冲动精确而详细的描述上,而且其余波还延续到了我们自己的时代。

从青春期往后的教育是性教育,就好像从出生到青春期这段时间的教育是自保教育。而性教育并不在于告诉孩子——他们还不能很好地理解——爸爸妈妈在做什么、如何避孕、如何避免染上性病,或者如何识别、抵抗和告发企图性侵的成年人,尤其是和他们关系最近的亲属。这一切就好像是为了防止人们潜在的过度攻击性而对他们进行脑叶切断术一样,就好像一些流行的技术,但却没人考虑过它们有什么用处。卢梭坚持认为,没有孩子能理解任何关于性的东西,因为孩子没有经历过性,因此他不可能理解。他必定会歪曲这类无效的信息,以便使自己理解。孩子可以是研究糖果或狗的专家。但他不能把握政治、上帝(卢梭后面会提到)或性(页255以下,页380-381)。天知道被告知了这些东西的孩子的脑袋里会萌生出什么疯狂的想法。性教育应该教孩子爱的能力,而不是教孩子如何做爱,因为就后一门技艺被创造出来的样子而言,它并不难学。在教导那些两性事实之前,必须先有一种升华了的功利主义去问"这有什么用"。就好像在其他许多事上,那种不考虑目的先关注手段的做法最终会使手段自身变成目的。此外,这一准备不能仅仅是展示画面前的草草陈述。孩子必须真正理解,并且更重要的是,真正感受到他正寻求的东西。如果他在实践性以前不爱它的理念,那他永远也不会爱它。对爱而言,性与爱的分离是致命的。在未体验到爱的情况下实践性必须显得是不可能的,因为性能量对真爱来说不可或缺。因此,从本质上说,性教育必然涉及想象力的发展。

在卢梭看来,性的奇迹在于,尽管它完全是物质性的,但它到了人的身上却完全有赖于想象,而想象却是非物质性的。想象最明显地推动着肉体。绝大多数的男人女人在身体上排斥那些可以轻易满足他们肉体欲望的人,因为这样的人和他们想象中的代表着美或品质的理型不符。仅仅是肉体并不能让人行动。没有一个文明人的性仅仅只是生理性的。它总是混杂着对另一半是什么样的想象,或者对自己在对方眼里是什么样的想象。这都不是自然的。卢梭的计划是以这样一种方式培养想象,即男人会偏好严肃的对象,这种偏好所产生的快乐会带来幸福,会带来一段与正派体面的社会关系一致的人生。这意味着性教育的事只能交给哲人,即交给那个思考过人的自然本性和人在万物秩序中的位置的人。这不是一件为性疏导人员(sex plumbers)准备的事。

卢梭《爱弥儿》的卷四和卷五展示了如何进行这种联合欲望和升华了的想象的微妙操作。完满的性满足是这种教育的目的,而性欲是这种教育的手段。《名人小传》(*Brief Lives*)的作者奥布里(John Aubrey)向其朋友讲述的一则轶事可以说明卢梭的观点。他的这位朋友声称"唯一的学习时光是九到十六岁,因为在这之后,丘比特会开始它的僭政"。奥布里回答道:"霍布斯先生告诉我,白金汉公爵差不多二十岁那会儿在巴黎,他想要霍布斯讲几何学给他听:白金汉公爵天资聪颖,反应迅速。霍布斯就讲了,但令霍布斯奇怪的是,公爵并不能领会。最终,霍布斯发现原来公爵正在手淫(他的手放在他的裆部)。因为那个原因,这是一个非常不适合学习的年纪。"①那个年轻人正在经历苏格拉底的伙伴格劳孔称之为"爱欲必然性"(erotic necessity)的东西——它与几何必然性(geometric necessity)截然不同,同时又比后者更强有力。事实上,所有年轻人的脑子一直被这些东西所占据,尤其是男孩,一旦他们开始感受到他们身上的这些新东西,他们更会这样,如果他们对这些东西意味着什么有了些许了解。任何在那个年纪面对过这些东西的人都了解这种入迷。如果你说,"今天真好"(It is a nice day),别人会因为听出一些隐藏的性指涉而窃笑。我记得我高中的一位科学老师为了说明某样东西而用一根管子来做示范,而这根管子不停地有白色的物质冒出来。全班不时发出的窃笑让他抓狂,最后他喊道:"只有变态才会觉得这好笑。"然而迎接他的却是更加持续不断的、无法控制的窃笑。我们所有的才智和理智力量都以另一种方式参与其中,而老师在让这种歪曲显得有趣的同时也因他的禁止而增添了我们的欢乐。到了某个年龄,年轻人开始拥有新的兴趣,而这些兴趣是传统研究讳而不言的。年轻人的生活开始分裂,因为他们在学校里学的东西和他们真正关心的东西并不一致。有大量的文学作品是

---

① 奥布里,《奥布里的名人小传》(*Aubery's Brief Lives*), Oliver Lawson Dick 编,London:Secker and Warburg,1949,第 xcv - xcvi 页。

关于年轻人的这种双面生活的。

教书先生们说,他们必须得学。卢梭说,数学和物理学是无爱欲的,就像用于自保的那些专长和技艺都是无爱欲的一样。这就是为何卢梭在爱弥儿进入青春期以前教给了他关于自然的基本知识和自然科学的基本技术。在他的想象力开始发挥作用,开始用其故事填充世界以前,他必须使自己服从于自然必然性(natural necessity)的那些铁律。不然他会歪曲自然以迎合他的那些念头,就像那些野蛮人歪曲自然以迎合他们的神话。教授自然科学可以满足孩子们的那些首要关切——自保和自力更生的能力。但教授自然科学无法满足年轻人的那些特殊关切。卢梭哀叹,仅仅因为成年人想要年轻人学其他东西,浪费了他们纯粹的求知欲和能量,没能将其用于更具人性的学习,那是多么可惜。诀窍是去寻找一些既能满足年轻人的那种新生的感受力又能指导这种感受力的东西。现在这一刻正是古谚"人真正要研究的是人"(The proper study of man is man)成真的时候,正是意识最终开始变成自我意识的时候。否则年轻人只会拥有死学问和粗野的体验。各式各样的假象会成为时代的秩序。那种隐秘的生活会成为真正的生活。

卢梭机敏地观察着人类的各种动机,利索地计算着这些动机在人生命的不同阶段会有什么表现。一个五岁大的孩子会向你许诺明天从塔上跳下去,如果你答应今天给他一个蛋糕的话,因为他不知道明天是什么,也不知道诺言意味着什么。在给了他蛋糕之后,你可以要求他兑现承诺,但他会拒绝,尽管他还不理解这个诺言的坏处。你可以打他屁股——这会促使他兑现承诺。但这并不意味着他意识到了违背诺言是坏的,他只知道被打屁股是坏的。他不是被这个行为本身打了屁股,而是被你打了屁股。因此,避免被打屁股的办法很简单:他尽可以去做他喜欢的事,只要不被父母知道就好了。卢梭认为这种情况是避免不了的,因此最好不要苛求孩子发誓。一个十二岁大的孩子知道明天是什么,通过算计,他知道牺牲今天的快乐以规避明天遭受的更大的痛苦可能更明智。他知道诚实是最好的策略,但撒谎这种恶还依旧徘徊在他心头。卢梭指责洛克没法在他的教育中超越这一阶段,即我们之前说到的,洛克的教育中不包含性。二十五岁大的爱弥儿可以向苏菲承诺忠贞不贰,不是因为他能得到什么快乐或者他要躲避什么痛苦,而是因为他尊敬她,也尊敬他自己。他的快乐与痛苦已被他对理念的爱慕(attachment to the ideal)极大地改变了。

卢梭关于这一问题的推论建立在一个假设之上,这个假设就是,人生来就是懒散的野兽(idle beast),除了必须要做的事,比如寻找食物、寻找栖居地,以便能无所事事地过着迷梦一般的生活,他不愿做出更多努力。不存在与生俱来的寻求自我进步的欲望。因此,人很难去学什么东西,除了最直接的快乐和最直接的痛苦要求他学的。教育必定包含在寻找某些动机之中——因为那些动机,教育对人才是善的,才是应该去学的。卢梭暗示,到他那个时代为止,教育者只发现了三个动机,这三个动机都有坏的副作用,并且甚至会破坏学习的价值。这三个动机是恐惧、获利(gain)和虚荣(页89-90)。这三个动机最终成了总体上主宰布尔乔亚生活的动机,通过布尔乔亚教育为布尔乔亚生活做准备的动机。用孩子们的话说,这些动机是以"打屁股和责骂"、"礼物和其他报酬"、"荣誉和赞美"的形式出现的。但所有这些的问题在于,学习从来不以自身为目的,并且它鼓励某种精神上的畸形。恐惧使人焦虑,使人关心如何躲避痛苦,但这样一来,人也就无法再体验存在的美好了。而这样的后果就是,人们开始盲从、奉承权威和学习——这些都只被认作是躲避痛苦或死亡的方法。这是霍布斯式的人。卑劣的获利把学习贬低到了它的市场价,它的拥有者知道的也只是唯利是图。孩子认为他的学习有存在的理由(raison d'etre)是因为学习会带来利益上的回报。这是洛克式的人!一切中最糟的要算虚荣。广泛存在的自爱在人很小的时候就已开始活动,它以高的东西为生,以便获得相较于他人的优越感。虚荣是人类不平等的深层原因,《论科学与艺术》的第二部分无情地描述了它所造成的影响。这是对启蒙运动的批判,也是对一般意义上理论生活(theoretical life)的骄傲的批判。这是苏格拉底式的人?少年爱弥儿只被他的导师让-雅克无情地对待过一次。那是当他刚对磁场有所了解,并用他的知识去博取无知群众的赞美时。让-雅克安排了一个更了解磁场也更擅长影响群众的专家,以便让爱弥儿当众受辱。他这么做是因为虚荣是最有力的灵魂扭曲者(页172-175)。孩子会很快忘记他在历史课上学的那种人为的知识或你以这种方式教给他的地理学理论,但你用来教他的那些方法对他的影响却是终生的,这些影响决定了他对生活的看法——一场为了安全、利益和尊严而反对他人的战争。

  为了回应这一问题,卢梭找到了两个不会败坏他学生的自然善好(natural goodness)的学习的替代动机。第一个动机是食物,尤其是糖。所有的孩子都是贪吃鬼,尤其是在甜食方面。这超出了对营养物质的原始欲望的范畴,尽管这也在自然本性的范围之内。孩子会在必需的食物之外想方设法地获得甜食。《爱弥儿》前三分之一的魅力在于,卢梭巧妙地利用食物作为他教导的工具。爱弥儿学会了阅读,因为他收到了去邻居家吃蛋奶沙司的邀请,尽管他不知道确切的时间与地点。当他中午迷失在树林、必须赶紧找到方向以便回家吃饭的时候,他完善着他的天文学知识。卢梭提到了这一主题范围内的每一次改变,并且这几乎是整个早期教育的唯一手段。卢梭强调,如果食物被恰当地给予,那对孩子而言,食物就会成为与他被要求学的东西相关的东西,并且食物使孩子专注于它,而不会去关注教他的那个成年人的意志和想法。卢梭举了一个发生在某个意大利男孩身上的例子,这个男孩从做成各种几何形状的蛋糕中学会了阿基米德的全部几何学知识。因为他一天只被允许吃一个,所以这个小贪吃鬼就得去计算哪个蛋糕的体积最大。这种方法的最大好处是,对甜食的欲望不像恐惧与虚荣,等孩子到了青春期,它就变得不重要了。他的脑子里会有其他让他感到甜蜜的东西。贪吃不会给爱恋期的年轻人带去败坏的风险。在教导的过程中使用甜食所带来的结果不同于其他方法所带来的结果：附加的动机消失了，而学到的东西却保留了下来。这一过程——在其对糖的使用方面——效仿了存在的甜美（sweetness of being）（页117，180－181，146）。

卢梭发明的第二个动机当然是性，性欲、性能量，或者其他任何用来描述在青春期的爱弥儿身体内涌动着的东西。全书剩下的三分之二都只是对爱弥儿性发展的详细叙述。这是《爱弥儿》的主线，而大多数诠释者没有意识到这一点。正是这条主线把那各式各样的、让全书显得松散而毫无章法的事联系到了一起。卢梭说，利用食物，他可以率领童子军们一个月抵达世界的尽头（页153）。他暗示，通过被承诺的满足（promised satisfaction）这一工具，他也可以率领年轻人做同样的事。《爱弥儿》了不起的地方在于：卢梭为了完成文化的整个复杂工作（whole complex work of culture）而从一而终地贯彻使用了这两个简单动机。

但还是存在着一个差别，那就是，被卢梭偷偷摸摸加入的、旨在向孩子提供动机的甜食并非生来就在孩子身上，而性的渴望生来就在年轻人身上，它的任务是误导他们，让他们看不清真正的目标。还是孩子的爱弥儿追求甜食，而年轻人寻求上帝和其他理念，因为他还不知道他真正渴望的是什么。我们的任务是在他的欲望还未得到满足之前先丰富它。这样做不是要禁止他获得满足——因为禁止满足意味着要压制他，使他分裂并反对其自身。这样做的目的是想在他有能力从爱中区分出性以前，先升华他的欲望，这样当他学会了区分，那就不再能吸引它了。

在这里，我们发现，我们某种程度上正处在尼罗河的源头，一条伟大河流那几乎不曾被注意到的源头，它的泛滥滋养出一片生长着爱欲植物的绿洲。尽管卢梭从来没有使用过升华（sublimation）这个词，但在最准确的意义上，卢梭是"升华"这个词的创始人。康德明白卢梭是一位教导升华的老师，而从此以后，从物质到精神的运动,一种不自然但却象征着文化的运动,就被称为升华。在大众眼里,这个词一般被认为是弗洛伊德的发明,但在这里,我们看到的是一种鼓舞人心的升华,而不是弗洛伊德那种阴暗可怕的升华,并且对于那个弗洛伊德几乎从不回答的问题——什么是升华——卢梭给出了一个清楚且颇具说服力的答案。

卢梭的意图是在人的灵魂里创造出渴望。自然人并不渴望。他有欲望,但这些欲望仅仅指向即刻的满足。而布尔乔亚社会以一种堕落的方式效仿着自然,它为那些典型的布尔乔亚们提供各种各样的小目标和小满足。卢梭的孩子浪漫主义试图在布尔乔亚社会的限度内鼓动起一小群人——那些幸运的少数人,怀揣天赋的人,那些渴望着宏大目标的艺术家-爱人(artist-lovers)。卢梭试图建构起爱欲。当我使用爱欲这个词时,我尽可能地使它和现代作者们无关,因为没有一个现代作者会自始至终主张:性欲事实上只关乎对理念的渴望。他们会把爱欲捏造成"那些用来塑造梦的东西"。只有诗人所描绘的那些想象的或虚构的理想对象才被认为能勾起人们的欲望。这些虚无缥缈的图景真能说服人们放弃实实在在的肉体欲望而去渴望它们吗?

这个问题让我们怀疑整个浪漫主义计划,也让我们好奇,性在今天变得那么无聊,那么无意义,那么死气沉沉,是否就不是它的后果。因为卢梭和他的门徒们试图无中生有,试图用一根绳索将人从最初的泥淖里拉出来,但这根绳索却无法和任何位于高处的东西相连,除了希望和抱负。歌德用一句话道出了这种浪漫主义信仰:"那个永恒的女人(The Eternal-Feminine)诱引着我们向上。"尼采嘲笑了这句话。① 弗洛伊德和金赛正在花园小径的尽头等着。

---

① 歌德,《浮士德》,第 12110-12111 行;尼采,《善恶的彼岸》(*Beyond Good and Evil*),格言 236。

七

卢梭以这个观察开始了他的教育:激情,尤其是性激情,依照自然就是好的,上帝永远也不会谴责它或者想要消灭它。这一看似漫不经心的随口一说正是卢梭意图的核心。这是对原罪和整个基督教启示的一次攻击。这当然是一个敏感的话题,卢梭的这一处理最终导致他被信奉天主教的法国和信奉新教的日内瓦放逐。人在其最私密的生活中的分裂是由于人们普遍接受那一堕落是他的不幸——他的恶习和扭曲——的根源。卢梭计划的本质是要消除那毒害现代人的罪疚,用完整而摧枯拉朽的爱去鼓舞他们。用胡热蒙喜欢的话说,卢梭是在为欲爱(eros)最终战胜圣爱(agape)而努力。关于人之原罪的那些戒律不但让人成了一个反叛者,一个奴隶,也毁了人的性体验。在爱弥儿的童年时期,卢梭对圣经、上帝和宗教保持沉默,他以这种沉默强调了这一点:上帝败坏了人。在给爱弥儿《鲁滨逊漂流记》之前——那是爱弥儿到青少年时期为止读到的唯一一本书,讲述了一个人在没有更高权威的情况下,靠着自身的人力物力在荒岛生存的故事——卢梭甚至还写道:"我讨厌书。"(184)卢梭并没有说出这一点,但我们却可以看到,爱弥儿没有受洗,也没有学教义问答(catechism),这是为了保护他免遭神学的污染而被激起一种受恐惧捆绑的想象力。

在联合人类,取消人的应然活法和实然活法之间差别,减少灵与肉之间张力,以及消除天上之城的要求和地上之城的要求之间的矛盾方面,这一计划并没有什么创新之处。从马基雅维利开始,这就是启蒙作者们的目标。我们还能从诸如政教分离这样的机制中看到他们所作出的努力的遗迹。但他们都不关注基督教教义对性造成的伤害。存在着许多关于神甫和修女的下流笑话,并且从神法的角度看,性自由思想是反叛的象征,但启蒙作者们似乎都对发现或重构前基督教时期人们对性的态度和改善基督教对性的态度不感兴趣——这一点和现代早期的一些思想家,比如薄伽丘、乔叟、蒙田和莎士比亚,截然相反——因为他们要么认为这不重要,要么认为它会纠正其自身。尼采说:"基督教给爱欲灌了毒药,但爱欲并没有死,而是成了一种恶。"①卢梭让那个错误所造成的破坏成了他著作的核心。他这么做的原因我前面都已讨论过了。他从对个体财产权和安全权的关注出发,走向对现在被称为私生活的东西的关注。我们注意到,如今当人们谈到隐私,他们指的就是性以及和性有关的东西。卢梭是最爱柏拉图《会饮》的现代哲人,并且他让19世纪的人都尝到了那本书的味道。卢梭是从布莱克(Blake)"搞砸了的造物"(the botched creation)这一概念和他想要重塑一个亚当的企图(这意味着那一原初的堕落将不复存在)为出发点的。这一很有可能遭到忽视的神学背景,对理解卢梭的所作所为而言是必要的。正如他——和他的伟大前辈们一样——是基督教在政治上的敌人,②他也是基督教在爱情领域里的敌人。

但这并不意味着卢梭赞成"放手"(letting go)。现在,人成了一种人为的存在,充满了各种人为的欲望和激情。这样的人不但承受着基督教宣扬的原罪观的折磨,也受到现代哲学唯物论的折磨。现在,传统限制的打破让所有在人体内培育了千年的矛盾都付诸实践,并且会更加贬低它们的人类联系。我们离自然已如此之远,以至于我们必须在卢梭所描绘的新的伊甸园里重新开始。圣经传统知道一些关于性的东西,这些东西必须被整合进一种自然教育,它们关系到它的危险和神圣特质。当上帝与亚伯拉罕立约,许诺他的后代将会成为一个伟大的民族,多如沙尘,浩若星海,那其实是对他行割礼的回报,意思是上帝将要看管那个生殖器官,那个他随后会借贷给人的东西。这一借自上帝的伟大之物不是用来玩的。父辈

---

① 尼采,《善恶的彼岸》,格言168。
② 《社会契约论》,卷4,章8。

们对他们生殖行为的意义看得很重。他们不会把他们珍贵的精子浪费在地上,或者以其他方式浪费。未来有赖于精子。按照这种观点,说人有"权"控制自己的身体——尤其是所有与生育有关的部分——听上去就很愚蠢。运动中的性器官是神圣之物的显现。卢梭希望在没有上帝这一权威的情况下,在没有所有圣经戒律对之说不的东西的情况下,维护这种神圣的附体(divine possession)。他的意图实在是非常极端。

正如我说过的,所有这一切都始于青春期。卢梭认为,青春期早期是一种诅咒。这句话的意思是,对一个还不成熟的人来说,这段时期有许多时间供他堕落,却只有很少的时间供他学习(在他不得不面对青春期的危机之前)。他必须学的那些与性无关的东西和那些与性有关的东西混在了一起,而这意味着当想象开始无限制地扩张,无爱欲的必然性对人判断力的掌控就会减弱。自然的青春期(natural puberty)和公民社会的青春期(civil puberty)之间的距离更大了,而对卢梭来说,将这一距离化为乌有的难度也更大了。在年轻人获得明确的性知识以前,卢梭填补这一断裂的两个方法是(1)延迟青春期和(2)不把他的那些感受的意义告诉他。

对许多现代读者来说,在把性欲从原罪的枷锁中解放出来之后,卢梭似乎又给人套上了一种差不多严苛但却仅仅属于人的枷锁。他因残留的加尔文主义(他的日内瓦宗教),或者更宽泛地说,因新教主义而被指控。但我们必须记住,卢梭所施加的束缚的权威性仅仅来自那最高的性愉悦。正是因为要让人从野蛮的欲望中获得自由,要让人摆脱外部强加的必要的社会约束,卢梭才支持爱。男人生来就被任何可以得到的东西吸引。当他真正陷入爱情之中,除了他爱的那一个,其他所有女人都会失去吸引力。在一个爱人心里不存在什么通奸或不忠。在使性欲文明化的过程中,爱要比宗教约束有效得多。这就是卢梭在不谈道德的情况下推广道德目的(moral ends)的方法。道德只会是爱的一个不太有效的替补。这与我们的意愿并不相违。没有反对,只有同意(页 327 以下)。

这些是能引出卢梭思想中明显古怪的方面的东西。卢梭从一开始就把理念论（idealism）加到了性欲之上，使这两个分离的东西无缝衔接，而如果我们没有意识到这一点的重要性，那么卢梭对青春期后期的看法，尤其是那种认为心理环境（psychological surroundings）与青春期有很大关系的观点，以及他对淫词秽语和手淫的严苛态度，就会显得很愚蠢。

卢梭知道，在原始社会中，一个十三岁的男孩会被看作是一个男人，因为在原始社会中，责任和对男人地位的认识是非常简单的，但是文明社会的复杂让年轻人几乎不可能把原始自然不加修饰的要求和文明社会的要求放到一起。如果人们不去尝试卢梭所尝试的东西，那么欲望和道德之间的对立就会使人分裂。卢梭既向我们展示了一个希望，又向我们展示了一个大的疑问。灵魂的水力学（hydraulics）是这样的：如果你把它的能量用在了一个方向上，那它就无法顾及其他方向。即使是早先如此固化了想象的关于事实的知识，也不可能让它关注其他对象。

八

在这一关键时刻，卢梭强有力地阐述了他的教诲的整体原则，这一原则引领人从野蛮的自然走向高等的文明或文化：

> 如果你想要使日益增长的欲念有一个次序和规律，那就要延长它们在发展过程中所经历的时间，以便使它们在增长的时候可以从容地安排得很有条理。能使它们安排得井然有序的，不是人而是自然，所以你就让它去进行安排好了。如果你的学生只是单独一人，那你就没有什么事情可做了，不过，他周围的一切是要使他的想象力燃烧起来的。偏见的激流将把他冲走，要想拉住他就必须使他向相反的方向前进，必须用情感去约束

想象力,用理性战胜人的偏见。一切欲念都源于人的感性,而想象力则决定它们发展的倾向。反思能感知其关系的人,当那些关系发生变化,以及当他想象或者认为其他关系更适合于他的天性的时候,他就会心有所动。使一切狭隘的人的欲念变成种种邪恶的,是他们的想象的错误,甚至天使的欲念也会变成邪恶,如果他们也想象错了的话。因为,要想知道什么关系最适合于他们的天性,他们就必须对一切人的天性有所认识。

现在,把我们明智地运用我们欲念的要点归纳如下:(1)既要从人类也要从个体去认识人的真正关系;(2)要按照这些关系去节制心灵的一切感情。

但是,人是不是可以自主地按照这样或那样的关系去节制他的感情呢?如果他能够自主地把他的想象力贯注于这个或那个目标,或者能够自主地使他养成这样或那样的习惯,那当然是可以的。此外,现在的问题不在于一个人能够怎样教育他自己,而在于我们通过给我们的学生所选择的环境如何去教育他。阐明了我们采用什么方法就能使他遵守自然的秩序,就可以清楚地说明他怎样就能脱离那个秩序。(页219)

这为他剩下的教育提供了大纲。青春期之前的年轻男孩和基于自然经验的东西与解释这些东西规律性的科学有着稳定的关系。现在,他和人的关系问题成了最大的问题,而这要困难得多,因为人不像东西,人的所作所为并没有规律性和持久性,而是复杂多变的。想象就是那个未知数,而卢梭的干扰教育(intrusive education)要靠给想象以指导,告诉它事物是什么、事物当中可欲的是什么,以便使它和统一与自律的要求相一致。过去的观点是,想象尽管是欺骗性的,但它反映了或暗示了自然的现实,而卢梭不认同这种观点,他的教诲是,想象必须去弥补自然未提供给人类存在的东西。因此,从他自身的自由和自发性出发建立一种目的的等级秩序取决于他自己。这里,卢梭清楚地表明,只有一个哲人可以做到这样。哲学教师的存在是为了开一个头,使人的想象可以独立。这个教师通过展示情感如何能够束缚想象开始了他性教育的第一步:同情(compassion)。

卢梭告诉我们说,只有当人的感性(sensibility)或感受力延伸到自身之外,人类的关系才会开始。他这里说的感性是对新的感觉、超越了自保的感觉的感受力,这种感受力伴随着性成熟一起出现,卢梭激进化了那个现代观点,即人本质上是感觉动物,而不是理性动物。霍布斯主张人是一种感觉动物或激情动物,但最终他把人与人的联系看作是算计理性的结果。卢梭坚持认为,除非在人与人之间存在着一种感觉关系,否则自我与他者的对立必然会使人与人之间的道德联系变得不可能。想象完全被追求性愉悦所占据的年轻人对事物的看法与会去探究自身与他人崭新关系的单纯的人(innocent one)——他充满感受,却不知道这些感受意味着什么——对事物的看法将是完全不同的。

换句话说,卢梭赞同作为古代思想对立面的现代思想,即现实(reality)存在于独特的、个别的存在者身上。普遍的东西是抽象的。因此,人性只是一种抽象,除非那个独特的个体通过感受建立起了一座通往它的桥梁。这是同情的工作,它的出现是克服自我与他者间的自然对立的第一步。

卢梭在他最早期的著作——尤其是在《论人与人之间不平等的起因和基础》——中就已说过,在野兽和人身上都存在着一种对他人遭受的苦难的感同身受。① 在《爱弥儿》中,他发展了那一观点,但通过使同情对灵魂更加重要,使同情在引导他学生的行为和情感的过程中更加主动,他改变了它。因此我们可以明白,为什么在这

---

① 《论人与人之间不平等的起因和基础》,第 128 – 134 页;参普拉特纳(Marc F. Plattner)的《卢梭的自然状态:〈论不平等的起源〉释义》,De kalb, Illinois: Northern Illionois University Press, 1979,第 82 – 87 页。[译按]中译见《卢梭的自然状态:〈论不平等的起源〉释义》,尚新建译,华夏出版社,2008。

个语境下卢梭会偏爱感觉多过理性。自然的怜悯让我们对他人遭受的苦难即刻产生了同情,但理性却让我们确信遭受苦难的是他人,我们未必要与他同舟共济。过度的理性主义在使人孤立的同时也强化着自然的自私。因此,自由主义想让理性成为社会契约根基的尝试只能是南辕北辙。唯一的联系只能存在于对肉体和精神上的苦难的强烈感受中。只有从人的脆弱性出发,人类才可以被理解成是拥有共同的命运。只有感觉为真正的共同因(common cause)找到了基础。

以文明形式和主动形式出现的同情是想象在人身上所做出的第一件重要成果(页 220 – 226)。一个中立观察者眼中的遭受苦难者只是一个绝对的他者。但如果一个人在他者身上看到了他自己,那么他就会成为那个人的伙伴。通过想象这一行为,他成为一个人(human being)。因此,共同的人性或人情味是通过想象而不是物种的真实同一性(real sameness)实现的。年少的孩子事实上还是一个自然的野蛮人,他只关心自保,因而很少会觉得他和别人有什么联系。年轻人虽已经过自足训练,但拜他们新生的性能量所赐,他们有着过度的感性,因而能通过不带竞争的想象把他们的感受延伸到自身之外。正是在这一人生的重要阶段,在孩子自私的原子主义和他社会关系的发展之间,卢梭插入了同情这种情感,因为如果这种情感训练得当,它会调和他和同伴的关系,并确定其自私的限度。

在进行这一高风险的操作时,卢梭对"人的自然本性允许什么"是极为客观的。人的自私不允许人为了他人的利益而牺牲自我的利益。如果有某个幸福的他者拥有一个人想要得到的所有东西,那他就会成为怨恨和忌妒的对象。而一个遭受着苦难的人不会构成威胁。卢梭大胆而刺耳地断言,离了妒忌,没有人能分享甚至是他最好的朋友的幸福。他中了彩票,拿走了所有的钱。我祝贺了他,但事实上我更愿意中彩票的人是我。他的幸福夺走了我的幸福。亚里士多德会说,真正的朋友——虽然罕见,但却是可能的——会为朋友的好运而高兴,但卢梭坚持认为那是不可能的。是因为看到朋友的窘迫而自己又有能力施以援手,我们才产生了慷慨的而非落井下石的情感。卢梭甚至声称,一个真正自足的人不会关心别人,这样的人的幸福是一种孤独的怪态(solitary monstrosity)(页221)。卢梭甚至没有考虑古代人的观点,即人在实践他们的理性时会自然地倾向于联合。

卢梭试图采纳的人的精神发展是这样的:最初,我们看到他人的痛苦时,会感到一种直接但想象性的冲击,后来我们意识到,遭受苦难的是他人而非我们,而我们可能对他人有用,并且帮助他人能帮我们赢得好名声。这听起来或许有些伪善,但这可以是一个人自我意识的一部分,灵魂的一种温和无害的习惯,不同于自私自利与责任之间的尖锐冲突。

性感受力和性想象的出现让同情的这一发展和加工成为可能,但只有当自爱出现时,它才变得必要。人与自然无所谓比较,也无所谓竞争,人是绝对的。但在人与人之间,相对价值或地位的比较在所难免。对不幸的人而言,幸福之人的存在是对他的一种羞辱;而对幸福的人来说,不幸之人的存在是对其自身价值的一种确认。被富人、名流和爵爷围绕会带来丑陋、轻贱的激情,而看到窘迫之物则会带来温和的激情。因此,作为被我称作灵魂水力学的东西的结果,刚刚获得感受力的年轻人首先必须观察的社会关系是那些生活在苦与乐之中的普通人的社会关系。为他人感到痛苦伴随着一种得自早先训练的有限的自足。这条介于对他人苦难漠不关心和妒忌他人的幸福之间的分界线必须被跨越。既然自爱必定会在社会人身上产生,那么是否会存在一种对他人的骄傲而慷慨的关系,或者是否会存在一种建立在你死我活的竞争之上的虚伪的伙伴关系,一切都取决于这一发展。

对人之存在(man's being)的全面审视让他可以通过初生的性能量建立起一种敏感的与他人的亲近,让他可以体会到其他人所体会到的东西。这也让他可以更宽泛地理解自利。富有同情心之人的幸福是那些狭隘地追求自保的人所不理解的。

尽管同情心的觉醒造成了十分重要的社会后果，但卢梭的首要意图还是回应自爱所带来的那种非此即彼（either/or）。温和地意识到人类遭受的苦难并不会威胁到孩子的自尊，而与之相对的，那个比少年爱弥儿更幸福或者被认为比少年爱弥儿更幸福的人，既篡夺了爱弥儿的第一位置，又通过对爱弥儿的毫无需要，在爱弥儿的伤口上撒了盐。同情鼓励内在的独立，而妒忌是与依赖有关的所有恶行的合唱指挥。卢梭知道，同情自身并不正义，但它却是理解和实践正义的必要准备。同情增加了对平等的诉求，因为同情让爱弥儿体验到了那些与富人和贵族截然相反之人的生活。爱弥儿不会是穷人，但他的情感让他更偏爱穷人而非富人。

在这一教育的更高级阶段，爱弥儿必须面对主导着一个社会的那些现实：不平等，以及地位和德性间的不相称。自爱的自然偏好会让人觊觎社会特权阶级，而如何避免这种觊觎是教育中最困难的部分。还是孩子的爱弥儿学会了偏爱自己简单、粗糙的饭菜胜过富人大操大办的宴席。这是嘴巴教育（education of the mouth）的一部分。当爱弥儿成熟之后，他也会对杰出的男人和女人产生同情。卢梭并没有把普鲁塔克的《名人传》教给少年爱弥儿，因为爱弥儿还无法理解道德教诲，给爱弥儿道德教诲只会使他异化，使一个年轻人变成一个模仿者（页243）。现在，有了他童年时期养成的独立和自我满足，有了反竞争的新式武器——同情，爱弥儿可以读普鲁塔克了，但却是以一种全新的方式读，这种阅读的方式颠覆了整个传统。卢梭把同情的对象延伸到了特权阶级，延伸到了那些通常受到憎恶的人的身上。在自足的人看来，普鲁塔克笔下的英雄们，无论男女，都是依赖他人的、悲剧性的、值得同情的，他们追求着想象中的善，也为此遭受着这一追求所带来的最可怕的后果。普鲁塔克罗列的是古人各种辉煌的恶行而非德性的杰出典范。不像那些古代的道德教师，卢梭并不希望他的孩子模仿，因为这样的模仿会让爱弥儿受到自我憎恨的侵蚀。他的年轻人不是古代英雄人物的仿制品，而是一个自行其是的人物。作为卢梭的伟大读者的托尔斯泰在《战争与和平》中刻画了这一点,在那里,安德烈王子(他高贵地模仿着英雄,崇拜着拿破仑)和皮埃尔(他笨拙地照着自己的步调,即使是当他并不想那么做的时候)形成了鲜明的反差。如果恰当地加以教育,爱弥儿会看到那些力争第一之人目标的空洞,他会体验到一种同情的惊骇,而如此一来,他也会为坚持做他自己而感到心满意足。

不经过这种处理,他会充满道德义愤,整日祈求正义的惩罚。同情的初体验会在那些寻求平等的人和那些津津乐道于不平等的人之间形成阶级斗争。卢梭试图将同情同时延伸至这两个不同的阶级,以避免这种与大多数人称之为正义的东西有关的丑陋的激情。卢梭竭力避免道德义愤,因为道德义愤是灵魂中的大智术师,它告诉人们,他们受到损害的自身利益能够被转化为一种极为崇高的道德呼召。同情既指明了改革的道路,又牵制住了妒忌。

必须再次强调,卢梭正在灵魂中建立起一种等级秩序,这种等级秩序不同于任何既存的等级秩序。那种柏拉图式的、亚里士多德式的灵魂三分法——理性、血气和欲望——并未反映真实的自我。就像霍布斯和其他人说的,自我是由许多无差别的欲望组成的,这些欲望没有自然的高下。遵循自然的卢梭重新赋予了这些激情以等级秩序,他使那些与自足相关的激情占据主导地位。在政治上,他修正了那些教导自私自利的教诲,他使 19 世纪的自由派们(比如托克维尔①)相信,民主制最好建立在同情所产生的那种同胞感(fellow‐feeling)之上。但对爱弥儿他自己来说,同情只是他无意识的性觉醒所造成的感受力的延伸,以保护他免遭想象的欺骗。他的自私并未减少,但现在,他的自私包含了一种快乐感,而这种快乐感与他在自己身上发现的人情味是密切相关的。这真的还不是道德责任,因为当他的自身利益和同情的命令发生冲突时,他会选择他

---

① 托克维尔,《论美国的民主》(*Democracy on America*),第 2 卷,第 3 部分,章 1。

的自身利益。最重要的是,对爱弥儿来说,富有同情心之人的活动还不是一种生活方式。当然,这里存在着真正的人与人之间的亲近,但这种亲近是一般化了的,并不形成社交纽带和相互的爱慕——那是我们努力寻求但很难找到的东西。卢梭只会在爱情中、一对情侣的激情之爱中找到它们。但是爱弥儿还没有像他关心自己那样关心过他人。

卢梭对同情之伪善——沉溺于关心他人,却带着优越感——的危险非常清楚。他试图通过阅读那些寓言,那些告诉人们虚荣有多愚蠢的古今寓言来矫正这一点(页240-249)。但最主要的,他还是想通过使同情一般化来实现这一目标,因为这样一来,少年爱弥儿就不会只选他认识的和他喜欢的人作为同情的对象,而是会像一个立法者一样去思考同情对整个共同体和所有人有何助益。在爱弥儿听到正义这个词以前,这样的感情已经预示了正义的理念。那个啼哭的婴孩,那个认为整个世界都应为他最轻微的痛苦停下脚步的婴孩,已经消失了,现在我们拥有的是一个年轻人,他能感知所有人的痛苦,能够明白自己的痛苦在这些痛苦面前是微不足道的。卢梭把这叫作升华,并向我们暗示了他所谓的升华是什么意思。这样,卢梭就总结了爱欲感受力教育的第一阶段。这就是他所说的"情感必定束缚想象"的意思(页219)。

九

现在,卢梭转向了那句话的第二部分,"理性使人的意见沉默"。这是《爱弥儿》这本书最著名的部分——萨瓦代理本堂神甫的信仰自白(页260-313)。这部分可以和《社会契约论》以及《忏悔录》相提并论,它们都是卢梭最著名的作品。这部分也常常被单独地从书中抽出来,断章取义地教给学生们。它显然是卢梭关于形而上学的论述。这篇"自白"无疑威力十足,这一点不仅可以从卢梭被社会放逐并遭到天主教徒和新教徒的谴责中看出,也可以从它给后来神学的启迪中看出。站在19世纪和20世纪的自由派宗教立场上来看,这种教诲实在是太过熟悉了。它是普世的,也是独立于救赎的。但显然,这不是卢梭对形而上学或者神的问题的最终思考,因为这番话是从另一个人的嘴巴里说出来的。比起卢梭以自己的名号表述的那些思考,这番话显得较不激进。① 理解"自白"在《爱弥儿》计划中的位置是必要的,但也是困难的,因为"自白"的对象是与少年爱弥儿相对的少年卢梭。如果我们恰当地理解,"自白"彰显了卢梭思想的最深层,它寻求发现灵魂的一个完全崭新的维度。② "自白"完全不亚于卢梭对升华的描述,那一使深刻的灵魂牢固的对伟大的潜在体验。对上帝的探求是爱欲感受力作用的结

---

① 《一个孤独的漫步者的梦》,(Reveries of the Solitary Walker)Charles E. Butterworth 译,New York:Harper & Row,1979,参第3次和第4次漫步;《致马尔塞布社长先生的第四封信》(Quatre lettres a M. le President de Malesherbes),收录于《全集》,第1卷,第1140-1142页。

② 身为20世纪最具才智的神学家之一的卡尔·巴特(Karl Barth)在讨论卢梭《音乐辞典》(Dictionnaire de musique)中的"天赋"(Genius)条目时,机敏地考察了这一面向:这已不再是18世纪,因此不是巴赫的天赋,不是海顿的天赋(更何况一本秉承他们制作音乐方法的指导书几乎都不包含关于"天赋"的条目),当然也不是莫扎特的天赋,而明显是——从每一行中都可以看出——贝多芬、舒伯特和门德尔松的天赋。使宇宙为之入迷的、以感觉的形式反映观念的、旨在表达和唤醒激情的、作为以一种神秘的方式表达生命感受的音乐,不想被理解为是美的而只想被理解为是使人愉悦的和神志不清的音乐,彰显了某种天罚或恩典的宿命——这一切都可以在施莱尔马赫(Schleiermacher)关于宗教的演说中找到,但无法在前歌德时代的任何书中找到,也无法在任何人的心中、头脑中找到——的音乐(根据它是否能打动别人)。任何在那时候读了这个条目的人都会立即被召到音乐的领域,确定他是否要接受那一新的讯息——艺术是感觉的先知,就像某些充满着新的承诺的东西,或者就像某些本质上类似于宣战的东西——以及他相应地应该欢迎它还是拒绝它(参见卡尔·巴特《新教思想:从卢梭到立敕尔》[Protestant Thought: From Rousseau to Ritschl],Brain Cozens 译,1959,章2,第61-62页)。

果,这一思考之所以必然会发生,是因为我们有控制爱欲表达的需要。这是升华这个概念的基础,也为升华提供了崇高的典范(lofty model)。它不但自身有趣,而且对我们来说也很入时。它所产生的冲击力不仅改变了宗教思想,也改变了文学、音乐和绘画。尤其是,它激发了康德的体系,康德试图使卢梭笔下的那些情感成为现实基础。康德把卢梭的教诲看作文化的顶点,即文明人和谐统一的完满。

在一般情况下,文明仅仅意味着私人满足张力的加剧,然而,依照康德对卢梭的解读,文化要求对私人利益进行一般化,以便容纳公共利益。但是,《爱弥儿》当中关于同情的教诲并没能完成这一工作。私人的利益和整体的利益之间的张力以及前者必然的优先性依然存在。如果萨瓦代理本堂神甫的教诲能够成功,那么它必然能压制那些既私人又野蛮的自然人的要求。

换句话说,卢梭通过使爱弥儿的欲望依附于同情,从而使它们摆脱性命运。他使爱弥儿的感受力从个体延伸到种族。但他并没有让爱弥儿去思考他人对两性问题的看法和实践,这会保护那种依附。需要让算计理性变得感性,以便矫正它。但最重要的是,萨瓦代理本堂神甫提供了一个能产生强烈满足的对象,这个对象所产生的满足远远超过同情他人所产生的满足。

首先,爱弥儿受到的教育对他那个时代最重要的教育主题——即宗教——完全保持了沉默。卢梭的沉默表明,他极不同意基督教——包括天主教和新教——对待孩子的方式。他暗地里谴责圣经的教诲,包括它的各种禁忌的负担以及把原罪归给所有人,认为它败坏了孩子,使孩子分裂,剥夺了孩子判断的自主性(页 98 - 101)。只有当文明人的青春期感官(adolescent senses)开始迫切地渴望启蒙,寻求上帝对学生和老师来说才成了切身的需要。现在,对纯粹精神性的渴望寻求着实现。这一渴望包含了最大的危险,因为想象轻而易举就让它成了无知最疯狂、最依赖的形式,这种形式被称作迷信(superstition)。卢梭在这里依托了启蒙最基本的那个含义：将人从迷信当中解放出来。那新生的、充满活力的想象必须在服从理性之后才能得到满足。但一个像人这样完全感官性的存在（sensual being）如何会有抽象思维？卢梭把从感性或感官性到抽象思维的运动展现为某种奇迹。他似乎把这一运动当作是青春期那奇迹般的繁殖力量的结果。

爱欲的神秘就在这些思考当中。这一神秘在于，精神如何能在一个像卢梭笔下的人那样物质的存在者身上产生？卢梭必须在迷信和无信仰之间划出一条分界线。卢梭在一段令人吃惊的自白中告诉我们，依照自然，人就是迷信的（页134以下，页256）。这是令人吃惊的，因为卢梭在别的地方似乎说过，自然人没有想象。那种自然人似乎是卢梭建构出来评判人的某种样板，而在这里，卢梭解释说，没有启蒙，人不可避免地会把自然物理现象解释成是威胁他或者保护他的意愿行为。这就是为什么对爱弥儿的早期教育旨在让他理解物性的自然，让他无条件地接受自然的枷锁。

"信仰自白"给出了一种恰当思考宗教事务的样板，一种免于因人类恐惧而造成的各种扭曲的样板。我们也许会问："为什么不做一个无信仰的人？"卢梭的回答是，无信仰的人没有判断的标准，只能跟着社会上的各种意见随波逐流。我们一定不能忘记卢梭正试图废掉神甫的权力，但与此同时，他也完全清楚，从神甫那里获得解放的人在没有任何权威的情况下很有可能就此成为公意的奴隶。少年爱弥儿不能靠本能去保护他的独立。他知道简单的土菜要比权贵们精心制作的饭菜更可口。但他的性本能已经变得如此可塑，以至于无法提供向导。上帝似乎是唯一的源头。社会人必定会开始思考，最终他会对万物的始因（first causes）形成一种看法或想象。因此，当激情愈演愈烈、想象信马由缰时，对一种获得理性确认的更高秩序的体验是教育不可或缺的一部分。这样一来，激情和启蒙之间的平衡就得到了保持。这在社会的层面上恢复了野蛮人的那种自然平衡。

萨瓦代理本堂神甫代表了一种新的理性主义,我把这种理性主义称为感性理性主义(sensitive rationalism)。这种理性主义既想满足理性的要求,又想规避那种把理性当作满足自我之手段的现代方式。作为独立的支柱和满足的对象,上帝是萨瓦代理本堂神甫所表达的宗教观的目的。这不仅仅是公民宗教或者有用宗教(useful religion)。对人的那些宗教渴望来说,这是一种强大的诱惑和满足。在阅读霍布斯或洛克的过程中,没有一个诗人会被激发出宗教热忱。但卢梭确实激发了这样的热忱,并且重新注入了启蒙试图压制的那种虔诚(religiosity)。他简单地陈述了问题:

> 一个土耳其人如果在君士坦丁堡说基督教是十分可笑的话,那就让他到巴黎来打听一下我们对回教的看法。特别是在宗教问题上,人的偏见是压倒一切的。可是我们既然不让他受任何事情的束缚,既然不屈服于权威,既然不拿爱弥儿在其他地方他自己不能学懂的东西去教他,那么,我们要培养他信什么宗教呢?我们使这个自然的人加入哪一个教派呢?我觉得,对这个问题的回答是很简单的:我们既不叫他加入这一派,也不叫他加入那一派,而是让他自己正确地运用他的理智去选择。(页260)

不管从哪个方面看,风险都很高。

卢梭似乎呈现了那种被称为自然宗教(natural religion)的东西。所谓的自然宗教,就是任何一个人在没有圣典启示协助的情况下,通过他的自然能力(natural faculties)就能理解的一种宗教。这是我们能在亚里士多德的形而上学以及现代哲学的宗教思考中找到的那种神学。但在卢梭的手上,自然宗教(natural religion)迅速转变成了自然的宗教(religion of nature)。自然的美好和自然的有序在卢梭之后激起了一股我们都知道的热潮。这和早期思想家对自然宗教实事求是的论述相距甚远。一种新的信仰成了启蒙运动的拱顶石,它取代了不完美的文明人心中各种扭曲的、不纯洁的信仰。与社会的无序相比,与社会眼里的那些无意义的满足相比,自然秩序的美好被当成了一种标准和一种真正的满足。而暗示隐藏在自然背后的上帝所拥有的无穷力量的种种迹象让人既惊又喜地体验到了升华。那种对自然的轻蔑已经消散,这种轻蔑源自圣经的论述,在圣经中,存在着一个上帝,它远远凌驾于自然之上,以至于我们无法从自然当中学到一丁点儿关于上帝的东西;它撼动了我们对感官和理性的依赖,并且要求我们拥有一种克服万难的信仰。康德说,一个可以感受到自然之美好的人几乎不可能轻易地就被败坏,也几乎不可能轻易地就变成一个不道德的人时,康德再一次说出了卢梭的意图。①

再者,就像梅尔策(Arthur Melzer)说的,在信仰自白中,卢梭用真诚取代了信仰。② 信仰意味着相信他者,相信那个客观存在的、神秘的上帝。真诚则把责任都加在了自我的主观确定性上,因而无需指涉任何外在的权威。这一焦点的转移也反映在了我们日常的习语上,例如,我们会说我们相信某人(have faith in someone),与之相对的,我们也会说,我们是真诚的(in good faith)。后者的首要性反映了个体的尊严和立法权。这是对自我尊严的骄傲确认,而非在一个更高的权威面前虔诚地消灭自我。

通过复述古人劝慰愤怒的诸神所说的话,卢梭开始了叙说它们的危险任务。卢梭没有跑题去说他的神学,也没有去说他的神学如何适合爱弥儿,而是讲了一个好神甫如何拯救他,使他不被败坏的故事——这也是《爱弥儿》这本书提到卢梭自身成长历程

---

① 康德,《判断力批判》,§42。
② 梅尔策,《人的自然善好:论卢梭的思想体系》(*The Natural Goodness of Man: On the System of Rousseau's Thought*),Chicago: University of Chicago Press, 1990,第280页。

的三段文字中的第二段(页 135 – 137,260 – 313,344 – 355)。①这些段落勾勒了深受社会不义之害的卢梭如何解放他自己,如何能教导人们获得自由。他是经历过社会人的种种扭曲,并发现了一种能够培养出无需卢梭的天才就能获得自由的人的教育的哲人。少年卢梭非常不同于爱弥儿,事实上,我们可以说他完全就是爱弥儿的对立面。爱弥儿是依照自然抚养长大的,也就是说,他的成长未曾受到他人看法的影响,而让－雅克则身陷他人偏见的漩涡之中。

关于少年让－雅克的第一个故事发生在他十岁的时候,他一个孤儿,被带到了一个远房亲戚的家中。这位远房亲戚是一个新教牧师,有一个和让－雅克同样年纪的儿子(页 135 – 136)。让－雅克无法忍受他的依赖性,无助地想要和这位被宠坏的表弟伯纳德(Bernard)——让－雅克并未把他当作对手——平起平坐。让－雅克生活的重心在于把他人比下去,而那时的爱弥儿还根本意识不到他人的存在。他试图从阴暗漆黑的教堂里找回圣经,以显示自己的勇气。但那几乎要以耻辱收场,因为他害怕教堂里的暗夜魔鬼(demons of the night)。但他最后战胜了那个黑暗王国,因为比起魔鬼,他更怕听到冷酷的继父继母那些威严的朋友的嘲笑。他对一位勾起了他还未成熟的性欲的年轻女子的在场尤为敏感。各种各样的恐惧与羞耻唤醒了他那受伤的自爱,让他进入到一场寻求认可的激烈战斗之中。在《忏悔录》中,这位年轻女子据说以这样一种方式惩罚了他,以便让他在惩罚中寻求爱欲的快感。②所有的坏角色在这个故事中都得到了展示——竞争、宗教和未成熟的性欲。

"信仰自白"说到了青年卢梭的故事。萨瓦代理本堂神甫的教诲是说给一个满脑子义愤,充满了忌妒、怨恨、肉欲和复仇精神的年

---

① 对参《忏悔录》,卷2,第65 – 74 页;卷3,第92 – 95 页;卷3,第117 – 118 页。
② 同上书,卷1,第25 – 28 页。

轻人听的。受伤的自爱是其灵魂的中心。关于它,"信仰自白"的听者所告诉我们的和它的实质内容所告诉我们的一样多。因为他的大胆行为,让-雅克不得不离开他的新教家乡,成了一个浪迹意大利某城市的贫穷流亡者。这个如此流连于流浪冒险的年轻捣蛋鬼为了生存,皈依了支配着当地的天主教。一旦进入了为皈依者所准备的家,他便成了反对天主教的启蒙反神学怒火如此生动描述过的所有败坏的牺牲品。他成了伪君子们的囚徒、反常性骚扰的对象、毫无信仰只关心舒适和世俗权力的神甫手中的卒子。他正义的控诉最终反让他受到控诉。最终他落入了束手无策、孤立无援的境地:他几乎就要拥有"流浪汉的品行和无神论者的道德"(页263)。在这个世界上,社会的无序和不义的胜利让他只关心如何在别人的眼里脱颖而出。主导着他的激情是怨恨(spite)。他在性的问题上依旧清白,但这仅仅是出于害羞的腼腆。因为他在救济院的经历,他虽然厌恶性,但他看待性的方式却像一个浪荡子,这为他堕落的爱欲生活铺平了道路。这里我们再次发现,自爱、宗教和性的主题被融合到了一起。

代理本堂神甫扮演了救场英雄(deux ex machina)的角色。他使卢梭的灵魂得到了救赎,不管这种救赎是为了今生还是为了来世。他自己的故事也很有趣,而且和卢梭的故事有部分的重合。因为他的特立独行,他遭到了教会的厌弃,从此晋升无望。即使这样,他还是在恪尽职守地履行着天主教的仪式,并且在这个过程中保持温和而虔敬的态度。他对外是一个虔诚的天主教徒,但他并不憎恨新教教义,而且对一种人道的泛基督教主义也持开放态度。代理本堂神甫饱受教派之争以及各教派和真正宗教(true religion)间冲突的折磨。对让-雅克来说,代理本堂神甫和他一样,也是一个失败者。他是一个困惑的对象,而非仿效的对象。

代理本堂神甫的具体罪行是和未婚姑娘们上床。当然,卢梭把神甫们的禁欲看作是不自然的东西,因而站在他们的立场上证明了某些苟且行为的正当性。他们既可以选择未发过婚誓的姑娘,也可以选择已发过婚誓的女子。代理本堂神甫选择了依照自然更清白的未婚姑娘,但在意世人看法的教会更倾向于让它的神甫和已婚教民发生性关系,因为即使女方有了孩子,孩子也可以被归给那被戴了绿帽子的丈夫,这样一来丑闻即可避免。为了避免舆论,天主教会更倾向于玷污最神圣的婚誓。那个神学－性问题(theological－sexual problem)重现在了代理本堂神甫身上,也重现在了少年让－雅克身上。卢梭挖苦地说,在性习惯上,代理本堂神甫"还未完全改正"(页265)。

对让－雅克来说,代理本堂神甫是一个谜,因为他似乎既信仰新教,又恪尽职守地做着天主教徒该做的事。他是一个既顺应了国家的要求,又使内在自我保持自由的聪明人的典范。这样一来,他就在某种程度上回应了让－雅克无力解决的那些宗教问题和两性问题。代理本堂神甫就像让－雅克,他站在两个教派——新教和天主教——之间,而这一位置让我们看清了宗教狂热。位于地图上任意划出的分界线两边的人们对救赎和生命中最重要的所有东西都持有相反的意见,他们愿意杀了那些与他们意见相左的人。而任何试图越过这些精神分界线的人都会被认为对其父亲、祖国和宗教不忠。这很大程度上取决于一个人对家庭和国家的依附程度,因此很难让每一个体自行做出决定,所以代理本堂神甫说,实践的总体原则是每个人都必须遵循他父亲的宗教(页311,381)。但这种解决方式实在太流于习俗,以至于它很难使那些会思考的人满足。因此他以两个个体为例,这两个人都以各自的方式违背其意愿地越过了其父亲宗教的限制,从而不得不自行全盘考虑宗教。这依稀反映了卢梭在重新以自然人——那个会得到一种新宗教或者说自然宗教的新亚当——开始时所面对的问题。他从未正面表述过这个问题,而代理本堂神甫的自白是介于国家之宗教和自然之宗教间的一种中道。最终,宗教间的不一致就像不同国家法律和习俗的不一致一样。一方面,这些宗教表达了国家的狂暴激情,包括其所有的不义和虚伪,但另一方面,它们也指向了为人类所共有的那些最高的东西,指向了正义的影像。

代理本堂神甫在人类意见之外找到了一个立足点,凭借这一立足点,他可以判断人类的各种意见,并且这一立足点为他提供了一个独立的满足来源。在他教育让－雅克的过程中,他先把自己表现得和让－雅克一样是一个受害者。让－雅克并没有把这个像僧侣一样谦卑的家伙当作崇拜的对象。在让－雅克看来,他并不拥有那些构成幸福的善。让－雅克认为那些生活在上流社会的人才是幸福的人。让－雅克不是想着成为他们的一员,就是像一个卫道士般酸溜溜地谴责着他们。但最终,这个非同寻常的少年的好奇心将其引向了那个能在看起来难以忍受的情况下安之若素的神甫。最终,神甫向那个将信将疑的让－雅克保证说他就是幸福之人(页266)。让－雅克违反其本意地对代理本堂神甫的外部立足点表示怀疑,而神甫提出可以为他解惑。

代理本堂神甫非常谨慎地为他的"自白"选择了一个动人的场景:有山,有水,有溪谷。卢梭说,"这是能夺人眼球的最美丽的风景"(页266)。这一段让我们想起,之前爱弥儿在一个差不多美丽的场景中发现了太阳在天空中的季节性变化,而卢梭告诫我们,不要指望孩子对那一场景的美丽有什么认识。在人生的那个阶段,爱弥儿不可能对季节的特殊之美、自然的美感到狂喜,不可能明白这种美和情感生活的关系(页168－169,181)。他看到的只能是对天文事实纯粹物质的、数学的观察。在青春期之后,狂喜的状态让他得以看见美丽之物和升华之物的产生。精液提供了那一缺失的成分,没有这一成分,自然只是运动着的质料,不管自然之美是在事物本身之中,还是只是人类创造力或诗性力量的产物。简单地说,为了向他的目标对象演说,代理本堂神甫的修辞要求爱欲感受力。热衷于自然是蔑视社会生活的人为性(artificiality)的基础。

"自白"是一种加以修饰了的笛卡尔式的沉思,一次发现思想者赖以生存的那种最小确定性的尝试。代理本堂神甫比笛卡尔更强调形而上学事业的道德维度。社会秩序和神学秩序中的那些矛盾已经根除了指导他道德行为的那些习惯性原则，他被迫返回源头，重新开始——如果他没有因受命运之风的吹打而完全飘零失落的话。第一样可以确定的东西是正在思考的主体，但人的本质是个体的感觉（individual feeling）而非普遍的理性。"我感故我在"和"我思故我在"并驾齐驱。这种方法或许可以被称为心的逻辑（logic of the heart）而非脑的逻辑（logic of the mind），而真诚——判定其权威性是如此的玄乎——是证明上帝存在的那些证据的仲裁者。尽管他总是意识到，对于他的结论，还存在着无法反驳的反对意见，但代理本堂神甫确定，他的真诚压倒了他的那些批评者的论证。他勾勒出了康德的批判计划——其本质是靠命令来约束形而上学的帝国主义，"理性只能满足于此，不能再进一步了"。代理本堂神甫和康德都希望阻止理性试图证明上帝不存在。他们想要一个宗教，一个即使不能用理性证明自身（reason itself），至少也不是不合理性的（unreasonable）宗教。

代理本堂神甫发现的第一原理（first principle）基于运动的事实。必定存在着运动的第一因（first cause），那是怀疑论者所碰到的上帝的第一属性。存在着两种实体——质料与意志。意志或权力在某种程度上是我们体验到的这个不断运动着的世界的原因（页270-274）。我会毫不犹豫地将这种阴暗力量等同于浪漫主义艺术家意识中的那种可怕的升华。

可以确定的第二原理是秩序，也就是自然。自然展现了一种秩序，不管其地位如何，一种任何会思想的人都会情不自禁地被其吸引的秩序（页275-276）。从根本上说，代理本堂神甫在这里说的秩序并非人们在还原论物理学当中发现的那种秩序，而是出现在最日常的体验中的那些生长现象或目的论的运动现象——尤其是在植物和动物王国中。这些现象与少年卢梭和爱弥儿的能量——尤其是爱欲能量——相契合。卢梭，就像他之后的歌德一样，专注于这样的现象，以求重新找回一个人能完满地生活于其中的世界。卢梭晚年致力于收集和研究植物。① 在代理本堂神甫看来,对这一壮观秩序无感的人仅仅部分地是人,即使抽象推理让他显得是完全的人。我会把对自然王国的赞美称为对美好之物的爱,对升华之物的美学伴随品(aesthetic accompaniment)的爱。这种秩序,不像升华之物完全是当下的,可以被沉思和理智把握的。在它带给人的愉悦中不含任何可怕的元素。

存在于自然之中的意志和秩序这两个原理确保了一个辉煌的沉思王国。这个王国不但满足了理性,就像柏拉图对超验理念的沉思,也激发了充满活力的想象。这首要的两个原理,尽管它们不是没有争议,属于哲人们眼里的上帝的属性,它们几乎不掺杂任何的希望。代理本堂神甫的下一步是谈道德责任,但却更牵强也更困难重重。但这是他的计划必然要把他带去的地方。他以观察人这一物种在秩序井然的自然整体中的位置开始。就体格和精神力量来说,人都是动物中最好的。如果能自由选择,没有谁会选择做人以外的任何一种动物。人看他自己的第一眼是如此能满足他的集体自爱意识(collective amour-propre)(页277-278)。② 在这里,我们必须注意到,相比于卢梭,代理本堂神甫对人在秩序井然的整体中的特殊地位要确定得多,而在卢梭对自然状态下的人的论述中,人与野兽的区别不那么大,并且我们能在那里找到原始演化论的痕迹。③ 萨瓦代理本堂神甫要么比卢梭本人更确定自然的目的论秩序,要么就不是从自然状态,而是从文明社会中已经发展了的人的角度出发找到了他的方向。但当人们把目光从人在自然秩序当中的崇高地位移向社会,人们发现的不是秩序,而是混乱,是坏人统治着好人。不管在什么地方,权力、金钱和门第都胜过德性,并且德性和应得之间,存在着一种不相称。因此,似乎一切都不支持人选择道德生活。

---

① 《一个孤独的漫步者的梦》,第7次漫步;《植物学书简》(*Lettres sur la botanique*),收录于《全集》,第4卷,第1151-1195页。
② 《人与人之间不平等的起因和基础》,第144页。
③ 同上书,第91-92页,第104-105页,第183-186页,注(c)。

不过,从这一黯淡无光的视角出发,代理本堂神甫看到的并不是一个对道德漠然的世界,一个正义就是强者的利益的世界,他看到的是人最与众不同的能力——他的自由。必定存在着自由的滥用,因为只有这样,人们才会因其对自由的恰当使用而受到称赞。在关心共同善的问题上,存在着一种清楚的道德。关心整体或实践公意,或康德所说的绝对命令,是知易行难的。大多数人很有可能按照他们的私利来安排生活。然而那种真正的自尊,那种最高的善,是对牺牲私利成全共同善的行为的奖赏。好的公民社会立法就像上帝安排整体秩序,但既然上帝把治理人的任务交给了人,这当然就比较不可能实现。不然的话,人会失去责任的尊严(dignity of responsibility),像野兽一样依照本能而非依照选择生活。人是他势力范围内的不完美的上帝,他被授予了自由选择或自由意愿的能力,以及命令的能力。

在代理本堂神甫看来,人身上公私对立的倾向可以追溯到他自然本性中的一种二元论,这种二元论来自他的教诲所假定了的两种实体即质料或外延与精神的对立。人的肉体是私人的、脆弱的,这让他只关心他的自保或快乐与痛苦。他的精神或者他的灵魂不但与其他人一同分有着一个共同体,还关注普遍的东西(the general)。德性或道德是灵魂战胜肉体的结果。这两种实体有着不同的自然本性或组成,它们是不稳定的伴侣。灵魂的存在不是为了服务于肉体,而肉体也只有在受到鞭打时才勉强地服务于灵魂。

尽管代理本堂神甫坚持这种传统的、容易被人接受的二元论,但到目前为止,在《爱弥儿》中还未出现过这样的二元论。这一二元论的缺席是卢梭自身所教授的激进主义的一部分。爱弥儿只遵从他自己的倾向,在这个范围内他关心他人,他这么做只是出于其自身感受力的延伸,而与道德和自利无关。至少到目前为止,爱弥儿是没有任何分裂的,但代理本堂神甫却称赞一个分裂的人,他的荣耀体现在高的东西对低的东西的胜利当中。当我们去反思卢梭本人对代理本堂神甫的升华教诲的最终评价时,我们必须记住这一差别。

为了防止人的自由变成一种完全杂乱无章的自由,代理本堂神甫被迫给人的自由定下一个指导性原则。他援引了良心(conscience),而这是在道德思想中最棘手也最富争议的主题(页279以下,尤其是页289)。代理本堂神甫声称,在我们所有人身上都存在着这样一种控制原则,它使我们一看到正义,一看到对共同善的关切就感到快乐,一看到不义,一看到对某人自身的善的关切就感到痛苦。因此,这一呼召或情感既指引着行为,又使其所针对的对象得到了表彰或惩罚。正如饥饿和其他这样的激情是肉体的呼召,良心是灵魂的呼召,它和宇宙生生不息的法则是息息相关的。它是普遍之物的可感表现。良心在基督教传统中尤其受到尊重,因此它尤其适合这个启蒙神职人员,尽管他对良心的论述要更接近于哲学意义上的论述而非基督教意义上的论述。

与代理本堂神甫相比,卢梭几乎从不和爱弥儿谈良心,尽管在"自白"的最后,卢梭在其简短的论述中坚持认为,如果没有良心的约束,道德不会显得比不道德更可取(页314-315)。到目前为止,《爱弥儿》中写到的唯一一件和代理本堂神甫所说的良心有些关系的东西是那种最终一般化了的怜悯或同情,它在爱弥儿与他人的关系中间起着推动作用,因而在某种程度上是立法性的。但在那种一般化了的怜悯和爱弥儿的自身利益之间并不存在殊死搏斗。这种怜悯并不包含在分裂的人那里出现的所谓良心战胜私利,它自身只是受感官推动所产生的一种倾向。当它和那些更原始的倾向相冲突时,它会选择让步。爱弥儿要成为一个与现实相一致的完整的人。萨瓦代理本堂神甫接受这种生活的不完美,这种不完美是和另一种生活相比较的结果,不管那种生活是想象出来的,还是现实存在的。他那关于良心的论述,因而也是关于一种真实而高贵的道德的论述,是对同情的一种绝对化,而卢梭坚持认为同情是在人身上真实存在的东西,但它不像真正道德的呼召那样拥有绝对的权威性。

代理本堂神甫必须更进一步。不管道德有多取决于动机的纯洁性,没有一个正派体面的人会满足于无回报的正义,并且如果道德与幸福无关,正派体面的人也很难从道德中获得满足。人类对幸福的渴望也许和道德的那些要求并不一致,甚至它可能还得从属于这些要求,但简单地将幸福与道德对立起来则显得太过悲观,叫人难以接受,并且这会显得是在佐证一个无神论的宇宙。然而,并没有太多证据可以证明这两者会趋于一致。就连卢梭喜爱的普鲁塔克也不过只是恺撒击败卡图的见证者罢了。至少在代理本堂神甫所处的情形中,对道德的捍卫要求假定另一种生活的可能性,在这种生活中,回报和行为是相称的。这样做不是为了报复恶人,而是为了证明正派体面是正确的。位于代理本堂神甫所建的金字塔顶端的是他所有哲学观点中最可疑的那一个,即灵魂的不朽。好人之所以行事道德不是为了永恒的幸福,而是为了道德自身,但当他为了道德而牺牲世俗的幸福时,他必须被允许拥有获得永恒幸福的希望(页284)。这是代理本堂神甫把道德的绝对性告诉一个充满疑惑又饱受折磨的年轻人时,他所使用的最有效的论辩。①

---

① 为了让我们意识到"自白"的重要性,我们可以看到,康德的伟大体系就建立在最高层次的代理本堂神甫的道德意图上。康德的整个哲学事业因他读到了《爱弥儿》而发生了翻天覆地的变化。代理本堂神甫回答了严肃的人和哲人所提出的三个重要问题:我能够知道什么?我应该做什么?和我可以期望什么?康德的那三个假定——上帝、自由与不朽——也是代理本堂神甫的假定,正如代理本堂神甫不能证明它们一样,康德假定了它们,并且比代理本堂神甫更严谨地证明了形而上学无法反驳它们。相似的,那两样让康德惊叹的东西——头顶的灿烂星空和心中的道德律令——也等同于代理本堂神甫的那些东西(参康德,《纯粹理性批判》,Norman Kemp Smith 译,St. Martin's Press,1929,第635-644页;《实践理性批判》,Lewis White Beck 译,Macmillan,1989,第3-14页,第137-139、166页)。然而,尤其是在英语世界里,关于康德受到了卢梭多大的影响,以及卢梭给康德的灵感比休谟的因果批判给康德的灵感多多少,却还没有得到充分的认识。这是因为,在科学原子化的世界里,卢梭为人类尊严所做的那些深刻的、必要的斗争无法深深打动那些关心"知识理论"(theory of knowledge)胜过"如何过上好生活"(how to live a good life)的人(参 Richard Velkley,《自由与理性的目的:论康德批判哲学的道德基础》[*Freedom and the End of Reason: On the Moral Foundation of Kant's Critical Philosophy*],University of Chicago Press,1989)。

代理本堂神甫那些感性沉思的顶点就是让-雅克所看到的他所过的那种生活。在确定了他在宇宙中的位置,享受了不取决于政治制度或社会形势的那些满足之后,他按照自然宗教的要求行善,同时也让自己适应具体教派的那些偏离(页311)。他所感到的世俗快乐来自他的好良心和他对自然的可知秩序满怀狂喜的沉思。这些是不取决于人的自然的或永恒的东西。

然而不管代理本堂神甫的"自白"多么有力,多么雄辩,它一定不是卢梭本人关于如何正确理解事物和如何过上好的生活的最终看法。证明这一点的最简单的证据是,把自己的生活当作样板的卢梭和萨瓦代理本堂神甫完全就是两种人。再者,普通人中的佼佼者爱弥儿并没有成为一个神职人员,而是成了一个爱人、丈夫和父亲,而代理本堂神甫与这三者统统无缘。在《爱弥儿》的戏剧语境中,代理本堂神甫这个角色的作用是治疗和缓解让-雅克的自爱,并使另一种生活方式得以显现,在这种生活中,自我知识的获得不取决于他人主观的看法。代理本堂神甫的宏大演说困难重重,但他那俄耳甫斯般的口才压制住了让-雅克的反对(页261,294)。然而这一魔咒终会被打破,就像我们稍后会看到的。

问题在于,代理本堂神甫所采取的那种忠于良心呼召的态度会带来某种来世感(otherworldliness)。如果一个人活得有道德,他所寻求的幸福并不会在此世报偿给他。此世已被抽干了魅力,存在着一种对死的渴望。代理本堂神甫在此世提供了补偿,但和来世所提供的那些比起来,这些补偿实在太过苍白。

这个问题的另一面是代理本堂神甫对性的态度。卢梭暗示,性满足依照自然就是必需的东西,如果没有性满足,灵魂甚至会发生更大的扭曲。如果代理本堂神甫当年做了新教徒,就像卢梭那样,那他就可以满足这一需要,并且能够结婚。但即使在新教那里,性表达还是带有原罪的烙印。代理本堂神甫依然继续和年轻女孩发生关系,但他得到的性快感就和人发痒时挠痒痒所带来的快感别无二致。这不是他那无爱欲的最高抱负的一种实现。他的那些沉思并未掺杂那种在某种程度上联合了肉体与灵魂的柏拉图式的爱欲（Platonic eroticism），而这种柏拉图式的爱欲正是卢梭试图在现代性的新大陆上恢复的东西。代理本堂神甫的爱欲生活是一种毫无价值的东西，它无法对他的道德事业提供任何帮助，然而爱弥儿自身的教育旨在让他的爱欲生活成为最重要的东西。爱弥儿教育的整个有机结构致力于一种联合的爱欲，这种爱欲自身能够建立道德责任，能够在全身心投入的人与人之间订立契约。从爱弥儿的言行中完全看不出他知道代理本堂神甫的观点。他只有在谈情说爱的兴奋达到高潮时才说到上帝（页426）。他的上帝是爱人们的上帝，而不是道德人的上帝。在某种意义上，代理本堂神甫的"自白"旨在让会思考的读者比较习俗意义上的道德和卢梭提出的新道德之间的差异。

但这还不是故事的全部。"信仰自白"是一个精妙建构起来的结构，它的演说对象是一般人的实践。我们不能指望大多数人会受到爱弥儿所受到的那种教育，也不能指望他们的欲望会与他们的责任相一致。对他们肉体欲望的某些限制或压制很可能是必要的，而卢梭提供了一种温和版的基督教，以此来达成这个目的。"自白"在指向死后生活的同时，也把可以尝到的快乐留在了此世。它是基督教式的，但又不仅仅是基督教式的，我的意思是，所有人都可以实践这一宗教，而不需要有失尊严地皈依基督教。"自白"为一种不会对自己的人民和宗教不忠的泛基督教主义打下了基础。它释放了"那少数拥有伟大世界主义情怀的灵魂"，①那些被真正的神甫嫉妒的人。神甫们把代理本堂神甫的处境看作是对其性嗜好的惩罚，这些嗜好自身指向自然，但他们降他职的真实原因是，代理本堂神甫不信他们所传之道。在"自白"的第二部分中，代理本堂神甫谈到了启示宗教（页295–313），他列举了所有传统上对启示文本的反对，这些文本是那些排他性信仰条款的源头，比如所谓的"教会之外无救赎"。这些文本强迫人放弃理性，鼓励狂热，并且坚持认为，

---

① 《论人与人之间不平等的起因和基础》，第160–161页。

理性和宗教是相冲突的。以这种方式读一本书,不管这本书是圣经还是普鲁塔克(卢梭小心地将后者视作自己的榜样)(页240-244),都会使人异化,并且使人无法指望真诚。这就是卢梭自白说"我讨厌书"(184)的原因。代理本堂神甫读福音书的方式暗示了正确的读书方式。代理本堂神甫不能确定耶稣就是上帝的儿子,但他(不像卢梭,卢梭晚年最爱阅读普鲁塔克①)却喜欢阅读福音书,因为耶稣是为人处世的最高榜样,不管他是神之子,还是仅仅只是最好的人(页307-308)。卢梭本人在试图打破理性与启示之分野的过程中失败了,但他成功地改变了他的后继者们。就像巴特(Karl Barth)告诉我们的,卢梭实际上改变了许多宗教教条和宗教实践,他所造成的影响遍及我们四周。② 布莱克所说的"那个搞砸了的造物"以及对一个自然与人类和谐相处的新开端的呼唤,都是对卢梭所说的宗教问题反思的结果。代理本堂神甫大胆地叫少年卢梭去向哲人们(即那些无神论者)宣告上帝的存在,去向宗教狂热者们(即那些神甫)教导宽容(页313)。现在这对我们来说似乎有些无聊,因为现在我们对这再熟悉不过了,但这是一个精妙的、从很多方面上来说值得称道的计划。

卢梭宗教教诲的模棱两可性,体现在了卢梭总结萨瓦代理本堂神甫的题外话的那个冗长的脚注之中(页312-314)。在这个脚注中,卢梭做了某样在哲学上史无前例的事:他为政治狂热、道德狂热和浪漫狂热作了一番辩护。尽管在正文中,他分享了启蒙运动对不宽容的关切与憎恶,认为人们不信邻人是该受谴责的,但与此同时,他也得出了这样一个结论,即对哲人们宽容导致了一种自私的冷漠。理性是那些特殊的激情最常使用的工具,它用尖酸的批评消解着人类的情感。因此,狂热确实是危险和丑陋的,但另一方面,它又是有力的,它使人变得忘我,超越布尔乔亚的那些可鄙的物质享受。

---

① 《一个孤独的漫步者的梦》,第4次漫步,第43页。
② 巴特,《新教思想》,第97-117页。

按照卢梭所勾画的,只能在不高贵的理性和高贵的狂热——不管是政治狂热、道德狂热还是浪漫狂热——之间选择。这一观察在卢梭文本的背后投下了阴影,尤其是当人们意识到,他至少是部分地允许了那些如此仰慕他的法国大革命者的极端行为,以及其他那些更为极端的狂热,显然,这样的狂热是第一次受到哲人或知识分子庇佑,它们体现了卢梭著述以来两个世纪的时代特征。要思考这个重要的问题,我们必须问一问是否是因为自由主义的伟大鼻祖们并没有在他们的神学政治道德教诲(theological - political - moral teachings)中变得温和宽容,所以才留给卢梭这样一个介于自私的理性和奉献的极端主义之间的二选一。

十

代理本堂神甫向我们展示了人这样一种脆弱的野兽可以得到的最伟大、最辉煌、最高贵的东西,并且他是以这样一种方式展示,以至于绝大多数人至少都能赞美他崇高的无私。卢梭暗示,这种崇高性是通过想象、自爱和性能量所搭建的梯子而得到的。在代理本堂神甫身上,性能量被转化成了他那些与性无关的沉思。《爱弥儿》最完整的教诲出现在爱弥儿的生活中。不仅那种生活受性能量的推动,而且那种生活的清楚而自觉的完满(explicit and conscious fulfillment)也出现在两性生活当中。如果代理本堂神甫的教诲之壮丽可以和人此世的自然目的合二为一,那么卢梭——就像康德说的——或许可以说是解决了文化的问题。① 浪漫的爱和家庭是解决这个问题的答案。就像良心是代理本堂神甫解决无条件责任或契约问题的答案,卢梭试图在得到正确理解的情侣们的爱当中找到答案。

---

① 康德,《人类历史的推测开端》,第54页。

代理本堂神甫对让-雅克的教育之后,紧接着的是为爱弥儿量身定做的那种我们或许可以称之为性启示(sexual revelation)的东西,"自然的真正时刻(true moment)终于到来"(页316)。他压缩了精液,而精液产生能量,就像蒸汽机里的沸水产生能量一样。他的情感束缚了他的想象,而理性压制了人类的各种意见。卢梭希望通过他的各种策略,使爱弥儿对其欲望的真实意义保持无知,直到他长至十几岁。卢梭知道,一旦一个年轻人真正知道了它,他会想方设法地将实现他的欲望当作他的首要目标。因此,必须承诺会把这种满足给他,并且不会让他学习与之无关的东西。最简单的办法莫过于立即让他成婚,而这或许也是自然希望的东西。但由于现在人已离自然如此遥远,对实现自然的这一意图来说,外力和欺骗就成了必要的东西,鉴于履行社会的道德要求并不在自然的计划当中。选择通常是在自由放任主义和禁欲主义之间做出,但显然这两者都不令人满意。卢梭暗示,自由放任主义所带来的那些愉悦可以和最高的道德呼召合二为一,这样就能避免在放纵和压抑之间单调地来回穿梭——这种来回穿梭我们在个体和社会的习惯中都能发现。从现在开始直到《爱弥儿》结束,卢梭要向我们展示这种合二为一究竟如何才能做到。

首先,爱弥儿必须被告知。卢梭已经让爱弥儿做好了倾听的准备,因为卢梭从来没有用爱弥儿怀疑卢梭他自己都不相信的那些说教去烦扰爱弥儿。爱弥儿充满着好奇与信任,并且他早年的独立与满足还会在他通往成年的道路上伴随着他。爱弥儿并没有一般孩子的那种感觉,即童年是一种强制的规训,当他长大了,这种规训也就该被抛弃了。先前唱诗班男孩或鹰童军(Eagle Scout)的失足不会发生在爱弥儿身上。爱弥儿是他老师的伙伴,他不觉得在他的启蒙与老师想要教他的东西之间存在什么抵牾。少年爱弥儿估摸着,他的老师要教给他的东西就和代理本堂神甫给让-雅克的教诲一样重要。正如代理本堂神甫要先调动起让-雅克的激情,以便让让-雅克留心他的演说,卢梭也必须先调动起爱弥儿的激情。

"掉书袋的说教者和真正的老师讲的东西基本相同,但前者在任何场合下都讲,而后者只在他确定这么讲有效的时候才讲"(页319)。一种爱欲性的修辞必须被创造出来。柏拉图的《斐德若》必须被重制。对我来说,这段关于修辞的文字是卢梭这整部令人惊叹的书中最能说明问题的部分之一。卢梭把劝说技艺的精妙和伟大,以及成为一个老师所需了解的关于自然和人性的知识教给了我们。就像亚里士多德告诉我们的,最体现人性的言说是人们用来交流他们对好与坏、正义与不义的知识或理解的言说。① 一门有关激情的科学对这种高贵的劝说而言是必需的,并且这门科学在那失传的伟大修辞技艺中也占据着十分重要的位置。在用最后的骗术使爱弥儿对香味失去兴趣,并使其投身于生机勃勃而充满血腥的丛林狩猎——在丛林里,运动要与仙女的爱欲诱惑相竞争——之后,卢梭总结了修辞的现代处境:"我注意到在现代,人不再能够控制彼此,除非是通过强迫和自我利益,而古人却能够通过劝说和影响人的灵魂而更多地进行控制,因为他们没有忽视符号的语言(language of signs)。"(页321)对经济学家来说,所有的修辞都由美元符号构成,而暴君之所以能滔滔不绝地对其听众说话,是因为他的听众都是囚徒,不敢不听。古代人所实践的那种劝说诉诸更伟大、更高贵的动机,这些动机对应于那些有关这个世界的强大信仰。

诸神是人类誓言的见证者,他们能看清一切,而人类知道的只是表象:

> 岩石、树木和一堆堆的石头,由于经历了这些行为都变成为神圣的东西,受到野蛮人的尊敬。它们就是这本书的篇页,时时刻刻都展现在人的眼前。宣誓的井,活的和看得见人的

---

① 亚里士多德,《政治学》,1253a9 – 18。

井,芒布累的古老的橡树,作见证的石堆,所有这些,尽管是很简陋的纪念物,然而是很庄严的,象征着契约的神圣,没有哪一个人敢用犯罪的手去亵渎它们,这些无言的证人远比今天的严酷的空洞的法律更能坚定人的信念。(页321)

所有的这些都指涉着希伯来圣经,并且——这对卢梭而言是常有的事——他提前见证了那个在一个多世纪之后才开始占据聪明的欧洲人头脑的主题。卢梭正在讲述世界的去神话化,或者说世界的祛魅。这是一门将过去一笔勾销,不给有关诸神的故事以及它们对人类事务的影响以任何地位的科学。这种去神话化是卢梭怀疑的核心——卢梭怀疑在文明进步和人类道德进步之间存在着一种平行关系。如今,人的运动就像原子,他之所以运动,是因为受到了其他原子的推动,而非受到了高贵修辞的劝说。为了能推动人,自然必须充满着神,并且,为了使人心生敬畏,劝说性的修辞必须要有神话。

就像他为了诸神而利用圣经,他为了那些劝说和约束政治家的语言或符号而利用了罗马人的实践。不过,这些象征符号也已经消失了。从而诉诸这些符号的言说的技艺也已经消失了。一个现代演说家只会空谈恺撒的伤口,而安东尼却能将恺撒有血有肉地呈现在听众面前。这是古代修辞术的风格。卢梭似乎相信,启蒙理性已经使诸神的存在变得不再可能,并且政治神话和宗教仪式也已消失,因为国家如今只是一张商业契约。像往常一样,卢梭的论辩可以一分为二。一方面,他为启蒙运动给人带来的损失感到遗憾。但另一方面他又相信,启蒙运动的理性思考是正确的,将人从错误而狂热的信仰当中解放出来是好的。他用古代修辞是为了展示劝说的力量,而他会赋予世界一种新的魔力,在避免那种修辞的蒙昧的情况下重获其所带来的那些好处。

卢梭想让这个世界充满诗意的想象和爱的梦想。他为他的性启示所选择的场景和萨瓦代理本堂神甫为他的宗教启示所选择的场景类似。卢梭想通过背景的壮丽激发敬畏,并在某种程度上使人响应崇山、峻岭与河流。这是浪漫主义利用自然的典型方式。自然景观为各种激情创造了条件,而其自身也分享着它们。人类生殖的奥秘与一种自身充满人类意义的自然融为一体。卢梭希望在现代性的基础上重建柏拉图的爱欲自然(erotic nature),因为在柏拉图那里,一切都寻求着实现和完满,与随机运动的原子对立,在这些原子身上不存在这样的渴望。自然的那种升华体验——"信仰自白"把我们引向这种体验——保留了下来。然而,对代理本堂神甫来说,顶点是对性的拒绝,或者说,是将它归入那些我们此生必须忍受的糟粕之中。有了性启示,性成了最高体验的核心,也会成为此世神圣之物的一部分。

卢梭让我们做好了准备聆听他即将要告诉这个健康少年的性的意义——这个少年正受到性的推动,但却对它毫无了解。然而,卢梭却突然停了下来。他告诉我们说,如今要想不下流地而是崇高地谈论这些东西,尤其是用法语谈,简直是不可能的。因此,他就让我们用想象来装饰这最重要的一课,而通常,这一课是由下流的仆人、堕落的玩伴或科学骗子来传授的。这样做的目的是为了赋予爱弥儿以诗性,而不仅仅是给予他物质事实。爱弥儿的性完满(sexual fulfillment)必须起到反对琐碎、放纵的性欲的抑制作用。

> 在向他讲到这个不可思议的生殖之谜的时候,我们除了让他知道自然的创造者使这种行为具有快感之外,还应当让他知道这种行为之所以微妙,是由于有专属的爱情,让他知道有许多忠贞的义务包围着这种行为,使这种行为在达到目的的时候将获得双倍的快乐。我不仅把婚姻描写为一切结合之中最甜蜜的结合,而且还描写为一切契约之中最神圣不可侵犯的契约,因此,我要着重说明为什么这种结合是这样神圣地受到一切人的尊重,为什么任何人如果敢玷污它的纯洁就要受到世人的憎恨和诅咒。我将要向他描绘一幅触目惊心的真实的图画,

> 说明荒淫无度的恐怖,说明他的兽行是多么愚蠢,说明在这条看不见的道路上一失足就要造成种种罪恶,就要把走这条道路的人拖入毁灭的深渊。(页324)

这里,我们再一次窥探到了浪漫主义的主旨,我们明白了为什么有那么多浪漫主义小说都以通奸为潜在主题:婚姻是真正的人类结合,是人类联合的真正契约。它要比本质上自私自利的社会契约更深刻,同时也是后者的一个先决条件。公民社会是通过一对对的爱人,一对对的父母形成的,而不是通过一个个原子化的个体形成的。婚姻依然还是衍生性的,但它的组成元素要比普通的契约教诲里的那些元素更加有力。在性的善得到确认的同时,它所包含的高风险也得到了强调。人类那危险的责任得到了维护,但这种维护不需要人相信肉体之恶,不需要人相信原罪。爱弥儿会是节制的,因为他的欲望是不节制的。他的导师会将爱欲激情描述为"人生最大的幸福,因为事实上它就是"(页327)。对一个哲人来说,这是最非比寻常的论述,但一个像歌德这样的人却能将它当作他自己的论述。

考虑到这些高风险以及爱弥儿已经受过的教育,导师确信这个令人敬畏的年轻人会来恳求自己为他在这些未知的海域里领航。他会要求导师关心他。而他的导师会利用这次机会让他做出人生的第一个承诺。到目前为止,爱弥儿都是依照他的倾向生活,他做自然要求他做的事,并且从未受到过约束。在他身上,责任与倾向从未起过冲突,更不要说使他分裂。现在,他会开始变得分裂,但这种分裂是基于他自己内在的认识,即认识到这种分裂真的是为了他自身最深刻的满足。这是爱弥儿的第一个责任,而他的导师只会在《爱弥儿》的最后才找来那个少女,从而证明道德可以是真正自我立法的,而不必全然依靠他人从外部施加的力量。

当然,爱弥儿还未意识到他和让-雅克刚刚签订的那份契约的划时代的重要性。当他同意按照或不按照他导师的命令行事时,他并未意识到他的灵魂会变得双重,被欲望和责任分裂。文明人被欲望和必须分裂。爱弥儿会成为第一个拥有能命令自身的真正意志的人。这是单纯(innocence)的一次损失,但这可以说——如果不是一定可以说——是人类发展的一个更高阶段。换句话说,不像上帝的命令,卢梭给出的命令都是他的造物能理解的(页98-101),这让我们回想起那个在他的伊甸园中了解到禁果的小男孩。

一旦这种神圣而合法的责任就位,导师就得采取一系列行动去满足当下因性意识觉醒而产生的紧迫需要。他计划了一个现代游侠式的对理想女性的寻求,这位女性会同时满足爱弥儿的肉体需要和道德需要。在寻找她之前,爱弥儿还得靠他自己或者在他导师(小说家)的帮助下,在他的想象中把她创造出来(页328以下)。他的导师给这个理想的女性起名为苏菲。当爱弥儿遇到了这个理想女性的化身——她碰巧就叫苏菲——他会体验到那种似曾相识的震撼,用柏拉图的话说则是,他会在自身之内回忆起他事实上已经知道的东西。最终,卢梭道出了那个真正的问题:一个人如何像关心自己,而非像关心他人那样,关心另一个人。这是爱弥儿还未做出的一个飞跃,也是绝大多数人从未做出的一个飞跃。他为这一政治问题提供了爱欲上的解决之道:遵从人给予自身的那种法律。人遵从自身,而非遵从另一个人或他人。一个人的自尊取决于他立法与守法的能力。在爱情中,所有这些都发挥着作用——现在被一种承诺了幸福的强大倾向支持着。

这是卢梭激进的爱情教诲。爱是想象出来的。它不是对自我持存的美之理念的爱,比如柏拉图笔下的那种爱。考虑到爱的虚幻特质,卢梭也没有遵从卢克莱修,后者试图将人从爱的幻觉当中解放出来。他将卢克莱修眼中的爱的虚妄和柏拉图对爱的严肃态度结合到了一起。"那么真爱自身会是什么,如果它不是妄想、谎言和幻觉?我们总是爱对方在我们心中的形象胜过与这一形象相匹配的对方。"(页329)卢梭整个计划的费解之处在于,如果一个人知道那个东西只是他想象的产物,那他怎么会相信它。卢梭教导说,想象在性当中扮演的角色要比其他物理事实(physical facts)在性当中扮演的角色重要。这就是为什么想象力的准备是一生的工作——从孩提时就开始了。他甚至声称，一个独自生活在荒岛上的人永远不会感受到性欲。只有生活在社会中，生活在社会诗意的言说中，性欲和爱才会开花结果。卢梭想通过这样的办法克服现代思想所假定的人的极端孤立，尽管他接受现代思想那最根本的原则。

出现在爱弥儿想象中的那种欲望的理想对象（ideal object of desire）是对早先防止他性放纵的那种单纯（innocence）的替代。现在，他不会接受其他可供其选择的下流、放荡的可能性，他会把那些可能性看得一文不值。他会盯着每一个展现其自身的女性看，然后说，"哦，这不是她"。卢梭希望以这种方式延长爱弥儿的处子状态，同时又不妨碍他学习对他成年来说必要的东西。这种方法可谓一石二鸟：它既往一个习惯于即刻满足的存在者身上注入了渴望（并且，它表明了那种渴望更高完满的能力对人的充分发展是必要的），又使他能近距离地学习社会而不被社会败坏。有了他的理型，爱弥儿会极其关注他将进入的那些社会，但他会有一个立足点，从这个立足点出发，他会鄙视他在社交圈子中发现的绝大多数东西。

为正确的判断找到立足点是卢梭教育中最重要的部分。这个小男孩拥有他最本能、最自然的快乐与痛苦，这些快乐与痛苦不受他人看法的影响。仅仅肉体的快乐与痛苦就已足够。他所需的只是健康的感官（healthy senses），这就是为何感官教育在《爱弥儿》的前两卷中如此重要。后来，当效用（utility）取代了快乐与痛苦成为他的行动指南时，他会去比较富人与贵族的用餐和农民的用餐，而这会让他了解奢侈和劳动分工。接着，当他进入生活的情感或者道德维度，他会产生同情，这让他悲天悯人，而不是对伟大的东西心怀妒忌。现在，那个完整的、拥有最高特权的立足点会去评判爱弥儿所看到的、体验到的一切。通过在这个受过他教育的普通人的灵魂里培养起这样的立足点，卢梭向爱弥儿提供了哲人的那块试金石,那块试金石能将他从意见的僭政(或者意见的异化)和它危险的相对主义里解放出来。卢梭以一个惊人的宣告总结道:

> 如果在他们当中有一个人知道对自己的行为加以节制,他即使同他们厮混在一起,他也能保住他的心、他的血液和他的德性,不受他们的熏染。到了三十岁的时候,他就可以打败所有那些小人,如果他想控制他们的话,甚至比控制自己还容易。
>
> 姑且不论爱弥儿的出身和命运怎样,如果他想成为这样的人的话,他是可以做到的。但是,他太看不起他们了,所以是不屑于去役使他们的。(页335)

卢梭对压倒自然的教化或者说教育赋予了如此多的力量,以至于这个受过恰当教育的普通人可以被视为尼采笔下超人的先驱。在这里,我们也能发现马克思对社会主义者所抱有的那些巨大期待的原型。卢梭反叛了自然所造成的决定性影响,反叛了它不公平的能力分配。

就如何驾驭这些拥有青春期性欲的脱缰小马驹,同时既不成为他们的帮凶,又不成为他们厌恶和怀疑的审查者,卢梭给出了许多有趣而明智的建议。在这个语境下,他明确地反对手淫(页333-334)。他说他宁愿爱弥儿时常召妓,也不愿他使用这一"危险的替代品"。这是一个颇为强硬的看法(strong opinion),并且尤其叫人吃惊,因为卢梭在《忏悔录》里就曾以较不绝对的口吻说到他自己对这一"危险的替代品"的使用。[①] 这当中的区别在于,爱弥儿不像卢梭,他要走入社会,要娶妻生子:召妓表明对另一方有需要,而手淫暗示了独处的可能。

---

① 《忏悔录》,卷3,第108-109页。

独处的人源于自然状态,而自然状态正好是社会人必须克服的对象。但对卢梭来说,社会人多少要比他所描绘的样子更不自然(less natural),因此习俗和习惯必须加强性欲多少有些可疑的目的论依附。卢梭告诉我们,想象是性吸引的核心,并且在这方面,他是想象力的大师。从某种意义上说,比起爱人,那个顽皮的卢梭更是诗人,因为他完全靠想象为生,并且实际上为他的学生提供了想象中的爱恋对象。卢梭这个哲人-小说家试图为所有人提供爱欲想象力。这就是为什么我说现代的浪漫主义倾向——卢梭是发起人——在某种意义上是一种建构出来的东西,而非一种自然长成的东西。那一"危险的替代品"是对文明人身上的那些冲突倾向的回应,而在卢梭身上,它为软化那些冲突提供了帮助。《爱弥儿》不过是克服这些冲突的一次尝试,但人们或许会想它是否只是掩盖了那些冲突。性目的论的存在远没有卢梭试图用他的教诲让我们相信的那样确定。但对思考那个对我们来说已不再是问题的问题而言,卢梭还是一种极好的纠正剂,如今我们接受所有性唤起的形式。对另一方强烈而排他的性吸引有赖于这样的想法,从爱恋对象那里得到的满足是独一无二的。要不然,我们很可能只能拥有露水情缘和合法情缘。

十一

拥有了新标准的爱弥儿要走入社会,去了解它的方方面面。确切地说,卢梭把他带到巴黎生活了一年(页 334 - 344)。这一选择足以表明,卢梭并没有像他让我们相信的那样鄙视巴黎。更确切地说,文明人和分裂人制造出了两个代表完成或完满的水火不容的高峰。对古代人来说,它们是雅典和斯巴达,而对卢梭他自己来说,它们是巴黎和日内瓦。斯巴达和日内瓦代表了道德意义或公民意义上的卓越。雅典和巴黎至少代表了各种智性上的成就(intellectual achievements），如果不是卓越成就的话。卢梭让爱弥儿逗留巴黎的目的是告诉这个独自生活了许久的年轻人要学着和他的同伴一起生活。这样做很大程度上并不是为了道德，因为这个年轻人本质上已经拥有了道德，尽管坏的社交关系可能会危及他的道德。这样做是为了教他同现实中的人一起生活，同时又和他们保持距离。或者，换句话说，这是对他品味的教育，教他能感受到那些不是必需但流露出高贵关切的高雅快乐。这是亚里士多德所描述的喜欢美而无用之物的绅士（gentleman）的舞台——一个被现代思想家如此漠视的舞台。这样的东西是无利害关系但却能激起强烈爱恋的对象，它不掺杂任何卑下的必需品，它是人类自由的象征。卢梭对消失在现代性中的东西充满警觉。现代作家们把古人的道德教诲简单化了。古人总是在他们的道德著作中谈到美善，而现代人只说有用。这样一来，艺术对人类的意义（human significance）就遭到了琐碎化，被简化成了娱乐。将艺术恢复到灵魂极致表现的地位是卢梭的意图。

因此，刚刚步入爱河的爱人对艺术的准备最为充分。诗歌、绘画和音乐在表达爱意的同时也提升着爱，开化着爱。青春期以前的少年爱弥儿是一面完美的自然之镜，是受过如此多民主教育的像样但却粗糙的产物。所谓民主教育，它是实用主义的，把学习科学方法当作其最大的实现活动。然而，卢梭认为，没有诗意和艺术气质的民主人缺少某种十分重要的东西，某种在贵族时代十分常见的东西，他之后的托克雅尔也持同样看法。现代教育专注于那种被帕斯卡尔称之为几何学精神（l'esprit de geometrie）的东西，①然而卢梭却试图在一个人身上将几何学精神和敏感性精神（l'esprit de finesse）的相反特质融为一体。爱弥儿必须将贵族制的优雅品味和健康民主人身上的那些正派的、共同的、基本的

---

① 帕斯卡尔，《沉思录》，A. J. Krailsheimer 译，1966，1985 年重印，New York：Penguin，第 210 – 212 页。

道德观(common general moral)合二为一。当然,卢梭认为,好的道德观是最重要的东西,但品味却更能使我们的日常生活变得合意。艺术家是教导事物间的微妙差别的老师,他会矫正人的那种科学抽象的倾向,提供一种丰富多样的自然意识。巴黎就是在这些东西上表现突出。尽管卢梭似乎经常贬低艺术世界,但把它介绍给爱弥儿却是他对爱弥儿教育的拱顶石。尽管巴黎的品味是败坏了的(因为对富人和权贵来说,艺术活动是其满足虚荣心的对象,并且艺术活动和那种赋予艺术以力量的健康道德之间的联系已经断了),但人们能在那里发现一种对人更细微的观察,以及对既健康又深刻的古典文学的偏爱。爱弥儿不会被败坏,因为他心中爱的目标让他不会被主导巴黎的艺术世界和政治世界的小阴谋所俘获。

两性关系对品味的养成至关重要。在两性关系上,甚至爱弥儿也要依赖他人的看法,因而热衷于取悦他人(页338,341)。而这也是爱弥儿之爱诗歌和现代法国人之爱诗歌发生分歧的地方。法国人只是在逢场作戏,他们为了获得享受而向易动心的、戴着贞洁的假面的女人许诺永恒。但对真正的爱人来说,爱是一个生与死的问题,而且对它的艺术表达反映了它的严肃性。伟大的艺术是崇高的,让人升华的。爱与艺术的这一关系类似于卢梭就修辞所说的那些话——在现代去神话的自然中,力量和利益支配着一切,因为漂亮的劝说辞令已不复存在。卢梭那个时代的法国人说起话来既矫揉造作又寡淡无味,而这反映了他们的殷勤个性。爱人们已经变得哑然无声,因为他们甚至都已忘记了那伟大的爱欲激情及其巨大的风险。算计理性在这里所发出的沉闷声响就和它在算账时所发出的一样。伟大诗歌中的宏大激情和有趣的情色都难觅踪影。没了用来表达激情的词语,激情自身就会消失。牢骚却不会消失。真爱要求一种会表达自身的语言。这就是为什么卢梭喜爱柏拉图关于爱的那些对话——《会饮》和《斐德若》——因为在那里,对爱严肃的人们创造出了了不起的演说。① 爱弥儿会学习动人的演说，因为没有这样的演说，他就无法将他的情感传达给他的爱人。一旦爱弥儿在卷五遇到他的苏菲，这一升华的顶点就将实现。

作为卷四升华教育的小结，卢梭再一次说到了他自己，而非爱弥儿。这是第三段反映导师而非学生成长历程的文字（页 344 - 355）。这段文字是一面镜子，它反映了长大后的让 - 雅克或者完全发展了的让 - 雅克的灵魂，它的存在补全了三部曲——从与朗拜尔西埃一家（Lamberciers）夜游开始，到中间遇到萨瓦代理本堂神甫。现在，他沉浸在一种幻想之中——如果他很富裕，这意味着他无需为生活的必需品担心，那么他的人生会是怎么样的。这种幻想最突出的一面是义愤——那种受伤的自爱——的全然缺席，而义愤其实是其他那些关于他本人的故事的中心。他学会了去考虑他自己的倾向，学会了不因对未来心怀希望和恐惧而牺牲掉他的现在。我们在这里看到的是一篇展现改良的伊壁鸠鲁主义口味的文章，一篇展现道德的替代品（substitute for morals）的文章。长大了的卢梭和萨瓦代理本堂神甫差之千里，和那个热情洋溢的爱人爱弥儿也相距甚远。

在卢梭的幻想中，一切都将以快乐来衡量。就像人们对卢梭期许的那样，让 - 雅克向其朋友提供的娱乐活动都发生在乡下，并且

---

① 一如既往的，在表达人的自然情感方面最有品味、最有力量的还是那些古希腊人。就像在《爱弥儿》的其他许多地方，卢梭令人信服地展示了他自己的品味，以及他在解读文学作品过程中的鉴别力，不管是修昔底德、普鲁塔克、拉·封丹（La Fontaine）还是塔索（Tasso）（239；110 - 111；112 - 116，248；385，415）。他用对丰特奈尔（Fontenelle）的致命答复（killing response）捍卫了他对古代文学的复兴，在"书的战争"中，丰特奈尔是现代人的主要拥趸，他说"整个古今之争归结起来就是：过去的树是否要比今天的那些更高"。对此，卢梭这样回答："如果耕作状况（agriculture）已经发生了改变，那么问这种问题就是无意义的。"（页 343）教育是对灵魂的耕作，而卢梭的教育似乎想要将不大可能会到一起的现代的自然科学和古代的人类智慧到一起。品味对人类存在的重要性反映在了康德的《判断力批判》中。

这些娱乐活动都是以自然自身的那些朴实的快乐为主。从某种意义上说,在那里的每一个人都是与世隔绝的。他们没有责任,并且当他们倾向于分开时,他们就会选择分道扬镳。似乎没有人结婚。没有像爱弥儿这样的爱人。他们之所以在一起,是因为他们都能从自然的娱乐活动中得到快乐。卢梭似乎暗示,对一个像他这样的人,一个像他这样多疑而独立的人来说,这样的东西是消解自然与文明间张力的最佳办法。这是卢梭没有出现在康德那里的一面,而这一面把他领向了《一个孤独的漫步者的梦》。

这种幻想属于一个中年人,并且这当中对两性生活的处理也和那个年纪相符。卢梭知道,让一个老人去追逐或许栖居在他树林里的仙女是不妥的。这不是因为老人不再有欲望,而是因为他的欲望不再能得到回应。如果他忘记——就像大多数人那样——混淆青年和老年有多么不妥,那他就会成为别人的笑柄。不像在代理本堂神甫那儿,这里不存在道德的考虑。这里仅仅是因为,对一个人来说,以幻觉为生是不合适的,并且,被其欲望对象和整个世界厌恶也不妥当。他不会放弃性,但为了他自己的自我意识,他不会严肃地对待它。这是好品味的一部分,并且它表明了好品味如何能补充或替代道德。最好不要严肃地对待买来的爱,尤其是对买主来说。就像代理本堂神甫展现了来世对肉体欲望的克服,卢梭将他自己展现为一个在此世克服肉体欲望的实践者。这种解决办法是否比爱弥儿那激情的、道德化的爱更可取,这是一个问题。不管怎样,卢梭向我们展示了异化之人和他自身的分裂之间的斗争难题,这和他学生的简单真诚是截然相反的,他的学生永远也不需要处理分裂所产生的那些败坏。

十二

一旦爱弥儿在巴黎待满三年,他的判断力就已形成,同时,他对大城市的光彩夺目也已免疫。现在,毫无遗憾的他和他的朋友要去更不发达或者更加乡土气的地方寻找苏菲。这是对爱弥儿教育的顶点,它最终决定了爱弥儿整个人生的轨迹。

《爱弥儿》整体上是一部小说,而在这部小说中还包含着第二部小说,一部浪漫主义小说,那就是全书的卷五。在卷五中,那个布尔乔亚游侠找到了他的女人,他向她求爱,最终赢得了她的芳心。这里,卢梭大致给出了一些主题,这些主题是每一个想要吸引现代人的心的小说家都必须处理的。因为《爱弥儿》,卢梭创立了一整个小说流派——成长小说(Bildungsroman),或者教育小说——这当中最著名的莫过于歌德的《威廉·迈斯特的学习时代》(*Wilhelm Meister*)。并且卢梭成功地影响了许多19世纪的伟大作家,他们构成了小说古典传统的核心。在随后的一个多世纪里,人们继续阐发着这种精妙的爱情男女心理学,阐发着这种最适合现代人的话语。

卢梭说,"独处对人是不好的"(页357)。上帝也这么说。卢梭语带批判地告诉我们说,洛克把他的孩子丢给了女主人,仅此而已。同样,上帝也这么做。他们都没有给予男女那种必要的教育,以克服他们在婚姻中感到的孤独。这是一个更大的挑战。

这里,我碰到了任何在我们这个时代敢提出这些问题的人都会面对的最大困难。今天,存在着一种强有力的正统观念,它限制了人们去谈论女人的自然本性和与之相对的男人的自然本性。这种正统观念部分来自民主制度中的平等原则。民主制度这样的政治体制不会承认人的自然本性存在决定性差异,它坚持所有人本质上都是相同的,它拒绝接受任何从可能存在的差异出发所得出的政治结论。这种正统观念在我们自己的时代被激进女性主义加强了,后者甚至比传统平等主义的教诲更加强势,更加极端。可怜的让-雅克,在他自己的年代吃尽了疯狂虔敬的苦头,如今又得吃类似于传统平等主义的疯狂女性主义的苦头。他被视为性别歧视最严重的人中的一员,被视为使女性受到压迫的一个罪魁祸首。有些人不希望他被人阅读,尽管他的激进平等主义和他发起的支持参与式民主的运动让他在其他方面颇具吸引人。在大部分情况下,他被简单地忽略了——就像我们过去存在过的许多东西那样;而如果他被讨论到,那一定是为了诊断和反驳他的冥顽不灵。

在我看来,那种在某个时刻最被情绪化地认同的东西是最需要隔开一段距离,从人、地点和时代的角度进行批判的。去做这样的一个批评家或者去找出这样的批评家总是危险的,这就是为什么哲学永远都是一项危险的工作。存在着许多安排男女关系的方式——性关系、恋爱关系、婚姻关系、父母关系,从孟德斯鸠在《波斯人信札》中描绘的后宫到柏拉图在《理想国》中描绘的性别差异的消失。没有理由认为我们现在采用的安排方式就是唯一的或最好的。这些差异似乎来自"文化",而人们必须要么用文化相对主义的视角去看它,说这些差异仅仅代表了不同的方式,要么以开放的心态去确定哪一种文化是最好的,哪一种文化最能提高隶属于它的人民的素质。这两种立场都无法解释当前盛行的这种愤怒和互相指责的气氛。我知道我这样严肃地对待卢梭,认为他或许和我们一样了解这些东西,或者比我们更了解,一定会使我损失掉许多听众,但这也是无可奈何。我可以吱唔着说我只是在转述卢梭的看法,我并不完全同意他的看法——这其实是真的,但这样的一种申辩对当前那微不足道的力量已是太大的退让。这些都是重要的问题,并且,就像常有的那样,当流行的正统观念逐渐消失,我们就要仔细地思考那些替代的选择。然而凭良心说,我不能要求一个还没拿到终身教职的年轻教授这样做。

必须承认,卷五中的这一部微型浪漫主义小说有它特有的困难。我们必须明白,他华丽的修辞旨在挑逗那些风情万种的巴黎女士——这些女士举办沙龙,而在这些沙龙中,哲学家们居然用他们的思想去取悦这些女士,从而使其自身显得滑稽可笑。并且,这部小说的浪漫主义品味以及它对女性的理想化与对卢梭的冷静反应所形成的后几代的品味相距甚远。我们已经从感情用事转到了冷酷无情,我们相信冷酷无情要比感情用事更符合卢梭的本意,这真是太奇怪的曲解。此外,因为我们在女性的平等上走得如此之远,以至于我们根本无法意识到卢梭的计划有多激进。

今天对卢梭的强烈反应很大程度上是准确的,尽管卢梭表达了对女性最神圣的尊敬,但他认定"性别关系"的彻底转变是不可能的,他反对或者甚至否定了那种对他所称的两性关系中的自然法的敌对态度(页358)。然而,卢梭非常含混地使用"自然"和"自然的"这两个概念,虽然他是有意这么做的。这里,他介于最严格意义上的自然——就像在《人与人之间不平等的起因和基础》中所描绘的那种自然——和仅仅教化性的公开原则(public doctrine)之间。在这一点上,卢梭把家庭看作是自然的,但在真实的自然状态中,男人和女人都没有家庭。这是令人困惑的,我们必须把他的意思解释成,在自然向社会的过渡过程中,为了满足孩子在社会中越来越复杂的需要,基于自然的家庭变得越来越不可或缺。只有在这个意义上,即自然为了限制不自然的满足,为了约束文明人解决生养孩子问题的那种方法而限制人的自由,它才是自然的。事实上,卷五所呈现的东西更接近于那种被人们称为文化的东西,而非自然。这两者的差别在于,文化不完全是一种通过无限可塑的人就可以做到心想事成的造物(creation),而是一个受到自然的严格限制——如果不是完全被自然所决定——的造物。

卢梭在这里展示的是他的计划,是他建构出来的东西,因此它并不像自然那样有说服力。但他的计划对自然低头,他试图在文明化的潮流里保留那些在自然中发现的倾向。在这里,卢梭和波伏娃这样的现代人以及她那独特的存在主义发生了抵牾,这种存在主义吸引了许多美国人。卢梭非常清醒地意识到两性差异的崩溃几乎不可避免,这是自由主义社会以及预示着它的自由平等原则所导致的结果,因此,他说的话可以在实践中被理解成他对我们今天所发生的一切的回应。总的来说,过去的思想家和现在的我们在爱欲问题上看到的并没什么两样,不客气但实事求是地说,从来没有哪个严肃的思想家曾把女人看作过奴隶。说他们把女人当作奴隶,这样的指控其实只是一种煽动和蛊惑,对此我们应该早就习以为常。至少从亚里士多德开始,女性主义的真正原则就已被所有人维护:把女人当作奴隶一样对待是野蛮的标志。① 但不像早先的思想家,卢梭和我们处于相同的处境当中。他是第一个批判自由主义和批判布尔乔亚社会的人,并且他是如此有先见之明,以至于他从一开始就看到了其他人在一个多世纪之后才开始看到的东西。马克思在《共产党宣言》里说的那些以及他在其他地方说的关于布尔乔亚男女的同质化(homogenization)都得归功于卢梭。

卢梭设法解决的那个特殊问题是现代布尔乔亚社会所造成的那种原子化和自我中心主义(egotism)。卢梭是一个可以和霍布斯或洛克比肩的平等主义者,如果我们不说他比后者更平等主义的话。但如果自私的自然人进入社会,那么唯一可能的人类关系就得建立在自私的个人主义之上。而那种原初的自我中心主义,那种本质上自足的自我中心主义,因需要把其他人当作我们实现目的的手段而变得复杂。人类联系的衰落是一个我们都已意识到的、超越左右政治谱系的问题。甚至那些最渴望转变男女关系的人也在哀叹现代的孤立与无根。他们把这看作是布尔乔亚社会和资本主义倾向于把人当作商品而非当作人本身所造成的结果。然而,所有这些谴责都没有附上有说服力的纠正办法,因为我们也不愿意放弃那种个体的独立,而这种独立正是问题的根源。那些更古老、更统一的共同体的建立基于强迫男女进入一个社会模子(social mold)——部分通过利用传统或不真实的神话。而现在我们已经看穿了它们。现代的民主人必须拥有理性的论点、令其个体的判断信服的观点以及他可以对其表示同意或不同意的论点。卢梭也坚持主张自由,就像他热切地希望能忠于平等,而这些条件让他着手要去解决的那个问题变得明确。因此,我们必须为那些能被自由平等之人所认可的

---

① 亚里士多德,《政治学》,1252a35 – b9。

人类关系找到一个有力且不那么唯利是图的动机。卢梭只能找到爱和家人感(family feeling)这两个动机,在他看来,只有它们或许能使这样的人信服。在家庭关系中存在着一些自然的东西,而卢梭竭力使其显得完全自然。自然——撇开对这一概念的所有批判性哲学反对不说——对常识来说依然具有说服力。"这只是自然的本能"这句话似乎总能成为一种辩解,因为它不仅仅是祖传的或神话的,所以它具有说服力。

那些恋爱中的人明显证伪了那个自私的经济人模型。只有通过诡辩,人们才能把那种出现在家庭和爱情中的依恋简化成个体自私的算计。组成家庭之人的自私完全不同于作为个体之人的自私。对卢梭来说,要用一种分子,而不是像如今这样用一些原子去建立社会。这一分子的各个部分已经被在真实的依恋中和对他人的关切中发现的不同动机所推动。卢梭试图在现代的基础上将家庭重构为前政治的单元(prepolitical unit),公民社会正是通过这种单元才建立起来。他实在是太过现代,以至于像古人那样主张,人必须从政治开始,因为人生来就是一种政治动物。部分先于整体,高的东西也必须由低的东西组成,或者说,必须被还原成低的东西。这是卢梭直面的现代困境,尽管人们总是可以思考其解决方式是否可行。卢梭强有力地证明了性激情及其在与他人联系上的中心性。两性分化为那种人类不再纯粹是个体的社会分化创造了可能。卢梭试图证明男女的互补性。如果男人和女人是一对,并且如果他们没有对方就不完整,在共同的工作中,他们有相同的贡献,只是分工不同,那么我们就有理由说,存在着一种自然的社会性。然而如果男人和女人是相同的,或者他们可以成为任何他们想要成为的样子,那么我们就又回到了所有人反对所有人的战争之中。卢梭知道,如果没有自然的倾向支持这种共性,仅仅靠说教或法律安排是不会产生真正的共性的。他用至少是疑点重重的自然目的论的观点攻击了我们现在所确信的东西。

他首先根据植物和动物王国的情况类推,把人当作生殖繁衍的工具,就好像人拥有一项至高无上的职能或工作,任何东西都要通过这样职能来解释一样。这一开始具有一定的科学客观性,但它对个体自由的神圣感构成了威胁,并且它也和个体的主观感受相违背,因为人经常在未考虑传宗接代——更别提履行责任——的情况下需要性和享受性。卢梭似乎主张我们的存在或我们的自然本性不会变得完满,除非那一自然的职能成了文明人的主观目标。他认为,或者他希望我们认为,一个身为父亲的男人和一个身为母亲的女人显然要比在现代职场(modern marketplace)上工作的人更具人性。但他那深深影响了19世纪男女的关于爱和家庭的修辞已不再能打动今天的我们。

在对爱的处理过程中,卢梭首先陈述了某些不可否认的自然事实(natural facts),虽然他承认这些事实不是爱的法则(law of love),但他强调,这些事实构成了爱的基础。性行为的完成需要两性的通力合作。男方必须勃起,而男方的勃起取决于女方能否提供必要的吸引力,如果她想要和他发生性关系的话。男方必须要有意愿,有能力,而女方必须不能太抗拒。因此,依照卢梭,性结合要想成功,女人必须使自己充满魅力或合男人的意。"激活男人力量最稳妥的方式就是抵抗,因为抵抗使其必须出力。于是,自爱与欲望并肩作战。最终,男方在战斗中取胜,但这是女方故意让他取胜的。"(页358)爱恋不但需要一方自己的欲望,还需要那种不确定性,即不确定对方是否也对自己有欲望。这只是爱欲诡计所有复杂性的开始。一方必须怀疑,另一方则必须假装——都以成功激起对方欲望的名义。男方怀疑女方的抵抗是否是认真的,他会测试女方对他的拒绝是否已成定局,这种测试让我们的一些同代人感到十分愤怒,她们把这些测试的行为当作导致约会强奸的骚扰,但在卢梭看来,这些都是爱情游戏当中不可或缺的一部分。卢梭当然明确反对真正意义上的强迫一个女性做男人让她做的事。但区分一个女人是矜持还是真的不喜欢,是一种"必要的微妙"(essential delicacy)的关键,是人必须要学的东西。在这场游戏当中存在着危险,但如果他们想要真正的灵魂交融的话,伴侣们必须学着去玩。男人是一场温和战斗的胜利者——在这场战斗中,有一个人似乎对他情有独钟。他可以被性欲和自爱的谨慎混合所推动,而矜持就是那种吸引他的磁力。对于女性必须矜持这一点,卢梭给出了两个理由:首先,女性的矜持对男人有吸引力;其次,女性在性行为中的风险要比男人大得多,因为她可能怀孕。第一个理由纯粹只与做爱所产生的快乐有关,而第二个理由则与对孩子的保护有关(页359以下)。我们或许可以思考女性的矜持是否代表了一种介于性快乐的需要和抚养孩子的需要之间的自然的和谐。然而,这两个理由可以合到一起,就像卢梭做的那样,因为是否要把某个男人吸引到她和她的孩子身边——因为她想要一个人保护和照顾她的孩子——取决于她自己。这样卢梭就勾画出了女人在联通父亲和孩子上的关键角色,父亲和孩子间的联通不是与生俱来的。把男人变成一个爱人,给他一个第二本性(second nature)让他爱她的孩子,这是女人的艰难任务。

矜持的第三个理由是,比起男人,女人的性欲要更强劲、更持久。她们能做许多次,而男人能做的次数要少很多。而且她们不像野兽那样有季节性。卢梭带着一种毫不羞怯的目的论口吻说,矜持是自然给女性的礼物,它引导着女性具有而野兽不具有的自由。在毫无羞耻的状态下,女人可以让男人精疲力竭。因此,矜持或许有点像救场英雄,它既限制了女人,又使她们更具吸引力,在实际征服男人的过程中更显得是在屈服于他们。卢梭无疑给了女性最高的尊重,同时也让她们处在主导地位上。让许多美国女性难以容忍的是(尽管对如此多的法国女性来说不是),女性在这个角色中施展才华居然必须考虑男性的自然特性。没有人能保证男性一定会令人满意地进入这一结构当中,但这显然是对"如何让独立的男性关心他的子女"这一问题的最深思熟虑的论述。

自然主义者关注这两个截然不同但又彼此联系的存在者的目的或目的因——种族的繁衍。男人普遍要比女人强壮,并且限制一个怀孕女人的那些障碍不会发生在男人身上。因此,对摆脱了自然状态下的孤立的男女来说,恰当的劳动分工是,女人负责照料孩子和她自己,而男人负责为所有人的生计奔波,并保护他的女人。男人的强硬和女人的柔软完美地结合到了一起,构建出家庭。此外,卢梭为男女进一步演绎出了各自不同的心理,这两种心理彼此有别但却相互补充,它们涉及两种不同但却平等的才能,它们都为共同的善做着贡献。基于男女身体的微小差异,卢梭为他们各自设计了一整套生活方式。他把一个难题的碎片重新拼合了起来,而当这一切都完成之后,幸福家庭的图景就呈现在了我们面前。

然而尽管在常识上有着一定的合理性,人们还是会情不自禁地想要知道,卢梭是否只是把那个难题的碎片硬拼到了一起,而不是按它们被自然剪裁出的样子发现了它们。我们必须时刻牢记,卢梭说的是普通人,而不是艺术、科学或政治领域里的那些天才——这些人不能被纳入民主教育的系统之中,他们只能靠他们自己将就着应付。双方要想过家庭生活,就必须承认家庭的优先性。卢梭试图说服女人承认那种优先性,并让她们用其魅力和才能去说服男人。他坚持认为那个看起来在这段关系中处于弱势的人事实上是统治者。她所用的必不可少的机理是自爱。即使是最独立的男人在爱欲问题上也会在意一个女人的判断,而一个严肃的女人,一个在择偶上不仅仅寻求有吸引力同时也寻求能爱她和保护她的女人或许是评判一个男人德性的最佳人选,这样的女人甚至会被最严肃的男人看作是他价值的最高裁决者(页360、390-391)。

女人是第一个证明意愿存在的人。爱弥儿还从来没有用他灵魂的某一部分去控制或压制另一部分,所以他可以被理解成一个不分裂的、有欲求的存在,即使他的教育正在让他的欲望逐渐升华。女人必须从一开始起就有欲望,但同时她也必须控制和掩饰她的欲望。男人如何理解女人的拒绝决定了男女关系的品质。如果他相信她的拒绝仅仅只是对他德性的考验,那么他会努力成为一个好人或者显得是一个好人。但如果他相信一个女人的拒绝仅仅只是为了卖弄风情,相信她的拒绝其实代表着同意,相信她仅仅是在用那些社交模式来让自己显得更有吸引力,那么他会加入这场游戏并成为一个谄媚者。因此,女人可以说决定了男人在社会上的品质。为此,卢梭明确区分了那种包含对德性的认识与爱的性欲和那种仅仅为了享乐和虚荣的性欲。对一些人来说,卢梭听起来就像一个新教神职人员,但他强有力的修辞基于那个常识性的理由,即生活的好坏很大程度上取决于性欲是否能契合灵魂的整个秩序。

《危险的关系》的力量取决于认识到性行为的重要性。这本书的可怕在于,梅特伊公爵夫人和瓦尔蒙子爵已经明白了性心理的机理,他们不仅能糊弄天真的人,而且更糟糕的是,他们还能糊弄德性本身。这样,拉克洛就预告了卢梭,而他的同代人,那些将一个人使用性的方式和他/她的品质割裂开来的同时代人,则完全不得要领。不关心那些与性分化必然相连的自然的东西、继续以其他东西为目标生活是可能的,就像我们经常做的那样。但卢梭会说,这样一来,生活的丰富性和深刻性就丢失了。自然栖身在那些最原初的情感之中,它提供了通往普遍之物或共同之物的纽带,尽管后者只是一种人为的契约,只有当其基于自然时,它才是有力和有用的。在这个语境下,卢梭抨击了他所仰慕的柏拉图,因为后者在《理想国》中将性器官和繁殖的事实看作是不重要的意外,并且柏拉图怎么使用男人、匠人、战士、统治者甚至哲学家,就怎么使用女人。对此,卢梭回应道:

> 由于男女混杂不分,所以两种性别的人都去担当同样的职务,做同样的事情,结果是必然会产生一些不可容忍的弊端;我要论述最温柔的自然的情感的消灭,它们被一种必须依靠它们才能存在的虚伪做作的情感所吞噬。难道说不需要自然的影响就能形成习俗的联系!难道说我们对亲人的爱不是我们对国家的爱的本原!难道说不是因为我们有那小小的家园我们才依恋那巨大的祖国!难道说不是首要要有好儿子、好丈夫和

好父亲,然后才有好公民!(页363)

虽然如今的我们与柏拉图相距甚远,但以一种奇怪的方式,我们在使两性差异的意味最小化方面,仍然是柏拉图主义者。对我们来说,卢梭的价值在于,他自始至终严谨地贯彻着这一两性逻辑,他让我们看到了贯彻这一逻辑所产生的所有必然结论。在这样做的过程中,他让女人成了陆地上的女神,对她的崇拜让男人变得有德性。尽管人们意识到了所有这些差异,他们还是会情不自禁地想到处女崇拜。当然,这些女人都不会是处女。

卢梭思考所产生的最令人不快的后果是,那种最受谴责的双重标准又通过新的理由被重新确立了起来。一个女人的忠诚要比一个男人的忠诚更加重要,因为她有怀孕的风险。卢梭声称,让男人相信孩子是他自己的,这一点十分关键。这种确信让他把性欲转变成一种恒久的爱恋。源于自爱的对属己之物的非理性、强烈的爱是把其他部分黏合到一起的黏合剂。批评男性不信任和爱妒忌是非常容易的,但卢梭回应道,你还能找到什么替代方法?一个男人必须把他的孩子看成他的产品,必须通过他的孩子看到他不朽的可能性。这些是让我们难以置信的动机,但我们可以说,它们的式微夺走了那些尽管危险但却朝气蓬勃的力量的灵魂,使自私的个体化理性(selfish individualizing reason)独揽大权。现在,有教养的人倾向于对这种东西闭口不言,他们的正义感鼓励他们说他们会一视同仁地对待孩子,不管是不是亲生的。然而,我们必须思考这究竟是道德上的进步还是对日益加剧的冷漠的一种宽容的理性化处理,这种冷漠就反映在家庭的崩溃中。弱化一个男人对他自己孩子的关切并没有使爱恋变得更广,而是变得更窄:他抛弃自己的孩子更容易了。卢梭对这些可怕但也可能非常崇高的激情非常重视——自然人对这些激情是完全无感的,就像卢梭对他一夜风流所生下的那些孩子那样。

不管是何种类型的文学作品,不管是悲剧的还是喜剧的,都对一个孩子的合法性问题感兴趣,但如今它们都不再那么重要,孩子合法性的问题也不再是那么有力的一种关切。对卢梭来说,这个问题是决定性的。卢梭当然谴责男性的不忠,并且他认为男性的不忠应该受到严惩,但他还是坚持要对女性更加严苛。这意味着,一个女人从一开始就受意见左右,以至于其存在根本不是为了一个男人。一个女人不仅必须有德性,还必须被她的丈夫和世人认为有德性。因此,女人自然地要比男人更加习俗。教育苏菲的秘诀在于:在恢复她精神上的独立的同时,也让她时刻留意人们的看法。要在这种情况下活得幸福,她得找到一个爱弥儿。

从卢梭的时代开始,科学与艺术的进步就开始致力于部分地废除自然法,尤其是通过药物。口服避孕药的发明让女人可以坦然地做爱而无需担心怀孕。寿命的延长意味着,人的一生只有很小一部分时间花在种族的繁衍即养育孩子上。在过去的五十年里,婴儿的早夭在发达国家里已近乎绝迹。然而,约有四分之一到二分之一的孩子早夭这一最令人痛心疾首的事实——因此,在父母溺爱的眼神里总是掺杂着些许失落的预期,一大批孩子必须被生出来,以保证家族的薪火延续——似乎还只是昨天的事。

这样一来,女人就更容易变成劳动力,更容易在自由放任的或堕落的资本主义市场里竞争。卢梭当然意识到了在这方面我们时代和其他时代的一个巨大不同,并且这一不同对女性应该和可以如何生活有着深远的影响。并且这质疑了人类问题(human problems)那所谓的永恒性,而人类问题的永恒性是 19 世纪和历史主义到来以前所有政治哲人所采纳的前提。历史主义宣称,每一种人的境况都是特殊的,卢梭对此的回应在这个例子中是简单的。笛卡尔在他那本著名的筹资小册子《方法谈》中许诺的那种药学的进步确实带来了新的自由和新的可能性。然而,我们现在意识到,卢梭在两个多世纪以前第一个坚持了什么——科学进步和征服自然并不是完全没问题的。我们的新自由取决于那门新科学,而卢梭会告诉我们,这些现在对我们来说弥足珍贵的自由是以高昂的代价换来的,尤其对这个世界的去神话化和对人的去根化。

卢梭通过对接种牛痘这一拯救孩子性命的第一次药学大进步的回应给予了我们指引。这整一件事充满了严重的政治后果。启蒙思想家乐观地、毫无保留地支持接种牛痘，而天主教会以及其他教会则反对接种牛痘。在《哲学书简》(Philosophical Letters)里，伏尔泰为英国人的这一发现当起了宣传员。① 然而卢梭再次试图行走在一个两边都不讨好的中间地带。当然，卢梭心系那些死去的孩子，在每一个具体的例子中，他无疑会要求尽一切手段拯救他们。但他没有让爱弥儿接种牛痘，因为接种牛痘预设了一个只会在巨大的奢华又腐败的国家中出现的科学共同体的存在，因为那个将医生奉为掌上明珠的世界是一个相信"活"比"活得好"更重要的世界（页131）。在这一点上，卢梭遵从了柏拉图在《理想国》中的教诲。② 在反对接种牛痘这一点上，他似乎加入了黑暗王国那边，但他在那边也被当作不速之客，因为他这么做不是出于宗教上的理由，而是出于自然上的理由。卢梭通过嘲笑百科全书派的恰然自得（easygoing self-satisfaction）来获得满足，并通过宣称已经生活在败坏之城里的当代人必须接种牛痘解决了那个修辞问题。他以这种方式支持药物的理性实践，但同时他又说得很清楚，拯救生命的数量是通过牺牲生命的质量换来的。毫无疑问，卢梭会对口服避孕药的好处更加存疑，因为后者通过将性和繁殖及家庭分离而使男人和女人从巨大而高贵的责任当中解放了出来，但它并没有提供任何可以替代它们的东西。至于那些在劳动力市场上的女人，他关于家庭生活的诗性劝勉——它们深深打动了他那个时代以及之后几个时代的许多女人——暗示了他会对她们作何反应。对所有这些，他的简单反应是："当然，你可以做这些改变，但这样做的代价是家庭的

---

① 伏尔泰，《哲学书简》，Ernest Dilworth 译，Indianapolis: Bobbs-Merrill, 1961，第41-45页。

② 柏拉图，《理想国》，405a-b, 406d-e, 409e-410a。

崩溃,而这说明那个人类问题(the human problem)是永恒的。"自然不允许无代价的进步。在从自然状态过渡到社会的过程中,发生在人身上的那些巨大而偶然的变化让卢梭近乎要宣称,人拥有无尽的可塑性,这一点被卢梭之后的几代史学家断言了。但是在卢梭看来,自然铁一般的必然性还是依旧隐藏在他所见到的所有变化背后。爱的那些问题几乎仍是它们一直以来的样子。

因此,在卢梭的教诲中,男人永远是男人,女人永远是女人,和谐的人格(well-integrated personality)必须使其所有的元素都指涉那一基本的自然。最终,浪漫主义中的男女区别要比人们在早期文学作品中发现的更缺少模糊性。比如在莎士比亚那里,事物常常因角色的颠倒以及男女元素在同一个人身上存在而变得异常复杂,因此,男女的完全匹配要更难想象。如果要对卢梭以及那一肇始于他的运动做初步的、尝试性的指责,人们或许可以说,他十分严肃地展示了阿里斯托芬半开玩笑地、有极大保留地展示的东西,即爱是对人自身另一半的寻求,一旦那一半被找到,爱人们便能成为完美的整全。这里不存在两性之间的战争,每一方都为了整全而欲求着另一方。这或许是以真正共同体之名对人性进行的一次精致而微妙的简化。

十三

在建立起男女彼此的依赖性,以及对男女双方而言都十分自然的攻击和防守、鲁莽与端庄的复杂心理之后,卢梭转到了对女性的教育上(页364-393)。这一教育要比对爱弥儿的教育更短也更习俗化,而这并不是太令人惊讶。就像卢梭已经观察到的,女人必然更具依赖性,而这种教育旨在让她独立地寻求一个她可以依赖的男人,一个会牺牲他的独立、心甘情愿地做她的奴隶的男人。正如在《萨瓦代理本堂神甫的信仰自白》中,卢梭的起点要更接近于社会状态,而卢梭对爱弥儿的教育则始于自然状态。所有优点,像良心和端庄,都被看作是完全自然的,而非对自然的修饰。

这种简单教育普遍倾向于培养起女孩的品位,即让她取悦那些有德性的男人而不是那些献殷勤的男人,她的欲望必须既包含那些德性的理念,又包含那些完美肉体的理念。这是浪漫和性最大的区别。女人的教育是一块白板,它等待着被丈夫和妻子一起填满。并不令人惊讶的是,卢梭接受那些主张小女孩的自然品味由父母来塑造的言论,那些经常受到批评家驳斥的言论——这些评论家认为,这些品味只是迎合父母的期望。卢梭认为,小女孩喜欢被关注,喜欢打扮她们自己,然而小男孩只想独立。因此,这是培养女孩取悦技艺的一个好的开始,正如培养男孩的种豆技艺一样,从一个并不抽象的点开始,教孩子一些有用的事,调动起他的热情。不像对爱弥儿的教育,对苏菲的教育会托付给他的父母。这里不存在新的开始,尽管那个事实可以部分地解释这一点,即父亲们不再教育他们的儿子,并且在实践中真的把他们交给了太过溺爱和保护他们的母亲,然而母亲们可以很恰当地教育她们的女儿,并且教会她们成为一个女人是什么意思。她们会被塑造成她们母亲的伙伴。唱歌、跳舞、缝纫、书法之类的东西是年轻女孩要操练的。我们必须记住,卢梭想要将指向贞节的灵魂的传统力量和完全朴实的性表达——即使是排他性的——合二为一。因此,他一点也不责备那些明显自然的卖弄风情,包括唱歌和跳舞,那些被他的加尔文主义前辈责备的东西。似乎一个妻子对外必须拥有修女般的正经,而在家里,她必须能营造出后宫般的感官氛围。不像爱弥儿,苏菲总是被迫改变她的重心,就像当她成为一个有着繁重家务负担和各种照看孩子任务的母亲时那样(页368－369)。比起她丈夫的生活,她的生活充满着更多劳苦而欠统一的活动。

在卢梭的理解中,这种与孩子和丈夫这两极相联系的劳苦生活不是压迫,而是施展女人真正力量和影响力的保证。一个令人尊敬的、迷人的女人是伟大的教化者。卢梭说,女人和男人一样聪明,并且她们的智力更加早熟。但男人的智力和女人的智力又是不同的。男人更倾向于抽象的、沉思性的活动,他们更关注普遍的原则。而女人则更倾向于实践性的活动,她们对其孩子、丈夫甚至是大众看法的具体情况更感兴趣,这对她们尤其重要。考虑到卢梭那个时代关于继承的习俗,她们甚至必定会担心她们孩子的善意,如果她们要有必要的资金守寡的话。她们是更好的心理学家,这部分是因为她们必须十分关注她们要依靠的人。卢梭说了许多关于女性处事之娴熟的有趣故事,比如一个男人坐在两个与他有着风流韵事的女人中间时会如坐针毡,但与之相对的,一个女人却有能力控制这样一种情形,她能说服她的每一个恋人,他才是她所偏爱的那一个(页384-385)。这种对他人看法的关切是在对爱弥儿的教育中要小心避免的东西,但对一个女人来说,这是必要的,并且卢梭试图通过为她的初恋准备一个独立且会保护她的丈夫来补偿她的这种关切。作为回报,她会让他注意到人类关系中的那些微妙之处,而他会为了她而对它们做出回应。这是男女互补性的核心,一种理智劳动的分工,没有这种分工,就不存在什么可靠的产品。卢梭利用了女人那种危险的想要取悦的欲望,以便推进她们在有用的技艺方面的教育,并提高她们的道德。

　　卢梭使这一欲望变得不再危险,方法即是让女人特别擅长的操纵人的技艺服从于她们想生养她们热爱并反过来爱她们的孩子的欲望。这种操纵人的伎俩——如果它出现在男人身上将会受到责备——源自欺骗在爱情游戏中的自然必要性。卢梭在论女性教育那一节末段借一对夫妻在一场晚宴上的表现对男女角色的交织作了刻画。丈夫擅长与人交谈,因为他知道人们的社会处境和兴趣。妻子能感觉出人们的个体私密感受、希望,不管是肉体的还是精神的,她感受得到他们最需要的、能让他们感到完全舒适的东西。对这对夫妻来说,最美妙的时刻发生在客人都走了以后,当他们能够比较彼此的印象,最终获得客人的真实写照时,而缺了任何一方,这都是办不到的(页383-384)。

> 两性的社会关系是很美妙的,由于有了这种关系,结果就产生了一种道德的行为者,女人便是这个道德的行为者的眼睛,而男人则是它的胳臂,但是,由于他们两者是那样的相互依赖,所以女人必须向男人学习她应该看的事情,而男人则必须向女人学习他应该做的事情。如果女人能够像男人那样穷究种种原理,而男人能够像女人那样具备细致的头脑,则他们彼此将互不依赖,争执不休,从而使他们的结合也不可能继续存在。但是,当他们彼此和谐的时候,他们就会一起奔向共同的目的。我们不知道他们当中哪一个人出的气力多一些,每一个人都受对方的驱使,两个人都互相服从,两个人都同样是主人。(页377)

这总结了卢梭的计划,即用个体原子组成一个亚政治的社会分子,把这个分子当作社会的基础,而这个亚政治的社会分子就是作为公民生育者的爱人们的关系。这个概念后来又被托克维尔重拾了起来,他把美国家庭描绘成卢梭笔下理想家庭的化身,并为美国女性加冕,称她们是美国成功的真正原因。① 但比卢梭更加庄重的托克维尔对作为所有这些基础的两性关系却一言不发。

没有什么可以像灌输给他们每一个人的不同宗教教诲那样,如此清楚地凸显男女教育的区别,以及这两种教育所指向的不同自然本性间的区别。爱弥儿学习了万物的第一原则和自然运动的原因。苏菲的宗教基于繁殖的理念,基于孩子与父母的生与死,它逐渐回溯到那个始点,那些在始点处不被他物生成而是生成他物的众多的一(ones),然后直至那些不再生成的生成者。繁殖是女人的奇迹,它让女性倾向于相信存在着一个主管它的上帝。这一教诲无法说

---

① 托克维尔,《论美国的民主》,第2卷,第3部分,章12。

服一个男性,但在恰当的限度内,对女性来说,它可谓一举多得。它为一个女人适应丈夫的宗教做足了准备,这对婚姻来说是必需的,因为它的内容只关乎对婚姻繁殖那一面的敬畏。并且它限制了一个女人对这个世界、对她自己此时此刻作为孩子母亲这一最重要职责的神学想象。卢梭发现,女人要比男人更倾向于宗教狂热,这不仅仅是因为女性在理论理性上天赋稍欠,还因为她们更依赖于运气。她们爱生命短暂的男人和孩子胜过不变永恒的抽象概念,并且在她们的劳苦生活中,她们需要更多的支持和慰藉。卢梭再次坚持了宗教信仰的重要性和把那一信仰控制在宽容限度内的必要性。在这里,他强调了女人在虔敬及其滥用中所扮演的关键角色(页377–382)。

这样,对女性的简单教育就完成了。这种简单教育的主要目标是,将两股明显相反但又齐心协力地使那完美的女性机器运作的源泉汇合到一起,即取悦的欲望和良心,取悦的欲望使女人们依附于反复无常的大众偏见,而良心使女人们狂热和反社会。良心自身是严厉的,并且它还未被世俗奖赏那怡人的王冠所装饰;关注他人的看法是卖弄风情和佯装贤良淑德的原因。女人良心的原理——她那从目的推出手段的卓越能力正基于此——和她觉得她对丈夫与孩子富有责任的原始本能是同一的。她可以,也会在这些目的的限度内巧妙地用她的能力去取悦一般意义上的人,尤其是男人。

卢梭以一种热情洋溢的、半布道性质的口吻谈起那种无论在何时何地都会给予一个有德性女人的赞美,并以此结束了这一讨论。他几乎让我们忘记了女人那种提升男人和整个社会的力量所要求她们在意志力和理性上付出的巨大努力——通过这种努力,她们自然的性倾向会被对德性的爱所取代。正是因为需要付出这种努力,一个有德性的女人才受到称赞。一方面,一个女人必须忘记性欲和对高贵之物的爱之间的差别,另一方面,她也必须忘记对某个男人和女人的激情之爱和对一个家庭的责任之间的差别。

> 我还要补充一下,我认为德性之能够巩固爱情,犹如它之能够巩固其他自然权利,如果一个情人具有美好的道德,她就可以像做妻子和做母亲的人那样行使同样的权威。凡是真爱,都是充满着热情的,其所以那样地充满热情,是因为在想象中始终存着一个真正的或虚幻的完美的对象。如果在情人的眼中看来那个完美的对象是没有什么价值的,是一个只供官能享乐的工具,在他的心目中哪里还能燃起一股激烈的热情呢?如果是抱有这种看法的话,他的心是热不起来的,是不会去追求那使情人心醉神迷、情意缠绵的高尚的乐趣的。我承认爱情是空幻的,只有情感才是真实的,是情感在促使我们去追求使我们产生爱情的真正的美。有人说,这种没在我们所爱的对象上是不存在的,它是因我们的错觉而产生的。啊!这有什么关系呢?我们是不是因此就可以不那么热烈地把我们所有世俗的情感奉献给这个想象的模特儿呢?是不是因此就可以不拿有德性的心对待我们所钟爱的人呢?是不是因此就可以不抛弃我们卑劣的欲望呢?一个男人不愿意为他的爱人牺牲生命,这哪里是一个真正的爱人?而一个愿意为爱情而死的人,他心里哪里还有什么粗俗的肉欲?我们嘲笑旧时的骑士,其实只有他们才是真正地懂得爱情的人咧,至于我们,我们只知道贪图色情罢了。浪漫的格言之所以在我们看来觉得可笑,并不是因为我们有了理性,而是因为我们有了不良的风俗。(页391)

关于幻觉在灵魂升华过程中的重要性,我们很难想象还有比这更清楚的论述,我们也很难找到一个更好的位置来问问我们自己,"如果我们知道一个幻觉其实只是幻觉,这个幻觉的未来会是什么样的?"这可能是爱着、相信着他所创造之物的诗人推翻哲学和理性的裁决的地方。从此以后,男人和女人们被鼓励把他们的所有鸡蛋都放进那个叫作浪漫主义之爱的篮子里,它取代了所有那些过去常常出现在宗教和国家之中而如今已被破除的古老魅力。卢梭给我们留下了一个非此即彼的选择:诗歌抑或哲学。

我们要注意到,浪漫主义的爱完全是互爱。爱人同时也是被爱者,被爱者同时也是爱人。爱人与被爱者的经典区分被克服了,对二者加以区分的那种教诲主张的是,真爱无需是相互的。人不再爱那种不能或不会回报以爱的可爱之物。浪漫主义的爱满足了我们最大的希望与自负,它让我们不但爱美好之物,而且被美好之物爱。卢梭不仅使那种被启蒙运动所放逐的想象力又恢复了生机,而且还将它送上了帝国主义的王座——现在的它要比之前任何时候都更加至高无上。

十四

为了扑灭卢梭有时在我们体内激起的热情火焰,我想起了一个机智的人的一句问话:"一个用来描述男人男子气概的词怎么会变成表示女人贞节的词?"卢梭多少参与了这一过程,而当女人的贞节开始显得可笑,德性也就成了一个空洞的词。不管那是怎么发生的,苏菲都要成为道德拱门的那块拱顶石。女人必然要比男人更分裂,因为她们对性的偏好——卢梭相信,女人的性倾向要比男人更强烈也更持久——和她们对孩子负有的责任之间的张力从一开始就存在于她们的身体当中。升华了的男性寻求爱,女性寻求爱和家庭,而爱和家庭尽管可以合一,但却不是必然等同的。女人身上的欲望必须得到控制,而德性的观念——意味着一种出于意志的自我约束——从一开始就在她身上。因此,对女性的研究尤其需要考虑意志的问题。自然人没有意志,或者换种说法,自然人的意志所要求的东西就是他所喜好或者欲求的东西。爱弥儿还依旧处在这种状态中,而苏菲已充分感受到她正在冒的风险,害怕着她必须承当的自我克服。她只能希望她的感觉没有骗她,只能希望她会找到这么一个男人,他的自然本性和教育会让她有机会教他如何使用意志。一个有教养的男人可以毫无困难地让他的食欲服从于更高贵的欲望。但他却很难让他的性欲服从于他明显的责任。鉴于卢梭的教诲基于性欲在人类灵魂中的中心性,并且他也鼓励这种中心性,这一点就尤其正确。一个人要想行使意志必须先要有欲望。那些仅仅用来维持生命的欲望在爱弥儿身上被其他更高的欲望所控制着。他爱有吸引力的女人胜过食物,这并非是行使意志。这仅仅是一种更强大的欲望取代了其他欲望。现代政治哲学的观点是,只有欲望在控制欲望,那种传统上被认作是德性源泉的意志不但没用而且事实上根本不存在。卢梭并不想到此为止,因为这种说法不高贵,并且意味着对人类自由的否定。人的高贵包含在对意志的行使中,即便意志不是自然的。从某种意义上说,如何在一个生来不具备意志的存在者身上建构出意志,这是《爱弥儿》要研究的东西。分裂对人来说是必要的,尽管卢梭竭力想避免它。卢梭和那个广为接受的看法之间的最大差别是,这种分裂是自己强加的,而不是被上帝、自然或公意这样一些强大的外部力量所强加的。苏菲对德性的爱是她成功行使意志的结果。她意识到,她当下的肉体欲望是双重的,既是为了满足她这个个体的感官感受,又是为了种族的繁衍,这一意识给了她直接的情感(immediate sentiments)以基础,凭此她就能指引她自己。这是她良心的核心,而在爱弥儿的体内没有这样现成的原则。女人身上的良心不需要可疑的宗教支持,而萨瓦代理本堂神甫却得提供一整套论述体系,招致让-雅克重重反对,虽然这些反对被代理本堂神甫俄耳甫斯般的话语压制了。如果有一个女人,她最有魅力的地方就是她的德性,那么"只要她点头,她就能把她的爱人差遣到天涯海角,就可以叫他们到她所指定的地方去作战,去争取荣誉,去牺牲生命"(页393)。她的德性能在男人身上创造出德性。

最终,卢梭让我们见到了苏菲,他笔下男主人公所追求的对象。描写她出场的自然段以"苏菲是……"或"苏菲不是……"开头(页393-399),以这种方式,卢梭勾勒出了她最突出的品质,而这些品质在卢梭看来,就像好品味一样,只不过是那些被常识所认可的非常普通的品质的汇集,但这一汇集本身却十分罕见。

苏菲出生在一个好人家,①她的天性很好,她的心很敏感,这颗极其敏感的心有时会使她产生很难克制的想象。她对事物的观察是非常深刻的,但不怎么准确;她的性情很随和,但却不够稳定;她的样子长得很普通,但是是讨人喜欢的,从她的相貌就可以看出她为人是十分忠厚的,不会撒谎。你刚接近她的时候也许觉得她没有什么特殊的地方,但在离开她的时候你心里就不能不有所感触。别人有一些好品质是她没有的,而她自己的好品质,也许在程度上还不如别人,但是,要一个人把一些好品质合起来形成一个很好的性格,那就谁也不如她了。甚至连她的缺点,她也知道怎样去利用;而如果她变得更完美,她反而不如现在这样令人喜欢了。(页393)

"苏菲并不美丽",但她也完全谈不上丑陋。一个像特洛伊的海伦(Helen of Troy)那样美丽的女人不但十分危险,而且从长远看也非常无聊。然而,要勾起爱欲,好的长相还是必要的,它依然是卢梭正在构建的高塔的基石。因为他的柔情,卢梭接受自然对其馈赠的错误分配,他提醒我们,爱是有吸引力的年轻人的事,不管我们有多么希望不是这样。"苏菲爱穿着打扮",但打扮仅仅是对穿着底下的裸体的一种增强,而不是对裸体的化妆掩饰。对卢梭来说,一个中年妇女为了哄骗那些向她献殷勤的男人,用女人发明的所有机器去掩饰自己身体结构上的松弛下垂是非常可笑的。"苏菲有一些天生的才能",但她在跳舞、唱歌以及所有其他对这些才能的培养上都没有达至完美,如果追求完美就会让她忘掉它们在增添生命的优雅(grace of life)上的用途。"苏菲最了解而且也是大家花了很大一

---

① 这不完全是一种社会偏见,因为这表明养育了她的父母也是正派体面、有教养的人。

番功夫教她学习的是,女性专长的工作",这让她能管理好家庭与仆人,就像古希腊人和古罗马人书里描写的那些妻子一样。烹饪、缝纫和理财等等会使她有能力持家,而且更重要的是,这些会使她有能力掌管那个一般被认为是一家之主的男人。她多少有些洁癖,这是男人通常没有的一种恶习,但还没到偏爱肉体胜过灵魂的程度。这其实是她灵魂的纯洁在肉体上的反映。"苏菲以前是一个贪吃鬼。"但这一潜在的恶习被她的母亲矫正了,因为她母亲告诉她,吃糖会毁掉她的牙齿,进而使她的吸引力大打折扣。女人和小男孩们一样,都喜爱甜食,但她们不会随年龄增长自然而然丢掉这一嗜好。这一特点似乎和女性喜欢感官享受是相关的。

"苏菲的头脑很聪明,但还说不上十分敏慧;她的思想很健全,但还说不上十分深刻。"她用她的理智力量,不是要成为一个满口理论的人(a theoretical babbler),而是理解真正的生活和过着这种生活的人。这绝不能被戏仿,不然她会被当作是一个不重要的人。我们只需要去读一读《新爱洛伊丝》中朱莉写的信,就可以看到被卢梭视为女性理智之极致的有教养的感性(educated sensibility)和心理机敏(psychological tact)的范围,而这在今天的女人或男人身上是无法指望的。"苏菲的心太敏感了,所以她的脾气很难保持稳定……",这是她吸引力的一部分,而且,当这种感性还未成为她最主要的特点,并且她还能调整回温柔和通情达理的状态时,这种感性还能让她的爱人不敢怠慢。这样的感性似乎是对一个女性面对男人和社会的不义所做出的种种忍让和妥协的补偿。男人可以发怒和造反,而女人则代表了一种更温和的劝说,她们通过她们的以身作则而非行动来为变革出力。这绝不是一种微不足道的力量,尽管它很有可能被革命的情绪所鄙视。

"苏菲有宗教信仰,不过,她的信仰通情理而且简单,既没有什么教条,更不做什么极尽虔诚的事……"这是不言自明的,但也是对她那自然的宗教天赋小心培养的结果,如果不加教化,那么这种天赋很容易在宗教狂热与无神论之间摇摆,要么是保护她的德性,要么是为抛弃德性正名。"苏菲是很爱德性的。"这是她的激情,因为她有那些感受,她能认识到德性可以带给她的所有力量和满足。她极其需要肉体满足,需要爱和被爱,但她知道这要依赖那个"能让她感到孤独生活是一件很甜蜜的事情"的男人。"苏菲知道女性的那些权利与义务。"在考察男人的品质方面,她是既敏感又可靠的观察者。女人作为评判男人的人,对男人的行为有着极大的影响力。人类联合最重要的发条之一就是相信女人的赞美或责备是男人自尊最坚实的基础。

"苏菲是一点世故的气息都没有的",但她了解那些与为人处世相关的最基本的礼节。她尊敬长辈,在结婚以前都小心地和她的同辈相处。她完全明白那种存在于任何社会中的祖传的或者仅仅是习俗性的东西的重要性,但她知道她要选择的丈夫一定出自她的同辈,知道一旦选定,她就要和其他人保持距离。在两代人之间可能存在对立:父辈试图控制年轻一辈的那些自然欲望。朱莉和圣普乐的恋情就因父辈的反对而以失败告终,而苏菲开明的父母却引入了改革,允许这两极的联合。这就是那个不完全迎合现代口味的女人,她与爱弥儿互补,对她的认可完全在于她能缔造成功一段关系。她的父亲可以并不说教地向她阐释他从让-雅克那里学到的婚姻的新的重要性。

他父亲说的话引入了那种绝对必须做的改变——使婚姻成为最重要、最神圣的契约,并且更重要的是,恢复女人在社会层面上的自然自由:她有权自由地选择她是否要嫁人以及要嫁给谁(页399-401)。至少在西方,这已成为理所当然的事。父母们依然担心他们的孩子选择伴侣,但这种担心是无效的,也无法决定他们的孩子如何选择。就像我们知道的,父母包办的婚姻在这个世界的许多地方还是常事。事实上,这些"文化""西化"的最明显标志就是反叛父辈的控制和要求女人有自主选择的权利。这一改变真的是一次革新。和一般意义上的现代政治哲学一样,卢梭将男人和女人的义务建立在一种原初的、基本的自由或者权利之上。但是选择一旦做出,就将终生有效,夫妻双方基于同意而签订的契约是永久性的。不能离婚!或许对当代人来说,这听上去就像是在证明卢梭自身想象力的历史局限,或者表明他没有能力将自由的逻辑贯彻到底。然而,正是这一有约束力的选择构成了婚姻中的道德,构成了道德自身。一个人自由的证据就在于他能坚持他的选择,他能够对自己的这一选择说:"尽管这一结果并不是我选择前所希望的,但显然,接受选择所造成的结果是我义不容辞的责任。"如果当事情变得不太妙的时候,人就可以改弦更张,那么决定我们行为的就是欲望,就是那种野兽都有的欲望,而不是自由或意愿。如果就像现代人所相信的,自由是人的本质,那么只有有能力为自己立下自己会遵守的法才能证明这样的自由是可能的,是存在的。婚誓包含着两个方面:自由与约束,即自己加给自己的承诺。这是卢梭在他的这本大书中如此关注性教育的全部原因。对美好之物粗糙的自然冲动一旦升华,就为渴望一种永久的、专一的爱恋做好了准备。只有将那种渴望转变成一种旨在维持这种爱恋的牢固的意志,人才能将欲望转化为道德自由。卢梭认为,对不再信仰什么、不再是爱国者的现代人来说,这是他们形成自尊的必要条件。而如果这样的意志消失,那也就没什么东西剩下了,除了那个空洞的字眼——"承诺"。就像旧式婚姻证明了权威的影响力,新式婚姻真的使人回到了他那野兽般的、受外部因素决定的状态之中。不像他身前身后的那些思想家,卢梭关注婚姻,他把它看作这种道德化的自由可以栖居其中的东西。社会契约总是暂时的,并且受到签约个体的私利的限制。只有在那个前提下的婚姻才许诺永恒,许诺某人的婚约终生一帆风顺。这是建立在人类自由之上的一种制度,是每一个人都可以拥有的。而在这之外,什么也没有。它是道德的微观世界。一段负责任的人生的全部重量都包含在了这一选择之中。

当然,人人都希望他的婚姻会给他带来幸福,但在道德的世界里,作为自然的世界的反面,幸福必须让位于道德。就像康德指出的,希望是被允许的,但对幸福不加限制的追求最终会导致一种实用主义，它会破坏自由选择所产生的那种自尊。人类的选择虽然使人变得高贵，但它也向人施加了一种有时近乎悲剧的二元论：要幸福还是道德？因为自然人不知道德为何物，对他来说，幸福或者说满足就是那颗独一无二的掌上明珠。卢梭让婚姻背上了沉重的负担。人生的全部严肃性就集中在那既令人兴奋又令人畏惧的伴侣选择上。浪漫主义小说的情节也正是围绕着这种选择。由于卢梭的分析，小说家们着迷于创作关于忠诚与通奸的小说，这种情况一直延续了一个多世纪。而随着卢梭影响力的失势，人们不再相信升华的高贵，两性激情也变得愈发野性难驯，爱不再是小说的主题，并且我们甚至都很难看出究竟是什么取代了它。

在卢梭看来，传统上对婚姻伴侣的选择主要考虑三个方面：伴侣们的社会身份，他们的财富以及他们互相倾心的程度。在绝大多数社会中，前两个方面明显压倒第三个。因此，家长声称有权决定谁来继承他们的头衔和财富。伴侣们对彼此的感官感受是微不足道的，它最多只是次要的考虑对象。卢梭不无哀怨地说，人被忽略了。卢梭一丝不苟地奉行着他的计划，他把一切都建立在个体的自由选择，尤其是个体的情感之上，他要向民主的方向重建家庭，在民主制中，伴侣们的自由选举建立起了社会契约。但在家庭的问题上，女人的票要比男人的票重要得多，因为家庭施加给女人的责任显然更加繁重。在家长的希望或命令和年轻人的希望之间存在着张力，而这种张力最清楚地表现了那种存在于自然与习俗之间的张力。自然是最重要的，但习俗也必定总是存在，为了能在社会中生活，必须做出一定的妥协。因此，苏菲必须自己选择，但同时也必须和她的父母商量。智慧与同意的混合是那个从柏拉图开始一直到我们今天都存在的政治问题，这里，它被表现在了家庭的形成过程当中。对卢梭来说，同意显然具有优先性，但年轻人的感官感受已被教育所净化，因此，兽欲和法律间的距离其实已被缩减。苏菲的父母既会帮助她思考习俗的智慧之处，又会帮助她控制她的敏感天性，以防被哪个聪明的花花公子所蒙骗。在民主制家庭中，父母依然发挥着作用,但父亲的那种祖传专制被一种基于信任的自由关系所取代了,这种信任来自功利和感激的混合,这一混合取代了法律的死板和继承的期望。自然与习俗之间的张力成了浪漫主义文学的另一个主题,在这个主题中,社会地位不相配的爱人们悲剧性地与祖辈抗争,以成全他们对彼此自然的倾心。

我们必须回想起一个更老的传统,它的代表人物是亚里士多德,可以说,它以一种非常不同的眼光来看待婚姻。在亚里士多德看来,婚姻就是生育公民和教化公民。在这种近乎冷漠的理解中,作为重要元素的爱欲消失了。尽管亚里士多德完全知道父母们有多偏颇和愚蠢,但他认为在实践事务中,他们能更好地评判一对情侣是否有能力建立起一个家庭。他试图通过一个智慧的立法者的指引来矫正父母可能存在的无知。但卢梭对爱权(rights of love)的鼓吹已经如此成功,以至于西方的男女很难想象有任何能为亚里士多德的立场辩护的严肃论点。亚里士多德确信人是一种政治的动物,并且家庭依照自然就从属于共同体。[①] 卢梭则确信人依照自然是一种孤独的存在,并且,如果他想要变得政治,那就必须通过那个更小的共同体家庭作为中介,而与家庭唯一的具有部分自然性的联系就是升华了的性欲。因此,潜藏在这场关于婚姻自由同意权(the rights of free consent in marriage)的争论之下的那些问题才是最基本、最重要的。

苏菲是幸运的,因为她父母的婚姻虽然是习俗性的,但这一习俗性婚姻的根基后来因为一些机缘巧合被破坏了。她母亲家有头衔,而她父亲家有钱。但突如其来的事件不知怎么地就让她母亲没了头衔,让她父亲没了钱。但在这种情况下,他们发现他们的爱——在婚姻中只有爱是永恒的,它不受反复无常的命运左右——是真的,并且足以自持。这样一来,他们以他们自己的方式全身心

---

① 亚里士多德,《政治学》,1253a2 – 3,1253a19 – 25;但对照《尼各马可伦理学》,1162a17 – 19。

地加入到卢梭创造一个崭新开始的计划当中,帮助苏菲在没有通常都会有的斗争和妥协的情况下获得合适的婚姻。有意思的是,即使从苏菲的母亲和父亲依之订婚的习俗角度来看,苏菲的父母也不是很般配。卢梭声称,如果是男人有头衔而女人有钱,那么这样的结合可能更好,也更顺应自然,因为家族头衔至少是德性的象征,它代表着某些可敬的义务和责任,因此更适合于君主立宪制即家庭的统治者。

在他对苏菲说的话中,苏菲的父亲带着可贵的直率说到欲望和意愿的关系,而这两者的出现是《爱弥儿》这最后一卷的主题。

> 丈夫和妻子应当互相选择。他们必须以共同的喜爱作为第一个联系。他们应当首先跟从他们的眼睛的和心的指引,因为结婚之后,他们的第一个义务就是彼此相爱,而彼此相爱或是不相爱,是并不取决于我们的,所以要履行这个义务,就必须具备另外一个条件,那就是在结婚以前双方就是彼此相爱的。这是自然的法则,这个法则是任何力量都不能够废除的;有些人之所以想用许多法律去限制它,是因为他们只考虑到社会的秩序而未考虑到婚姻的幸福和公民的道德。(页400)

自然的那些冲动——它们不是法律的产物——必须成为法律的根基。人们可以为道德立法,如果立法基于自然的话,并且只有当所有旨在改造男女关系的伟大计划都扎根于自然时,它们才会起效。使变化的欲望转化为不变的责任是在理性协助下的意志的工作。

对于这一选择,苏菲要自己拿主意。尽管对生活在社会中的人来说,财富和地位的问题并非完全无关紧要,但卢梭通过苏菲父亲的嘴表露了他的观点,即在重要的东西上,人类的那种永恒的渴望不是被习俗,被此时此地所决定,而是被那些根本的东西所决定的,比如真正的德性和美丽。这是会决定苏菲的一切的抉择,而她拥有十足的机会做好这次选择,她在选择中只需考虑品味而不考虑其他任何东西。她的父母可以安心地给她这一自由,因为她的品味已经被很好地培养起来了。在一段醒目的离题话中,卢梭向我们展示了"最坏的情况",它发生在一个性格热情似火的女孩身上,卢梭声称她是真实存在的。他把她也叫作苏菲,虽然那不是她的真名。她的父母也给了她这样的自由。但他的父母惊讶地发现,在物色了一圈之后,她并没有发现合她口味的,于是她开始变得日渐憔悴。当父母询问她时,她坦率地承认自己爱上了特勒马科(Telemaque),费内隆(Fenelon)同名史诗中那位主人公(页404)。鉴于这本书是一个有着古典学养的著名基督教作家写的,她已经不可救药地爱上了它的主人公。在她的同辈当中,没有谁可以和文学作品中尤利西斯那勇敢而英俊的儿子相提并论。这个所谓真实存在的苏菲是在自然和教育的推动下去爱的,但那种爱并不自足,因为它要求有一个配得上的对象。事实上,在没有这样一种爱的情况下,她因渴望无法满足而香消玉殒了。

从常识的角度看,这是荒谬可笑的。这个苏菲是想象过于激烈所导致的牺牲品。但她是为理型而死,而不是通过在最重要的东西上做出妥协而苟且地活。卢梭讲的这个小故事很有可能是杜撰的,为的是告诉我们一些关于女人和想象的事。就像卢梭一直指出的那样,想象几乎构成了人类性生活的全部。"除了那种不存在的东西,没有什么是美的。"(页447)①但是,把这位苏菲的死归结为愚蠢,说她的爱只是想象出来的,并不充分,因为文明人的整个存在几乎都存在于想象之中,因此,差别并不在于那种爱是真实的还是想象出来的,而在于那种想象究竟是崇高的还是卑下的。那种对性的所谓现实主义用法(realistic use)是卑下的,或者用时代误植的话说,是神经质的想象。这个苏菲的想象让那个被爱者成了她自己的,是她所创造的理想世界的产物,而非外部世界随意闯入她生活

---

① 对参《朱莉,或新爱洛伊丝》,收录于《全集》,第2卷,第693页。

的人。这是后面爱弥儿用来找到他的苏菲的机理。卢梭在这里说到的这个所谓真实的苏菲爱上了一个虚构出来的人物,而这也鲜活地佐证了文学作品的力量。前面说到的一切可能发生在女人身上,也可能发生在男人身上,但卢梭暗示,女人更容易受到,这种崇高歪曲的影响。这是因为她们背负着重担,沉重的负担将她们自己的欲望和她们丈夫的欲望转向了家庭和爱的满足。女性似乎更倾向于一种半宗教性的狂热,并且更容易对书中看到的内容浮想联翩。我们可以看到,这部分地解释了为什么卢梭经常对女性发言,并且将小说当作他的工具。

对我们来说,在其他文学作品中再找出一个能使基督教女性为之神魂颠倒并痛斥这个世界的粗俗快乐的主人公并非难事。卢梭试图在这里解释这种现象。这个故事旨在让我们一分为二地看待它。首先,它表明了一种愚蠢,这种愚蠢忘记了那种神圣满足的物质基底。作为美好幻想的源头和目的的肉体需要是一段健康人生的必要组成部分。从原罪的概念出发,没有什么可以更进一步。卢梭称这个女孩为真实存在的苏菲,她是傻乎乎的,但她是一个有着崇高灵魂的高贵的傻瓜,一个现实主义无法与之匹敌的角色。我们故事里的那个苏菲,那个嫁给了爱弥儿并且像爱弥儿一样拥有一颗普通灵魂的苏菲,也用特勒马科的标准去评判爱弥儿,尽管除了费内隆的书,她还读了一本关于家庭理财的书。但要么是因为爱弥儿比那个所谓真实存在的苏菲所遇到的求婚者更好,要么是因为爱弥儿的苏菲没有那么活跃的想象力且拥有一种更健康的感官感受力,所以她才认为爱弥儿达到了她的标准。她将肉体的需要和想象联系了起来,而那个所谓真实存在的苏菲却没能做到这一点。

在刻画完等待着爱弥儿的苏菲之后,卢梭又说了一些明智的话,以指导男人如何选择一个妻子(页406-410)。尽管对妻子的选择应该建立在自然的基础上,但任何真实的选择都只会发生在一个习俗性的社会框架内。卢梭建议说,地位和财富的匹配是有好处的,因为这样一来,双方在某种程度上就都无法摆架子,无法掩盖那种自然的匹配性。而如果存在不匹配,那也应该是男方的条件更好。因为他代表了作为一个单元的家庭的意志。女人要做的是去影响他的决定,而不是恢复她自然的个体性。但真正的差别不在于社会阶级,而在于有些人会思考,而有些人不会。这一差别也许是教育造成的结果,并且它也反映了经济上的优势,但在实际选择丈夫和妻子的过程中,人们遇到的只是会思考的人和不会思考的人,不管他们各自是因为什么原因而变成了那样。这并不意味着,头脑简单的就一定不如头脑复杂的有道德,或者头脑简单的就一定比头脑复杂的更有道德。但是,那些伟大的道德抉择并不像谈话那样构成我们日常生活的实质。为了在人与人之间形成一个日常的共同体,他们必须能有效地、愉快地与彼此交谈。这并不意味着他们想的和说的都一样。恰恰相反,卢梭暗示男人和女人可能想的和说的都有不同,他们必须能理解彼此,并且在这样做的过程中感受到乐趣。在男女形成的所有纽带中最持久的,是基于理解的共同体和基于交谈的共同体。这样一来,卢梭就不能被理解成是想用无知来奴役女性。因为首先,苏菲是受过教育的,她所受到的教育使她能够被受过更好教育的她的丈夫再教育。尽管卢梭是使我们对挑选妻子的习俗标准不屑一顾的源头,但他加了一个非常重要的选择标准,那就是教育。我们现在倾向于在理论上,如果不是在实践中,忽视这一标准,因为在平等主义和相对主义的影响下,教育已不被认作是一种真正的差别。

最后,卢梭谈到了作为选择的决定性因素的美貌。他说一个人的妻子不能太过美丽(一个出现在迷人的德帕迪约[Gerard Depardieu]主演的一部电影里的主题)。对文明人来说,美貌可能是最具吸引力的东西,并且它不能被视作是无足轻重的东西,但卢梭把它放到了它配得的位置。一旦得到了一个美人,美貌就成了习以为常的东西(routine),并且它会很快失去它特有的优势。而它可以成为扭曲双方虚荣心的源头。(试想希罗多德笔下的古格斯[Gyges]

的故事。①）并且，在她的美貌变得习以为常之前，它不可避免地会招致那些在吸引力上和她丈夫不相上下的男人的忌妒。当然，丑陋太过令人厌恶，以至于不可能成为习以为常的东西。因此，通过这种奇怪的路线，卢梭重申了古代的节制原则。

十五

现在到了求爱的阶段（页410－441）。求爱一部分是求爱舞，就像那些向它们的意中人展示羽毛的鸟所跳的舞；一部分是一连串爱情考验，就好像游侠在他们的爱人那儿遭受的那些考验。如今求爱已经不流行了。事实上，早在好几个时代以前，它就已经被约会所取代了，而如今约会又不知道已被什么东西所取代。求爱的整个目的显然是想让一对恋人先了解彼此，然后再做出像结婚这样重大且影响终生的决定。现在，大多数受过教育的人在婚前都有过同居的经历，甚至在进入这个前婚姻阶段时，他们也一点不会表现得像一个处子。他们的行为可以很合理地解释为，他们觉得，在下定决心生育子女以前，必须先很好地了解对方。但卢梭会说，性行为应该是婚誓的顶点和奖赏。一旦把性从承诺中分离出来，压力便不复存在，而这必然也会将性行为和"关系"分离开来。这无疑就像关于原罪的教诲那样贬低了行为自身，并且就像那个所谓的真实存在的苏菲一样，以死来有效地贬低了它。

卢梭说，求爱的时光是最幸福的时光，因为期待要比任何所实现的东西都要好，并且他还说，在这段时期里培育起来的期望会延伸到整个婚姻生活。这种期望并不那么真实，它只是在这段时期里被培养出来的一种爱所必需的幻觉。爱人们的确不会知道他们的性生活会有多好，但卢梭的观点是，一对适当做了前戏的恋人在那

---

① 希罗多德，《原史》，卷1，章7－14。

一点上会做得挺好。他坚持认为,第一次性经历对我们的整个人生是决定性的,那种偷偷摸摸并且经常是丢人的第一次做爱不仅降低了人的视野,还带走了许多理想主义的色彩,要知道,正是这种理想主义的色彩将爱欲的狂喜和美丽与德性的世俗回报联系在了一起。求爱有助于形成第一层依恋,并且它让个体间若即若离的暧昧关系以及男女极为差异的性本能自由发挥。两个人给彼此的生活永远不可能没有暧昧,因为正是这些暧昧要求着后续不断的关注、尊敬和理解。没有想当然的事。照此看来,我们当前的行为尽管看起来很合理,但也可以被解释成面对爱欲风险的胆怯与惧怕。想象——就像在性幻想中所体验到的那种——不再丰富爱人们的视野,于是日复一日的同居也成了日常。如今,离婚很容易,滥交也不用付出什么社会代价,这就进一步弱化了曾经作为浪漫主义婚姻源动力的那种爱欲张力。如果爱和其他那么多社会性的东西实质上都是性的升华,就像如今绝大多数人相信的那样,那么人就必须真的升华。如果健康、非神经质的性对社会人来说是一株如此纤弱、如此易受伤害的植物,那么它就必须被极小心地培养。纯肉体性的东西必须和更高的人类渴望交织在一起,而这也是卢梭认为在我们这个时代做得非常糟糕的东西——在我们的时代,爱欲的基督教式堕落被爱欲的布尔乔亚式堕落所取代了。

爱弥儿和他忠实的让-雅克就像一个游侠和侍卫一样(或者,如满脑子书里世界的苏菲所见,像特勒马科斯和他的门特尔一样),来到了苏菲父母的家(页413)。值得注意的是,爱弥儿仅仅是通过《奥德赛》知道的特勒马科斯,这是一个纯粹古典的来源,在其中,基督教骑士和他们的罗曼史没有一席之地。苏菲认出爱弥儿是因为他长得像特勒马科斯,而爱弥儿认出苏菲是因为她就是他心目中的理想类型,这一理想类型是他在让-雅克的帮助下获得的。至少这个特定的女人在爱情中需要文学的帮助,爱弥儿不需要这种帮助,因为他有他的导师兼诗人(tutor - poet)。他的书是《鲁滨逊漂流记》,一本讲述孤独、自足之人的更严酷经历的书。当《爱弥儿》

临近结尾时,这对恋人必须分开一段时间,苏菲给了爱弥儿她最重要的书,《特勒马科斯》。作为回报,爱弥儿把他的《旁观者周刊》(Spectator)这本更加社会性的书给了苏菲,却对《鲁滨逊漂流记》保持沉默。

虽然双方都做了充足的准备,但这两个爱人的见面却在某种意义上显得完全是偶然的,这让那些活在爱的幻觉下的人觉得机遇似乎是一位女神(Fortuna)。当那些命中注定要爱上彼此的人在这样遥远而与世隔绝的他们从未想过的地方相遇,谁能不这么想?但所有这一切大概都是让-雅克和苏菲的父母事先安排好的。在后来的浪漫小说中,这样的见面确实会偶然发生,但比较不信任这种事的哲人却在命运上做文章。他阐明了哲人的那种次要快乐(secondary pleasure),即作为梦的商人(dream merchant)和旁观者。这些事实是警告,让人对人类关系的圆满成功不再寄予厚望。

首先,必须存在一种相互的好感,以及司汤达进一步阐述卢梭的想法时所说的结晶(crystallization),它是欲望和猜疑的混合,这时自爱开始发挥作用,使双方都在意对方的看法和判断,与此同时对其他所有人失去兴趣。苏菲看到了她的特勒马科斯的到来,当她的父母向他详述自己的不幸遭遇时,爱弥儿投以了温柔,苏菲因此深度感动。爱弥儿几乎没有注意到那个与他如此恳切、如此徒劳地追寻的人完全不符的女孩。但一提到苏菲这个名字,这个年轻的爱智慧者(philo-sopher)就像触了电一般,因为让-雅克曾提过,这是适合于那个理想女人的名字。他们互相凝视着对方,然后苏菲脸红了,把脸转向了另一边。从某种意义上说,就因为那一脸红,一切都已大功告成——脸红似乎极有违于那个端庄女孩的意愿,而这却难逃这位年轻男子的法眼。

我在这里所描写的他们天真无邪的爱情产生的经过,当然是太简单和太朴素了,但如果因此就把我所描写的这些情节看作是茶余酒后说来开心的笑话,那就完全错误了。大家对一个男人和一个女人初次见面时候的情形给予他们两个人一生的影响,是认识不足的。大家不知道,双方初次见面的印象,同爱情的印象以及驱使他谈爱的心情的印象,是同样很深刻的;它将产生深远的影响,而且这种影响将随着年龄的增长而一直延续到人死了以后,它的作用才能停止。有些人在论述教育的著作中,板着一副学究面孔啰啰嗦嗦,空话连篇地大谈那些莫名其妙的所谓孩子们的本分,可是对教育工作中最重要和最困难的那一部分——从童年到成人这一阶段中的紧要关头却只字不提。我之所以能够使我的这一部教育论文有几份用处,其原因特别是在于我在这部著作中不害怕人家的挑剔和文字表达上的困难,决心对其他著述家所略而未提的这一重要的部分作很详细的阐述。如果我把应当采取的做法都讲清楚了,那我也就把我应该讲的话都说出来了,即使说我把这本书写成了浪漫小说,那也没有关系。描写人类天性的浪漫小说,是一本很有意义的浪漫小说。如果说只是在这本著作中才看到过这种小说的话,那能怪我吗?它可以说是我们人类的历史。只有你们这些使人类趋于堕落的人才把我这本书看成浪漫小说。(页415-416)

《爱弥儿》或许只会被看作是一本浪漫小说,但它应该被看作是人类的历史。卢梭在《论人与人之间不平等的起因和基础》中写到了人的真实历史(factual history),以及作为这一历史的结果的人的分裂。这里他告诉我们,他的计划旨在克服这种分裂,于是我们就能理解为什么康德对"那个杰出的让-雅克·卢梭"怀抱热情,因为后者告诉了我们将自然的性欲和文明人的婚姻结合到一起的可能性。克服自然与社会间的对立是文化这个词的真正含义。①

---

① 康德,《人类历史的推测开端》,第54页;另见威尔克利,《自由与理性的目的》,第152-163页。

在《爱弥儿》的开头，卢梭告诉我们，"由于不得不同自然或社会制度进行斗争，我们必须在教育人还是教育公民之间作出选择，因为我们不能同时教育这两种人"（页39）。这一对立和选择就是《论人与人之间不平等的起因和基础》所彰显的问题。然而，《爱弥儿》的计划表露在这之后的两页里，并且乍看起来，它与这一判断截然相反。

> 如果一个人唯一无二地只是为了他自己而受教育，那么，他对别人有什么意义呢？如果一个人所抱的两重目的能够结合为一个单独的目的，那么，由于消除了人的矛盾，他就消除了他的幸福生活中的一大障碍。要判断这个人，就必须看他成人以后是怎样的，必须在了解了他的倾向、观察了他的发展、注意了他所走的道路之后，才能作出判断；一句话，必须了解自然的人。我相信，人们在看完这本书以后，在这个问题上就可能有几分收获。（页41）

再重复一次，卢梭发明的性教育是沟通自然人与社会人、关心自己与关心他人之间无此便不可逾越的鸿沟的桥梁。

求爱被分成了一系列阶段，在这些阶段中，过分热切的爱弥儿一会儿因苏菲的明显接受而狂喜，一会儿因苏菲的明显拒绝而苦恼。苏菲通过行为的多变以使爱弥儿展现他自然的样子和教育将他塑造成的样子，并完成那一教育。我们必须牢记，在此之前，爱弥儿还从未在乎过别人的看法。他同情那些遭受不幸的人，但他绝不和他们混在一起。从他们身上，他不想要任何东西。他对他的导师为他所做的一切心怀感激，但他并未要求他导师这么做，也未感到对他有何需要。可以说，他的导师已经把自己伪装成自然的一部分。不要忘了，问题是要教育一个可以像关心自己一般关心他人的人，或者用康德的话说，是要去教育一个可以把他人当作目的来对待的人。每个人都把自己当作目的，这等同于霍布斯所谓的"所有人反对所有人的战争"。但从这场战争出发,我们可以把他人的自身整合进我们自身当中,这样就能制造和平。顺便说一句,几乎所有的现代思想家都把霍布斯的自然状态当作起点,但我们在理解人类联合过程中遇到的那些永恒问题却让这一点显得尤为可疑,即大多数人是否已成功地脱离了这种状态?我们几乎忘了曾经还存在过另一条路,这条路既避开了霍布斯的大陆,又无需陷入孤立的泥淖。要说我正在写的这本书有什么价值的话,那它的价值就在于重启了介于这两个立足点之间的那场争论——关于卢梭和柏拉图都认为至关重要的那种东西:爱或者爱欲。

在他们第一次见面时,爱弥儿和苏菲都猜想对方就是自己正在寻找的那一个。他们甚至第一天都没和对方说话。爱弥儿知道他想要的是什么,于是他耍了一个小计谋——借一些衣服,这样他就必须再来还——以便获得再次回到苏菲家的许可。他和他的导师一离开苏菲家,他就想尽可能地在这附近找一个住处。但是他马上就被教了一课,卢梭告诉了他与男性交往和与女性交往的不同。追求一个年轻女人就已经意味着向她做了承诺。如果在后续的熟悉过程中,那个年轻人觉得这个年轻女人不适合他,那她就成了残次品(damaged goods)。人们或许会认为,在他们之间已经有过一种更加亲密的关系,而这样一种看法会滋生谣言。比起男人,女人更依赖于好名声。人们会说,而她会成为他们同情或流言蜚语的对象。被拒绝的一方总是某种程度上受到同情的对象,并且被爱者的地位和同情的对象也不相称。因此,保持表象甚至欺骗是一个严肃的爱人所需的微妙手段之一。这是第一课,很明显,只有在假定女方是端庄和贞洁的情况下,它才适用。爱弥儿意识到,他必须为她考虑,而不仅仅是为他自己考虑,因此他必须考虑他人的看法。他很容易地就学会了这一课,因为他已经深深地陷入其中,并且看到一种适合他的直接与开放并不适合苏菲(页413-418)。

在拜访了几次之后,爱弥儿不但开始相信他已被接受为一个求婚者,而且他还开始相信他能直接求婚。苏菲告诉他,这事得问她父亲,而她父亲则告诉他,这取决于苏菲。他一头雾水,以为自己被拒绝了。这是他第一次失望和怀疑,而这让苏菲在他眼里变得更加珍贵。他受到的阻碍使他进一步意识到了他的需要,以及如果这一需要得不到满足,他将受到的痛苦。他忠实的朋友——他把自己安排为一个中间人——告诉他,苏菲在担心他的钱。爱弥儿是富有的,这是我们第一次知道这一点。这一结果表明,自然人在社会中需要一大笔习俗性的钱财以维持他的地位。这整个教育和他之后要带着这种教育过的生活需要钱。爱弥儿那身为贵族的父母把教育爱弥儿的权利让渡给了爱弥儿的导师,他们有责任向他的导师提供经济资助,以使教育成为可能。苏菲感到担心,因为一个有钱的男人或许会认为他对婚姻的贡献就在于钱,而她完全无法与这样的男人相对抗。她明白金钱可能对性格产生的各种影响。于是,爱弥儿就立即想要散尽家财了——带着所有浪漫主义主人公对金钱的典型冷淡。但这会是更糟糕的情况,不仅或者尤其是因为日后他会需要金钱,还因为他做出的牺牲甚至可能成为他高妻子一等更有力的证据,毕竟妻子不用做此牺牲。那要怎么办?很简单,求爱必须继续,他必须向苏菲证明,他的阶级和财富不会遮蔽他的人性(页 419–424)。这是接下来的求爱的目的。他已经赢得了成为一个求婚者的权利,但现在却处于已求过婚的状态。换句话说,他已经变得依赖苏菲,而苏菲却还没有依赖他。

  当他们年轻的喜悦和期望制造出值得小说家着笔的场景时,这是人生最幸福的时光。对未来结果的不确定弥漫了他们所有愉快的活动,而这也给那种快乐增添了别样的趣味,同时,被如此热切地希望的圆满的缺席也让想象更富活力。我们看到爱弥儿指导苏菲唱歌和跳舞,这让那些专门教授这些才艺的好色的老师们无事可做。他公然地想得到他教的那个女人,而那种在教这些技艺时显然保持中立的教授必定是一个骗子。他毫不卖弄地把他所知道的一切都传授给她,并且他不再对那些不能与她自由分享的知识感兴趣。这样的教学活动是充满爱欲的,而他最喜欢的教学位置是在他的膝盖上。这对科学客观性有何影响是颇值得玩味的事情。他们一起在自然中徜徉,而自然既属于他们,又是他们表达情感的对象。他们没有任何现代个体的局促存在感(cramped existence),也不需要君王和贵族们常常需要在他们的封地上虚荣地展示他们的不凡之处)。

在这样的时刻,他们开始把他们的目光投向自然的创造者(the Author of nature),而这是唯一一次对爱弥儿自身宗教实践的指涉。这是他恋情的一部分,并且事实上是它的最高潮。只有当萨瓦代理本堂神甫克服了他的性欲之后,他对上帝的崇拜才是可能的,而爱弥儿对上帝的崇拜是他性欲的结果。这两个年轻的爱人显然处在一种难以忍受的感官兴奋状态,他们知道必须暂时牺牲自己的满足,因此他们把上帝当作是对他们新的、基于自由选择的德性的回报。这是各式各样的宗教实践中的一种。它是最适合爱人们的那一种,也是使自然道德化的那一种(页426)。

苏菲是主人,她的命令就是法律。但法律和欲望并不一致,因此爱弥儿总是想要逃避法律。他亲了她的衣服或是她的手,这本是她同意给爱弥儿的一种恩惠(favor),但爱弥儿把这种恩惠变成了一种权利。接着,通过拒绝爱弥儿认为是他权利的东西,她试图证明那只是她给予爱弥儿的恩惠。他们发生了争吵,但他们和好了。而这样一来,他们对彼此的价值感和他们的快乐也提高了。爱情游戏是所有游戏当中最迷人的。

在这里,我们可以清楚地看到使道德"内在化"于爱弥儿的最重要的一步。有一段时间,她命令他别去看她。她这么做是为了测试她的权威和她的意志。在这段时间里,他在附近游荡,对那些不那么幸运的人行善。这样,他便可以在暗地里远远看她。

> 不过,爱弥儿的一举一动始终是很正大光明的,他不会也不愿意有越轨的行为。他这种可爱的天性能够激励他的自尊

> 心,接受他自己公正的见证。不准许他做的事,他就严格遵守,绝对不做;他绝不走得太近,绝不想在偶然中得到只有经过苏菲的许可才能得到的机会。(页 436)

他的欲望在和他的自尊心作斗争,但通过运用他那以爱情的名义新发现的意志,他使这第一次斗争变得令人愉悦。这种令人愉悦的自我克制会使他独立于苏菲。她只是他心中的理型命令他实现的对象。他的行为是一种个人的审美,一种对美好之物的无偏私的爱,以及一种对粗俗欲望的升华。这是对格劳孔在柏拉图的《理想国》中说的古格斯之戒的故事的否认,这个故事要传达的教诲是,如果不被神灵和他人看到,那么做道德的事没有任何好处。即使爱弥儿的女神苏菲看不到他,苏菲也可以信赖她的爱人。卢梭通过爱女人解决了柏拉图通过爱智慧所解决的那个问题,爱苏菲(philo - Sophie)取代了爱智慧(philosophy)。

在求爱的这一部分里,卢梭开始反思妒忌(页 429 - 431),因为当一个人陷入爱河,这种阴暗的激情几乎必定潜伏左右。卢梭希望避免这种丑陋的占有,避免紧随这种占有而来的各种罪行。坚持自己有爱对方的独有权意味着想对那种永远无法被控制的东西——自然倾向——进行专制。在绝大多数情况下,它是自爱的一种形式,不指向被爱者,而是指向那些想要求得被爱者青睐的人。妒忌不是因为真正爱被爱者,而是因为想要把其他男性比下去。就现代对妒忌这种激情的批判来说,所有这一切都是老生常谈。但是,妒忌包含着一种高贵和一种关切,而对妒忌的那些批判经常倾向于忽略这一点,成为不够爱和不够关心贞节的借口。智慧者的自足和自私者的自足是与爱相抵触的。卢梭在爱弥儿身上保留了一种自我怀疑的妒忌(jealousy of self - doubt),这种妒忌让他不关心其他求婚者的想法,而只关心他自己的价值。他害怕苏菲这个评判他价值的最高法庭会对他作出负面的评判。卢梭哀叹他的学生那珍贵的独立的丧失,就像在更多政治哲学作品中,他哀叹自然状态下的那种纯真的丧失。但在这里——就像在那里——并且甚至从某种更高的意义上说,他提供了一种超越那种原初状态的补偿。伴侣们在婚姻中那种相互的、互惠性的爱可能不如一个个体的自私那样可靠,但它提供了更大的满足,并且基于自由选择的道德是比纯粹的自然冲动更美妙的一样东西。在《社会契约论》中,卢梭说人生来自由,却无往不在枷锁之中。① 而在这里,枷锁是人自动自觉地锻造出来的,并且这些枷锁的周围布满了美丽的花朵。

求爱是在两个展现爱弥儿真实之所是的关键场景里完成的。第一个场景,爱弥儿为了使他不被允许礼拜她的女神的那些日子变得充实,开始当起了木匠,这是他在卷三中学会的手艺。在一个存在劳动分工的社会中,他变得自足了。这门手艺总是必需的,且不依赖于他人的看法。这门手艺被呈现出某种不同的意蕴,用来克服文雅人士的偏见,他们向来看不起这些养活他们的必需品和手艺人。苏菲和她的母亲来到他师傅的作坊看他工作。这个富有、年轻的贵族干活时和别的工人别无二致,同时也和他们一样领着微薄的报酬。此外,他并不外行,他似乎是这个作坊最能干的工人之一。苏菲的母亲显然扮演着让－雅克委派给她的角色,她似乎认为爱弥儿并没有很严肃地对待这份工作,她认为爱弥儿带着一个贵族屈尊降贵的姿态。为了测试他,她邀请爱弥儿和她们一起回家——这是爱弥儿最渴望的事。在这里,欲望和职责明显发生了冲突。但爱弥儿只能抱憾,心存内疚。他毫不犹豫地谢称要守对师父的承诺,师傅需要他工作。苏菲甚至犹豫要不要提出建议,补偿因他离开而对师傅造成的损失。但你不能花钱购买别人的承诺。这是金钱破坏平等的社会纽带的方式。于是,爱弥儿表明他会像臣服于自然的必然性一样臣服于他基于自由选择而做出的承诺。这是自由王国建立起来并变得类似于法治自然王国的方式。苏菲母亲似乎对爱弥儿的多变和他的缺乏礼数颇为恼火,但这给了苏菲为爱弥儿辩护的

---

① 《社会契约论》,卷1,章1。

机会,她公开地肯定,这种缺乏固然是爱弥儿的一部分,却恰恰使爱弥儿变得更讨人喜欢。当然,这样的行为会使一个寻找着忠实丈夫的女孩更加安心(页437 - 438)。

除了要求其他许多事情以外,苏菲还要求爱弥儿必须准时,既不迟到也不早到。在第二个决定性的场景中,她希望某天见到他,但到了那天,他没有出现,也没有捎话告诉苏菲他为什么不能来了。一直到了第二天早上,她才得到消息说爱弥儿和让 - 雅克一切平安,他们很快就会到她那儿。她对他们安全的担心随即变成了愤怒,她恼怒于他们对她的无礼对待。在经过一系列的指责和解释之后,这一危机被化解了,因为让 - 雅克解释说,他们在来的路上发现了一个摔断了腿的男人,他们对他进行了急救,并把他送回了家。他那怀了孕的妻子因丈夫的意外受到惊吓,突然动产,需要他们协助。这是他们那天夜里所做的事,也是他们没能来或没能捎话的原因。爱弥儿之后又补充了一段话,从而为这段解释画上了圆满的句号:"苏菲,你是我命运的主宰,这一点你是很清楚的。你可以使我痛苦而死,但是你不可能使我忘掉人性的权利(rights of humanity)。我认为,这种权利比你的权利更加神圣,我绝不能因为你就把这种权利抛弃了。"对此,苏菲回答说,爱弥儿,"握着这只手,它是属于你的。你什么时候愿意,你什么时候就可以做我的丈夫和我的主人。我要尽我的力量来享受这个荣誉"(页441)。

爱弥儿赢得了他的心上人。献身人权(dedication to human rights)已经取代了屠龙,取代了击败邪恶的骑士,成为打动被爱者的光荣事迹。对她来说,偏爱人性的权利意味着更关心她自己关心的东西,这比偏爱她这种源于一种必定要消失的品味要更有价值。如果他规避帮助那个伤者的责任,跑去见了苏菲,那这会是为了他自己的满足。他偏爱苏菲胜过任何人,但是以一种彬彬有礼的方式,这种方式证明了他是尊重她,而不是在利用她。在这个场景中,他展现了最高的情感,他主动的同情,而这成了体现在他身上的人的尊严,这一尊严通过那种为人所独有的可能性表达出来,即尊重所有人,并把他们自身当作目的。他成为苏菲的奴隶,却获得了作为社会人的自由。他是一个女人的奴隶,但这个女人爱他,因为他是一个有原则的人,一个遵从其内在之光(inner lights)的人。开始的时候,他只是一个情感或感觉的存在。当他对苏菲产生依附之后,他开始通过他人的看法来认识他自己。现在,在服从他为自己所立之法的过程中,他开始变得拥有自我意识(self-conscious),而这是为苏菲所爱和批准的。这种灵魂的建构是对黑格尔关于人之发展的教诲——从情感到意识再到自我意识——的萌芽表达。卢梭通过性欲驱动的马达完成了这一建构。通过使人普遍的、理性的道德判断力——一种因升华的爱欲力量而变得在实践上卓有成效的能力——爱欲化,恋人的结合成了可能的事。

十六

让-雅克显然和爱弥儿开了一个非常过分的玩笑。他带着一封信走近进爱弥儿的房间,对他说:"如果有人告诉你苏菲已经死了,你会怎么做?"(页442)爱弥儿愤怒地回应说,他将永远也不想再见到那个告诉他这一消息的人。就像那个愤怒的、失去理智的克莉奥佩特拉(Cleopatra),爱弥儿也怪罪信使。不管什么东西,只要试图夺走我们想要的,就怪罪它,把害人的恶意归于它,这当然是"人性的,太人性的"。但我们看到,爱弥儿的听天由命,他那接受现实的能力,已经被他的爱所摧毁了。现在,他的幸福有赖于运气,这是他要顶礼膜拜和取悦的东西。如果他没有爱上谁,他不会有这样的举动。这让我们想起布鲁图斯(Brutus)收到的那封寄自罗马的告知他妻子已死的信。他对待这封信的态度就像一个廊下派:他对这封信无动于衷,因为他早就知道有这种可能。这种廊下派式的坚忍让那些目击者印象深刻,但莎士比亚已经让我们看到布鲁图斯并不是一个完美的廊下派,事实上,他的情绪非常激动。他的不完美和他试图掩盖自己情感这一点打动了我们,因为这让他看起来更人性,也更接近于我们。① 但我们发现我们面临着选择,是理性而毫不在乎,还是在乎但却失去理智?在后一种情况下,我们的幸福将会仅仅依赖于运气。就像卢梭后面向爱弥儿指出的,即使苏菲还活着,但如果她已经对他不忠,他对她的需要会使他对德性无所谓,使他只想着留住他那薄情的爱人而不惜一切代价。不管怎样,他都不是他自己了,并且他的幸福将完全取决于她的看法和她的多变。

卢梭为卷五所配的插图画的是基尔克(Circe)将尤利西斯那些不能自制的同伴变成了猪(页356,439)。基尔克向尤利西斯表达了好感,尤利西斯没有被她的魅力诱惑,所以依然还保持着人型。这阐明了卢梭想要在爱弥儿身上激励起的道德状态。只有那种不论好运厄运,都始终如一并保持真我的人才算完成了人性的要求。爱弥儿不像大多数人,他不害怕死亡,他只有一个弱点,那就是对苏菲的激情。卢梭把自己比作忒提丝(Thetis),忒提丝把阿基琉斯浸在冥河之中以使他刀枪不入,但她却没能使他完全刀枪不入,因为她还握在手中的阿基琉斯的脚踝依旧在水面之上——尽管这显然不是卢梭未能保护的爱弥儿的脚踝。问题集中表现在了爱弥儿对苏菲之死的不能接受上。自然或许已经教会了他要对他自己的死抱有听天由命的态度,就像那些野兽做的那样,这样就避免了霍布斯所极力主张的那个观点——人活着是为了避免死亡。但是,为了被爱者而活的爱人不能以听天由命的态度去看待爱人的死。

这是属于道德德性的时刻,此时自然的倾向不足以使人过上好的生活时(自然人没有这样的情感)。卢梭希望把自然人的坚定和文明人的情感合二为一,或者说,把理性人和激情人合二为一。他对生活在社会中的自然人的分析结果是,这样的人在欲望和责任之间必定是分裂的。这一点当然所有人都会承认,但它对卢梭来说有

---

① 莎士比亚,《裘力斯·恺撒》(*Julius Caesar*),T. S. Dorsch 编,Arden Editoon,1955,1988 年重印,London:Routledge,4. 3. 142 - 94。

着独特的凄婉——卢梭把苦难的根源归结为那种分裂,并承诺要克服它。他通过提出一种新的理解责任的方式——一种来自内部的、高贵的,能够使我们自我感觉良好的方式,而非一种来自外部的,仅仅反映自然与社会间的偶然关系的方式——减轻了我们的失望。他发明了一种道德,这种道德不仅仅是对长远利益的单纯算计,并且他在他学生身上建构起了一种意志,这种意志不仅仅是一种欲望。

爱弥儿必须离开苏菲,以便体验一下如果苏菲离开了他,或者苏菲从他身边被带走,他会怎么样。卢梭找出了他的便条。爱弥儿曾许下的那唯一的承诺或契约,那长久以来被忘却的协定,即如果让-雅克想要帮助他跨过那些潜藏在他寻求妻子过程中的危险,他必须服从让-雅克,现在必须得到兑现(页326)。在他的求爱过程中,有这么几个瞬间爱弥儿是分裂的,并且他感受到了他寻求即刻满足的渴望和他心中苏菲和他的理型之间的张力。但那种理型并不牵涉到一种绝对的义务,并且它依旧保持在情感或者品味的层面上。爱弥儿从他出生那天起到这一刻基本都在做他想做的事,然而道德——至少是卢梭理解的道德——要求人一丝不苟地做他不想做的事。让-雅克先用苏菲死了的消息吓爱弥儿,然后再命令他离开苏菲一段时间。这整个场景都是对我们传统最深源头的戏剧化再现。它明显地模仿了《伊利亚特》,在《伊利亚特》中,阿伽门农带走了阿基琉斯的女孩(卢梭刚刚就把爱弥儿比作阿基琉斯),这激起了阿基琉斯的熊熊怒火,愤怒正是《伊利亚特》的主题,给所有人带去了危害。在《理想国》中,柏拉图和大众的观点对着干,他为领袖阿伽门农辩护,指责阿基琉斯自私的自以为是。① 愤怒是《爱弥儿》最重要的主题之一,并且在这里,卢梭完全同意柏拉图对愤怒——最卓越的悲剧性激情——那非正统的处理。愤怒是一种自我放纵,它表明我们不能接受发生在我们那被运气挟持的朋友、爱人和情人身上的事,它想要使变化的东西保持永恒,它激动地想保

---

① 柏拉图,《理想国》,389e-390a。

护我们自己的东西。它以义愤的口吻在没有正义的地方主张正义。它比单纯欲望的自私还要危险,因为它为自己披上了道德的外衣(页87)。爱弥儿以一个阿基琉斯式的回应开始,他愤怒于有人告诉他苏菲的死,更愤怒于有人要他必须离开苏菲。让-雅克是敌人,因为他想让他做他不想做的事。爱弥儿为离开苏菲的不道德性辩护,但那个客观的观察者发现他的辩护是可疑的,因为爱弥儿的道德主张和他最强烈的欲望——即刻拥有苏菲——是等同的。

爱弥儿与让-雅克的关系类似于《圣经》——我们理解道德的另一基本而重要源头——中亚当与上帝的关系。不管是在《伊利亚特》中还是在《圣经》中,领袖命令的正义性或合理性,进而臣民服从命令的义务,都是问题的症结所在。现代的自由主义传统试图通过从臣民的欲望或希望开始来解决这个问题,但为了这样做就必须建立起一种松散的或唯利是图的道德。卢梭试图建立起一种高的或者说高贵的道德,一种不但很容易理解,而且可以被那些遵从它的人理性地接受的道德。当卢梭提醒爱弥儿他的义务以及他曾许下的服从承诺时,爱弥儿克服了他的愤怒。爱弥儿本可以质疑他所守契约的有效性以及他导师的善意,但相反的,他居然变温顺了,而且服从了让-雅克。

我们必须分析使这一结果在一个生来只受快乐和痛苦驱动的存在者身上变得可能的那种心理机制。卢梭,在他向爱弥儿解释的过程中,居然用可以想象得到的最奇怪的命令式开始,"你必须幸福"(页442)。这个"你必须"相当不同于十诫中的"你不可"。这一诫令与每个人的欲望是同一的,并且它似乎是自我施行的(self-enforcing)。它类似于霍布斯的命令式,"你必须保护你自己"。自由派导师不说幸福,只说自己认为什么是幸福就追求什么。卢梭与他们不同,卢梭说,幸福有着明确的内涵。既然这样,爱弥儿明显必须既爱上一个转瞬即逝的有朽者,又意识到自己可能失去她。只有当他能把有朽和对不朽的渴望合二为一,他才能幸福。而这要求一些自然没有提供给我们的东西。在这个点上,卢梭引入了他对好人

(good man)和有德性的人(virtuous man)的关键区分。从本质上说,好人是依照他的冲动生活的自然野蛮人。只要他不需要其他人,他就无意伤害他们。他的存在是甜美的、不费吹灰之力的。卢梭在卷五的末尾描绘了它的社会版本:如果他有钱,他自己会如何生活。有德性的人与他人有牵连,并且他必须——如果他不是一个伪君子的话——和他们定下有约束力的承诺,履行承诺已经不仅仅是一个纯粹的品味问题了。因此,对要成为丈夫与父亲的爱弥儿来说,不容他在善好(goodness)和道德(morality)之间做出选择(页444)。他必须道德。卢梭向爱弥儿展示了一种理解道德的全新方式。他告诉爱弥儿,德性不是欲望的完满,而是对欲望的克服。德性就是力量,就是——听起来有点矛盾——有做人不想做的事的力量。我们从哪里能得到那种既让我们深情款款地看着我们最爱的那些人和物,同时又让我们意识到它们的脆弱性且不为这种脆弱性所动的力量?现代人的那一弱点——卢梭把这一弱点归结到了自然与社会的冲突——可以部分地解释为什么人无法面对我们心爱之物的有朽性。因为自然与社会的这一冲突,人不知道他们想要的究竟是什么,于是他们把自己的能量浪费在了各个方面。卢梭已经告诉过我们,爱弥儿欲望的活力和统一被小心地保留了下来。他能够轻而易举地击倒他的同龄人,就像对付小昆虫一样。他拥有灵魂的那种原始力量,这一力量可以无冲突地追逐各种目标。他如何能使这股力量掉转枪头,对准它所源自的那些欲望?

爱弥儿对他自己的道德怀疑因他的浪漫主义理型(romantic ideal)——它向爱弥儿提供了一种能与其欲望相匹敌的东西——而变得可能。如果爱弥儿照着自然人的样子,在他与苏菲的一次偶然邂逅中就成功宣泄了他的性欲,那么他不会感到冲突,也不会需要德性。但他那种欲望的升华——我们在读卢梭的过程中已经见识过这种升华了——要求形成一幅关于他之所是、她之所是,以及那种使他们能够相见并合二为一的基础的图象。这个理念受那些自然欲望推动,并被升华所净化,它允许爱弥儿自己命令自己,而不是接受来自外部的命令。他的理型是想象和自爱的产物,使他对道德产生了一定的好感,而道德允许他和他即刻的利益保持距离,并最终战胜那种利益。理型的形成是爱弥儿后青春期的工作,是灵魂中意志的起源,对灵魂来说,意志并不是自然的。净化后的欲望有能力在发射出一颗北极星的同时给人以力量去追随它。用尼采的方式说,强大的灵魂既是能到达理型的绷紧的弓,又是拔高理型的箭。这是自由的最高点,也是升华的顶点。

在互惠之爱的理型中,美丽的灵魂因受美丽肉体的吸引而出现,这种理型自发地成为指导拥有潜在自由的文明人的自然法,自然并没有提供指导他们的法。对自尊的渴望源于自爱而自爱以寻求配得上的伴侣(worthy partner)的爱的欲望为中介。这种建构起来的灵魂和对另一个人的依附展示了其自身的极端脆弱性,它们是升华了的,但它们更依赖于那个导师的操控而非自然。卢梭教诲最惊人的地方在于,尽管爱人意识到了他所爱之物必然是脆弱的和转瞬即逝的,但他并不像信仰宗教的人或哲人那样把他的爱转向那些永恒的东西。一个男人或女人如何能在意识到不存在永恒,心上人随时可能失去的情况下,全身心地爱他/她那有朽的心上人,这是一个谜。这种对一个人的爱恋讨好了我们的欲望,因为我们当中很少有人能像爱另一个人那样去爱上帝或理念。但它要求我们对理型——理型在某种程度上被认为是既等同于那个被我们爱的人同时又超越了他/她的东西——形成一种无根基的依附。卢梭告诉爱弥儿:"想象给你所想望的东西披上了美丽的外衣,但是,等到你得到那个东西的时候,它就会把外衣取走的。除了自在的上帝以外,便只有不存在的东西才真正是美的。"(页447)想象——浪漫主义诗歌的中介——为爱人提供了取代过去思想家笔下那一真实、永恒又超验的世界的东西。卢梭要爱弥儿不带幻想地活,但同时他又叫爱弥儿在那种虚幻魅力的魔咒下生活。这种虚幻的魅力就是存在于两个人——他们认为他们会想和对方排他性地黏在一起——之间的人类之爱(human love)。

对卢梭来说,爱就是男女之爱,并且这种爱必须是相互的、互惠的。爱必定是男女之爱,因为它的源头,不论多么遥远,都在肉体粗野的自然目的论中,而在浪漫主义文学中也没有适合其他东西的位置,除了男女对彼此的依附。那些莫逆之交并不适合在这当中出现。如果这对爱人都忠于彼此,那么这种爱就一定是相互的、互惠的。在卢梭那里,就像我已经提到的,不存在对爱的另一面的任何暗示,而那一面正是为古人所赞扬的,在爱的那一面中,人爱那种惹人爱的东西而不期望那种惹人爱的东西回馈。爱被他们理解为两种元素的不稳定组合——渴望美好之物和渴望自己拥有被爱者。后者可以成为婚姻的基础,而前者不能。卢梭试图使性的迷狂顺着梯子,从肉体性的源头上升到道德的高度,但他最终向爱弥儿承认,长远地看,迷狂肯定无法忍受,原则(principle)必须代替这一逐渐衰弱的激情。习惯,与那个他曾疯狂爱过的女人无拘束的交流,对孩子的爱,以及遵守他为他自己所立的法,会取代让-雅克在爱弥儿身上点燃的那团烈火,那团在自然状态下无需他物即可完成一切的烈火。

卢梭发起的这种浪漫斯多亚主义(romantic stoicism)的特点可以从一篇短小的、不完整的故事中看出。这篇故事名叫《爱弥儿与苏菲》,① 是他未发表的诸多作品之一。当然,我们不能错误地将这个文本看作权威,因为谁也不知道卢梭写这部作品究竟是何用意。有可能这仅仅是某个下午他突发奇想、心血来潮的产物。然而,在这篇作品中,爱弥儿依然忠实于他所受到的教育,尤其是在《爱弥儿》的这最后一个重要场景中:在那里,他发现了意愿,并且意识到一开始作为他导师意愿的东西将会成为他自己的意愿。爱弥儿在这个故事中已经发现苏菲对他不忠。这是一个毁灭性的打击,但他还是忠于苏菲应然的那个理型,并且从那个理型中汲取力量。

---

① 《爱弥儿与苏菲,或遁世者们》(*Emile et Sophie, ou les solitaires*),收录于《全集》,第 4 卷,第 881–924 页。

在爱弥儿的脑子里,理型和理型的化身是不可分割的。他本可以原谅她,替她掩饰,但他拒绝了这一选择。他不这么做不是因为他对她感到愤怒,想要为自己报仇,就像我们所期望的那样,而是出于为苏菲考虑。苏菲会一直认为爱弥儿还对她所做的事耿耿于怀,会一直认为爱弥儿留在她身边是出于屈尊而非欣赏。他或许确实可以重新学着尊重她,但她永远也无法像爱弥儿尊重自己那样尊重自己。爱弥儿忠于苏菲的理念而活,他并没有使自己依赖于那个易变的真实的苏菲。运气甚至让他成了一个奴工,但爱弥儿并没有崩溃,并且就像爱比克泰德(Epictetus)那样,他认为即使是在奴役中,他也是自由和幸福的,因为他的满足只取决于他自己。就像我刚刚说的,这一切都非常神秘,所以我们就可以理解,为什么康德从卢梭的分析出发,最后说幸福不是道德人的目标。卢梭使道德——至少对爱弥儿是这样——从爱情中浮现,并且他使我们希望那种依赖于感官的幸福、那种对被爱者的拥有会与道德相一致。

十七

所以,爱弥儿必须离开苏菲,但卢梭向他保证,他还会回来并得到她。这一分离并不仅仅是为了教爱弥儿一种有益的自由(salutary freedom),一种在受苏菲束缚的情况下依然可以操练的自由,就像在《爱弥儿与苏菲》中,爱弥儿依然忠于苏菲,即使他们已经不在一起。分离的那段时间被用来旅行,以便学习政治(页 450 - 471)。政治是关键的,因为那值得尊敬的法,那能惩治违法乱纪者的法与它关系密切。独立的人是世界主义的,如果哪个地方的法阻碍了他的幸福或者对他提出了不义的要求,他可以离开那儿。但一个已婚的男人必须找到一个永久的住处。他对家庭的依附让他依赖于政治,但同时也对它小心翼翼。在这段关于旅行的文字中,卢梭展现了那种或许会被称为保守主义的东西。他引荐了《社会契约论》这本挑起并指导了革命并且让其中描述的那种政治制度以外的所有政制都变得不合法的火热的书。但卢梭在这里用它来教爱弥儿,不要在任何他可能居住的现实的国家里指望完全的正义,不要用自己单薄的力量去硬拼内在于每一种政治制度中的不义,卢梭要爱弥儿保留他的理想主义,如果他不想被摧毁的话。爱弥儿学到了,即使是不义的法律也包含着正义的元素,学到了因为这一点,他可以尊重它们。他的激情和理想主义会被转到他的家庭上,并且他会寻找一个能给他足够的独立空间去使家庭幸福的居住地。卢梭从没说过,存在着一种私人权(right to privacy),但他为这种权利提供了一条严肃的理由,那就是:为在不致力于德性的政治制度中实践德性提供空间。这样,爱弥儿对国家的好感,对一个不令人满意的政治秩序的好感将会是审慎的,将会是他爱苏菲和他的孩子的结果。爱弥儿将会愿意服从绝大多数他并不认同的法律,因为它们对某种政治秩序来说是必需的。他这么做是出于他自己的正当性(righteousness),而不是那些法律的正当性。《爱弥儿》处于《社会契约论》中的那种道德公民和《一个孤独的漫步者的梦》中的孤独漫步者之间。

经过两年的漂泊,在爱弥儿24岁那年,还是处子的他回来了。他渴望拥有他的新娘。现在,他们通过神圣的婚姻——因让 - 雅克的教诲而变得神圣——结合到了一起。但爱弥儿和苏菲还没有完全摆脱让 - 雅克,那个作为自然的补充而进行干预的人。在婚礼之后,他劝服苏菲,让她不要总是答应爱弥儿所提出的肉体要求。苏菲并不是特别喜欢这种建议,爱弥儿就更不喜欢了。但通过运用这些拒绝,苏菲可以尽可能长地维持爱弥儿的激情,因为这样一来,他的激情的不可避免的冷却只是简单的欲望消减,而不会是对她欲望的消减(页475 - 477)。所以同样,对婚后之爱(married love)来说,单单自然也是不够的。

现在,这对夫妇结合在了一起,随着他们从卢梭那洗脱了原罪的伊甸园中走出来,人类又有了一个新的起点。一个伟大的哲人、立法者和老师对统一自然与文明来说是必需的,而一旦那种统一完成,我们希望平凡的普通人就可以将它维持下去。这是《爱弥儿》的理想建议(ideal suggestion),而到了最后我们得知苏菲有了孩子。但我们看到谁正在向我们走来?除了让-雅克没有别人。他们永远也无法完全摆脱他,因为在抚养孩子的过程中,他们还需要他的帮助。

※ ※ ※

新爱洛伊丝

一

在离开卢梭、转向那些伟大的浪漫派小说之前,我们还必须就《朱莉,或新爱洛伊丝》(*Julie, or La Nouvelle Heloise*)这本书说一些话,尽管现在几乎已不再有人阅读它,除非当他们被要求读的时候。虽然它现在看起来是一本无聊得让人痛苦的书,但它曾是史上最流行的书之一,曾风靡过整个欧洲。我们永远也不要忘记——尽管我们今天很难相信——事实上卢梭写过的任何东西都很畅销,且产生了无法估量的深远影响。取得成功的不仅仅是他的想法,还有他发明的文学体裁,而最成功的要算他的小说。当然,在卢梭以前也有重要和流行的小说,比如塞万提斯的《堂吉诃德》、笛福的《鲁滨逊漂流记》,尤其是理查森(Samuel Richardson)的《克拉丽莎》(*Clarissa*)。但卢梭改变了小说的特征,并把它排在所有文学体裁中的首位,尤其是取代了戏剧。卢梭不但有力地批判了现代戏剧的内容,还批判了剧院。[①] 伟大的古希腊剧作家创作出了可信而有教育意

[①] 《致达朗贝尔论剧院的信》(*Letter to M. d'Alembert on the Theatre*),布鲁姆(Allan Bloom)编译,收录于《政治与艺术》(*Politics and the Arts*),New York:Cornell University Press,1989。

义的人物。他们歌颂神人(demigod)和英雄——这些人建立了城邦,并与他们的宗教关系密切。卢梭声称,对平等且从本质上说独立的现代男女来说,戏剧英雄们不再可信,也不再有趣。即使这样的英雄是可信的,卢梭也不把这看作是纯粹可欲的事情,因为他希望激发面向所有人的人性和德性。传统的悲剧人物使我们忘却了烦恼,并使我们疏远了那种我们无法达到的英雄榜样。此外,在现代,剧院是败坏的供应商。它们是炫耀财富和伴随着财富的虚荣的地方。声名显赫的男女演员通常都是作风放荡的人,他们的声名提供了坏的榜样。

相比之下,小说发挥作用不需要任何这样的工具(apparatus),并且尤其适合展现那些既不高于我们也不低于我们的人物。那个失败了的戏剧家将自己变成了小说家当中最成功的一个。他之所以选择小说,是考虑到现代观众的自然本性,考虑到适合这一自然本性的主题和会使这一自然本性愉悦的东西。小说很容易读——不管读者什么时候有空,他都可以阅读小说——在形式上也不受诗节的约束,从某种意义上说,它没有固定的形式,因此可以在感性的影响中混入哲学的、道德的和政治的思考。它符合布尔乔亚的生活和口味,因为就像我们所看到的,卢梭相信,宗教和政治的激情已经冷却,一切只剩下对爱的呼求以及个体和家庭的私密内部。

至少按卢梭写的来看,小说不需要什么有魅力的反派人物,不需要真正的悲剧,它只需要一些多少正派的男女,他们在和人的境况进行着抗争,就像绝大多数人体验到的那样。戏剧本质上是贵族式的,而小说本质上是民主式的。毫无疑问,卢梭的分析是正确的,至少在关系到他计划的成功方面是这样。为了讨虚构文学的现代消费者的欢心,小说取代了戏剧和史诗。获胜了的布尔乔亚创造出了一种新的读者,他们在古典文学上的学养和熟练程度远不如过去的读者,但他们渴望接受各种指导,以便以一种与他们在这个社会中所获得的地位相符的方式生活。小说家不仅成了人类激情与品位的指导者,他甚至要下行(descended),对人们如何着装、如何布置他们的家这样最细微的细节作出指导。对那种新的读者而言,这样的东西要比他们在普鲁塔克或《圣经》,更别说卢梭的死对头伏尔泰所创作的那些悲剧①中发现的东西更加迫切。

二

卢梭总是坚信,艺术必定是令人愉悦的,而布道则不一定。正是因为这个原因,布道很少起作用。即使你希望改善人类,你也必须从讨好他们那主导性的激情开始。《新爱洛伊丝》由一小群朋友和恋人的往来书信集组成,包含了一箩筐卢梭式的布道,但这些布道是可接受的,因为主导这本书的爱的主题使它们变得甜美了。人们可以在《新爱洛伊丝》当中发现卢梭所有伟大教诲的纲要:《论人与人之间不平等的起因和基础》中的自然状态和文明化进程,《社会契约论》中的政治原则,《爱弥儿》中的正确的教育等。卢梭把说教的热忱引入到了文学作品中。当然,荷马和莎士比亚都是他们听众的老师,但现代小说家作为老师在方式上和程度上都比他们的前辈有过之而无不及。在很长一段时间里,小说家都在向他们无甚教养的读者提供关于各种事的意见,因为这些读者没有时间或没有学识来自行判断,并且他们生活在一个传统已被打破而新的东西又没建立起来的世界当中。甚至在今天,如果一个人走马观花式地读一读某个最犬儒的小说家,他也能在那一犬儒的外表下发现一个教化

---

① 见达恩顿(Robert Darnton),《读者对卢梭的反应:浪漫主义感性的捏造》(Readers Respond to Rousseau: The Fabrication of Romantic Sensitivity),收录于《屠猫记:法国文化史钩沉》(*The Great Cat Massacre and Other Episodes in French Cultural History*), New York: Basic Books, 1984。[译按]中译见《屠猫记:法国文化史钩沉》,吕健忠译,新星出版社,2006。

者的身影。喜欢把自己展现为真善美的虚无主义敌人(nihilistic enemy)的巴勒斯(William Burroughs)说,人们应该知道他传达给大家的东西。小说大部分的魅力和恼人特征就在于小说的说教。《新爱洛伊丝》强烈地展现了所有这些特点。当我们看到朱莉在寄给她的爱人圣普乐的一封信中说,如果圣普乐一定要获得满足,他应该召妓而不是手淫时,我们就可以理解,为什么柏克厌恶卢梭的作品,因为在卢梭的作品中,那种贵族式的审慎是缺失的。尽管有一些关于人的纯朴之善(simple goodness)的肉麻的信,但整个书信集包含了对人生问题示范性的文明论述(civilized discourse),同时也讲述了一个迷人的故事,关于男人和女人如何能在文明生活的矛盾中关心彼此。

不幸的是,卢梭小说中的许多创新对我们来说已成为老生常谈,因此我们几乎无法意识到他写得有多么出色。那些书信弥漫着一股性激情,而其中的人物却经常对此无知无觉。整本书受到主角们竭力想要忘记的那种未得到满足的性的推动。他们对政治、诗歌、风景,甚至上帝的讨论都可以追溯到那一伟大的爱欲源头。他们对生活做了高贵的解释,却被与爱和责任的幻觉相抵触的现实所击落。随着小说情节的进展,卢梭显得是一个哭哭啼啼的感伤主义者(sentimentalist),但他对笔下人物的缺乏自知(self-knowledge)却有着绝妙的反讽。

小说的故事发生在瑞士,德性在败坏的现代性下最后的根据地(outposts)之一。背景是本土的乡下,远离城市与政治,正如它实际所进行的那样。小说里的那些人物为自己创建了一种健康而有品味的生活,相当独立于外部世界。他们用激情所催生的幻想装点了日内瓦湖畔的绚丽景色,不管是暴风骤雨式的还是风平浪静的、阴沉的还是阳光的、寒冷的还是温暖的、令人失望的还是令人满意的。在这一背景下,他们的存在(their beings)得以尽可能地延伸。卢梭的故事就设定在这里,他的故事替代了阿伯拉尔和爱洛伊斯那一伟大的中世纪罗曼司,那个故事因为宗教与两个恋人的激情相冲突而结局悲惨。在阅读《新爱洛伊丝》的过程中,我们必须时刻牢记原罪的问题以及卢梭看待这一问题的独特视角。

那个新爱洛伊斯就是朱莉,一个聪明可爱的瑞士布尔乔亚。她的老师圣普乐爱上并引诱了她。她真诚地回应了他的爱,并且这一段爱一直持续到了她死的时候,尽管这违背了她的希望。故事开始的时候朱莉十八岁,圣普乐二十三岁,而她死的时候也才三十几岁。那个老师本应致力于学术,并把它的一部分教给他的学生,但他实际上却对迷人的学生产生了爱欲激情。老师们的危险动机在这里表现了出来,对此卢梭经常警告他的读者。这个浪漫的年轻人是责任的敌人,他蔑视好客原则(law of hospitality),败坏了那个欢迎他并给他报酬的人家的女儿。他是清高的(high-minded),这就意味着,起初在认识他为什么如此享受教学这一点上,以及后来在认定他根本无力克服的爱欲激情的崇高特性上,他是在自欺欺人。这样一来,他就使得他和朱莉站在了社会规定的反面,尤其是站在了朱莉应给予他父亲的尊敬与服从的反面。卢梭带着最大的同情描绘这一激情以及伴随着这一激情而来的那些罪行,因为他知道在类似的情况下,他自己几乎肯定也会做出同样的事。卢梭对人的真实动机怀有执念。和其他所有人一样,老师得有充分的动机来履行他们清苦的职能。这些动机归结起来差不多就是钱或性。在这两者当中,钱较为安全,但却不一定是最能调动起老师灵魂力量的东西。这让我们情不自禁地想起那个最伟大的老师苏格拉底,他声称他拥有的唯一技艺就是爱欲技艺(erotic art)。至少圣普乐对他关心之人怀有一个充分的动机,而相比之下,让-雅克对爱弥儿所怀有的动机却依旧不明朗。各个国家的伟大立法者所怀有的动机是永恒的荣耀,但这从心理或道德上说并不是没有问题的,并且这种动机也不比爱人们的激情更符合事物的自然本性。

圣普乐是浪漫主义男主人公的典型,他有着暴风骤雨般的激情,并且常常在绝望和欣喜之间摇摆。虽然他站在了社会的对立面上,但他却不像《危险的关系》中的瓦尔蒙子爵那样十分邪恶或玩世不恭。他把自己、他的心上人以及联合他们的那种激情说得十分高贵。那一激情是一劳永逸的,他和朱莉一开始所尝的那几次禁果就是他一生所拥有的所有性经历。浪漫主义男主人公不是唐璜。读者们会情不自禁地希望这两个迷人的年轻人的爱能守得云开见日出。此外,至少可以这么说,这些读者并不同情那个心怀偏见的父亲,因为他显然毁了这两个年轻人的恋情和生活。我们可以理解为什么卢梭在开始的时候说,任何读他这本小说的女孩都会被败坏,因为对父亲和法律的尊重将让位于那种存在于两个无视社会要求的自由人之间的无拘无束的迷人的爱。但卢梭又说,一旦她开始读这本小说,她就必须把它读完,因为它提供了矫正她那些已败坏的动机的方法。这本小说再现了从自然的天真无邪到败坏再到德性的运动,而这一运动代表了历史进程(historical process)的最好希望。

朱莉被她的处境吓坏了:她失去了庄重,尤其是失去了对父母的真诚。但她还是希望通过说服父亲,一个终生恪尽职守的老兵,把她嫁给圣普乐,以使事情回到正轨。这意味着,自然正当和习俗正当将几乎趋于一致,但只是几乎,因为社会要求放到最后考虑的东西跑到了最前头。对伴侣们来说,某种意义上的神话或自欺是必需的,因为他们不会想让自己的孩子效仿他们。但这一切都行不通,因为她的父亲强烈反对这桩婚事,即使朱莉动员了她的母亲和她的朋友克莱尔(Claire)加入到她的阴谋之中,尽管没有危害,但毕竟是一种阴谋和欺骗。对我们来说,她父亲的那些理由既愚蠢又恶毒,正是卢梭在《爱弥儿》中反对并试图加以改进的。那个年轻人不是他们那个社会阶级的一员,并且他很穷。他没有任何能吸引那个偏执父亲的东西。他的父亲感到极为愤怒,因为这个被邀请到他家的老师居然勾引了他的女儿,并且他似乎对这样一个人居然认为自己有权被他的掌上明珠吸引而感到震惊。此外,他已经把女儿许给了曾经救过他命的战友沃尔玛先生(M. de Wolmar)。这样一来,朱莉的父亲就成了今天所称的父权制的代表:关心财产和地位而非爱情,自作主张地为女儿订下终身,就像女儿是他的奴隶一样。这些都是旧秩序的残留,应该被民主家庭(democratic family)所取代——在民主家庭中,伴侣们是否合适的问题该由审慎(prudence)而非命令(command)决定,并且在决定过程中,伴侣们是否彼此情投意合具有最高的地位,女性有权接受或拒绝向她求婚的人。而如果我们从这个角度出发去读《新爱洛伊丝》,我们可以将其视为对易卜生或左拉那里出现的那类改革的另一种文学意义上的呼求,虽然如今这类改革已经建立起来,因而不再能激起我们的兴趣。就此而言,《新爱洛伊丝》会和《海达·高布乐》(Hedda Gabler)一样过时而不再有活力。一个现代的读者也许会说,如果那对恋人能够不顾女方父亲的反对或者瞒着女方父亲,他们会永远幸福地活下去。

但对卢梭来说,事情没有那么简单。朱莉和圣普乐的感官之爱并不是毫无问题的,并且朱莉的父亲终究也不是那么坏的一个人。这一点从朱莉收到那封警告信之后就可以看到,那信里说,她的风流韵事已经开始流传。在这封信之前,圣普乐曾写信给朱莉,露骨地说起他们一起享受过的性愉悦(还有他们欢爱之后的那段时光,这段时光在他和卢梭看来要比欢爱本身更加美好)。一位也爱慕朱莉但却被朱莉拒绝的英国勋爵爱德华(Edouard)在酒后间接暗示朱莉已经委身圣普乐。圣普乐感到受了冒犯。一场决斗在所难免。但诽谤会使决斗的原因公开化,而这会使朱莉的名声毁于一旦。①多亏了朱莉的好友克莱尔灵机一动,才阻止了这场决斗,当然,这导致了后面好几封信都在阐发卢梭对决斗以及总体上的荣誉的看法。我们必须记住,对一个女人来说,名声有着男人无法想象的重要性。在这一点上,男人要更接近于自然。这样一来,那对恋人冲动的爱就必然与社会正确(social correctness)相冲突。当圣普乐意识到决斗会对朱莉的好名声造成何等的威胁时,他愿意放弃决斗的想法,

---

① 《新爱洛伊丝》,收录于《全集》,第 2 卷,第 153 页。

但仍然是朱莉在承担维持表象的重负。这个女人不但承受着自然与社会的冲突,还肩负着必须调和这两者的任务——这是进化后的人类获得幸福的要求。圣普乐的激情并不是粗俗的、感官的。他的激情充满了理想化的想象和对德性的尊重,但这种激情在本质上是无视他人的看法和习俗的。他不在意这些东西,也瞧不起这些东西,他愿意面对任何的艰难险阻,只为和他的心上人一起在别处独自活着。这是一种与布尔乔亚对立的姿态——他们为了卑微的名声不惜牺牲自然本性。尽管朱莉屈从于激情,但她是连接自然与习俗的一座桥梁。圣普乐没有父母,所以他不需要听从谁,但朱莉要想幸福,在她身上就必须没有流言蜚语,并且更重要的是,她必须得到父母的同意。她不只是为她的不法之恋(illicit love)羞愧,而是知道,原则上彼此对立的自然与文明必须联合,如果一个女人要生活在社会中,并且要在社会中把她的孩子抚养长大的话。她知道社会关心良好的道德并不仅仅是出于虚伪。悲剧——如果用在这里是恰当的话——的地方在于,她没能联合这两者,尽管她做出了艰苦卓绝的努力和牺牲。这个女人是社会的中心(centerpiece),这也是为何这部小说的题目叫《朱莉,或新爱洛伊丝》。到目前为止,她是这部小说中最重要的人物。女人要扮演一个十分艰难的角色,当她们演得很糟时,卢梭的态度是蔑视的;而当她们演得很好时,卢梭会把他最大的褒奖给予她们。

依照卢梭在这部小说中建立的那种浪漫派传统,决斗的故事不可避免地发展成了:爱德华变成了圣普乐最好的朋友。在这本书里没有坏人,只有多少有点教养或有点德性的人。恶的魅力或诱惑是缺席的,卢梭把这看作是小说优于悲剧的地方。我们或许可以说,对卢梭而言,有意思的冲突介于自然善好和对源于历史的德性的需要之间,就像让-雅克在他对爱弥儿的布道中说的那样。这个故事讲述的是解决人类分裂问题的不同能力,不管是理智的、道德的还是肉体的,以及不同的方法。当爱德华勋爵意识到了情况的严重性之后就主动道了歉,并立即试图弥补过错。他是一个自认为是哲人的情绪化的英国人,他的理性其实只是他的脾气的婢女。这位圣人(sage)同时和两个女人保持着关系,一个是有名望的情妇,一个是改过自新的妓女,他最终决定和那个妓女结婚,但那个妓女却去做了修女。在这整本书中,他都在寻求建议,他甚至想要把那个妓女介绍给朱莉,而这不可避免地又一次带来了关于自然的人性义务和社会正确的没完没了的讨论。

插一句,爱德华和圣普乐之间的情谊引出了卢梭和浪漫派中的友谊问题。小说中那些最重要的情谊和核心角色总是属于爱人们,不管多么理想化,他们都是受到了性欲的推动。友谊绝不可能如亚里士多德所写的那样,被视为超越血脉或肉体吸引限制的最高的关系。卢梭在《爱弥儿》中说,一旦到了青春期,性意识开始觉醒,友谊的需要也就产生了。人必须有一个与之可以讨论心上人的朋友。这样说友谊现象似乎有些以偏概全,但《新爱洛伊丝》严格地奉行了这一原则。朱莉和圣普乐各自都有这样一个朋友,这两个朋友自己的爱情生活要么不值一提,要么格外笨拙,他们把各自最好的能量都用在了帮助或安慰这两个受了伤的爱人上。因此,友谊似乎只是原初性激情的次要分支。卢梭的唯物主义没有给友谊提供其他基础。对亚里士多德来说,言语——即逻各斯(logoi)——的交流是友谊的基础,并且,言语交流源自人的自然灵性(natural spirituality),而这种灵性就是理性。但对卢梭来说,所有有意义的言说最终都得追溯到肉体的感觉或情感。因此,友谊必定是衍生品,不管这种衍生品有多么高贵。浪漫派只给男女结合留出了空间,而这种结合是由男女各自自然性的物质元素(material elements)建构起来的。现代解释友谊所碰到的老大难问题就源于此,甚至实践友谊所碰到的问题也源于此。

因为悔恨,爱德华勋爵试图做出弥补,他的方法就是通过接近朱莉的父亲来推荐他刚认识的朋友做朱莉的丈夫。他提出他可以拿出一部分财产给圣普乐,让他成为沃德州(Vaud)最富有的人。但是,他的提议被朱莉的父亲愤怒地拒绝了,他发誓那个无礼的暴发户(insolent upstart)永远也别想娶到他女儿——一个高贵显赫家族的最后子嗣。此外,他坚持说他已经把女儿许给了他的朋友。这样一来,朱莉和圣普乐那决定他们命运的分离就开始了,这一分离让他们不再有可能满足他们的欲望,尽管终其一生,那些欲望都完好无损。朱莉最终嫁给了其他人,而圣普乐似乎终其一生都只有过那一次性经历。后面所发生的一切都建立在性挫败(sexual frustration)的脚手架上,而这也是让现代读者难以忍受的地方。即使所有获得满足的希望都破灭了,仍专一而永恒地爱自己的爱恋对象,这是浪漫派男主人公的标志。甚至那个明显愤世嫉俗的司汤达也声称,这提供了一种完全不为唐璜所知的体验强度和深度。① 这是卢梭留给那个彬彬有礼的欧洲的遗产。一种维特般的(Werther-like)着魔是爱情独有的体验。这种着魔经常伴随着狂喜的轮替——摇摆于希望和绝望之间。这种着魔以对自杀的思考告终,而对自杀的思考在《新爱洛伊丝》里引出了关于自杀合法性的冗长讨论。这是直到昨天都在影响着每一个人期望的发烧浪漫派情感的世界(overheated world of romantic attachment)。

这个好心得有些滑稽的爱德华不但介入其中,试图促成这段能够同时满足自然与习俗的姻缘,这个不认识自己的哲人还给出了私奔这一浪漫派解决办法。在他们高贵的东道主的保护下,朱莉和圣普乐将要放弃一切,在英国乡间相依为命共度一生。这样做会实现圣普乐的浪漫派渴望,他没有其他牵绊,没有家庭,我们甚至不知道他的真实姓名。但朱莉拒绝了这一替代选择,尽管不是很心甘情愿。她对父母的忠诚给她设下了无法逾越的障碍。这不只是保守,还是作为女人的她的灵魂的一部分——这对圣普乐来说是无法理解的。一开始看起来,这两个爱人的分离只是暂时的,一旦朱莉的父亲被说服就会结束。但是,朱莉的父亲看起来并不愿妥协,他们的分离就要更久了,甚至也许是永远。但他们用他们无止境的爱宽

---

① 司汤达,《爱情论》(*On Love*),卷2,章59。

慰着彼此。他们永远都是爱人,这在他们看来——如果不是在卢梭看来——虽然比不上长相厮守,但毕竟是一种实现(fulfillment)。朱莉告诉圣普乐,尽管她必须接受父命不嫁给他,但她会拒绝嫁给其他所有人。当她宣布放弃对圣普乐的爱,并要求圣普乐也像她这样做时,分离已成定局。

这最终的分离因她和父母关系的变化而起。当圣普乐离开的时候,朱莉已经怀孕。她不仅是他自然的妻子,这让她游离在法律之外,她也将是他自然的孩子的母亲,这也让她的孩子游离在法律之外。因此,她的浪漫激情会对另一个人造成不良的后果,而这些后果并不在那个人的责任范围之内,或者说,那个人拥有选择或拒绝这些后果的自由。她显然不能告诉她的父亲,因为她的父亲不会满不在乎地接受那一事实,即她已失去了那种过去被称作荣誉的东西。更重要的是,她不想伤害她的父亲,同时她觉得她也不应该告诉圣普乐,因为圣普乐一旦知道了她的处境,或许会做出对朱莉、对他自己都不明智的事来。她体内那一新生命的存在激化了她所面对的冲突的每一方面。只有她的好友卡莱尔是她分享秘密的人。如果她将怀孕的事公之于众,那么这些因她的爱而起的冲突几乎必然要将她摧毁。她不但会失去她的父亲、她的名声,而且几乎肯定会失去她的爱人。但发生在她和她父亲之间的可怕的一幕将她从这些后果中救了出来,同时也让她意识到了她有罪的处境。在爱德华代圣普乐求婚之后,朱莉和她的父亲发生了争执,在争吵过程中,她的父亲错误地认为朱莉使他蒙羞而打了她。她摔倒在地,流产了。这是一个快速解决问题的办法,但这个办法却在她的灵魂里留下了可怕的印迹。在这件事之后,她就成了一个住在家里的陌生人。她表现得就像一个言听计从的女儿,但与此同时瞒着父亲和圣普乐保持着通信,对这个不公正权威构成的世界充满着反叛之心。

虽然她与世界作对,但她并不觉得自己有罪,因为她告诉自己,这是属于爱人们的自然权利(natural right)。但是当她的母亲发现了那些信件,那些卢梭为我们再现的信件,罪恶感便在她的心中油然而生,爱的合法性顷刻崩塌。她那病弱的母亲被这一发现搞得心神不宁,在丈夫和女儿之间摇摆不定,不知该怎么办。似乎就是因为这一发现,她死了,而朱莉认定自己难辞其咎。这不是原罪,但这是罪,使爱的所有良心灰飞烟灭。现在爱似乎只是一种幻觉,或者倒不如说,一种邪恶的错觉,它引诱受害者不服从。朱莉的不服从不像夏娃的不服从,夏娃的不服从是我们所知道的对上帝的有罪反抗,而朱莉的不服从是自然与习俗、善与道德冲突的必然结果。

在她母亲死后,朱莉的父亲读到了那些信,并且知道了在他们之间发生过的所有事。他想要和圣普乐决斗,并且要求朱莉解除她不嫁其他任何人的誓言。圣普乐虽然瞧不起朱莉的父亲,但却爱着朱莉,为了朱莉,他放弃了他的权利。她的罪疚和她的责任让她和圣普乐不可能再维持他们的关系。最终,她同意嫁给父亲的朋友。这个坚强但有同情心的女孩可以不理会父亲的愤怒,却受不了看到圣普乐落泪。

圣普乐承受了巨大损失,并且因为他的激情,幸福的人生已对他关上大门,尽管如此,他并不需要承担那场爱情所带来的决定性后果。虽然他感到挫败,但他并不需要经受怀疑、罪疚或失去父母所带来的苦痛。他可以自由地去爱,只要他愿意。但朱莉不行。对卢梭来说,这是使女人比男人更有趣的地方,也是社会秩序的拱顶石。他被朱莉所打动,也同情她,但他并不寄望有什么改革可以完全解决她的问题。

一次宗教性的体验暂时帮助了她。她心如死灰地嫁给了沃尔玛先生。她爱着圣普乐,并且受到自然那至高无上的权威的支持。她不是一个虚伪的人,她想知道她如何才能对一个她不但不爱而且还是她爱情上的敌人的人许下婚誓。但是有一次在教堂,面对它的神秘和使人印象深刻的仪式,她经历了改造。她突然开始相信,德性要比所有倾向都卓越,而对秩序的爱也要高于对某一个人的爱。那一刻,她希望克服爱与责任的对立,通过去爱责任,使自己幸福。

她宣布,她对圣普乐的爱已经死了,尽管他们的友谊、他们对彼此德性的尊重,可以克服那种新近被妖魔化的肉体快乐。现在,不管在行为上还是在名字上,朱莉都已经是沃尔玛夫人了。因此,她不再是其他任何男人合适的吸引对象。她相信,宗教教导了这一浪漫派信条:婚契是所有诫命中最神圣的,是体面社会(decent society)的根基。可怜的圣普乐失望至极,开始了他环游世界的浪漫派之旅。在这趟旅途中,他见到了各种各样的人和国家,但他并不指望在他们当中找到任何幸福。

用现代行话说,朱莉对她自身宗教体验的论述显然是一种理性化。卢梭美妙地将它描述成这样。冲突就快要把朱莉撕裂了,她迫切地寻求着某种安宁。她为母亲的死和对父亲的不服从感到内疚。在以前所感受到的那种自然之爱与公共舆论之间的张力,现在她还意识到了另一种张力,那就是性欲和德性之间的张力。一个严苛的理性主义批评家会说,她醉心宗教和来生幸福的承诺只是一种省事的、虚幻的解决办法。卢梭与更世故、对弗洛伊德有所了解的当代人之间的区别在于,后者倾向于将潜在的性挫败或性压抑看作是现实的东西,并把对宗教、艺术、政治和道德的体验用性满足的原自然语言表达出来。"我迷上了 X,但如果我有一个健康的性生活,我可以戒掉这一迷恋和那些使我动弹不得的冲突。"卢梭则不然,他并不让他的人物做这样廉价的解释,他笔下的人物极其严肃地看待想象的世界。他们对自己无意识的动机毫不知情,尽管卢梭本人用高贵的反讽嘲笑他们的缺乏自知。然而,那些面对这些冲突所体现的灵魂的伟大,正是给予生命以意义和严肃性的东西。我相信绝大多数当代人都会认为,朱莉本应接受爱德华勋爵提出的解决办法或者类似的方法。但卢梭教导说,朱莉应该为她的拒绝感到自豪。不知怎么的,在卢梭的时代和我们的时代之间的这段时间里,两性教育(sexual teaching)从复杂的心理体验被简化成了粗糙的物质元素,而这样一来,那个道德的世界以及那种描述它的小说就失去了它们的吸引力。卢梭还能把一个美丽而高贵的世界原模原样地展现给意识。他对待无意识就像它是一个采石场,想象力从其中采矿,以创造美丽的雕像,然而我们倾向于将想象力的产物分解回它们的原初物质,只要我们能发现这样做的准则(code)。卢梭不能不对这一发展负责,因为他赋予了不受现实支持的想象力如此重要一个角色。当然,他这么做的原因是,他知道事实上想象所创造的东西并没有现实基础,他想给人类自由一种全新的、更全面的含义。他确实通过浪漫派运动以及它在文学、绘画和音乐领域的风靡成功地做到了这一点。我们的观点很大程度上是被卢梭的希望以及这些希望的落空所塑造的。

卢梭的展现方式,就像我经常注意到的,充满了我们或许可以称之为无聊的布道,或者哲学唠叨,但当我们熟悉了这本书以后,我们会发现,卢梭显然没有为了教化而牺牲它这本书的文学性。这些话语——尽管它们也是言之有物的——总是和写它们的那些个体的个性微妙地相连的,并且反映出他们的性格。在理性的表象下通常都存在着自欺的因素,而这微妙地提高了我们对人物以及何种话语适合他们的理解。这些信帮助我们理解言行之间的微妙互作(subtle interplay)以及那种专属于人的"必须",即用言辞解释一个人的行为。这种"必须"在我们时代被忽视了,因为言辞只被理解为理性化表述(rationalization)。

《新爱洛伊丝》的前三卷讲述了老师和他学生的爱恋,以及他们希望的破灭。后三卷的故事发生在六年之后,我们得以到沃尔玛先生的家去看一看兼评判她家庭生活的质量和成功。主导《新爱洛伊丝》后半部分的是那个有趣的人物沃尔玛先生。他是一个有着无可指摘的德性的理性之人,不会受到激情的迷惑和诱导。他比朱莉大差不多二十五岁,不可能指望自己成为朱莉强烈爱欲情感的对象。他建立起了一个有品味的文明家庭。他的社交圈包括他的妻子、孩子(因为现在朱莉是一个专注的母亲)、少数值得交的朋友、仆人和邻居——包括佃农和农民,其间充满了文雅的快乐(refined pleasures)。沃尔玛说,他唯一爱的就是秩序。他在人类自由和激情的领域当中自然不足以应对的地方设立秩序。他如上帝一般,在家庭中做着萨瓦代理本堂神甫的上帝在宇宙中做的事。他显然没有幻觉,只是默默地旁观着人生的无常多变。他坚强的性格是这个家庭中所有人和物依靠的基础。

《新爱洛伊丝》的这三卷展现了一种存在于布尔乔亚社会中的健康而令人满足的生活,甚至可以被当成那些渴望获得幸福的布尔乔亚们的指导手册。但这一展现却混杂着三位主角的复杂动机和关系,正是他们构成了这一系统,并使其运作。我说三位主角是因为,就像我们期盼的那样,圣普乐已经旅行归来,并且已经融入了沃尔玛的生活。而这样一来,圣普乐和朱莉、沃尔玛就形成了一个三人同居关系(menages a trois)——卢梭不止一次卷入这种关系,并且沉迷于它。

这一安排是沃尔玛做出的,他似乎觉得他们的夫妻生活需要一种补充。他着手将圣普乐和朱莉之间的爱(朱莉认定这爱已经死了)转化成友谊。他或许是怀疑朱莉还不完全是他的,尽管朱莉所强调和坚信的与他所怀疑的相反。沃尔玛相信或者至少是看起来相信圣普乐的德性,因而也相信他对婚姻的纽带心怀敬意。现在,各方都在不断地响应这一安排:这样的纽带要比爱欲的纽带更深刻也更令人满意。圣普乐的到来对每个人来说都影响深远。当朱莉听说圣普乐回来了,她就把她和圣普乐过去的所有关系都告诉了沃尔玛,但沃尔玛并不吃惊,这部分地是因为他那理性主义者的镇定,部分地是因为他那洞察一切的眼睛早已看穿了朱莉的秘密。他既没有表现出妒忌,也没有感到惊恐。他通过父辈的权威,娶了一个比他年轻很多的女人,而且这个女子还爱着另一个男人。为了证明这段婚姻是正当的,他告诉自己,朱莉和圣普乐的爱存在瑕疵,不能产生它所承诺的那种幸福。但朱莉和他都需要那一关系中剩下的某些东西,以充实他们自己的关系。沃尔玛完全意识到了动机的不确定性(ambiguity),但他愿意冒险,因为他有能力赋予激情以秩序。问题在于,爱——连带着它在肉体上的爱欲成分,是否可以被转化成没有这一成分的友谊?或者沃尔玛是否相信,不管这样一种转化是否可以成为现实,仅仅只是相信这样一种转化,就已足够?

在测试完圣普乐的德性之后,沃尔玛的设计是,让圣普乐成为他孩子的老师,因为他曾是他妻子和他妻子的密友卡莱尔的老师。卢梭用一个例子说明了他口中的朋友是什么意思。卢梭说,一个父亲不可能把他教育孩子的义务交给别人,除非那个人是他的朋友。① 到哪里去找这样一个朋友?沃尔玛交了一个朋友,并且向他列举了照顾另一个男人的孩子的充足理由。沃尔玛解释了他为什么不履行他作为父亲的义务。他老了,而且他很有可能无法完成这一工作。此外,他暗示他还有另外一个理由,这个理由让他的妻子更倾向于让其他人而不是他来教他们的孩子。他暂时卖了个关子没有说。而这个理由在恰当的时候就会公开。

所以他们生活在了一起,过着家庭生活,处理日常的琐事,对彼此感到满意,也对沃尔玛加在他们身上的那种秩序井然的存在(orderly existence)赞不绝口。但有那么一刻,圣普乐遇到了诱惑,那是他和朱莉在日内瓦湖上泛舟时,在这一壮丽的背景中,湖光山色正与身处其中的人物的心境相互映照。一场暴雨袭来,圣普乐和朱莉岌岌可危,他救了她,在这个过程中,他们不可避免地有了近距离的肉体接触。因为这一危险的接近,所有过去的激情又在他体内复活。因为是他转述的故事,所以我们无从得知朱莉的确切感受,但他暗示,朱莉也不完全是无动于衷的。他把他的这次体验类比为朱莉在她婚礼上的那次体验。他摆脱了那种激情,并且慷慨激昂地表示,有德性的友谊比他们先前爱的联合更卓越。我们必须记住圣普乐还保持着单身状态,因而我们必须意识到他为这一切所付出的代价是什么。

也许是意识到这次旅行所显露的危险,朱莉本着那种安排其他所有人生活的精神——这种精神似乎不但在这儿,也在《爱弥儿》

---

① 《新爱洛伊丝》,收录于《全集》,第2卷,第490页。

中起着主导作用——试图促成圣普乐和卡莱尔的婚事,正巧卡莱尔的丈夫已经去世。卡莱尔和圣普乐都竭力想要爱上彼此,或者至少都将他们自己调整到了谈婚论嫁的状态,但由于各自性格的种种原因而失败了。

接着,我们突然发现了一封朱莉写的信,她在信中承认,尽管有十足的理由幸福,但她却不幸福。她说,幸福注定只能作为来世的报偿。她试图使德性和幸福相一致的努力失败了。她表达了对沃尔玛的深情,表达了对他性格和他所创造的那个世界的赞美,表达了自己对孩子们的爱,她的孩子们完全符合最严格的父母所希望的样子,还表达了对朋友的赞美和满足。她唯独只缺一样东西,但就是这一东西夺走了她的幸福。在这一点上,她和沃尔玛先生一样都卖了个关子。而他们所卖的关子最终居然是相同的。

必须澄清他们所卖关子的时机很快就到了。沃尔玛是一个无神论者。越来越虔诚的朱莉无法忍受她的丈夫不能意识到他们所享受的所有好东西的真正基础。这不是因为那些自私的原因——虔诚的妻子们经常因为这些自私的原因威胁他们无信仰的丈夫,而是因为朱莉害怕这个她相信她爱的男人不会得到救赎。她脑子里装的都是卢梭那温和的神学,即惩罚那些有道德的不信教者有悖于上帝的善,但她显然不是那么确定。

三位主角对上帝的不同理解对《新爱洛伊丝》的情节来说至关重要。圣普乐是一个有信仰的人,他的信仰表述非常接近于泛神论。上帝存在于所有他爱的美好事物中,并且担保了他希望从中得到的满足。他的信仰是一种此世的信仰(this-worldly faith)。沃尔玛完全是一个理性主义者,是以下这个启蒙观点的活生生的例子:一个不信上帝的人可以是一个完全有道德的人,因此这样的人应该比没道德的信徒更会得到一个理性的上帝的恩典。信仰是否比道德更重要以及一个没有信仰的人是否会有道德是接下来无数争论的焦点。卢梭显然将沃尔玛展现为一个有道德的人,他的理性超越了对个体自我的关切,并且支持面向所有人的普遍立法(universal legislation)。他的满足来自将自己放入这个秩序之中。在实践上,他对从属于他的那些人知根知底,在教导他们真诚方面,他比圣经中的上帝更成功,圣经中的上帝充满妒忌,给违背诫令的人以惩罚。他在这个小世界里扮演着上帝,而否认那个大世界里的上帝。沃尔玛之所以是一个无神论者,是因为他感受到了各个宗教之间的矛盾,以及每个狂热者自以为正确的东西之间的矛盾。他学过科学,发现自己很难接受创世。他也无法轻易对妻子隐瞒自己的无神论,就像那些生活在虚伪社会中的都市无信仰者所做的。他秩序的指导原则——真诚——不允许他那么做。理性就已充够,他只需用理性来统治。朱莉的宗教似乎是因爱人、妻子和母亲的责任相冲突而导致的结果,这些责任在她身上相互冲突,彼此之间形成紧张,这一点卢梭几乎一直在暗示。爱人拥抱所产生的狂喜非常不同于母亲拥抱所产生的狂喜,并且它们都要求居于首位。除非在她嫁的那个人身上,性吸引和责任有着完美而持久的和谐,不然也会出现一系列的冲突。朱莉靠着自我否认(self-denial)和缺乏自觉(lack of self-awareness)苦苦支撑,她希望放弃幸福的行为会为她带来幸福。因此,她的生活结构极其脆弱,需要支撑,而圣普乐和沃尔玛都不需要。女人的上帝不同于男人的上帝。圣普乐可以把他的失败理解为朱莉的严酷和他对朱莉命令的服从共同作用的结果。沃尔玛告诉他自己,他是满足的,因为他成功地将他的理性付诸实践。但朱莉没有这样可以支撑她的东西,她是不幸福的。

就在小说快要结束的时候,圣普乐指责朱莉成了一个宗教狂热者,并批评她将此世的幸福系于对来世的想象。圣普乐批评朱莉的个人原因显然有一定的基础,但很复杂。希望常在,他有理由希望她留在此世。她的回复充满着激情,也有一些不一致。但她的语气是恳切的,她请求允许她在宗教中获得慰藉。她让圣普乐知道,她完全明白将此世的感官享受放入对来世的想象之中的危险。但她坚持认为,她的意识足以让她免于犯下这样的错。她鲜活地展示了想象、感官感受和上帝之崇高(sublimity of God)之间的关系。

我们看到这个可怜的女孩已经接近她的大限,所以一点也不奇怪,在这封信之后,她就病了,并且因为跳下湖去救她溺水的儿子,她舍掉了自己的生命。这不全然是自杀,但这个结局和她对此世的厌倦是相呼应的。

在她病入膏肓时所写的最后一封信里,她向圣普乐承认,他是胜利者,她一直爱着他,不管她多么努力地想克服或否认这爱。她不满的真正原因不是沃尔玛的无神论,而是她对圣普乐的不法之恋。这就是一个正派体面的女人内心的诡辩!朱莉的死让她身边的人倍感伤心,他们将永远沉浸在失去她的哀痛之中。圣普乐和他心上人的永世分离给了他生活悲剧性的一面。而沃尔玛意识到,他的理性无法解释他对朱莉的爱。只有一个不完美的上帝爱着、关心着其他人。他看到了他所主张的"理性自足"的空洞性,这种空洞性让他没有了可以依靠的东西。朱莉生与死的高贵,连带着使这种高贵成为可能的所有复杂而未公开的动机,依然是一种榜样和慰藉。朱莉是《新爱洛伊丝》里的女神,也是整个浪漫主义运动的女神。

三 司汤达的《红与黑》

一

为了尝试理解那一时刻,即当浪漫主义运动塑造了读者的口味,并为我们当前的口味埋下伏笔的时候,我必须讨论四部古典小说,司汤达的《红与黑》、奥斯汀的《傲慢与偏见》、福楼拜的《包法利夫人》,以及托尔斯泰的《安娜·卡列尼娜》。这几本书都是后卢梭式的(post-Rousseau),而那意味着,他们呼吸到的都是卢梭以全新方式呈现的世界里的空气。它们的作者都读过卢梭,并且在不同程度上要么被卢梭吸引,要么对卢梭感到排斥——我们从奥斯汀那里看到,她是最轻易拒斥卢梭魔力的一个;而对托尔斯泰来说则不同,他几乎成了一个彻彻底底的卢梭发烧友。他们和卢梭的关系并没有像它们本应的那样为人所知,因为卢梭昔日最重要的魅力已经衰减,而他留下的痕迹也已变得难以识别和把握。然而在长达一个多世纪的时光里,小说的读者一直受到卢梭关于"男女如何能够在一起"的激情视野(passionate vision)的支配。如今,唯一一位可以在力量上与卢梭相提并论,并且现在人们更乐意接受的人物,是尼采,但即使是他也比不上卢梭。

我既不打算否认写这些小说的那些伟大作家的个体性(individuality),也不想把那些作家的视野局限在始于卢梭的知识史(intellectual history)上,因为那样就显得是在破坏这些作品的美学整体性。然而,尽管司汤达和奥斯汀几乎有着截然相反的智性品味、道德品味和艺术品味,但他们对真正重要的东西却有着一致的看法,而这种看法的一致性在那些早于他们或晚于他们的作家身上是看不到的。对司汤达和奥斯汀来说，即使什么都不加，仅仅是男女之间的亲密接触似乎就足以吸引读者并牢牢抓住他们的眼球了。

有一些批评家可能会指责我的做法，因为我的做法主张，有一位哲人对艺术家的创作产生了决定性的影响。旧日的新批评派（New Critics）率先发难，他们夸张地叫嚣着要把文本自身从教条知识史家（doctrinaire intellectual historians）的手中拯救出来。紧随其后的是那些对理性怀有偏见的最新的新批评家（newest new critics），他们坚称，不能认为艺术家受到了哲学家理性的决定性影响。这些指责通常是用来反对那些将过气思想家带进我们视野里的人，在他们看来，这些思想家现在属于学术宦官们（scholarly eunuchs）的研究领域。但我有必要强调一点，即卢梭对19世纪那些既爱思考又敏感的男男女女的影响要远远超过马克思或弗洛伊德对我们的影响。事实上，这些批评自身才是教条。因为在处理那些当代作家的作品时，几乎所有这些批评都只会援引马克思或弗洛伊德。这并不意味着所有的当代作家都是相同的，也不意味着一个人可以通过说这些作家是马克思主义者或弗洛伊德主义者就正确地理解和领会了他们。这只意味着，如今的那些艺术家都是在马克思或弗洛伊德发现的大海里游泳，并且马克思或弗洛伊德之后的每一个人都只不过是跟着他们随波逐流而已。很少有哪个严肃的人可以不用面对他所处时代的最重要的思想，而完全克服掉那些影响的人就更少了。我们不会因为某人认为一个生活在基督教建立之后的诗人一定受到了基督教的影响而批评他，也不会因为他对人之为人的理解不同于古希腊或古罗马诗人而批评他。那么，我们为什么不能把那种力量归给一位哲人呢？因为在人们看来，宗教多少在美学上既有力又可敬，而哲学则不是。然而，卢梭将他自己看作耶稣的对手，将他的作品看作《圣经》的对手，并且他的主张已经被许多人接受。在卢梭的新世界里，男女之间的爱恋成了中心，这种程度的中心化是前无古人后无来者的。同时，这些作家用他们所向披靡的才华精心描绘了那种爱恋,就像那些基督教作家检视良知一样。基督教信仰有各种各样的形式,它们各有特色,但如果你对基督教共同的启示(inspiration)毫无认识,你也没法理解它们。同样,卢梭主义者内部也存在着相似的多样性。这并没有贬损到他们当中的任何一位,对待每一位都必须基于他或她自己的立场,并对其所说的东西保持最大的开放性。通过解读,现象会敞开其自身。那些艺术家毫无疑问可以充当这样的解读者,他们通常都是从那些他们可触及的并显得可信的最深层次的解读(deepest interpretations)入手的。

与目前最流行的文学嗜好(hobbyhorse)相反,我认定作家都有意图,并且他们知道自己在做什么,因为他们自己就这么认为。我不能像当代许多批评家所认为的那样,站在高于这些作家的位置对他们评头论足。因为这样似乎就误解了批评家在"存在的等级秩序"(rank order of beings)中的地位,并且,这种行为还带走了许多阅读的乐趣。要说一个艺术家不能用他或她的聪明才智为我们展现最好的生活和最好的人是什么样的,那毫无道理。他们的这种努力不包含任何反艺术的(anti-artistic)的成分,事实上,艺术家用来表达和代表那样一种生活方式的创造力,已经超过了几乎所有哲学家苦口婆心的劝导。

二

从表面上看,司汤达这个艺术家似乎和那个写《新爱洛伊丝》的艺术家的精神相去甚远。司汤达是一个"不知羞耻为何物"的非道德主义者(immoralist),一个公开的无神论者,而他笔下的主人公也都是些恬不知耻的通奸者或勾引者,他们和自己的爱人同居,却从不考虑结婚。他的文风也那样与众不同。司汤达思维敏捷,不露声色,充满反讽,对感性的东西带有一种公然的轻蔑。你在他的作品里既找不到圣普乐般的情意绵绵,也找不到任何的说教。他书中的情节总是风驰电掣地就过去了。他的书里有一种对平等的厌恶,而平等在卢梭那里却是首要的原则。司汤达的书是为那些幸运的少数人(happy few)写的,它唤起了罕见之人身上罕见的兴奋。最后,他语带懊悔地谈到卢梭对他的影响。显然,这种悔恨也是对那一影响的承认。司汤达也说过,他的《爱情论》是为能理解《爱弥儿》的读者写的。① 我相信,这个犬儒主义者是从卢梭的学校里走出来的,而且他还是学得不错的学生之一,他比更不加掩饰的浪漫派作家譬如雨果或司各特更清楚地表露了卢梭的教诲。

司汤达的犬儒主义是他赞同卢梭所导致的结果。司汤达和卢梭都认为布尔乔亚们已经攻占了世界,他们是最可鄙的存在。司汤达并不想通过革命来纠正这一局面,但他的技艺却处理了那种让更好的脾性(finer tempers)能够居于其中的方式。不管从哪方面来看,这整个小说世界自始至终都是关于艺术家与布尔乔亚社会之间的对立的。司汤达对公共意见怀着彻底的轻蔑,他再三将这一轻蔑直指美国这一公共意见的真正家园。他的轻蔑可以被解释成是偏爱贵族制的一种表达。他会毫不犹豫地推崇败坏了的旧式英雄们,而非新生而有力的民主制美国,因为在美国,每个人都是商店老板们意见的奴隶——而且在美国看不到歌剧。② 但事实上,他主张的是一种爱弥儿式的自我立法(self-legislation)——这种自我立法甚至向最穷的人敞开——而非旧制度的桀骜不驯。

《红与黑》的男主人公于连(Julien Sorel)是个小人物,但他的激情却把他从那个布尔乔亚的卑鄙世界中分离了出来。他的父亲是一个粗鲁的农民,人很精明,曾靠着锯木厂的位置从市长德·雷纳尔那里连本带利地小赚过一笔。于连生得漂亮,心思细腻,他的父

---

① 司汤达,《爱情论》,《序言再试》(Second Attempt at a Preface)。
② 司汤达,《巴马修道院》,Margaret R. B. Shaw 译,1958,1983 年重印,New York:Penguin,第 6 章,第 130 页;第 24 章,第 427 页。

亲和他那些粗野的兄弟们像对待没人要的东西一样对他。于连讨厌他们，他沉浸在一个满是功成名就的想象的私人世界里，他的这种想象被仇富的嫉妒腐蚀了。他那鲤鱼跳龙门般的(vaulting)野心将他与其他我们在小说中遇到的人区分开来。他代表了一种在他的时代已不多见的英雄般的抱负。这是一个不可化约的事实，一种自然本性上的不同，这也是他这个人物对司汤达来说特别有意思的地方。在那被认为是建立在人的自然平等之上的社会中，存在着许多有特殊才能的天才，他们被剥夺了自我表达的恰当途径。当别人都在算计，利用着一切，包括高贵的东西和宗教，以求取安逸和微不足道的优越感(petty distinction)时，于连的激情、愤怒和鲁莽却让他变得格外有吸引力。于连无法适应这种生活。他的故事是他对真正有价值的东西的学习过程。尽管他年纪轻轻就死了，但就其内心的所有情感(sentiments)而言，他死得卓越。这显然是一个卢梭式的主题，一个卓越的年轻人，他的自尊被他遇到的所有东西挫伤，但他拒绝被这个制度打败。就像卢梭告诉我们的，现代人的问题在于出现了一类只关心钱财的人，他们把钱首先用于自保，其次用于舒适，最后则用于满足虚荣心。曾经有过一种贵族制，它有着更高的动机，但如今也只剩下回忆了。而尽管宗教曾经升华了灵魂，但它现在也已被一种耶稣会教义(Jesuitism)——对布尔乔亚的一种模仿——所打败。作为一个整体的社会目睹了金钱非正义的力量。在地位(position)和奖赏(desert)之间没有了任何关系。在美国人看来，自由主义社会最大限度地目睹了平等机会的成功，而这真是荒谬透顶。在司汤达笔下的世界里，没有人能声称占据了正义的高地，所有各方不是在为保持既得利益而努力，就是在企图从拥有者手里把利益夺过来。一切都是竞争与诡计。也许"正义"的观念是存在的，但它们并未反映社会的真实状况。因此，社会的法律与道德无权要求我们忠诚，谁能将法律与道德玩弄于股掌之中，谁就得到赞美。这几乎就是年轻的让-雅克在遇到萨瓦代理本堂神甫(the Savoyard Vicar)时所强烈感受到的情况。

作为一个读过卢梭《忏悔录》的人,于连模仿着卢梭那反制度的受了伤的自尊心,但通过坚决要求得到制度的承认,他也让他自己成了它的一部分。当于连被富有的韦里埃(Verrieres)市长雇为家庭教师时,他提了与卢梭在相似情形下所提的相同要求,尽管他自己也不清楚他为什么要这么做。① 于连要求,他不能像男仆一样地穿着打扮,他必须和主人一起进餐,而不是和仆人一起(I.5)。②和如此多19世纪的新年轻人一样,于连也是一个读者。他从书里得到"生活是什么样"以及"如何举止得体"的指示。当然,他读到的只是很小一部分,这部分书是每天都派得上用场的真经典(real classics),它们取代了圣经所丧失的权威。而在他那个世纪最有意思的法国人写下的如此多的书中,于连的圣经是卢梭的著作和拿破仑的《圣赫拿岛回忆录》(Memorial de Sainte-Helene)。为了强调自己的观点,司汤达让于连了解真正的圣经,尤其是福音书,完全了然于心,而且是拉丁文的。这意味着于连一个字都未严肃对待,他只是把圣经当作提升自己在这个虚伪得无可救药的社会里的地位的一种虚伪工具。于连不信仰宗教,这来自他的直觉。他真正的圣经使得卢梭对现代社会的分析和拿破仑征服了当时社会的伟大野心始终萦绕在他心头。

比起卢梭,拿破仑更是于连心中的英雄。司汤达展现了主导19世纪欧洲大陆文学的那种伤感意识(sad awareness),它不仅影响了有关人类境况的文学表达,也影响了对此的哲学或社会学表达。当马克斯·韦伯说到克里斯玛型领袖(charismatic leader)的时候,他事实上是在说拿破仑,他为他的消失感到痛惜。这就是生活在欧洲大陆上的人的心境。最后一个英雄已经永远地消失了,我们必须在这个没有他的世界里,这个死气沉沉的世界里,将就着活下去。这种后拿破仑时代的感伤在浪漫主义运动里扮演了一个极为重要

---

① 卢梭,《忏悔录》,卷7,第272页。
② 本章所有文中夹注对应的都是引用司汤达《红与黑》中的卷章号。

的角色,并且它依旧影响着我们用以解释社会的诸范畴。拿破仑那巨大的野心和他对"荣耀"壮丽但恬不知耻的追求,使得这个世界又一次地年轻了起来,它给了于连·索海尔这样的年轻人机会,去世界的舞台上扮演一个值得他们扮演的角色,这个角色的获得全凭军事上的勇气,而非钱迷心窍之人的欺诈。司汤达对世界的这个新青年时代最美的描述出现在《巴马修道院》的开头几页,即当法国人攻占米兰的时候。那本书的主人公东戈(Fabrice del Dongo)是这场征服的私生子;他的性格和喜好都是拿破仑式的,然而教导的却是一个人如何在后拿破仑时代活下去。人们可能会说,对司汤达而言,拿破仑要比卢梭重要,但拿破仑的销声灭迹只能说明卢梭预言的布尔乔亚的胜利已经成真。司汤达就像那些表达着西方没落一样心境的小说家,而西方的没落似乎是第一次世界大战的结果。然而,尼采早在四十年前就宣告了那一没落,第一次世界大战只不过是证实了那一宣告。随着法国大革命和拿破仑帝国而来的失落感仅仅证实了卢梭清楚表达的那些推动现代社会前进的力量。像卢梭和尼采这样的思想家是有先见之明的,那些事件和小人物们(lesser men)花了半个多世纪才跟上他们的脚步。他们比,譬如马克思,看到的更多,也预测得更为精准。而托克维尔那令人惊叹的对未来的清晰表达来自他对卢梭的研读。

但是,不管拿破仑多大程度地笼罩了这部戏的大环境,司汤达像卢梭一样,并不觉得丧失英雄有那么遗憾,他通过英雄的消失去发现人最高的天职(highest vocation),即爱情。严厉无情的司汤达在呈现爱的救赎力量上,要比我们稍后要处理的其他几位作家,甚至要比其他任何作家更加坚定。这就是存在于司汤达身上的悖论:他真的相信爱情的可能性。他对浪荡的唐·璜(Don Juan)的魅力不抱丝毫赞许。在司汤达看来,唐·璜缺少激情的强烈体验,缺少人可以为之赌上性命的排他性的爱。[1] 但这种理想化的爱情观似

---

[1] 司汤达,《爱情论》,卷2,章59。

乎又和司汤达关于人的行为和动机的那毫不掩饰的现实主义相冲突。事实上，这种爱就是他看世界的立足点(standpoint)，这一立足点代替了过去履行这个功能的贵族式与宗教式的立足点，而从这一立足点出发，他可以如此严苛地评判这个世界。不管司汤达愿意与否，卢梭的精神已经流淌在了他的血液里。

尽管司汤达明显缺乏说教(didacticism)，只关注笔下人物的内心情感，对他们身处其中的宇宙背景(cosmic scene)不进行任何的修辞或哲思，但他事实上确实向我们展示了一个严肃之人所见到的他所面对的所有基本选择(fundamental alternatives)。靠着灵巧的几笔，他描绘出了那些选择：卢梭和自由社会、圣经和宗教生活、农民、布尔乔亚、贵族、拿破仑和古典英雄。他书中的每一个个体都受过一种教育，一种不健全的教育，这种教育是那些伟大选择和它们最苦口婆心的现代支持者的苍白反映。用他看起来文雅的轻描淡写作掩护，司汤达向现代人清楚地展现了重要之物(concern)的整个世界。他笔下主人公的私人激情和行为之所以重要，是因为它们参与了存在于这些基本选择之间的有趣冲突。司汤达作为一个作家的独特天赋允许他把这一切描绘得炉火纯青，而这是其他小说家力所不及的。他以一种玩命的速度推进，有如香槟从他罗西尼式的浅显(Rossiniesque superficiality)中汩汩流出。浅显在这里的意思是，它使事物的外表沐浴在南方的阳光之中。他的小说总是处在运动当中，从这里到那里，以一种匪夷所思的速度穿梭着。只需读上几页，一个人就已抵达这部小说的中心，并已陷入与其人物的纠葛之中。

《红与黑》讲述的是一个简单的故事，而这个故事是司汤达从报纸上挑出来的。司汤达未做多大改动，就将它再生产了出来。一个出身平凡的年轻人成了当地一个布尔乔亚家庭的家庭教师。他勾引了男主人的妻子。随后他被迫离开，最终以一个贵族秘书的身份在巴黎安顿下来。在那里，他又勾引了那位贵族的女儿。当他即将得到对他而言世间最大的晋升时，他的第一个恋人告发了他。于是他前往她做祷告的教堂,向她开了枪。尽管他的两个恋人都为他祈求饶恕,但他最终还是被判处极刑,丢了脑袋。这就是那些报纸和这部小说里的所有内容。没有长篇累牍的论述,也没有意外事件提供的无关兴奋,而这些在许多小说里经常出现,比如狄更斯和左拉的那些小说。所有的兴奋以及这部小说的精彩,都表现在那些重要人物尤其是于连的私密心理上。当于连在德·雷纳尔夫人卧房里的时候,他面临的危险以及他纵身一跃跳出窗户的动作,都在紧凑的短短几行字里交代清楚,这些场景并不是因结局的皆大欢喜而显得有趣,它们显得有趣全要归功于于连对那些事情的反应和思考。司汤达那不可思议的漫不经心(marvelous insouciance)被丹纳(Hippolyte Taine)在他论司汤达的文章里说成是最伟大的技巧。①

对读过《新爱洛伊丝》的我们来说,家庭教师诱使一位家庭妇女失足的故事并不陌生。于连的不同仅仅在于他那么干了两次,并且要不是他的人生被削减了,他可能还会继续这么干下去。在那两户人家里,他都想进一步实现提升自己社会地位的野心,但又偏偏抛开这个想法去当了一个爱人(lover),这不是因为他犬儒,而是因为爱对他而言就是有着真正感化力量的东西。他不是一个十足的感官主义者(great sensualist),他的那两次勾引完全不在他的计划之中。他与那两位独特的女士的遭遇和纠葛,责任完全在他。在这部小说中,除了他,没有哪个男人强烈地爱着哪个女人。爱不是大众的天职。尽管这个年轻人如此贪求着成功,脑海里全是有关"成功"的幻影,但他取得的唯一一些令人瞩目的成就都在"爱情"这个领域里,这些成就都不在他的任何一个拿破仑式的计划里。是我们的老朋友"自爱"(amour-propre),而不是对"美好之物"的爱,把他一步一步推向了勾引。在这两个例子里,他都给自己布置了一个任务,那就是和这些女人睡觉。因为他觉得她们认为自己比他优越,

---

① 丹纳,《批判与历史新论》(*Nouveaux Essais de critique et d'histoire*), Paris: Hachette, 1909, 第 225 页。

并且,就因为这些人富有或出身好,他就要卑躬屈膝地为他们服务,他觉得心灵受到了伤害。他的那两段爱情的开始是报复行为。他的经历和卢梭童年时候的经历十分相似,卢梭曾寄居朗拜尔西埃(Lambercier)家,那时他好像一个孤儿,他很在意被这一家瞧不起,这种在意最终使他勇敢地面对黑暗王国的恐怖。① 不平等是罪恶之源,而罪恶的发动机却是自爱。自爱寻求着报复,寻求着去危害那些身居高位的社会管理者,那些使他人的意见臣服于他的人。这必然就是卢梭和司汤达眼里的罪恶,但它也构成了两个年轻主人公身上魅力的核心,因他们俩的罪恶显然只是出于自然的安排,是导致骄傲而非自负的自爱。② 当于连第一个恋人的布尔乔亚丈夫德·雷纳尔先生受到侮辱时,他也伺机报复,但他权衡利弊之后,选择息事宁人。相比之下,让-雅克和于连的行为就要愚蠢而鲁莽得多,他们会不计利害得失地要求恢复他们自己眼里的自尊。正如让-雅克鼓起勇气穿过墓地时想的是让自己配得上普鲁塔克笔下的罗马英雄,于连总在不停地拿自己的行为与他脑海里拿破仑的幻影一较高下。他掌控他的勾引有如拿破仑指挥他的大军(Grande Armée)。卢梭的自嘲与司汤达对于连的嘲笑相对应,尽管他们都认为自己笔下的主人公很好。他们都很孤立,都因比不上他人而深受打击,都用文学作品里的那些典范人物来将自己和身边那些胆小鬼民众区分开。没有什么东西是从心开始的,但他们都有伟大的心。对于向上攀升,他们都是有极好理性的人,但他们的计划往往滑稽而不切实际。他们总是顺从内心突如其来的甚至是无意识的驱动。卢梭和司汤达对笔下的主人公们进行情感教育有一个共同任务,即让他们发现爱情的真相和美好,进而治好他们的孤立。他们的自爱是自

---

① 卢梭,《爱弥儿》,第 135–137 页。
② 卢梭,《爱弥儿》,第 215,245,337 页;《科西嘉宪政规划》,收入《政治著作集》,Frederick Watkins 译,Edinburgh:Thomas Nelson and Sons,1953,第 325–326 页。

我意识的引擎,这种自我意识经历了很长一段时间的自欺,同时又向他们的灵魂提供了飞往崇高的翅膀。司汤达笔下最重要的词是"真诚"(sincerity),他眼巴巴地看着他虚伪的小于连破坏那些最美妙的经历,因为他还不具备真诚的勇气。真诚(作为虚伪的对立面)——在卢梭之前只是一种用来检测宗教信仰品质的德性——在司汤达这里变成了没有神的主观自我(godless subjective self)的宗教。它的那些仪式都用来使其彰显自身了,而它的那些拥护者所寻求的也不是全身心地信仰真神,而是忠实于他们自身。

这种卢梭式的心理也出现在于连性格中的多个方面,他的性格具有这些面相是相当令人吃惊的,如果考虑到他的执着野心、自恋(self-absorption),以及对别人动机的苛刻看法。他能为遭受苦难的人落泪。他痛恨——以卢梭的方式(a la Rousseau)——瓦勒诺先生对扶贫基金的不正当管理以及对穷人的虐待(I.7)。他拥有别人所没有的具有自然良善(natural goodness)的同情心。司汤达显然心肠软,以至于他会如此强调于连所反抗的社会——一个失落了对正义的渴望的社会——的不自然(unnaturalness),来为于连极端的自我主义和抱负心开脱。司汤达不喜欢道德虔诚,这符合他的主题、品味与才华,但在那些表现于连同情心的段落里,以及那些展现于连热切崇拜革命者及其事业的段落里,这种不喜欢有所减弱。所有这些似乎都带着一点儿司汤达希望打破的卢梭式感伤(Rousseauan sentimentalism)的味道。但司汤达痛恨新兴的布尔乔亚社会的不义,也痛恨它的市侩,所以他要打破感伤的意图事实上被他否定了。于连之所以显得有趣是因为他没法玩那个游戏(play that game),也因为这样,他让我们看清了那个游戏的真实面目。

相似地,于连无条件赞美那些执着奉献、有着很高道德标准但又因其德性而遭迫害的人。尽管他没有信仰,但他尊敬那些真信仰基督教并按基督教义来生活的人。佐证这一点的两个例子都是牧师,谢朗和比拉尔。他们两人都被委任了类似萨瓦代理本堂神甫的职务。比起对宗教的批判,于连的不信(incredulity)似乎更大程度上是对信仰在现代环境下的生命力产生了怀疑。他预见到了尼采所谓的"上帝死了",而这意味着在我们这个时代,上帝的麻烦不再是它不存在,而是它对人类无能为力。谢朗和比拉尔代表着倒退(throwback),因而是并非不合格的(not unqualified)模仿对象,但他们之所以使人印象深刻还是因为他们相信着一些东西,这些东西影响着他们的生活,而其他人只受金钱的驱动,他们与更高之物的关系不过是一种徒劳的粉饰或自我证明(self-justification)。对司汤达或于连来说,信仰一些东西要比真理来得更重要。司汤达似乎是在说,一个对我们时代有充分阅历的有眼力的人只相信饱含激情的爱。于连,这个想要成为拿破仑的人,这个选择牧师作为职业的人——因为在这个虚伪的年代,教会既是既存社会秩序的支柱,又是新贵们通往财富与权力的道路——最终只是成了一个卧房里的勇士。他所有的灵性(spirituality)都在与女人的战斗中耗尽了,而他的勇气和机敏也几乎全用在了从卧房窗户爬下去的行为当中——他要冒着被恼羞成怒的丈夫或父母发现、侮辱甚至杀掉他的危险。只有这些出轨的行为才是引人注目的事实,而其他的一切都只不过是虚假的表演,正如清晨的乌云被太阳驱散一样,消失在爱情的游戏当中。

卢梭笔下的城乡对立甚至也被司汤达保留了下来。在一个对自然未表现出多少浪漫主义兴趣的作家笔下,在一个很少停下来描绘自然景观的作家笔下,读到这样一段文字是令人吃惊的:当于连看到连绵不断的群山,并从这些山上俯瞰山谷时,他的内心感受到了最大的自由与狂喜(I.10)。这段话具有那种标志性的卢梭式的升华(peculiarly Rousseauan sublimation)——将最高的灵性化作自然景观。在莎士比亚那里,自然被理解为人的要素(human element),它的价值在于它赋予人的抱负和行为以宇宙意义(cosmic meaning)。而在卢梭那里则正好相反。人被理解成自然。人的视角(The human perspective)消失在了移情于群山、大海、天空、暴风雨、宁静等的过程中。从这个意义上说,体验自然和感同身受的能力是密切相关的。与自然形成强烈反差的是一个社会的人为性(artificiality)——它的那些纽带(chains)都是不自然的。对司汤达来说,只有爱的体验才是真正无可抗拒的,但这一体验的特征只会在对自然与社会之关系的一种特定看法的语境之下才会显露。另外,尽管很难说外省人就一定比巴黎人更自然,但德·雷纳尔夫人和玛蒂尔德(Mathilde de La Mole)之间的对比就建立在前者绝对的自然和后者绝对的人为之上。司汤达甚至重申了卢梭对小说伤风败俗影响的攻击。在巴黎,文学的模式(literary mode)决定了男男女女示爱的方式。德·雷纳尔夫人从未受过任何文学的影响,这使得她的爱既真实又真诚,因为她身上的爱是她自己发现的。而玛蒂尔德这位侯爵小姐则相反,她不但读过各种各样的小说,而且还渴望变成这些小说中的一个角色(I.7,I.13,II.11)。卢梭和司汤达如何调和小说的影响与他们的小说家身份之间的矛盾?这个问题素来争论不休。从更高的角度来看,他们的情况有点像柏拉图,柏拉图正是在写作中批评写作。这里,我们只能说,所有这三位作家都意识到了一个问题,而他们通过成为一种不同于他人的作家回应了这个问题。

这为我们提供了一把通往司汤达神往的那种特殊的非道德主义的钥匙。我们如今已对司汤达向我们呈现的东西习以为常,以至于我们忽视了那实际上有多么震撼,以及更重要的,那到底有多么不同于早前作家的品味。比如,莎士比亚和古希腊的剧作家们从不赞扬他们主人公的不道德之举,并总以支持传统道德秩序的结局收尾,尽管也许以一种非传统的方式。但在最近的两个世纪里,我们一直同情着那些摧毁道德秩序的人,并且这种同情到了这样的地步,以至于我们把"颠覆"一词和"艺术"等同了起来,却对这究竟意味着什么浑然不觉。每个愚不可及的电影明星或摇滚明星都认为,把自己的艺术描述成有颠覆性就足够令人钦佩了。司汤达还没有蠢到把任何这样的描述看成是足够的,但他确实促成了这种观点的成功,而且更进一步地说,这种观点其实出自卢梭对道德人(moral man)与好人(good man)的区分。尽管卢梭要比司汤达更重视道德,但他却把自己描述成一个好人而非一个道德人,因而似乎赋予好(goodness)某种优先性。随着这种区分,我们发现道德逐渐堕落成了布尔乔亚的道德,而这种布尔乔亚的道德指的仅仅是那些存在于一个竞争和剥削社会里的虚伪而压迫人的游戏规则而已。这种转变的一个信号出现在歌德《浮士德》的开篇《天上序曲》(Prologue in Heaven)里,在那里,浮士德被说成是上帝眼里的好人。① 他无疑不是一个道德人。在如此多给我们直接教育的文学作品里,那些主要人物都违背了道德原则,并且在这些文学作品中不存在任何起平衡作用的道德人物,以自身为典范,向人们指出道德的优越性。这并不是说,早前的作家们没有看到传统道德的问题,而是他们相信传统道德是真正道德的一种不完美的反映,他们倾向于——不仅仅出于启迪民众的考虑——向一种已达完美的道德和道德英雄看齐,因为是它们展现了那些最富兴味的人的类型(human types)。在卢梭之后,那个看齐的方向就不存在了,各种赤裸裸的不道德的类型开始成为最有趣的生活方式的化身。于连是一个骗子,一个小偷,一个不忠于情人的人,一个引诱者,一个忘恩负义的人,但这并不妨碍司汤达对他的偏爱,他比书中其他任何角色都要讨司汤达喜欢。所有的这些都预示了尼采在《善恶的彼岸》中所表达的东西,而司汤达也是一个很合尼采口味的小说家。② 善似乎包含在一系列自然情感的混合之中,比如带有灵魂力量的同情,最重要的是真诚。真诚有很大一部分是对自然本性中的自私的坦白承认。对于这种自私,传统道德无法克服,它只能用谎言去掩饰。马基雅维利笔下机敏而又大胆的角色为这种口味提供了文本支持,而他的笑声也成了以全新的方式严肃地看待道德与人类趣味(human interesting-

---

① 歌德,《浮士德》,第 328 行。
② 尼采,《善恶的彼岸》,格言 39,254;《瞧,这个人》,"为何我如此聪明",节 3;《快乐的科学》,格言 95。

ness)的一部分。所有现代的道德科学与政治科学都通过这些新式主人公得到了艺术的表达。巴尔扎克笔下那个犯了罪的主人公伏特冷(Vautrin)——他的力量和爆发力与社会正义力量的孱弱形成了鲜明对比——就是这类人物的另一个例子。这些低等的动机与最高的理想主义和诗之间的联合是浪漫主义习语中的新东西。这是带有一种强烈爱欲诉求(erotic charge)的马基雅维利主义。

这种品味是对这节制—古典德性的绝对蔑视。而古代正典中记载的其他德性,诸如勇敢、机智,甚至对正义的堂吉诃德式的爱,还都受到尊敬并保持着魅力,但节制却被看作是令人作呕的东西。节制是苏格拉底式反讽最重要的成分,而如果反讽被保留,那它将和我们在色诺芬笔下的苏格拉底那里发现的那种怡人风格(delicious style)截然不同。现在,节制似乎成了布尔乔亚深思熟虑如何自保的代名词,成了布尔乔亚回避任何可能威胁到他生命的危险的代名词。而在过去,人们总是相信,人会为了他们在乎的东西甘冒生命危险,但此前从未有过如此极端的一种说法认为,甘冒生命危险这一行为本身才是严肃的表现。但那就是玛蒂尔德和她以后的许多虚构和非虚构人物为爱人们以及其他高级类型(high types)所设立的唯一考验。当尼采说"一场好的战争使一切理由都变得神圣了"的时候,他表达并戏仿了这一趋势。① 于连确实害怕被杀,但那主要是出于自爱:他不想让他的对手和比他低等的人取代他的位置。这要冒的风险是,仅仅成为对可鄙的布尔乔亚式审慎的一种反应,尽管它总是和节制联在一起。因此,理性不可避免地要在他的品味面前牺牲,因为就像我们已经提到过的,理性如今已被理解成是算计和还原论,破坏而非创造美好的理型。在浪漫主义阵营的支援下,浪漫主义运动使想象(imagination)重新回到那曾被理性篡夺的宝座之上。于连用理性的时候总是显得既荒唐又可笑,但他的那些直觉却既令人兴奋又叫人敬佩。而这所有的一切都是马基雅维

---

① 尼采,《扎拉图斯特拉如是说》,第 1 部分,"论战争与战士"。

利那句名言的一个注脚：

> 我确实是这样认为的：迅猛胜于小心谨慎，因为命运之神是一个女子，你想要压倒她，就必须打她，冲击她。人们可以看到，她宁愿让那样行动的人们去征服她，胜过那些冷静行事的人。因此，正如女子一样，命运常常是青年人的朋友，因为他们更不小心谨慎，更凶猛，而且能够更加大胆地制服她。①

也许有人会补充说，这段文字似乎就是对《红与黑》中于连与玛蒂尔德恋情的一个完整而详尽的解读。

对年轻、美丽和勇敢的偏爱轻而易举地主导了整本《红与黑》，而这是对司汤达信仰最纯洁的表露。但我们需要注意到，在他的另一本能与《红与黑》相提并论的小说《巴马修道院》中，他对这一信仰做了某种限制。在那部小说中，存在着能同时吸引我们的两极：浪漫派英雄东戈和迷人又犬儒的马基雅维利式政治人莫斯卡（Mosca）。他是有点可笑的，因为他已不再年轻，也生得不漂亮，却爱上了迟暮的美丽公爵夫人桑塞费琳娜（Duchess of Sanseverina），而这位夫人真正喜欢的是她的外甥法布西斯，而法布西斯又爱着别人。撇开这个不说，莫斯卡的魅力来自他的学识，以及他所怀有的关于人生的真知识（real knowledge）。这里与荷马的那两本书存在着某种关联。就特洛伊战争而言，易怒而年轻的阿基琉斯（Achilles）无疑是最具吸引力的人物，但在和平时期，诡计多端的奥德修斯（Odysseus）和他对人各个方面的观察要更能吸引我们眼球一些。我很怀疑司汤达是否完全解决了这个问题，但于连似乎代表了存在于司汤达幻想中的人生，而这样的人生正是这位郁郁不得志的作家所希冀的。与此同时，莫斯卡这个人物也代表了于连的创造者司汤达的智慧与洞见。司汤达可能确实对他笔下的创造物怀有偏爱，但

---

① 马基雅维利，《君主论》，章25。

他并不能压制那个创造者的重要性,并且那个创造者也不是那么适合那个体系。

三

司汤达带着于连经历了他如此鄙视的19世纪生活。于连得到了升迁,他本来身处一群憎恨他这个敏感怪胎(changeling)的残暴农民中,现在他来到了德·雷纳尔先生的家里。德·雷纳尔先生出于对旧制度的可笑戏仿,即查理十世的复辟王朝,也出于虚荣,试图靠他的家族背景攫取半个贵族头衔。

这个政制眼下已是奄奄一息。这部小说正是在自由派崛起的背景下写的,也就是1830年的商业革命或资本主义革命背景,这场革命将路易·菲利普(Louis Philippe)送上了权力的宝座,或者相反地,权力的阴影之中。德·雷纳尔先生的那些活跃的政治对手以及他的新反对党都是一些自由派,他们企图通过改造社会秩序来使自己在财富上得势。德·雷纳尔先生想方设法想要取得的是一种优越感(distinction),在王权与教权还固若金汤时,这种优越感表现在那些贵族的生活方式与行为上。与美国相比,在法国国土上曾经有过一个受人尊敬的贵族制的过往,而这以这样或那样的方式激发了像德·雷纳尔先生以及在场的其他每一个人的想象力和——请允许就这样说——势利(snobbism)。他们兜里一旦有了钱,就想着要过把贵族瘾。他们设想中的未来充斥着这样的图景,即到处都是新式但却贬值了的头衔、显赫的荣誉地位,以及各种肩章和腰带。他和他的阶级完全沉浸在大革命随时可能复演的恐惧之中,他们认为自己的仆人终有一天会割破他们的喉咙,干出打家劫舍的勾当。他们仗着警察和教会的力量打压危险的无产者(canaille),因为后者的社会主义思想把他们吓坏了。

德·雷纳尔先生能够不遗余力对自己和自己的财产进行美化,

因为靠着手工业,他已经赚足了钱。当然,他和真正的贵族还是存在着差别,因为他把那些微不足道的东西看得太重了,而真正的贵族,就像亚里士多德告诉我们的,虽然需要这些东西但却瞧不起它们。① 德·雷纳尔先生是个极其粗俗的人,无论他买什么,他首先想到的永远都是价钱,尽管他要比自由派的暴发户瓦勒诺(Valenod)好些,因为瓦勒诺甚至会把具体的价钱讲给所有的来访者听。然而,这个叫瓦勒诺的男人似乎和那个时代的时代精神更为一致,在耶稣会会士们的帮助下,他甚至在下一轮的市长选举中脱颖而出。那些像德·雷纳尔先生这样的反动效仿者(reactionary imitators),他们装作是传统文化的代表,希望有一个通晓拉丁语的家庭教师来教他们的孩子。但他们对拉丁文学的内容毫无兴趣,他们在意的只是附在这门死语言上的好名声罢了。于连从抵达的那一刻起,就不断地身陷与德·雷纳尔先生的虚荣之战里,但他几乎总在这样的交锋中占优势。没有一个真正的贵族会使自己陷于这样一个处境,即他想当仆人使唤的年轻人竟不断地使其蒙受耻辱。让于连在德·雷纳尔先生家中过得顺风顺水的关键是,德·雷纳尔先生害怕于连被瓦勒诺先生雇走,要是于连被挖走,他自己和别人的区别就不复存在了。

在向我们展示了德·雷纳尔先生以及他身边那些不断地耍着计谋的典型乡绅之后,司汤达又通过于连在神学院的逗留,向我们展示了一幅反映当时宗教势力的图景。宗教依然是伟大的教育者,它被司汤达理解成是一种文化最高的表现。在司汤达看来,宗教的衰落,正是19世纪文化出了问题的最好表征。这一插曲实在像极了卢梭在《忏悔录》里提到的他在都灵一所宗教机构里被监禁的故事,②唯一不同的是,司汤达没有把当时公认的新教的优越当回事,

---

① 参亚里士多德,《尼各马可伦理学》,1119b29 – 30,1120a30 – 33,1120b15 – 20,1121b16 – 17。

② 卢梭,《忏悔录》,卷2,第65 – 74页。

因为他把那种公认的优越仅仅看作是自由主义沉闷的意识形态（dull ideology）。对他来说，天主教不但有着更多诗性的东西，而且为信仰心理种种有趣的形态以及信仰的匮乏提供了一个更好的舞台。司汤达希望展现一段关于他所属时代的实践的真实历史，并衡量它是否达成了它为自身所设下的最高诉求。他十分严肃地对待宗教，而这在今天几乎没人可以做到，因为撇开他个人的因素不说，他对宗教有着如此高的期许。

发生在神学院里的那一幕是有趣的，因为它展现了一个有着最高道德和精神诉求的世界，然而这个世界最引人注目的元素还是其实际生活中的唯物主义（materialism）。农民们的那些呆滞而无丝毫优雅可言的孩子躲到那里为的是能解决温饱。他们满脑子想的都是眼下能得到的以及未来能得到的食物。这种想法穷尽了他们的想象力，让他们无暇去顾及当他们成为牧师之后所要履行的那些慰藉人的职能。主导他们每一个想法和行为的仅仅是习俗（convention）和意见（opinion），与此同时，神学院里的那些导师也为了取得权力和影响力，不惜杜撰最黑暗的情节。这个神学院是由平庸、道德丑陋、难以置信的愚蠢组成的一种完全不搭的混合。那种最典型的牧师关心的是照料和操控那些象征着过去强烈宗教冲动的死符号（dead symbol），这种宗教驱动的外壳就是教堂，它们依然威严地耸立在城市的地表上，对于像我们这样没有遗迹（monuments）的国家而言，我们很难相信这样一种对普遍存在的宗教的怀旧。肉体是不朽的，而灵魂则惨遭启蒙运动和法国大革命的屠戮。这笔遗产的堕落继承者们看到了他们的宗教对那些政治阶级（political classes）的用处，因而算计着借此苟且偷生；而政治阶级也想依靠宗教，将宗教当作大众（the masses）的一种鸦片。

司汤达的分析只在一点上和马克思不同，那就是他对大众毫不指望。于连是卓越之人的典范，他之所以被痛恨、被怀疑，是因为他和身边的人格格不入，他和他们有着截然不同的动机和追求。就像我已经提到的，他着实钦佩严厉的皮拉尔神甫，因为皮拉尔是个真正的信徒,他遵从詹森派中最严苛的教义。在书里,他是唯一一个可与于连相提并论的、有道德分量(moral weight)的人。但他就如同《扎拉图斯特拉如是说》里的那个老隐者一样,还没听说上帝已死。和众多19世纪的无神论者一样,司汤达赞赏帕斯卡尔和波尔卢瓦尔(Port-Royal)。在他们身上存在着一种未经消化的宗教极端主义的元素,他们信仰真诚,蔑视布尔乔亚们的唯物主义,他们反对伏尔泰和百科全书派这样的18世纪的无神论者。灵魂中那充满张力的元素被遗忘,眼看就要喷涌而出。这反映出卢梭对极端主义——在政治、道德、爱情和宗教领域内——的偏爱,他反对同代人的随和(easygoingness)。至少,那些狂热分子还相信着一些东西,在乎着一些东西。相似地,谢朗神甫,这个韦里埃唯一的正派人,也被认为是一个詹森派教义的信徒。那些控制着局面的耶稣会会士代表了一种有弹性的半理性主义,一种"为达目的,不择手段"(ends-justifies-the-means)的道德观,以及一种对各种政治可能性的算计和其信仰的混合。在这部小说中,于连的外表被一个新信徒的道袍(in the habit of a novice)所笼罩,而这表明他在试图适应并主宰他所处时代的环境。他的虚伪是被他所处时代的时代特征证明为正当的,而他真实的自我则位于他的那件道袍之下。

存在于这部小说的那些二分——外省与巴黎,暴发户与贵族,德·雷纳尔夫人与玛蒂尔德小姐——之间的宗教插曲是司汤达描摹他所处时代历史的一个必要组成部分。司汤达很恰当地以于连巧遇贝桑松主教(bishop of Besancon)来收尾。贝桑松主教是旧制度的一个真正的遗老,他是有教养的神职人员,从不滥用教义,他有着完美的品味和真正的宽容。他一眼就看穿了于连,而与此同时,他又不露声色地和教区长以及迫害于连的那些人串通一气,而这全是本着世俗智慧的精神。这个主教是司汤达所青睐的从容洒脱(disinvoltura)的化身。他赠给于连一套版本极好的异教徒塔西佗所著的书,以此结束了他和于连之间的关系,而正是这个塔西佗,对《新约》所述的那段历史时期做了另一种(alternative)叙述。

最终当我们来到巴黎,我们发现了真正意义上的贵族,他们有着最考究的举止,有着某种品味,有着一种作为第二天性的骄傲,而这或多或少是因为他们在过去地位极高,有着外省人难以企及的视野。于连的确是被年迈的德拉莫尔侯爵(Marquis de La Mole)的魅力吸引住了,后者永远以极大的礼遇对待于连,但在一种更深层次的反思下,这是一种侮辱。因为说到底,这建立在侯爵对于连社会地位之低下所抱有的根深蒂固的确信之上。侯爵不是一个会因这个年轻人的聪明和富有才华而受到威胁的人,他只想利用他;当他最终掂出于连的分量,他被逗乐了,于是他给了于连两套衣服,让他以朋友身份出现时,就穿蓝色那套,以侯爵秘书的身份出现时,就穿黑色那套。这一小小的世界,连带着它的那些宫殿与爵位,是数个世纪以来所取得的改良(refinement)成果,这一舞台上的演员们依旧相信,他们在欧洲因而也在世界史(universal history)中占据着中心地位。(司汤达赞赏这一世界,他对歌剧抱有极大的热情,而歌剧正是为这一世界所推崇的娱乐活动。)这种贵族制是传统的代表,它分有传统强大的一面,也分有它羸弱的一面。它为这个来自外省的男孩提供了一个梦幻的氛围,他完善他的行为举止,并设法成为一个入时(a la mode)的人。他甚至能在政治阴谋中测试他作为一个管家(factotum)的技艺。这是一次极好的教育,但太容易学会,当他掌握了巴黎人的那些套路,却依然无甚重要之事可做。成为主教,或者甚至最终成为公爵的前景,都无法满足他那颗想要找点重要的事做的心。尽管从社会等级的角度看,他还是一个下等人,但他拥有自然所赐予的所有天赋,这些天赋可以让他进入最高的贵族阶层。但当他看清巴黎的世界之后,他意识到这个世界被极度虚荣的潮流和基本已不可能的真诚污染了。这是一个不断衰败着的场景,而不是一个能满足像于连这样的人的野心的场景。侯爵和他的朋友们已经成了那个金钱世界的一部分,就像其他每个人一样,他们作为贵族的无力感已经越来越强,除了一些半心半意的政治阴谋和上流社会无聊的例行公事,他们不再有真正的使命,也没了灵魂上的坚定。于连自始至终的英雄拿破仑,代表了一个关键的新开始,在他那里,个体的伟大和宏大的政治(great politics)——有那么虚幻的一瞬间——似乎在现代性下成了可能的事。最终,这里对巴黎的描述重复了卢梭所说过的话,尽管用的是司汤达自己优雅的措辞。于连在巴黎的那段时光就像爱弥儿在巴黎的那段时光。他们都在那儿完成了他们的教育。他们心中都有一个崇高的理念,这一理念不但保护他们免遭败坏,也让他们更多地成了一个观察者而非参与者。然而于连不像爱弥儿,他不幸在巴黎遇到了一个似乎值得引起他注意的女人。

四

现在,我们必须转到那两个女人,她们既是于连性经历的全部,又是这部小说真正使人兴奋的地方。她们都是真正超凡脱俗的人,凌驾于这个她们存在于其中的世界之上。就像《红与黑》中的每一个好人,她们都不可救药地受到了这个英俊、独一无二,但同时又极端自私的年轻人的吸引。和谢朗、皮拉尔、德拉莫尔侯爵、科拉索夫亲王(Prince Korasof)一样,她们对于连也有这种奇怪的、超道德的迷恋。她们各自代表了司汤达在这部小说中区分的两种爱:德·雷纳尔夫人代表了走心的爱(heart-love),而玛蒂尔德代表了走脑的爱(head-love)。德·雷纳尔夫人的爱是真爱,她的爱没有任何自爱的气息,也不伴随任何的角色扮演。而与之相对的玛蒂尔德是个出色的演员,她想要重演法国史上那最朝气蓬勃的一刻。当然,于连在这两段恋情中都表现出了过度的自爱,但和德·雷纳尔夫人在一起的时候,存在即刻的情感联合(immediate sentimental union)的可能性,而和玛蒂尔德在一起的时候,整套机理就是狂热的想象加上主奴身份的轮替。在现代读者看来,德·雷纳尔夫人就是一个典型的唯命是从的女人,她被动地接受了男权社会分配给她的角色,而那个骄傲又叛逆的玛蒂尔德似乎代表着自由的可能性。事实上，德·雷纳尔夫人和玛蒂尔德都不是自由的恰当代言人，因为她们的整个存在以及她们生活的意义都和一个男人（比如于连）的存在紧密相连。德·雷纳尔夫人较玛蒂尔德的优越性主要表现在：她的这一使命是完全自然的。在看待这些角色时，我们视角的不同最清楚地展现了我们与司汤达的距离，尽管他在很多方面也和我们一样是现代人。司汤达知道，两性关系已经变得无聊了。

在某一章开头，司汤达引用了巴纳夫（Barnave）的一句话作为题记："瞧！这就是你们那文明不同寻常的奇迹！你们使爱情变成了寻常的事！"（II. 31）司汤达赞赏的是那种过去存在过的东西，那种为幸运的少数人所写的小说的主题，但他又竭力使我们相信，唯一有趣的生活就是那种受自爱主导的生活，那种男女为对方而生，同时又有羞耻、庄重和理想化的性行为（sexual act）作支撑的生活。那些不把性行为看作关乎生死和神圣荣誉之事的女人是不会拥有那些有趣的关系的。这些关系的运作有如那些伟大老式手表里最复杂的运动，它们都把以下确信当作是它们的源动力（mainspring），即肉体的馈赠来自整个灵魂的恩赐，而这些特殊的联系也让于连得以违抗所有明智的建议，做出战胜意志的行为。在特定情形下，她们都相当轻易地委身给于连，而且是相当不知羞耻地，但她们确信，她们体验到的那种压倒性的爱自身就是善与恶的标准。她们的激情是自然的，尤其是在德·雷纳尔夫人的例子中，而在另一种意义上，那些禁止她们拥有或陷入这样的激情的习俗也是自然的。她们生活在那些其所作所为会遭到谴责，而且是必然会遭到谴责的社会之中。对这些女人来说，她们的委身行为必定会使她们的公民权利遭到剥夺，她们自己也会被逐出社会——这不同于一般情妇的那些虚伪的风流韵事。每一个这样做的女人都像英雄，因为她们放弃了她们拥有的一切，这种行为是某种社会意义上的自杀——为了满足那种吸引她的东西的专横要求。德·雷纳尔夫人和玛蒂尔德都无法指望长时间地隐瞒她们和于连的恋爱关系，而于连却能很容易地隐瞒他和她们的恋爱关系,因此在任何情况下,结局对一个男人来说总要好得多。对司汤达的后人们来说,对布尔乔亚道德进行松绑并没有让爱人们的生活变得更加容易,因为伴随着道德的松绑,爱产生所依赖的那些前提条件也被破坏了。这就是巴纳夫早早预料到的,爱真的是那些"幸运的少数人"的事。

在司汤达这个必定知道性的所有生理魅力的男人笔下,不存在任何对这些生理魅力的描摹。司汤达对这类行为自身的描摹不会超过以下这样的话,"当于连从德·雷纳尔夫人的房里出来时,我们可以用小说当中的俗话来说,他已经心满意足,另无他求了",或"她不再有什么可以拒绝于连的"(I. 15)。司汤达在这方面的缄默绝非假正经的表现,尽管早先那类更粗野的文学可以说得更加露骨——而这也许是因为这类文学没有那么相信爱。在莎士比亚那里,这两种模式同时存在,不过当然,他笔下的绝大部分爱情(克莉奥佩特拉的爱情是一个明显的例外)似乎走的还是司汤达的路线。这种缄默部分地是因为司汤达赞同卢梭的观点,即爱产生的幻觉以及这些幻觉所产生的那些有趣的心理效应要远比爱自身的行为重要。但这种缄默也与另一个事实有关,即通过图片和文字所再现的那种行为的生理性细节,并非是那些真正参与其中的人所体验到的那种性行为,因为这些人的想象也参与到他们的特殊关系之中,而这是旁观者所看不到的。一切都在那些催生这些身体行为和紧随这些身体行为的情感之中,在那些与这种满足相关的吸引与排斥之中,以及在那些围绕着自然世界中最平庸、最普通的满足的精神上的兴奋与过度之中。这就是色情文学的问题。它不但歪曲了感官感受,还使其变得贫乏。司汤达希望他的读者去想象——在他引诱读者变成他人物中的那些爱人们之后——他们会一起做什么,这样,读者们自己也会成为浪漫主义幻觉的帮凶。司汤达相信,比起任何既存的精确描写,他的描述更能激起读者的性兴奋。读者将不得不出力,如果他希望参与到小说的描绘当中去。各种各样的想象并不会妨碍性行为,事实上,正是它们滋养着性行为。

这并不是要否认那一事实,即司汤达多次暗示的,于连在他的那些性体验中——就像其他许多男男女女一样——很少真正地享受性,因为当他在做爱时他还想着其他的事,比如,恕我直言,他还在担心他的爱人怎么看他,世人怎么看他。但这都是这部爱情小说的组成部分,并且最终于连得到了矫正。

另外,于连带入到他和女人关系当中去的那种野蛮的、被误导了的自爱也不完全是一种恶习。离了它,就不存在关系。我们必须担心另一方怎么想,而那是很难知道的,即便不是不可能的。再重复一次,自爱是人类社交的工具,因为它是我们体内关心别人意愿的那一部分。想要征服另一方意愿的专横需求造成了许多扭曲,因为我们的任何一点自尊都取决于在冒险中取得的成功。并且,就像所有妒火中烧的男女的抱怨告诉我们的,似乎无法预测或控制那种对我们的自尊来说十分必要的尊重。意愿能战胜欲望,但它却无法使我们有性吸引力。对另一方欲望的勾引很容易变成目的本身,因此,当另一方被征服,人们很容易轻视这一到手的胜利,或者至少是对另一方兴趣大减;而如果人们失败,他们就会怨恨自己。另外,在恋爱关系中,自爱的那些要求也在逐步升级,因此,人们不仅想要另一方回应,还要以真实面目真实地、真诚地回应。而在这个过程中存在着许多的伤痛,因为自爱必须不断地编织安全网,以便不让绝望的猜疑把我们送入地狱。自保性的解释扭曲了恋情的真相。最终,人们开始想,怎么才能有一种爱的互惠,一种相互和真诚的爱慕,而没有双方对彼此的读解和利用。但这些确实是关于人类关系的种种困难的事实,也许是令人悲伤的事实。保持孤立或坦然接受人们只是在互相利用,这都是多么简单的事,而爱是介于这两种选择之间的那片埋了地雷的无人区。文明的性行为的真实含义是,人们已成功地跨过了那片雷区。

但这本书的事实是,德·雷纳尔夫人是自然地而且是全身心地在爱于连。她不加思考,也没有再三考虑。她那种倾向就是一个男人所寻求的一切。于连的问题是双重的。首先,他必须说服自己,德·雷纳尔夫人对他的爱恋真的就是如此；其次，他必须说服自己回报德·雷纳尔夫人，并且冷静地接受这样一段排除了其他如此多人、如此多抱负的爱能给他带来满足。

德·雷纳尔夫人是纯洁无瑕的，尽管她是一个十分败坏的社会的产物和居民。她对吸引着其他外省人的那些诱惑是如此冷淡，以至于完全免疫。她就好像是在梦游，只有她和于连的偶然相遇能唤醒她，并把那显得出奇冷静的外表下隐藏至深的激情给释放出来。她的想象并不炽烈，唯有她能无需那种装点恋情的幻想而得到直接的享受，否则就意味着，她享受的是幻想，而非现实。显然，她不是一个自然的野蛮人（natural savage），这句话的意思是，她也分有自爱和想象，但她的那种自爱和想象是卢梭给苏菲和爱弥儿的那种，因此，她所担心的别人的意见事实上只是于连的意见，而她的想象装点的也是她自己的处境，而非模仿其他人的处境。于连总是在叫整个世界——尤其是他内心的那个见证者——见证他所做的一切。如果德·雷纳尔夫人读过小说，那她就会很快发现她和于连关系的症结所在，也会早早地就被剥夺了那些美好的体验，在得到这些体验以前，对这些体验先就做出了解释。她是一个自然人，在某种程度上也是一个贵族，在不久的将来有望得到一大笔遗产。对司汤达而言，教育在本质上是为了知道人是什么（what a person is），而德·雷纳尔夫人受到的教育是典型的修道院教育，这种教育根本不把少女们的感官感受建立在一种真实的宗教体验上，而是教导一种传统而老套的虔敬态度。这种教育让她显得未经世事（untouched），而这种教育的失败也因另一个事实而加剧，即她是一个女继承人，受到那些修女的最大礼遇。她从未鄙视过她身边的人，但她那贵族的优越性还是通过她对同样的冷漠态度表现了出来。

德·雷纳尔夫人是典型的浪漫派女主人公，她纯洁无瑕，拥有毫不做作的清高和纯粹的女人味。在我的课上，曾有一个女生大声对我说："她就是个婊子（She is nothing but a cow）!"显然，那些认为多愁善感的生活(sentimental life)就是个累赘或负担的人就是这样看的,但德·雷纳尔夫人既能拥有那种最温柔的关系,也能拥有那种最富激情的关系。人们也许会好奇,一对情侣的这种关系可以维持多久,但这并不是一个问题。司汤达认为这样的经历是值得的,不管它有多短。于连只有几天时间享受和德·雷纳尔夫人的这种完全没有自我意识的爱,而东戈的克莱莉娅(Clelia)在一段秘密恋情开始后的第三年就死了。司汤达不像卢梭,他不考虑婚姻和家庭,他只关注伴侣之间的恋情,如果不考虑恋情中的那些誓言,恋情都是很短暂的。比起哲学家的冷静和布尔乔亚们寻求的安全感,司汤达更偏爱那些富有张力的片段。

德·雷纳尔夫人是典型的浪漫派女主人公的另一个原因是:她是一个已婚女人,她的婚姻并不建立在爱情的基础上,但她又具有十足的爱的能力。当她遇到一个她能爱的男人,她就陷入一场责任与爱情的冲突之中。对那些既严肃对待婚姻,又严肃地对待爱情的人而言,这是一个十分有趣的情境,并且这个情境成了为布尔乔亚们一直痴迷到20世纪的文学主题。德·雷纳尔夫人和她这种类型的女人不该受到责备,因为当她们结婚时,她们对爱情全然没有概念,把婚姻看作一种人们因好的理由和明智的理由而步入的社会机制(social institution)。这里的假定是,爱——激情的、生理性的爱——是一种非常好、非常重要的东西。如果这没有证明通奸的正当性,也至少让我们对通奸者产生了同情。

最重要的是,她和朱莉一样,是一个母亲。她对孩子们怀有深深的义务感,这种义务感使她在孩子们和于连之间左右为难。于连是通过她的孩子们,并且几乎是作为她孩子们的代父(substitute father),才走入了她的生活。当她开始对他有所了解,她希望他才是她的孩子们的父亲。这给了她的心一个借口,让它能时时刻刻想着于连,也允许它做出那种诡辩,即她爱于连部分地也是在爱她的孩子们。尽管她已结婚多年,但德·雷纳尔夫人无论从哪点上看都还是一个处女。她和丈夫的性经历让她完全不为所动。这种性经历只是婚姻的社会习俗的一部分,尽管给他们带来了自然的产物(natural product)——他们的儿子。这仅仅是用来强调爱与母性(motherhood)之间的差别,这是文明为德·雷纳尔夫人制造的最大矛盾。她从未成功地解决这个矛盾,尽管她在这两方面的行为都具有悲剧意义上的高贵(tragically noble)。对她而言,她的丈夫没有任何实质性的存在。她并不恨他,她的通奸只说明了一个事实:对她而言,他从来不是什么真实的东西。他粗野地对待女人,就像他粗野地对待所有东西和其他所有人。他已经习惯了她,并且也依靠着她,但他把这当作是理所当然的,他不能理解和同情她内心深处的那些活动。在对一般布尔乔亚们人际关系的再现中,她对他始终是他者,无可变更的他者,而其实,爱要求他者成为我们自己的一部分或者成为我们自身。他的不幸遭遇不但充满了喜剧色彩,而且它们本身就是她通奸的正当理由。他想过决斗——对此,于连一定会立刻答应——但考虑再三之后,他认为这是不明智的。表面上的明智不过是内心怯懦的掩饰。他不能把她打发走,因为那会损失她富裕的姑妈给的那笔遗产。他确实是非常不幸的,但他的不幸却是可鄙和可笑的。司汤达暗中支持着德·雷纳尔夫人的通奸。他一直让我们记得她是"德·雷纳尔夫人"——而玛蒂尔德始终只是"玛蒂尔德",于连也始终只是"于连"——他强调着她是一个通奸者的事实。只有当司汤达让我们走进德·雷纳尔先生的内心,听他回忆自己已非常习惯露易丝(Louise)时,我们才知道德·雷纳尔夫人的教名是露易丝。她总是维持着婚姻的体面(respectability of marriage),甚至尤其是在她通奸的时候。

　　随着德·雷纳尔夫人越来越赞赏于连,她能感受到的只剩下开心与愉悦。只有当她发现她的女仆艾丽莎(Elisa)也爱着于连,并且害怕于连会回应她时,她那一丁点儿的自爱才表现出来。当她向艾丽莎提出要帮她追求于连时,这种自爱骗她相信她正在做一种与她全无利害关系的行为。因此,自爱不但帮助她意识到她在恋爱,也增加了于连的爱的价值。她突然问自己,"难道我爱上了……"

(I.8)然后,有一天夜里,她辗转反侧无法入眠,满脑子想的都是一个词"通奸"——这先于实际事件(I.11)。就像丹纳指出的,仅仅是一个词,一个抽象概念,吓到了她,并改变了发生在她心里的事的全部意义。① 这个词从未阻止正在发生的事。它甚至没有危害到她的感情。当她和于连在一起的时候,她全身心地爱着他,但这个词打断了她存在的统一性,尽管它也深化着这场爱和这场爱的重要性。对这种心理的细节描写是司汤达的拿手好戏,也是最吸引他的东西。如果人们没有了这样的心理检视(examination),或者失去了对这样的心理检视的品味,司汤达的书便成了一个空壳,最多也只不过是一个沉闷的冒险故事。对一个真正的心理学家来说——尼采认为司汤达是最高程度上的心理学家——司汤达的小说是无比吸引人的,因为他的小说精确地观察了那些现象,同时又没对那些现象进行任何解释性的抽象(interpretive abstraction)。这种品味的丧失至少部分地解释了为什么那些"批评家"需要去关注各种各样的外部事物,因为只有这样,他们才有活儿干(keep in business)。他们想把他们无聊的科学教给司汤达,因为他们是聋子,对他能教给我们的迷人的东西充耳不闻。

当于连第一次接近德·雷纳尔夫人的时候,她抵抗了,但这只是符合她韦里埃市长夫人身份的习惯性行为,她很快就放弃了抵抗。人们从未怀疑过她会屈服,也从未怀疑过她会忠于自己的选择。她象征性的抵抗因为她对于连的严肃性抱有怀疑而加强了,但是她很快就不抵抗了,因为她相信她的直觉。当她陷入爱恋并需要保护于连、她的孩子们以及她自己时,这个看起来如此被动和温柔的女人,展现出了一个将军的勇敢和坚决。在她身上没有任何弱点,她的表现十分完美。在这些情况下,她对丈夫的欺骗不比一个将军对敌人的欺骗有着更多的坏心。她对举报她的匿名信的反应是机智而狡猾的。所有的这些都叫我们吃惊,也叫她

---

① 丹纳,《批判与历史新论》,第241-42页。

自己吃惊。

　　这场爱恋脆弱的一面来自德·雷纳尔夫人对她的孩子们的依恋,这是她自然本性中的另一极。当她的大儿子生病时,她感到深深的恐惧与罪疚,她担心这是对她通奸的惩罚,是天谴。爱情和孩子们之间的张力表现在她的宗教恐惧中。在司汤达的世界里,这种张力是女性心理最本质的特征。她对孩子们的爱是真实的,但这种爱和她对于连的全部激情比起来还是略显无力。她感受不到加深与丈夫情感的需要,但她对孩子们的关心却要求这种宗教性的补充。同样的机理也适用于朱莉,当她想封存对圣普乐的爱时,她开始担心丈夫的无神论。当于连实际在场时,她完全是他的,对自己的所作所为充满自信,尽管她并未忘记她的孩子们。在另一个与爱欲生活有关的关于孩子身份的转折中,于连最终希望德·雷纳尔夫人是玛蒂尔德肚子里孩子的母亲。孩子自然地属于怀着它的那个人,但事实上,孩子显然更应属于那个某人爱着的人。这是自然想要的结果,如果我们相信爱情法(law of love)是首要的。在《亲和力》中,歌德极为微妙地利用了这一主题:丈夫和妻子各自爱着别人,在做爱或假想做爱而脑子里却想着自己真正爱的那一个时,这样产生的孩子长得更像他们做爱时幻想的那个真正的爱人。①

　　当德·雷纳尔夫人必须离开于连时,她的宗教是最强大的。她不再能回到于连出现以前的生活,因此只有投身于宗教义务和宗教慰藉,她才能在没有于连的情况下生活下去。尽管在这些时期,她对自己的信仰有信心,但只要于连一出现,所有这些就都会被抛到九霄云外去了。在于连去神学院而没法与她通信的那段时间里,她致力于宗教活动。但于连夜间的临时造访只遭到了她形式上的抵抗,尽管那种抵抗对急切的于连来说可能已经太多了。他总是在揭穿这个可怜女人的自欺,要知道,正是这些自欺让她多少有可能在没有于连的情况下活下去。但我们真的不知道这种残忍是否真有

---

① 歌德,《亲和力》(*Elective Affinities*),第1部分,第2章;第2部分,第8章。

这么糟糕,因为当她爱着于连的时候,她的状态是最好的。

于连以十分可笑的方式让他的爱情落入了这般田地,但这符合他骄傲的自然本性。他见了她,并且似乎是在对他自己说,"这意味着战争"。他执行他的勾引有如拿破仑指挥他的战役,并且他还向自己发布战报。他最初接近她是因为他要报复她丈夫的高高在上,而渐渐地,他开始出于对她本人的报复而更加接近她,因为他觉得她自认比他更高等。德·雷纳尔先生确实想要羞辱于连,因为他觉得这样的行为是贵族的行为。(真正的贵族也羞辱过于连,但他们其实是无意这么做的,尽管于连总是把这些轻视看作是有意而为的。)于连总是先想象自己处在被拒绝的位置上,然后想象自己在现实中也遭到了拒绝。他谋划着真正的复仇,以便回应这种仅仅存在于他想象之中的羞辱。自尊是他唯一的动机,他对爱德·雷纳尔夫人毫无兴趣。他必须使他的防御系统时刻保持警惕,因此他绝不会允许自己相信敌人。他几乎误读了她给的所有信号。他把握她的手当作是一种义务。在他抓住那只禁止抓的手之前,他经历了几个小时的焦虑与恐惧,他唯一感兴趣的是,他是否有这样做的勇气。他把这归功于他罗马人式的性情。还有,当那一时刻来临时,他最大的兴趣在于,他是否能完成他的计划,即拿一个梯子爬进屋内。他们两人的无畏形成了鲜明的对比,于连的无畏是建立在自爱基础上的半真半假的无畏,而德·需纳尔夫人的无畏丝毫没有怀疑、毫不犹豫,因为对她而言他们的厮守具有至高无上的价值。所有的这些都是司汤达所呈现的高级喜剧(high comedy)。于连在这场所恋情中也有充分在场而不把那当作一场战争的时刻,那是他习惯了与她交欢,稍微放松一点之后。但这些时刻都极为短暂,并且他总是时刻准备着去进行新的冒险,这些冒险会使他离他的拿破仑野心更近一步。有一天晚上他回来了,那时他已离开神学院,正在前往巴黎的路上,他的冒险充斥着想要再次压过宗教力量的欲望。他花了好几个小时才卸下她的武装。司汤达指出,如果她能早一点答应他的要求,他本可以享受求爱。但这个过程花了太长,从而使这整件事再次变成一场虚荣心的竞赛,而非一次甜美的团聚。

于连的傻头傻脑(silliness)并没有简单地造成对他的负面评价。在他身上确实存在着一种堂吉诃德的元素,但喜剧性的地方正好就在于他这个富有才华的新发迹的人,在这个世界上却再也找不到适合他才华的角色。司汤达的笑中带着泪,并暗示,如果于连能活得再长一点,治好他那受了伤的自爱,他会调整好。然而,他身上的那些最好的东西事实上都来自那种自爱。司汤达似乎无法描绘一个完全成熟的男人。成功的成熟(successful maturity)对他来说是可疑的,并且在这一点上,他或许反映了浪漫主义情绪的一个总体问题。就像那个出色的人类观察者(observer of men)德·拉莫尔侯爵说的,于连回应其处境的方式不是通过寻求逐步上升(petty advantage),而是通过断然反抗别人对他的轻蔑,不管是真的轻蔑,还是他想象出来的轻蔑。因此,虽然于连是这些可能会瞧不起他的人的仆人,但他坚持自己,坚持自己的尊严,坚持自己的内在和对自己的承诺。在小说临近结束的地方,他把他那最特殊的优点,那种使他免于平庸的品质,说成是他强加在自己身上的使命感(law of duty)。这是他自爱的特殊形式,也是对卢梭心灵建构观(ideas of soul construction)的一次例证。最终,卢梭希望这种使命感的形成能使人不受他人看法的左右——虽然这种使命感正是在他人的看法中成型的。司汤达通过对于连性格的赞美响应了卢梭的这一希望。那种拒绝将卑微的欲望(petty desire)和卑微的恐惧(petty fear)当作自己行动理由的人,是反布尔乔亚的人。

于连喜剧性的一面表现在他和贝桑松酒吧里的一个无赖的冲突中,这个无赖盯着于连看,挑衅他。这场冲突并未发展成一场斗殴或是决斗,但于连觉得自己受到了羞辱,这种状态整整持续了一年多。这个无赖是个低下的人,照理说,他应该无法勾起一个绅士的虚荣心,绅士也不会想和这样一个人决斗。在巴黎的街上,于连又一次遇到了他。这次,于连向他发出了决斗的邀请,并拿了他的名片。当于连第二次例行造访时,他发现那张名片上的姓名和地址都属于一个蒙在鼓里的年轻外交官,那个无赖不过是他家的仆人而已。于是,于连不得不和这个无赖的主人进行一场装样子的决斗。这个仆人被外交官解雇了,并被于连痛打了一顿,当时于连在决斗中受了伤,但却成了这个伤他的人的朋友和同伴。现在,整个决斗都已成为旧制度的可笑残留。① 尽管夸泽努瓦侯爵(Marquis de Croisenois)为了挽回玛蒂尔德丢失的荣誉而在一场决斗中身亡,但荣誉这个概念已丧失了活力,因而无法再证明它的正当性。一旦于连能够把他的贝桑松对手放到合适的位置,他就不再想起他。但这种反抗习俗世界的侮辱、要求得到其自然位置的骄傲意志(haughty will)依然占据着他心灵的中心位置。我们离这种意志的胜利只有一步之遥。只有当他完全治好这种狂热的自爱,他那体验爱的能力才会出现,但这也只是他体验真爱——真爱自身免于这种争斗——的前提条件。

相比之下,在没有真爱的情况下,于连和他的巴黎爱人玛蒂尔德的关系完全是由自爱组成的。如果不是司汤达如此巧妙地对付这一幕,那它就会变成好莱坞的言情剧:一个外省人在登上了大舞台之后,旋即和最伟大、最难得手的一颗明星谈起了恋爱。而在这个例子中,这颗明星显然是巴黎女人中最富有、最高贵、最漂亮的玛蒂尔德。他们史诗般的争斗主要围绕这样一个事实,即玛蒂尔德对他颐指气使,而他显得是在巴结权贵往上爬(social climbing)。他们两人都无法接受因他们社会地位不对等所带来的侮辱。当然,玛蒂尔德不像于连,她拥有一切,在这个现实世界中,她已无需再去渴望什么东西。她感到无聊,而无聊正好是19世纪中人的终极境况的表达。于连正忙着向上攀爬,因此他并不感到无聊,但玛蒂尔德生来就在社会等级的最高层,她可以俯瞰环视一切,她意识到,一旦处在这个位置,就不再有什么事值得做。无聊在19世纪就已成为法国文学的一个主题,帕斯卡尔将这种无聊解释成人在上帝消隐之后

---

① 卢梭,《致达朗贝尔的信》,章7,第67-73页。

的特殊经历。这个世界的美丽外表已在笛卡尔式的我思(Cartesian cogito)的理性批判下消解,不再有什么值得做的事。这种人的生活在"热情忘我的活动"和"无聊"之间交替,它对外部的一切都一视同仁,似乎不再有什么东西是值得关心的。这是法国思想中的一条线索,它反对启蒙运动,反对启蒙运动的那种乐观、世俗的关切。帕斯卡尔是被19世纪法国文学所唤醒的天才,以其反诗性的启蒙科学和启蒙政治学著称。但令人惊奇的是,司汤达和其他那些浪漫派小说家采纳了帕斯卡尔的分析,却没有接受使这种分析成为可能的那种激进的宗教信仰。对帕斯卡尔来说,上帝的缺席是那些渴望着上帝的人感到无聊的原因。只有这种渴望的在场表明了其他食物并不能滋养灵魂。但司汤达否认存在着或者存在过一个上帝。"无"(nothingness)成了世人评判的标准。渴望,而非渴望的对象,是他做出这种评判的标准。高处不胜寒的空虚弥漫着这部文学作品,而司汤达试图用爱和诗意的创造来填补这一空虚。

玛蒂尔德的世界已经枯竭,这一点从她对另一个世界的想象中可以看出。在她想象的世界里,存在着真正的人和真正的爱人,他们愿意为自己的事业和爱人去死。她对这个世界的批判仅仅是老调重弹:布尔乔亚社会最严重的问题是,没有了那种人们可以为之而死的东西,或者说,没有了去死的意愿。对她来说,去死的意愿是她的试金石,是她最大的秘密。她的无聊寻求着戏剧性,以便达到忘我。她和她的小说魂牵梦萦的那个历史时期是亨利三世(Henry III)的时代,这个时代确实是法国活力(French vigor)的巅峰,是宗教战争的时刻,那时,信仰还依旧强势,足以为之一战。这一时刻也很接近投石党的那个时刻(the moment of the Fronde),那时,骄傲、独立的贵族们仍能反抗可憎的君主专制。那时贵族就是贵族,君主就是君主,而现在已经乱套。她的祖先中曾有一位是皇后的情人,后来因为参与谋反而遭处决。这是一个值得去表演的场景。并且,尽管玛蒂尔德的想象力赋予了那时重要的神学、政治问题太多浪漫主义的元素,但比起其他国家,那种元素确实更深地存在于法国。

这个骄傲、任性的姑娘对这一家族传统膜拜之至，每年她都会庆祝她的祖先被处决的这个日子，并要求她的家人配合，为各种亲戚取了各种各样的古名（antique names）。这里通过玛蒂尔德的眼睛所呈现出来的19世纪是布尔乔亚谨慎自保的时刻，它先于波西米亚主义（bohemianism）的那种虚假矫正，也先于后来布尔乔亚甚至想要成为波西米亚的那种尝试。我相信司汤达会说，在这个最早期的阶段，那些最基本的动机就已表现了出来，后来出现的那些东西只不过是更为精巧的欺骗或自欺罢了。

玛蒂尔德从来没有过一看到某人就爱上他或讨厌他。每个人必须先通过她内心的选角部门（casting bureau），以便确定在她创造的戏剧中是否有合适他的角色。这种角色安排就是她和于连关系运作的基本框架。一开始，她觉得他并不比其他仆人有趣多少，而他也认为，她的傲慢让她显得毫无吸引力。但接下来，当她听到他谈论政治，她注意到了他身上那种坚实的英雄姿态。她的第一反应是：这是一个生来就不会下跪求饶的男人。此前这两个人表现出过某种共同的品味，因为他们都打算从侯爵书房偷走伏尔泰的书——伏尔泰的书在于连的神学院和玛蒂尔德的修道院中，以及在波旁王朝复辟的公意之下都被列为禁书。不像德·雷纳尔夫人，于连和玛蒂尔德都是读书人，而且是读那些必读书（essential books）的读书人。她第一次被于连吸引是因为于连和阿塔米拉伯爵（Count d'Altamira）的关系。阿塔米拉伯爵是推翻尼泊尔君主制的叛乱领袖，被判处了死刑。那让阿塔米拉伯爵看起来十分有趣。于连显然也被他吸引住了，他忘情于和阿塔米拉伯爵的讨论，全然忘记了侯爵沙龙里的那些"人体模特们"（mannequins）。但对玛蒂尔德而言，阿塔米拉伯爵的吸引力被他是个自由派这一点给毁了，因为这意味他的标准是功利（utility），而这是玛蒂尔德最不想要的东西。她会愿意发动一场针对功利的革命，在这场革命中，人们为了善行（beau geste）自身而牺牲生命。

也许我应该补充一点，那就是阿塔米拉伯爵显然长得不怎么好看,而于连却是超乎寻常的英俊。但玛蒂尔德不会以这种方式来看这一点。对她来说,于连的好相貌是他那桀骜不驯的灵魂的反映,但那种灵魂如果碰巧不属于这样一具身体,也许也不会引起她的兴趣。当然,玛蒂尔德必须要想的是,她如何才能与于连相恋,毕竟她自己地位显赫。她自己想过一大通诸如于连是自然贵族之类的诡辩,也想过提升于连社会地位的可能性。所有的这些幻想都是正在酝酿的那种激情的必要组成部分。于连对她明显的冷漠又进一步催化着这种激情,因为这种冷漠让他成了一种特殊的挑战。这个平民怎么敢对如此伟大的一位女士如此冷漠?站在于连的角度看,他觉得,他对玛蒂尔德毫无兴趣,但他确实有一种先见,认为这样伟大的一位女士不可能对他感兴趣,或者,即便她确实对他感兴趣,也仅可能是在玩弄他。他那敏感的虚荣心推进着这段恋情,因为他好像表现出了一种高贵的冷漠,某种值得奋力争取的东西。因此,对彼此的误解是想象和自爱生长的温床。当这段关系发展到其顶峰时,这个姑娘的直接反应是,"我怎么能和这么低等的人做出这样的事?"性紧张的释放并没有恰好使于连得到玛蒂尔德正确的理解,而是使他得到了另一种错误的理解。于是,她尽其所能地憎恨和伤害于连。这导致了发生在侯爵书房里的一幕:于连从刀鞘里拔出一把旧式匕首(antique knife),威胁着要杀了她。她被这一情感信号(sign of affection)弄得欣喜若狂。于是他们又一起度过了一夜,不过这一次,戏剧性的东西在事后仍在继续。于连,按他惯常的做法,从窗口消失并爬下梯子,这时他接到情人扔下来的一缕青丝。这让玛蒂尔德有了施展扎头发技艺的机会,以便不让家人知道她做了什么,同时也提供了一个只有她和于连能够领会的令人激动的秘密。因为某种想要被发现的欲望和某种想要公开蔑视习俗的欲望,玛蒂尔德的生活便又多了几分趣味。这些就是能挑起那些对她而言十分必要的疯狂激情的东西。

事实上,这两个奇怪的人之间的整段恋事就是一个爱欲版本的主奴辩证法。当她在上的时候,他在下,反之亦然。这是一场对他人欲望掌控权的争斗,而就像在所有诸如此类的征服中,让人感兴趣的永远只是获得的过程,而不是最终得到的东西。每个人都在寻求对方对自己价值的承认——对方必须是一个够格的评判者。但问题在于,一旦另一方投降,他或她就不再是一个够格的评判者了。投降意味着弱小,而这样一来,争斗就无意义了。唯一能让这段恋情继续前进的是,明显已被打败了的一方的反击和再次掌控局面的需要——以便使这场征服告一段落。在这场战争中没有俘虏,而那些心理上的暴行是野蛮的(barbaric)。于连经历了最极端的遭遇,在这些遭遇中,他把玛蒂尔德对他的负面评价看作是决定性的,是对他渺小价值的真实评估。他完全活在她变动不居的心灵活动里。这是极度的折磨,也是人可以想象得到的最大程度的异化。除了对"发生了什么"和"他如何能重整自我"的强迫性反思,生命已被抽空了所有内容。这也是爱的一种。没有人能怀疑,在这种爱中也存在着联合,但在这种爱中不存在真正互惠性的时刻,也不存在双方对彼此真实之所是所感到的喜悦。

最终,于连明确地意识到,他必须征服玛蒂尔德。他把自己重整为司汤达笔下最具喜剧色彩的创造物之一,在这方面,只有巴马大主教东戈的布道能与之匹敌(在那篇布道中,他向克莱莉娅求了爱)。一个粗野的俄国人建议他向一位陆军元帅那假正经又势利到可笑的妻子献殷勤,以便引起玛蒂尔德的忌妒。他给了于连一包现成的情书,这是他的一位俄国朋友在试图勾引一位英国小姐时写的。于连每天都会寄这些信,有时候他甚至忘了把信上的伦敦改成巴黎,或者忘了做些改动以便让措辞显得得体。但他懒得读那些回信。他冷酷地折磨着玛蒂尔德,后者又一次沉醉在他的冷漠和他表现出来的与她的势均力敌中。玛蒂尔德放下了所有的尊严。她悄悄走进沙龙,来到于连身边,想要听听他和陆军元帅夫人究竟在说什么。凭借伟大的意志和那位俄国人一手策划好的作战计划,在那一刻于连再一次使玛蒂尔德乖乖就范。就是从这时候起,他开始使用"征服"这个词,并要求得到保证。玛蒂尔德给他的最后保证是她的怀孕，而这意味着她已把一切都托付给了于连。

这种恋爱关系在今天或许会被绘声绘色地描述成性虐（sadomasochistic）。而这种说法并非全无道理，如果我们剥去它那乖张的、伪科学的话外音。那位萨德侯爵（Marquis de Sade）——其写作年代离那时并不远——似乎认为，最强烈的快乐来自一方对另一方造成的痛苦。他用那种他希望产生的性兴奋作为他宣讲"社会关系异化"的幌子。在这个世界的那些痛苦关系里似乎存在着某种优势，这种优势让"快乐能否是社会性的"或者"快乐是否能被共享"显得十分可疑。在那些更温和的性活动中，这种怀疑似乎得到了印证，但在那些引起别人痛苦的人看来，他那尖叫着的受害者无疑是和他有关的。同时，这种说法无疑也是真实的，即在折磨的过程中，被动的一方能从主动的一方所表达的真实兴趣（real interest）中得到满足。性虐是一种尤为"现代"的做爱形式。当下时兴的那些经常伴随着性虐关系的复杂而可笑的仪式（rituals）暗示了，现在只有在性虐中我们才能找到让爱欲关系中的想象自由发挥的空间，而几乎也只有在性虐中，仪式还依然保持着鲜活的生命。尽管我并不否认可能在很早以前男女之间就存在着这样的体验，但我怀疑它们并不主流（central）。我倾向于认为，性虐之所以在今天被注入了新的力量，是因为如今人们已开始怀疑那种基于自然的爱的可能性。是意志的爱欲化和它的实践所带来的特殊快乐向这个混乱的世界强加了一种秩序。仅仅给萨德主义和性虐贴上堕落的标签并不解决存在于它们背后的问题。均质化的自然不再能赋予关系以主次，基于自由意愿的同意或习俗也无此权力。等级秩序仅仅在于意志和意志产生的力量。较强的意志使较弱的意志自愿服从，并把后者放入它所设立的秩序。这是当形式已不再自然地预示着质料时，形式与质料之间的争斗。司汤达不是萨德的追随者，但他确实有力地、生动地、好笑地描绘了一段其实质完全就是自爱或者说好胜心（desire for primacy）的爱情。他把德·雷纳尔夫人当作是一种替代选择，而如果不存在德·雷纳尔夫人，那么人们也必须将就玛蒂尔德。玛蒂尔德渴望那种去死的意愿而从不考虑某人是为了什么而去死,同样,她赞赏的是那个有能力主导她的人的意志。那种对进入这样一场争斗非常重视的男人的缺席是许多浪漫派文学经久不衰的主题。勾引与力量都基于男人力量上的优势(superior strength),然而它们之间的区分开始消失,于是就有了尼采的那句名言:"你是要去女人那里吗?记得带上你的鞭子!"①总之,当权力意志已成为我们的形而上学,爱也就成了权力的一种衍生性表达。

当于连赢得了他和玛蒂尔德之间的那场战争——在习惯了他们关系中的那些上上下下之后,在轮到他感到无聊和轻蔑的时刻来临之前——他竟然对这个充满灵性的姑娘以及她想要在人间喜剧中扮演角色的激情萌生出了某种真正的爱意。但留给这种自知的爱意(self-aware affection)的时间并不多,并且实际上,这种爱意也没有强大到足以维持它自身。几乎就在同时,她把他推向高处,给他安排了有着灿烂前程的军事外交职务,并向他展示了一幅他料想中的儿子继承其大业的美好图景。他即将成为公爵,他的亲生父亲已被宣布不是他的父亲,他成了一个老公爵的儿子,这个身份与他的自然本性相称。这是19世纪所能提供的能满足他野心的最高成就,但对他来说,这也是异化的顶点。他活生生地演绎了源自妒忌的梦想的实现(actualization)。

就在他即将功成名就的那一刻——就像是,当他驾着马车即将靠近太阳的时候——他被旧日的外省情人给打倒。这部小说的结局是德·雷纳尔夫人的虔敬引起的。于连消失在巴黎生活的漩涡里,而她则回到悔恨的斋戒之中。于连有勇气建议德·拉莫尔侯爵向她打听自己的情况,那时侯爵正在考虑是否要接受于连做女婿。她那诡计多端的告解神甫(confessor)正试图为自己取得声名,在他的指导下,德·雷纳尔夫人回了一封并非全然不实的信给德·拉莫尔侯爵,在信中,她指控于连在一个家庭中取得成功的方法就是勾引

---

① 尼采,《扎拉图斯特拉如是说》,第1部分,"论老妪与少妇"。

家中的女人,进而利用她们以实现自己的野心。于连一怒之下就去了教堂,开枪射了她。但经过这次蓄意谋杀,他的自爱和守护着这种自爱的义愤(indignation)居然得到了净化。这位英雄在这部小说中唯一实际开枪射击的是一个正在祷告的女人。她当然对她的宗教过度(religious excess)懊悔不已,并回到了她真正的宗教——于连。

关于这个女人的虔敬,她的告解神甫说得很清楚:她爱着于连,并对这种爱感到悔恨。这总体上是对宗教和爱欲在争夺人类灵魂的精神力量上的竞争的一段非常奇特而有趣的注解。这两者中,哪个更真实,哪个更令人满足,我想是不言自明的。最终,于连认识到,那种仅仅被他当作插曲或跳板的东西过去是事物本身(the thing in itself),现在也是事物本身。现在他意识到,厮守(being together)和"着迷于彼此"就是充分的幸福(sufficient happiness),因为他已有过那些证明其价值的体验。可怜的玛蒂尔德被还原成了她真实的样子(true proportions)。虚假的爱在真爱面前溃不成军。和玛蒂尔德,这样的厮守是不可能的。于连相信,不带任何恶意,也没有任何虚荣的成分,她会再去找到别人,过上另一种生活。而对于德·雷纳尔夫人和他而言,这就是所有的一切。他们自身的存在感有赖于彼此,在他们之间没有任何的矛盾。人们也许会说——就像于连有时在监狱里说的——由于他没能认识到这一点,他已经毁了他的一生。但司汤达似乎暗示,通过于连和德·雷纳尔夫人几天的和谐完满的相处,我们足以认为他们的一生是幸福的。相似的,于连在他23岁时就猝然离世似乎是悲剧性的,因为它让一段人生还未完全展开就已戛然而止,但司汤达再次暗示,于连已经拥有了那些最重要的体验,后续再没有什么可以指望达到他人生经历及其结论所表现出的那种丰富程度。强度永远要比长度重要,而成年布尔乔亚的生活只有长度。于连效仿着苏格拉底、波埃修斯以及其他许多证明幸福可以在监狱里完成的人。于连证明了爱的力量和爱带给人的慰藉。这是司汤达留下的遗产。

在监狱中,于连经历了许多犹豫、怀疑以及情感与意见的反转。

他继续为别人会如何看他而担心。他在法庭上的演说混合了逞强和对穷人在传统政治秩序中遭受的不义的悲怆控诉。死亡的恐惧侵扰着他,他想知道他给自己的那种坚定感(law of firmness)是否足以战胜这种动物的本能,让他能骄傲地走上刑场。但德·雷纳尔夫人的出现彻底打消了他所有的困惑,他死的时候保持了他在最好的年华活着时那种快乐的从容。当没有其他永恒给他时,他的爱多少让他轻微触碰到了永恒。玛蒂尔德,就像玛格丽特皇后(Queen Marguerite de Navarre),在贿赂了负责丧事及其公开解释(public interpretation)的懦弱牧师之后,顺利得到了于连的头颅。她把他埋在了一个带有相称的庆典氛围的洞穴里,并为她那伟大的爱人建造了一座仪式用的圣坛。至于德·雷纳尔夫人,她不妒忌玛蒂尔德,也不需要通过模仿神圣仪式来公开表达她的爱,对她来说,她的爱的见证人只有一个,那就是于连。在于连被处决后的第三天,她怀抱孩子、思念着于连离开了人世,对她来说,只有这两件事有着些许真实感,而这也反映出一个好女人面对的人生问题。这对恋人的结局令人悲伤,但它多少也带着些甜蜜和鼓舞。我们在《包法利夫人》结尾看到的那种彻底的绝望,在司汤达这里是看不到的。

尽管礼数和习俗从中阻拦,于连和德·雷纳尔夫人还是找到了彼此。这是司汤达对那些认为人类存在毫无意义的人的回应。

四 奥斯汀的《傲慢与偏见》

一

奥斯汀笔下的世界似乎和司汤达的大相径庭。在这里，我们能够呼吸到一种截然不同的空气。它的语言理性而不感性，宣扬德性而非纯真，推崇节制而非鲁莽。与欧洲大陆上的罪行比起来，社会秩序不可避免地更受人们偏爱。所有的爱恋（attachments）都直接地与婚姻联系了起来，并忠于婚契。不管是通奸的妇人也好，受到诱惑的少女也罢，她们都没有正当的理由，她们或许是遭人同情的对象，但那是一种非常有限的同情。每个人都被要求遵守责任与道德的标准，而个人义务更是她小说中永恒的主题。在她的世界里，责任与道德并不是"复杂的或深奥的诠释"的对象，它们是每个受过良好教育的十龄童都知道的原则——守法、诚实、尊敬父母、忠于伙伴、知恩图报——所导致的结果。与人们在司汤达那里发现的可贵品质相比，奥斯汀世界里的那些可贵品质听起来就好像是一串与之完全相悖的东西。奥斯汀坚定地捍卫良好的判断力（bon sens），反对自我表现（self-expression），她还捍卫承诺（commitment）。她所捍卫的这些特征被展现得如此频繁而坚定，以至于对一些人来说她似乎是一个反对个体权利的传统道德的捍卫者，而对另一些人来说，她似乎又成了一个反对现代主流原则的亚里士多德理性主义的党徒。

任何在她小说中表现出浪漫派男女主人公魅力的人物，或者任何感受了、做了或表现了极端事物的人，都被作为反面角色。在奥斯汀那里，"可接受的情感范围"是相当有限的，最起码，和法国或俄国的小说家们相比是这样。在奥斯汀那里存在着坏人,但没有一个够得上司汤达、巴尔扎克或陀思妥耶夫斯基笔下的坏蛋。在《傲慢与偏见》里,威克汉姆(Wickham)这个角色是极端令人讨厌而又可鄙的,但他也没坏到"邪恶"的地步——他绝对不是什么大道劫匪或者杀人犯。而其他坏人所拥有的恶习也仅限于像羡慕、妒忌、孤高和过度关注金钱这样的品质。它们都是可敬的乡村生活的正常组成部分。

奥斯汀小说里真正发生的事非常少。情节被局限在寻找伴侣和多少还令人满意的结局上。这儿不存在什么政治、阴谋、重罪、战争。在《傲慢与偏见》里,士兵发挥着一定的作用,至于拿破仑正领导着一场伟大的战役,或者说这些士兵可能会被传唤去奋战至死,则最多只是被暗示了而已。对当时宏大政治环境的唯一指涉是,和平导致柏奈特一家附近的军事组织被解散,而于连对这一时期的记忆正是他衡量他的行为和野心的宏大背景(卷3章19)。① 奥斯汀提到这些士兵和他们的制服,仅仅是为了突出其性吸引力,以此表现一些女孩子的轻浮,尤其是莉迪亚(Lydia Bennet)。那些好男人,宾利(Bingley)和达西(Darcy),似乎与当时的那些伟大政治事件、意识形态事件绝缘。奥斯汀的视野是如此狭窄而短浅,以至于人们或许可以说她毕竟只是个女人,无法认识和欣赏政治、战争以及那些伟大观念带来的运动。与司汤达呈现的东西相比,奥斯汀所奉上的替代品是贫瘠的。"宗教"表现在那个可笑的柯林斯(Mr. Collins)先生身上,但它也只是大环境的一部分,既算不上伟大的敌人,也算不上伟大的希望。

我们看到的是一个无所事事的乡绅阶级。加迪纳先生(Mr. Gardiner)有一份事业,从这个意义上说,他是一个引人注目的例外。其他所有人都有一份这样或那样的收入,以保证他们即使不工作也能多少活得舒舒服服。柏奈特一家并不富裕,但他们

---

① 本章所有文中夹注对应的都是引用奥斯汀《傲慢与偏见》中的卷章。

有一处对现代户主们来说宫殿一般的住所,而且他们有三个仆人。这个阶级的人们把时间全都花在虚度光阴、接二连三地拜访别人(一个持续六周的访问对凯瑟琳夫人[Lady Catherine de Bourgh]而言是短得无礼的)、写信、玩牌、毫无意义的扯谈、讲八卦,以及——最重要的——无休止地做媒(matchmaking)上了。奥斯汀似乎平静地接受了在司汤达看来毫无英雄气的布尔乔亚式的生活,而正是对这种生活的憎恨激发了司汤达的文学生涯。伟大英雄的榜样在她笔下人物的意识里完全是缺失的,她对此也并不感到惋惜。但对司汤达来说,正是这种生活证明了反抗与绝望的正当性。简单地讲,当一个人读完《红与黑》之后立即开始读《傲慢与偏见》,他会觉得奥斯汀的世界是平淡乏味的。但是,当一个人实际读了奥斯汀之后,他又会发现,与其他作家相比,那之中的张力和兴奋感实在是有过之而无不及。这在某种意义上是一种奇迹,但简和宾利以及伊丽莎白和达西的命运确实勾住了我们。撇开所有外在的戏剧场景不谈,奥斯汀奉上的这段爱恋史的确有着无穷无尽的吸引力。

　　这些故事不但给读者带来了兴奋,也给他们带来了笑声,而这些笑声是奥斯汀有意激发的。这是反讽所产生的笑声。所有批评家都同意,奥斯汀主要的笔调(prevailing tone)是反讽性的。事实上,她用一种温和的方式嘲笑所有的东西。她不但嘲笑了像柯林斯先生这样爱自夸的低劣之人,或者像宾利姐妹那样眼睛总盯着金钱与地位的人,还嘲笑了她笔下那些主角们的自欺,甚至嘲笑了俨然是其终身成就的婚姻所带来的希望与期待。而很可能正是这种反讽,把她和古典传统联系了起来。真正的反讽对那种在现代思想中消失的德性——即节制——而言大有助益。其笔调是,优越的东西温和地暴露了低劣的东西而不致其受伤,让事物各居其位而又得到了理解。这是某种骗术(art of deception),某种激进思想的模式,它在接纳传统生活的同时又保持了自身的自由。反讽在事物的是与应是的不平衡之中生长繁茂,同时它又认可这种不平衡扔然性。这是一种古典的风格,因为古人从不奢望现实能够变得合于理性。愚蠢在他们看来是无可避免的。对他们而言,节制,是一个人克服了希望进而也克服了义愤的表现,它不是灵魂怯懦和随和的表现。人们在奥斯汀那里发现的那种含蓄(reserve)——列奥·施特劳斯曾把它和色诺芬的做过比较①——不是出自头脑简单或天真,而是出自对微妙之物(nuance)的察觉和对庸俗的深刻(vulgar sophistication)的轻蔑。它选择在一个平等主义的世界里隐藏优越性,而非宣告这种优越性并抱怨我们对它缺少了解。在一个从本质上说一成不变也不会改变的世界里,这是一种保持平衡的办法。简单地说,反讽似乎预设了理论(theory)与实践(practice)之间存在的差异,它与践行(praxis)这一新近发明的既非理论也非实践的东西相去甚远。苏格拉底是最杰出的(par excellence)反讽式人物,他总是显得缺少真诚或信仰,这两种品质是之后一个时代的好德性。奥斯汀脑袋里的强烈的传统感反映出,她对存在于她描绘的世界里的传统生活及其目标有着强烈的认同。她既没反叛她所描绘的那种有闲、有产阶级,也未试图将女性从她们对男性可耻的依附中解放出来。但她确实让我们嘲笑了这些东西,她暗示,仅仅从知(knowing)中也能获得许多的乐趣与力量。这一视角在浪漫派作家那里大多是缺失的。这个只写男女关系的女人,这个身为作家却更像是一个媒婆的女人自己却终身未嫁,并且不觉得有什么不好。司汤达还似乎嫉妒他笔下那个年轻而漂亮的于连,而奥斯汀看起来却一点也不嫉妒她笔下的那些女主角们的成功。奥斯汀呈现了存在于人类恋情中的理性与闲暇,并为其正了名,而在此之前,它们是稀缺的,而且在文学和生活中也未得到什么显赫的名声。她像极了苏格拉底,那个对忒拉叙马霍斯来说显得无可救药地保守和卫道的人。苏格拉底对忒拉叙马霍斯运用了反讽,事实上他知道忒拉叙马霍斯知道的所有

---

① 施特劳斯,《论僭政》(*On Tyranny*),Victor Gourevitch 与 Michael S. Roth 编,New York:The Free Press,1991,第 185 页。

东西,而且知道得更多。他成功地超越了忒拉叙马霍斯对正义的强有力的批判。但让他感到愤怒的既不是不义的事实,也不是忒拉叙马霍斯。对或多或少得体的人所持有的可能是幻觉的信仰报以得体的尊重,是苏格拉底的方式。这种方式既保护了他,也保护了这些人,更让我们对事物的本质有了更多了解。对于愚蠢和自夸,喜剧以最显而易见的尊重去对待他们,这是最好的方式,就像苏格拉底在柏拉图和色诺芬有关他的叙述当中所做的那样。而这,也是奥斯汀的方式。

反讽是幽默的一个分支,但自从 18 世纪末以降,它就不断地遭到拒绝。这个词几乎已经没什么意义了——试想"一个悲剧性的反讽"或"一个反讽式的转折"这样的表达。我用"反讽"这个词的方式和司汤达在嘲笑他的主人公们时用的那种方式有点关系。但这样一种用法可能过于宽松了。司汤达酷爱刺激的东西,而奥斯汀却尽量避免它。司汤达只关注习俗中那些成问题的地方,而奥斯汀则力图寻找习俗中合理的地方。司汤达真的只是在嘲笑,而非反讽。他的反叛与义愤都太过强烈,以至于根本无法给他留出思考的距离,而这种思考的距离正是反讽存在的前提。当革命性的政治(revolutionary politics)胜利之后,反讽就消失了。真正根本性的变革以及这位作者自认能为这种变革做点什么的坚信导致了幽默感的荡然无存。另外,这位作者还倾向于把他自己看作是"他所处时代及其运动"的一部分,否认先前的作者们相信他们已经获得了的那种思考的距离。

从所有这些方面看,奥斯汀似乎属于一个更为古老的世界,她的世界与卢梭及其门徒所创建的那个世界相去甚远。但这样说可能会产生误导。在她所有小说中出现的婚姻的中心性甚至是神圣性,暗示了她和卢梭的小说改革有着某种联系。此外,认同情感与爱自身的重要性——它们都不纯粹是理性的——让奥斯汀的节制(sobriety)显得是对浪漫派诉求的一种补充,而不是替代。卢梭在《爱弥儿》中的婚姻观有许多理智和理性的元素,如果一个小说家受到了卢梭的影响,那么司汤达并不是他唯一可以选择的道路。诚然,奥斯汀有意要淡化恋人间喷薄而出的情感,尽管它就在那儿,比如,当达西最终能随心所欲的时候。对通奸行为的同情,是我们要面对的其他三部作品的主题,但它却超出了奥斯汀的容忍范围。然而,她拒绝这样的同情的理由也会得到卢梭的支持:一个女人应该自由地选择丈夫,但当她一旦选定之后,她就必须坚持她的选择。这种妇女的选择自由是卢梭式的,而这种自由在当时也并非是举世公认的权利。此外,对奥斯汀来说,选择必须在真爱的基础上作出。而说到真爱,她承认那出自"倾心",而非理性。

对婚姻真正古典的看法来自色诺芬的《治家者》(Oeconomicus),在那里,一切都由丈夫理智地决定,而不用考虑爱。① 一对夫妻唯一要考虑的是与操持家业和抚养小孩相关的一般工作的效益。奥斯汀将激情的爱带入了婚姻,而那是古典的道德家从不鼓励的。这并不是因为他们轻易地就拒绝或贬低了婚姻中的爱,而是因为爱会妨碍人们变得理性。他们似乎是在说:首先要变得理性,而爱随后还可能光顾。毫无疑问,伴侣们的德性是媒人们关心的,但他们并不会认为那些德性本身是可爱的(lovable)。再没有比包办的婚姻更背离奥斯汀的精神了,但对亚里士多德来说,这可能是凑成一对夫妻更为可取的模式。在奥斯汀的笔下,父母们都是极不明智的,而这也是她身上散发出的另一个浪漫派信号。她笔下那些女主人公遵从自我意愿反对父母的方式非常不同于那种典型的浪漫派的反叛,但这种遵从自我意愿仍属必要。父母们对于那建构起他们孩子的爱的情感是毫不知情的。奥斯汀笔下的男主人公们必须好好想想自己被吸引的原因,并尽量不要"一见钟情",但是这种"好好想想"只是为了确保他产生的这些情感是真诚而严肃的,而并非是为了要搞清楚这种情感是否合于理性。奥斯汀的世界从不会极力主张爱情虚幻的一面,她总是主张爱要有

---

① 色诺芬,《治家者》,章7。

坚实的基础,比如财产和稳定的性格。

不过,像卢梭一样,她相信两性之爱——有好多处地方暗示奥斯汀对性吸引所知甚多——应该被引向伴侣的德性,彼此求爱的过程也是一次让彼此发现对方是否拥有那些德性的尝试。对严肃关系的最大背叛莫过于一受到性吸引就草率地决定婚姻。对奥斯汀来说,如何将性冲动转化为对德性的爱是最关键的问题,而对卢梭来说也是同样。而这些小说所表现的完全不古典的期望(unclassical expectation)是希望一个人的挚爱就是他最好的朋友,或者婚姻自身在本质上就是友谊。与之相对的是,亚里士多德的《伦理学》和蒙田的《论友谊》对友谊那无爱欲的、无法归类的(uninstitutionalized)特性做过一番完整的表述。奥斯汀为一个或许并不理性的愿望勾画了一幅理性的图景,那就是:性欲与爱情、婚姻与友谊的和谐统一。

二

标题"傲慢与偏见"暗示了,达西和伊丽莎白这两位恋人的情感纠葛是被自爱(amour-propre)之心推动的。他们之间的误会很大程度上来自寻求对方的承认和试图表现自己的杰出。他们彼此都觉得对方很有意思,因为他们两人谁都不是什么省油的灯(pushover)。轻蔑与憎恶,还有对"别人对自己的看法"的看法,在决定着这场爱恋的同时也在妨碍着它。伊丽莎白与达西的问题——即达西在财富上存在偏见,因而仿佛是在屈尊地对待伊丽莎白——也是苏菲与爱弥儿在他们爱情开始时遇到的问题,而能解决这些问题的唯一令人愉快的方法是,伊丽莎白和苏菲说服她们自己:她们认为其求婚者在财富上存在偏见,只不过是她们自己的偏见。傲慢显然被认作是一种恶习,尤其是对那些自认受害于达西之流的高自尊的人而言,但那种自尊心对达西和伊丽莎白要强的个性以及他们与彼此相处的能力而言是必需的。他们都声称自己不在乎别人的看法,但实际上,如果是他们可能会爱上的对象,或者他们认为可靠的评判者,他们对其看法都是极度敏感的。在需要自尊和需要别人尊重之间,存在着一种微妙的平衡,它们都不能因为对方而牺牲自己。希望自己的爱慕对象看到自己的好,这种想法往往是未言明且无意识的,是最深刻的社交形式即男女之爱的一种重要机理(mechanism)。伊丽莎白那极为逗人的父亲对别人如何看他缺乏足够的在乎,而这是他的一个真正的缺点。卢梭对骄傲与虚荣(vanity)做过区分,但只是基于这两者所预示的对象的相对崇高性(greatness)。伊丽莎白那爱掉书袋的妹妹玛丽说,虚荣是在乎他人对自己的看法,而骄傲是在乎自己对自己的看法(卷1章5)。这说得通,但却不对。这部小说中的骄傲的人,达西和伊丽莎白,就非常在乎对方怎么想自己。他们和那个墙头草柯林斯先生的区别是,柯林斯先生在任何情况下都只会调整自己的看法以便迎合习俗意义上的上层,而达西和伊丽莎白的骄傲却能让他们超然于这些看法。伊丽莎白对达西第一次求婚的激烈拒绝是一种惊人的自我肯定(self-assertion),这是一个没钱没势的姑娘对一个身为全英格兰最值得选择的单身男子的拒绝。这是极其令人震撼的,但可以肯定的是,这一拒绝必然受到了她认为的"他对她的看法"的影响。她不能容忍她认为他所抱有的那个念头,即他是在下娶。从这个意义上说,她有那么一点像于连:要强,但就她的独立和冷淡而言,她又是在自欺欺人。她太缺乏自知(self-knowledge),所以无法骄傲得有理智。小说的情节帮助她获得了自知。在一起,这一对以及他们双方才将充满骄傲。

达西扮演了一个浪漫派男主角,他受到了一种他无法驾驭的毁灭性情感的控制。他故意瞧不起伊丽莎白,试图以此隐藏对她的依恋,同时又绝望地追求着她。"我本不该这么做,你的情况根本配不上我,但你会很荣幸地知道,我不能没有你。"达西对她说的话归纳起来就是这样。而这无疑为伊丽莎白拒绝他提供了理由。但一个比伊丽莎白更聪明的人可能在那时候就已经能发现，达西其实已经完全处在"守势"了。伊丽莎白那容易受到伤害的情感让她以那样一种方式去回答，以矫正他们之间的不平衡：她坚持，比起他那得自习俗的东西，她得自自然的东西要弥足珍贵得多。所有的这些都是误会，而读者也很快意识到这些误会终将消弭。对这些误会的澄清对他们彼此而言都是一次教育，而这次教育将极有可能使得他们永远和谐地生活下去。

有两个男人都曾或多或少试图引起她的注意，伊丽莎白与他们的关系突显了她的自爱对其爱情的重要性。第一个男人是柯林斯先生，他深信伊丽莎白会很乐意嫁给他，因为他觉得自己很迷人，因为他在教会里有着灿烂的前程，因为他受到凯瑟琳夫人——一个上层人物，碰巧是达西的姨妈——的庇护，还因为他会在柏奈特先生死后继承柏奈特家的家业，而他猜想伊丽莎白会想要守着这份家业。然而她拒绝了他的求爱，并报之以嘲笑和轻蔑。她生气并不是因为被不喜欢的人追求，而是他的虚荣和虚情假意实在恶心。仅仅过了没几天，这个"伟大的求爱者"就又找到了其他目标。伊丽莎白对柯林斯完全是冷淡的，她也毫不在乎他对自己的看法，因此她能对柯林斯的性格和动机做出准确的评判。她有点像她那超然的（detached）父亲，她的父亲就是因为柯林斯信中流露出的愚蠢让他高兴才和他保持着通信。第二个求爱者是威克汉姆，他迷人、优雅而有吸引力。从某种程度上说，伊丽莎白似乎为他的爱欲吸引力所倾倒。他长相英俊，舞跳得好，而且对待女士们也殷勤十足。在附近所有适龄的女孩中，他明显对她情有独钟，这一点让她很感激。她也十分轻易地就相信了他关于达西的那些诽谤。她完全没有理由否定威克汉姆对达西的那些看法，因为她确实也那么看，而且对于达西这个烦扰她的男人，她太乐意得到这样能够对他进行口诛笔伐的材料了。她毫无羞耻感地和威克汉姆调情，这对她来说是无害的消遣。这样做没有危险，因为如果不是心灵相契，伊丽莎白是不会被肉体上的吸引所诱惑的。她和威克汉姆的关系至多只能算是有趣的消磨时光,而且当威克汉姆渐渐把注意力转移到其他人身上之后,她也没觉得有什么痛苦和厌恶。她直觉和理性的完美在这两个例子中表露无遗。可能她是表现得太过乐意相信威克汉姆的鬼话了,但这部分是因为她对恶习毫无经验,部分是因为她对达西心怀愤怒。

在达西第一次求婚的扣人心弦的一幕中,伊丽莎白怒气冲冲地回绝了,她为自己的拒绝提出的诸种理由既有讲得通又有讲不通的地方。她发现,达西在阻止他的好朋友宾利与自己挚爱的、极好的姐姐简的婚事上,扮演了至关重要的角色。他那么做有两个原因:她糟糕透顶的家庭,以及她明显对宾利不怎么热情。在达西眼里,和柏奈特家联姻是明显不合适的。但他自己却——如他相信——出于一个近乎悲剧色彩的"必然性"而愿意那么做。同时,他认为简的动机乃是出于寻求好的物质条件。实际上,这两个理由确实是有一些事实基础的。伊丽莎白自己就批评过简没有更坦率地向宾利表达她的爱意。简的沉默寡言其实是由于品味高和端庄,但对她的那种误解也是情有可原的。此外,除了简和伊丽莎白,她们的家庭确实是相当令人反感的。我们有充足的机会亲眼见识这一点,他们一家在宾利舞会上的表现着实让伊丽莎白也感到丢脸。她们的母亲是个没头脑、爱攀关系、毫无品味又没有一点自我约束的人。三个妹妹在让人感到无趣这一点上,也是各有各的本领。即使是那么聪明机智的柏奈特先生,从某种较为严苛的德性观上看,也可以说是不负责任甚至是有些轻浮的。伊丽莎白感受到了那种对一个体面人而言最为苦恼的痛苦:以自己的家庭为耻,以自己的耻辱为耻,并且她不确定对自己家庭的苛责究竟是有事实根据的,还是仅仅出自对他人的习俗性看法的接受,这也是让她难受的地方?这种模棱两可在达西身上也存在。我们不清楚达西的这种苛刻挑剔究竟是仅仅出自对柏奈特一家社会地位的不能接受,还是对他们内在的低劣确有真实的洞见。他的亲戚凯瑟琳夫人,至少是和任何一个柏奈特家的人一样粗俗的,并且她的粗俗还混合着因社会地位较高而来的颐指气使。此外,不管这两方有多不同,达西的妹妹也同意和威克汉姆私奔,正如莉迪亚一样。在这部小说中,达西受到的一部分教育表现在他开始认识到这一点。但是,伊丽莎白愤怒地回复达西,奋力捍卫自己的亲属,这展现了她作为一个有着高傲品性的人的特征。亚里士多德说,面对低的东西,贤人总是使用反讽,而在高的东西面前,他会变得侮慢。① 从这个意义说,伊丽莎白真是一个贤人。

伊丽莎白拒绝达西的第二个理由是他对威克汉姆的不公对待。他诈取了那份由他父亲决定的、出于他老人家对其教子的爱的威克汉姆应得的遗产。这里,伊丽莎白指控达西的已不仅仅是他的傲慢或者偏见了,严格地说,她指控的是他的不道德行为。咋听起来,达西不仅是一个由于出身高贵而睥睨他人的人,而且他还是一个坏蛋,一个背信弃义的十足的伪君子。

当然,伊丽莎白确信她对达西的评价是事实,她发自内心地对达西的行为感到愤怒。但恰恰是她的愤怒掩盖了这事实,即这些都只不过是她不喜欢达西的借口罢了。柯林斯的行为举止至少和达西的一样坏,但她内心的那些激情却没有联合起来激烈地抨击柯林斯。对于柯林斯,她能保持客观与疏离,或者最多只是表现得不耐烦罢了。但是她对达西感到愤怒,因为达西看不起她——事实是,达西的看法对她来说真的很重要。她必须让达西认为她并不在乎他的看法,必须让达西认为她对他毫无爱恋。她必须让他懂她。如果达西认为她是独立自主的,那么或许她就能相信自己是独立自主的。她就像愤怒的阿基琉斯,不断地冒犯着她的将军阿伽门农。她真正拒绝达西的原因是达西对她想当然的看法,并且和达西结婚意味着要接受自己令人绝望的地位低下的事实。所有的主动权都在达西手里,并且他爱她似乎只是因为他受到了一种他难以驾驭的东西的吸引,而那既没有习俗标准的支持,也不是对她

---

① 亚里士多德,《尼各马可伦理学》,1124b18–20,1124b30–31。

的美德真诚敬佩的结果。纵观这样开始的一段婚姻,他将在他们的所有分歧中占尽优势,因为她仅仅是一个塞壬,诱惑着他违反一切能缔结永恒的、合乎道德的爱情的良好理性。她对达西的指控让她免于承认存在于她愤怒中的不那么高贵的理由。她在小说中得到的教育是学着接受她自己依赖的(dependent)一面。这两个野蛮人之间的婚姻要求彼此都接受对方的奴役,同时也把对方看成是理所应当的主人。伊丽莎白永远不会嫁给一个她认为比她低下的人,同时她也讨厌那种自认比她优越的男人。伴侣间的平等似乎才是解决之道,而它确实就是解决之道。但要在两个要强的个体之间建立平等也绝非易事,这或许需要双方都把对方看成是更为优越的人。事实上,伊丽莎白非常乐意嫁给达西先生,但她必须说服自己:她顺从的是她自己的意愿,而不是达西的意愿。她必须说服自己,达西是因为那些关乎本质的、经得起时间考验的理由而追求她。对傲慢与偏见的纠正以及对自我认识的提高,是这两位猜忌的勇士充满火药味的交往的结果。

　　反过来,达西立即对伊丽莎白成功给他的这种真正的羞辱予以了回应。这是他人生中第一次意识到,他必须为自己做出解释,不是向这个世界,而是向这个伊丽莎白——对他来说,她的评价至关重要。这暴露了达西真正的缺点。这不是说他不是一个有德性的人,而是说他的德性是一种野蛮人的德性(a savage virtue),那是一种无需向他人做出任何解释的严厉而苛刻的原则。奥斯汀笔下的那些有德性的人,尤其是那些男性,都不是最平易近人或者最善交际的人。迷人的威克汉姆和老好人宾利都太能交际了,这意味着会他们不会被特别严肃地对待。真正的德性,和现代人随和的社会德性(social vitue)相反,与讨人喜欢(agreeableness)之间存在着某种张力。真正的德性需要人严肃地看待德性,并且认识到有德性的人和行为是相当少见的。不管怎么隐藏,有德性的人的行为总流露出对大多数男男女女的充满厌恶的负面评价。德性有棱角且不善交际的一面是霍布斯、莫里哀这样的作家试图要掩盖的,他们认为最重要的是，人类对更长久的和平关系的渴求。卢梭，那个因其真诚而为自己招致如此多敌人的人，他说，厌恶人类的人恰恰是一个有德性的人，而莫里哀嘲笑这句话，其实也是在嘲笑德性。卢梭谴责了那种被莫里哀和伏尔泰这样的作家所大力提倡的卑下、带有功利性质的社会德性。① 另一方面，对古代作家而言，德性有两个焦点：一是追求共同体本身的和谐，二是追求个体的完满，而这两个焦点并非总是和谐统一的。平衡这两者是困难的，它需要罕见的品味与判断，而这对现代理论家而言是靠不住的。他们轻易地就否定了骄傲也是一种德性。

考虑到奥斯汀对古典的偏爱，达西那些难以忍受的、有些不太合群的行为就不能被简简单单地看作是负面的东西。但是，他确实走了极端，而向另一个人解释自己的需要反过来也要求他首先对自己做出解释。这是伊丽莎白对他产生的直接影响，而这可能也是在他们婚姻中伊丽莎白对他产生的最长久的影响。他开始变得温和（soften），这一点从他写解释信的行为当中即可看出。而那封信对伊丽莎白的影响则是让她去细想，强迫她认识到自己情感上模棱两可的地方。那封信确实平息了这一事端，而当他们彼此都认识到写那封信的行为和那封信的内容分别意味着什么之后，他们的婚姻也就是自然而然的事了。她得仔细考察他声称自己具有的德性是否为真，而他也必须好好想想，他那么迫切地想要得到她的好印象（good opinion）究竟是为了什么，要知道他是不在乎其他任何人的好印象的。他意识到，德性没有他想象的那么自足，它需要得到那些有效评判者（valid judges）的认同。这种对彼此的再认识是卢梭教导的爱的核心。

当然，对伊丽莎白和达西来说并不存在引导他们度过暴风骤雨般的求爱期的智慧的管理者（wise governors）。没有一个人可以提

---

① 卢梭，《致达朗贝尔论剧院的信》，章 4；对参布鲁姆，《政治与艺术》，第 XV – XVI 页。

供建议与指引。因为种种原因,其他所有人都无法理解真爱。从这个意义上说,奥斯汀的小说是浪漫派的,它有赖于命运的安排,以便把船平安地带回港湾。如果达西没有早一天回家,他和伊丽莎白就不会有新的开始的机会;而如果达西在莉迪亚和威克汉姆私奔的消息传来时不在场,他也不会有机会完成那些有象征意味的效劳(the signal services),而正是这一效劳使他在伊丽莎白面前显得格外突出,并最终向她证明了他的好人格(good character)。这个皆大欢喜的结局既是必然的,也是难以置信的。因此,撇开她所有的轻描淡写不谈,在某种程度上,奥斯汀就是一个浪漫派,她相信盲目的爱眼力出众(blind love has good eyes)。

纵观奥斯汀的所有作品,她笔下的那些女主人公多少都有点自然天成(self-generated)。她轻视父母的权威和地位,他们无疑都是低下的人物,尤其是从智慧与审慎的角度出发。这是奥斯汀观点中非传统或者说激进的一面。她的女主人公们合乎传统的秩序,但那并未完全掩盖其恋爱关系中那些非传统的根基。她们都是"自然战胜习俗"的典范。她歌颂那些女主人公们意志的胜利。但这并不是说,德性就仅仅是意志力。德性有着一个客观而永恒的内涵,它包括了像诚实、忠诚、良好的判断力这样简单的品质。但要践行这些德性并在生活中始终贯彻它们,就需要一个人拥有非同寻常的意志力,因为真实的世界令人绝望的与其说是堕落腐败,还不如说是各种愚蠢和习俗。

在这一点上,伊丽莎白的父亲是一个很好的例子,因为她和他的关系非常微妙,并且他们在很多方面都是共通的。他们都极为机智(witty),并且总的来说,他们都是他人愚蠢行为的敏锐观察者。柏奈特先生对他的婚姻早已心灰意冷,他和他那粗俗而愚蠢的妻子完全无法进行任何理智的沟通,这让他进入到一种内心的流亡状态。他把时间全花在了书房里,而当家人强迫他分心的时候,他就开始反讽。他过得相当悠闲,因为他觉得他不可能改善他的妻子和孩子们,哪怕是让她们的行为更加检点他也做不到。他不停地嘲笑她们和其他任何人,这对他来说是种享受。这种程度的超然(detachment),至少在某种程度上,是令人印象深刻的。它至少分有了自足的外表,而与此同时,它又为人们提供了一面从中可以看到境界不高的严肃所产生的荒谬(the absurdities of low seriousness)的镜子。我们可以说,他对妻子和小女儿们是残忍的,但她们确实活该,并且她们也早已习惯了这样,所以这并不会对她们造成什么影响。柏奈特先生是对家庭和国家中毫无幽默感的变革精神的一个极好修正。他不是没人情味,他欣赏两个得体美好的大女儿。或许有人会指责他放任其他三个女儿在她们母亲的影响下成长,但他可能也估计到了,自己根本不可能去抗衡她的影响。但是,不管柏奈特先生的这种超然多么让人喜欢,他神样的与惹人烦恼之事保持距离的行为总是让人觉得无情而孤戾。柏奈特先生是个让人喜欢的圈外人(dropout)。他帮助我们看清那些人的真实所是,但他却无法帮助我们理解有德性的人。达西在道德上是过于严肃,但他确实也因此证明了自己是一个严肃的人,他严厉地批评了柏奈特先生的轻浮,以及他对其作为一个父亲、一个丈夫、一个家庭顶梁柱的最基本责任的忽视。也许柏奈特先生所做的最糟糕的事是其伤害简和伊丽莎白的方式,尤其是当他嘲笑达西的时候,他没有意识到伊丽莎白对这个问题是非常敏感的。这证明了他随性的生活方式已经使得他对他无意要冒犯和嘲弄的东西也不那么敏感了。达西的过于严肃能够而且一定会在和伊丽莎白的相处过程中得到纠正,但很清楚,那一定会与一种体面的社会生活所要求的庄严性(gravity)相接近。

伊丽莎白继承了他爸爸的机智和对可笑东西的敏感,但与此同时她也关心人,关心生活中的那些严肃问题,而且,她也会伤心和愤怒。她和所有健康的人一样寻求幸福。在奥斯汀的世界里,伊丽莎白是比她父亲更为完美的样板——尽管,再重复一次,柏奈特先生展现的这种机智弥漫于奥斯汀的所有写作当中,而极少出现在她笔下的人物身上。他的两个大女儿力图避开攀关系的卑下,对未来夫君恬不知耻的挑拣,以及主导着其他家庭成员的对金钱的关切,但这种回避似乎是她们的本性使然,而非来自父母的熏陶和教育。尽管奥斯汀批评柏奈特一家缺乏对子女必要的教育,但简和伊丽莎白,就像奥斯汀笔下其他好人物一样,是自我成就的(self-made)。这表明了她的信仰,即自然要比习俗重要得多,尽管她在处理习俗的条条框框时总是带着崇高的敬意。

婚姻是习俗中的头等大事,但成功的婚姻真的是"自然战胜习俗"的典范,或者说是让习俗为自然所用的结果。好婚姻的核心是两个相互吸引之人的友谊,他们两者的德性应该受到彼此称道,同时他们应该保证,即使是在最困难的时候,他们也能抵制诱惑而对彼此保持忠诚。支配着婚姻关系的那些条条框框,尤其那些牵涉财产的,既能使这种自然的吸引堕落腐化,也能使这种自然的吸引变得稳固,而这完全取决于双方的人格。每个人得到的都是他或她配得的婚姻。对坏人或者愚人的惩罚是由他选择的伴侣和处境做出的。存在着一个阶梯(ladder),它从最底端的莉迪亚和威克汉姆开始,经过柏奈特夫妇(柏奈特先生似乎因为过去太注重外表而选择了柏奈特夫人,但外表的美丽动人实在是稍纵即逝)、夏洛特和柯林斯先生(柯林斯先生选择的标准是方便实用,以及能博凯瑟琳夫人欢心)、简和宾利,最终到达最顶端的伊丽莎白和达西。这事关人的幸福(human happiness),而人们按自己的择偶标准来选择差不多都会幸福。拥有强烈爱欲吸引力的人是很少的,牢牢跟从这种吸引力的人更少。此外,热爱德性的人甚至更少。但最少的其实是那些对别人的人格有着清晰的判断并知道什么样的人才适合自己的人。大多数人拥有婚姻,亦即人类关系,仅遵从法律和公共意见而存在。只有极少数人才拥有实质性的爱恋(substantial attachments),这种爱恋由对方的陪伴而产生的经久不衰的喜悦组成。对夏洛特而言,嫁给柯林斯先生之所以是可忍受的,只因为她可以好好安排丈夫的书房,让他根本不想走出来烦她。对伊丽莎白来说却相反,如果可能,她愿意一直和达西在一起。

从表面上看,这个道德的世界是一个秩序井然、充满正义的世界。好人得赏,坏人遭殃。我们对中心人物的崇高期望似乎也得到了实现。但这种总体的美好(general niceness)是让人腻味的,这并不是因为我们有一个恶毒的品味,而是因为它似乎并没有反映事物的自然本性。然而,存在于奥斯汀书里的反讽让我们意识到,她明确表露的只是那些美好的东西,然而世事并不如表面那样和谐。美好的简之所以不能成为奥斯汀小说中的主角,主要原因就是她太好了。她不愿意承认别人怀有肮脏的动机,她总是只看别人好的一面,而这正是让伊丽莎白生气的地方。她根本没认识到宾利姐妹对她的礼貌是虚伪的,她们想的只是促成宾利和达西妹妹的姻缘,以便使她们中的一个可以得到达西。奥斯汀惩罚简这种温良恶习(genial vice)的方式就是给她一个有点软弱、言听计从的丈夫,而不是那种能挑起人爱慕的狂喜的男人。敏锐而犀利的伊丽莎白对含混的动机怀有警觉,她甚至也能在自己身上发现它们。当她看到达西显赫的地位时,她也觉得要是能成为他的妻子那该是多么美好的一件事。虽然奥斯汀没有特地强调这一点,但我们必须想一想,如果达西没有财富和声望作后盾,伊丽莎白的爱是否还能如此强烈?或者,达西是否还会依然那么出色?从这一点上说,奥斯汀要比司汤达严苛得多,因为后者呈现的真爱无需所有这样的外在条件的支持。伊丽莎白和达西之间的关系看起来确实是真实而强大的,但奥斯汀指出的这种经济上的催化剂却让我们踌躇。从表面上看,她的写法和色诺芬绅士风格的(gentlemanly)写法极为相似,这种写法只提美好的东西,但同时也暗示了所有那些不怎么美好的东西。① 现代的口味则要极端得多,它不是把事物化约成最低的公分母,就是主张一种激烈的理想主义。奥斯汀显然相信她对人类事务复杂性的表述更加诚实,因为在她的表述中,存在着高与低的混合。或许是她作为一个小说家、一个婚姻游戏局外人的身份让她能够远离自

---

① 色诺芬,《上行记》(*Anabasis*),卷5,章8,第26节。

欺,做出这样相对清晰和自由的看法。

奥斯汀对含混性的另一处指涉,是达西为了替莉迪亚和威克汉姆私奔一事挽回脸面而付出的艰巨但却成功的努力。他声称并且相信,他之所以竭其所能地弥补后果,是因为他要对威克汉姆出现在他们的社交圈子里负责,因而也必须为这次的私奔负责,这当然是出于他在道德上对自己的严格要求。这是责任,但是他应该完全没必要向其他人解释他的行为。然而,人们或许要问一问,他之所以做出那么高尚的行为,除了出于对正义纯洁无瑕的爱之外,是否还有一种想要感动伊丽莎白的动机?这一意外消除了她对他的所有猜忌,并最终说服她必须嫁给他。他也确实对自己在这件事中起到的作用做了保密工作,但那最终还是败露了。再者,向他自己证明他配得上伊丽莎白对他而言已经足够。男女之间的这些关系是一个由众多压力与平衡组成的结构,它需要一个更复杂的结构(sophisticated architecture)来维持其屹立不倒。

伊丽莎白多少认识到了这一点,并且她也遵循了卢梭的那个观点,即男女之间的坚实关系需要建立在互补性之上。亚里士多德教导的那种古典的友谊本质上是相似的人之间的关系。[①] 朋友是某种反映真实的镜子,通过朋友我们能够看见自身。相比之下,夫妻之间的友谊建立在伴侣彼此的不完美和不完整上,它需要从对方身上得到互补和矫正。伊丽莎白想要达西教给她的,是一个男人通过对这个世界的广博体验和对人文与科学的深入研究所带给他的东西。而她能带给达西的,是教他如何保持人情练达,使他的德性更有教养(civilized)(卷3章8)。对独立或自足的强烈渴求会毁掉这种结合。他们必须是"为彼此而生"(made for each other)。男性和女性有着不可调和的不同,毫不含糊地指向对方,这种关系既不像古典的婚姻也不像友谊中的伴侣。对亚里士多德来说,婚姻的共同基础是家庭物质利益,但这种共同基础并不会调动或穷尽灵魂的所

---

① 亚里士多德,《尼各马可伦理学》,1156b7–24。

有能力,而最高形式的友谊在于对真理的共同追求。从亚里士多德的观点来看,奥斯汀笔下的爱是一种折衷(a halfway house),一个将亚里士多德为了完美而分开的各要素加以混合后的混合体。

但奥斯汀所赞赏的是友谊。对她来说,最高的友谊存在于男女之间,而对亚里士多德来说,它首先存在于男人之间。对亚里士多德来说,女性所带来的东西会使得哲学这一友谊的活化剂被冲淡。奥斯汀把注意力集中于求爱、寻觅伴侣、测试他们是否合适,用卢梭告诉我们的那种可欲的方式接受他们的处境,尤其是牵扯到财产和社会地位时,当然外貌的问题也一样,使他们结为夫妻,得到可预见的永久幸福。但很明显,她几乎不怎么关心孩子的问题。在她笔下,没有一方表达过自己想要孩子或奉献自己以照顾孩子的愿望。这就好像说,伊丽莎白和达西将永远以这样一种方式度过余生,即在无穷无尽的对话中与对方分享彼此的智慧与机智。这是他们对其他所有人的空虚生活所做的低调回应(low - key response),并且这代表了所有可能世界中最好的一个,一旦某人摆脱了占据大数人脑袋的那些肤浅的兴奋。

总的来说,对奥斯汀笔下的女主人公们而言,只要一段正儿八经的恋爱是可能的,那么女性的纯净和庄重就是必要的,并且这没有商量的余地。表面上不知羞耻的司汤达和矜持保守的奥斯汀都主张真正的联合需要肉体欲望的通力参与。在他们看来,如果一个女人以一种随便和多伴侣的方式处理自己的肉体欲望,那么她们就不可能还有什么精神力量去追逐崇高的爱。这种不可能性不是通过道德说教而是通过事实来呈现的。伊丽莎白不可能不对那样的女人表示轻蔑,她们仅出于一些精明的打算或者纯粹出于肉欲就把自己交出去了,这不是因为她不得不抵制这样的诱惑,而是因为只有当性欲包含着她最高的渴望时,性欲对她才是重要的。做出好的决定和好的选择是一个女人的责任。选好了,她会受到赞扬,得到奖赏;选坏了,她将受到责备、承受惩罚。这是她责任的实践场所,是她真正自由的行为。出于稳定的考虑,传统道德或许会利用妇女的从属性,但她能否成功地处理和男人的关系这一挑战,却无疑取决于她的矜持和自我控制能力。正是男女之间的不对等使这一点成了必须,而奥斯汀用她节制而又迷人的方式肯定了由性欲驱动的自爱辩证法(dialectic of amour-propre),这正是为卢梭所坚持的建立长远人类关系的方法。

朋友之间这种永恒交谈,其奇特性(curiosity)在于,双方都必须长得好看,身体能被对方调动和吸引。当一个人想到那种有张力的智性接触发生在两个同性别的人之间时,这种要求根本是无法想象的,但这却是传统上对友谊的定义。性吸引对谈话有何帮助,或者谈话对性吸引有何帮助?这种浪漫主义的友谊可以被理解成某种理想主义,在这种理想主义中,完整的自我全身心投入其中,而不用像过去的友谊那样要求区分出各种要素;或者,它可以被理解成某种冷静(hardheadedness)——它不相信精神的自足,给友谊以肉体与激情的保障。在亚里士多德那里,人的一部分指向性与家庭,另一部分指向公民身份,而第三个部分指向友谊与求知。它们彼此不同,都要求得到满足,也都承担着某种责任。严肃的人的任务是给严肃生活中的这三种要素一个等级秩序,让不那么重要的要素从属于更为重要的要素。对亚里士多德而言,有共同语言(shared discourse)的友谊是最高等的,其他的一切在得到相应关注的同时必须从属于友谊。在浪漫主义的爱中,作为朋友、爱人、孩子的父亲或母亲是无差别的,它不要求一种身份从属于另一种。这是一种令人愉快而充满诱惑力的解决方式,但它真的有效吗?它真的能让每一要素得到恰当的地位吗?一个人不可能不情不自禁地想到亚里士多德说的那句话,即性高潮(orgasm)和沉思不可兼得。① 如果这两件事各得其时,没有理由不能做到这两样。但如果你只有一个伴侣,你选择他或她是因为前者还是后者?还是折中?如果有人提议说,我们需要同时拥有两个伴侣,分别承担这两种伟大活动中的一项,

---

① 亚里士多德,《尼各马可伦理学》,1152b16-18,1153a20-23。

但接着我们仍会面对一个问题,即这两个人里面谁更优先?那些想对这类问题视而不见的人就像是在拼命地把脑袋往土里埋,他们永远也不会知道自己该如何选择。这一选择取决于我们认为什么东西是最重要的。我刚刚提出的这些问题在讨论严苛的(austere)奥斯汀的时候似乎不那么合适,但它们完全是必要的,因为不像其他浪漫派,奥斯汀似乎是把古典的友谊当作浪漫派的爱的核心来歌颂的。

五　福楼拜的《包法利夫人》

一

《包法利夫人》讲述的是最简单的故事,发生在一个小镇里的通奸。人们将不得不去恢复,当然只是在思想中,通奸在某种程度上的重要性,以便弄清楚为什么 19 世纪会有如此多的小说选择以此为题材。有次在课上,我带着一种夸张的姿态说,所有的 19 世纪小说都是关于通奸的。一个学生表示反对,她说据其所知有些小说不是。这时和我同开这门课的索尔·贝娄插进来说道:"嗯,当然,你可以搞一个没有大象的马戏团。"这就是我想要说的。但是靠着这一点材料,福楼拜对现代人,尤其是现代艺术家的痛苦做了可能是最有力的呈现。他的这本书就像一口丧钟,为那些被浪漫派运动所激起的伟大愿景而鸣。总而言之,它展现了一个"找不到一个值得她委身的男人"的女人的渴望,男女的结合正是浪漫派反对布尔乔亚社会的基本单位。爱情看起来毫无自然基础,而爱欲也已一头沉溺进了舒适而安逸的物质体系(material system)。爱玛·包法利(Emma Bovary)所遇到的那些男人——福楼拜尽其所能地让他们具有代表性——是含情脉脉的(amorous),但那种含情脉脉只是作为他们这样的布尔乔亚所关切的东西之外的一种调剂。就像没有一个男人值得爱玛去爱,这里也没有什么东西值得史诗诗人着笔。爱玛和福楼拜满脑子都是些不可能存在,而从理性的角度看,又愚蠢无比的对理想(ideal)的渴望。因此,这本书从头到尾弥漫着一股虚无感(groundlessness)。作者和女主角的渴望都是不可能实现的,而他们透过这一渴望去看到的世界无聊到令人难以忍受。他们受到的挫败是共同的。但福楼拜在对他们共同处境的认识上要好过爱玛,但这一优势并未带来什么真正的满足,因为这样的认识并不会在现世也不会在来生得到报偿。福楼拜那宏大的诗意工具,即他那种语言天赋,注定要与那种痛苦不堪的劳动,一种主动的受难(self-crucifixion),联系在一起,即描绘令其作呕的场景与人物。美学禁欲主义(aesthetic asceticism)是他的使命,他的书讲的是一个失落女人的故事,同样也是一个失落艺术家的故事。

《包法利夫人》由两种互相关联的情绪所主导:无聊与爱欲。爱玛是这两者的聚焦点,是它们将她和其他所有角色区分开来——其他人不管从哪方面看都已得到了满足或满意。爱玛所有的言谈举止多少都和一种伟大、忘我的爱情观有关。她的着装、她的步态、她房子的装饰、她上菜吃饭的方式,所有的一切都充斥着爱欲的意味。没有什么东西是中立(neutral)的,她对找不到这样一种爱而感到绝望,这种绝望就反映在她对其周围的东西都不感兴趣上。她无法走进布尔乔亚生活的世界,而这个世界的居民也对将要发生在她身上的事一无所知。他们都是无爱欲的,尽管他们中的几个人展现了些许性欲。爱玛的性欲有赖于理念(ideal)的掺和。只有当她的想象为其呈现了高贵的对象,并且以她这个幼稚(un-tutored)少女所认可的愚蠢形式呈现时,她的性欲才会被挑起。浪漫派的男女主人公,尤其是女主人公,对所有与"崇高"沾不上边的性经历都极为冷淡。在爱玛和土头土脑的夏尔(Charles)——他早前结过婚,在离家待在医学院的那段日子里也和一些轻浮女子鬼混过——的新婚夜后,他看起来还是前一天的处子样,而她也毫无反应。对她而言,行为本身毫无意义。在这方面,她就像德·雷纳尔夫人。后来,当她得了抑郁和眩晕症,爱玛的女佣告诉她,有一个她认识的女人也有过类似的症状,但结婚之后,这些症状都消失了。"可是对我来说,"爱玛说道,"它们是在我结婚之后才

出现的。"(122)①

这个世界,这个爱玛生活的世界,就是这样被那盘踞在她脑海里的、几乎是空洞的欲求抽干了所有的魅力与意义。百无聊赖(ennui)是她遭受的东西。她闷闷不乐地思考着人生的无意义,唯有被突如其来的忘我和无目的的活动所打断。就像我已经说过的,帕斯卡尔描述这种情况最为有力。对他而言,产生这种情况的原因是上帝的缺席以及对自身完满的上帝之爱的缺席,而对爱玛来说,原因只是她缺少一个男人。帕斯卡尔与福楼拜的这种差别揭示了某种浪漫派的神学,而这种神学,福楼拜已不再信仰。人们无法从这种浪漫派的神学出发,到达被爱欲之神所装点的宇宙。

二

爱玛受到的教育支离破碎,与她想过的那种生活格格不入。在任何人都能向往任何东西的今天,这些顾虑几乎不再被谈及,而那些教育者甚至不知道整全(wholeness)才是教育的真正目标。被那些"表演艺术"(the performing arts)匆忙地投在我们洞穴之墙上的影像不区分高与低、严肃与轻浮,也不关心怎么使对立的魅力(contrary charms)和谐统一。最重要的是,不再有能永远激励人的模范或者经久不衰的典籍。万物皆流,再没有什么东西可以抓住。这种教育无法给年轻人提供更高的追求,让他们能鄙视他们即将生活于其中的世界。所有诸如此类的多样性都不过是教导盲从的老师,而非想象美好生活的泉源。但是爱玛,在她第一次对婚姻感到绝望时,"思忖着那些在书里显得如此美好的词汇:'幸福'、'激情'、'心

---

① 本章所有文中夹注对应的都是引用福楼拜《包法利夫人》(*Madame Bovary*)(Allan Russell 译,New York: Penguin, 1978)中的页码。[译按]中译以许渊冲先生的译本为底本,在与英译本发生较明显冲突时略做了些改动。

醉神迷',在生活中究竟意味了什么"(页47)。这是书首先向她的灵魂下的毒。在早前,她读了卢梭忠实的门徒圣皮埃尔(Bernardin de Saint‑Pierre)写的那本脍炙人口的小说《保罗与弗吉尼亚》(*Paul and Virginia*),这是一本带着田园背景、远离世俗文明、热衷描写纯洁天真之爱的小说。有了这些东西打底,她被送往鲁昂的一所修道院学校。而在这里,福楼拜用精准的寥寥几笔就为我们勾画了,就像透过纯真少女的眼睛所观察到的,一幅今日法国仍能提供的品味教育(education of the tastes)的图景。当然,这种教育首先是基督教式的。法国是一个基督教国家,而修道院是在培养少女的基督教德性,尤其是贞洁与虔诚方面的首要教育者。许多法国大革命前的作家,尤其是孟德斯鸠和卢梭,①批评这种教育与主导现代社会的诸原则背道而驰,因而使得姑娘们对真实的生活(real life)毫无准备。当道德和习俗之间产生张力,道德几乎总要做出让步,而这意味着丢下这些姑娘无人指引。修道院姑娘们的易受腐化(easy corruptibility)是一个重要的小说主题,通过拉克洛的《危险的关系》(*Les Liaisons Dangereuses*)中的沃朗热(Cecile Volange)这个人物最为我们所知。

　　基督教教育的问题在法国大革命之后变得更加迫切,因为此时的法国已经成了一个自由国家(liberal nation),它和基督教的关系日趋恶化。甚至或许还可以说,存在着一种来世幸福观与现世幸福观之间的直接冲突。在第一次脸红时,爱玛感受到了修道院的震撼——它的崇高使命和作为强烈激情与高尚行为的贮藏所。然而,她的注意力并不在每天例行的虔诚义务(pious duty)上,而是集中在多见于法国修道院的哥特式建筑及其令人晕眩的七彩玻璃上对英雄男女的丰富描摹上。那些对她来说就是一切,而最终,修女们仅有的例行公事让她与她们决裂。对那些修女而言,奇迹的时代早已过去,而对爱玛而言,奇迹正是她一心所盼望的。这些修女在早

---

① 孟德斯鸠,《论法的精神》,第1部分,卷4,章4。

期基督教的年代将会是不合时宜的,因为在那个时候,信仰使得俗世(everyday world)消失不见了。而如今,她们的宗教只是习惯(habit),除此之外什么也不是。基督教的衰落是这出戏的核心之一。不过,爱玛还是一如既往地以她自己的想象来看基督教,她看到的恰恰是基督教最初的模样。此外,这里的基督教是法国的基督教,也就是说,它必然掺杂着法国的政治史。因此,中世纪的骑士们和他们的夫人们,连带着法国的宫廷生活,就顺理成章地进入了宗教场景之中,而在这之中,包含着荣耀、罪恶与忏悔。所有吸引她的东西,修道院里所有有着某种超验(transcendent)吸引力的东西,甚至是忏悔,都是她刚萌发的感官感受(sensuality)的养料。

当然,总不可避免地有一位老仆人,会去告诉姑娘们外面的生活,并给她们带去爱情小说,包括司各特(Walter Scott),这是一个卢梭式的常见桥段。这种素材(material)与学校里完全宗教性质的东西融合在一起,对全然没有意识到基督教与浪漫主义之间的对立的爱玛来说,它就成了一种宗教式的浪漫主义。在法国,高的东西和给人以激励的东西要么呈现在基督教中,要么呈现在浪漫主义中,而如今,这两者都已成为陈词滥调,但正是这两者构成了可怜的爱玛的美学人生(aesthetic life)。

在这样的背景下,她嫁给了夏尔。夏尔在生活中是个循规蹈矩的人,他很知足地享受着日子。他对她脑子里在想什么,或者她对男人有什么期待,完全没有一点概念。这并不是说她有什么具体的要求和抱怨。她的反应是:"难道这些就是爱情的全部吗?我一定缺了些什么。"她第一次受到的引诱不是来自一个人,而是来自一起事件。附近一座城堡的主人安德维烈(Andervilliers)侯爵邀请夏尔和爱玛出席一场舞会。他是日益没落的贵族阶级的一员,正忙着通过竞选国会议员来涉足新的平等分配。特权阶级现在不得不靠巴结老百姓来巩固自身的地位。但是显然,爱玛看到的只是她从小说里读到的贵族人物和贵族场景。这儿有温文尔雅、献殷勤的男士,有端庄优雅、风姿绰约的女士。他们举手投足都透露着优雅,而他们的礼貌从容不迫。在这个奢华的圈子里,爱玛与这一切已经情书互递。事实上,那些在她看来如此非凡的男人只是一个消逝了的世界的无用残余,在生活中毫无功用,汲汲于追求平庸的满足。正是从这时起,她开始拿夏尔与其他男人作比较,进而她的不满转变成了蔑视。她这次城堡之旅的高潮是她在晚宴上看到的一幕:

> 在餐桌上座的,是一个老人,他是女客中唯一的男宾,弯腰驼背,伏在盛得满满的一盘菜上,餐巾像小孩的围嘴一样,在背后打了个结,他一面吃,一面让汤汁从嘴里漏出来。他的眼睛布满了血丝,一头卷起的假发,用一根黑带子系住。他是侯爵的老岳父,拉韦杰老公爵,曾经得到过国王兄弟的宠幸,孔弗让侯爵在沃德勒伊举行猎会的时候,他是红人,据说他和夸尼、洛曾两位先生,先后做过王后玛丽·安图瓦奈特的情人。他过着荒淫无度的生活,声名狼藉,不是决斗,就是打赌,或者强占良家妇女,把财产荡尽花光,使家人担惊受怕。他结结巴巴,用手指着盘子,问是什么菜,一个仆人站在他椅子后面,对着他的耳朵大声回答。爱玛的眼睛总是不由自主地望着这个耷拉着嘴唇的老头子,仿佛在看一个千载难逢、令人起敬的活宝一样。他到底是在宫里待过,在王后的床上睡过觉呵!(页61-62)

在这儿,福楼拜展现了爱玛所见与别人所见的不同。别人看到的只是一个令人反感的老头,而爱玛看到的则是旧制度(ancien regime)及其雄伟的残余。从某种意义上来说,别人是对的。事实上,这就只是个年老体衰的老头罢了。爱玛是愚蠢的,她用无边无尽的想象夸大了这个世界。但比起别人的现实,福楼拜更倾心于爱玛的幻觉。此外,那个旧制度确实还存在,当我们完全意识到这个事实,我们也就可以意识到那个爱玛所处时代最深刻的事实:英雄们已经离场,而且也许是永远地离场。她的幻想不能仅仅被看作是孩童般稚气的幻想,而是对事物曾经之所是的洞见。她正在修习一门会给她带来自我毁灭的课程,但比起别人对事物现在之所是的接受,就好像事物一直都是那样,她那空洞的渴望还是要深刻得多。

三

把夏尔和爱玛介绍到永镇寺的是赫麦先生(Monsieur Homais),他们搬迁过来是希望减轻爱玛的抑郁。赫麦是与爱玛对立的大反派,他是所有反派里最与众不同的一个,因为他和爱玛之间几乎没有任何交集。他们会一起出现,但他们对彼此都不关心。他们彼此都不反感对方,也不伤害对方。他们之间最近的一次联系是,爱玛从他那儿偷砒霜自尽。赫麦是爱玛的敌人,因为他是今日男人的缩影——自由启蒙运动(liberal enlightenment)的典型产物。这种男人对她而言什么都不是,而在这种男人看来,她也毫无魅力可言。赫麦只代表着自我满足(self-satisfaction itself),因而是无爱欲的。福楼拜讨厌他,因而这部小说最叫人吃惊的憎恶是关于他的:他是正宗的布尔乔亚(the bourgeors)。

赫麦建议旅店老板买张新台球桌时说的第一句话是"你得跟着世道走!"(页87)他坚信进步,坚信正为减轻苦难而埋头苦干着的科学。他是一个药剂师,是连接科学与人体治疗的纽带。启蒙运动取得的成就当然是驱散了黑暗时代,即罗马天主教会如日中天的时代的阴霾。因而他的反教权情绪完全是恰当的,并且他永远对教会对科学的威胁保持着警惕。他也是一个新闻记者,这几乎是不言自明的,他忙着向人们传播科学成果,以中和人们脑子里那些被神甫教导的偏见。最重要的是,他的主要激情是虚荣(vanity),虚荣所追求的只是些渺小的与众不同,这是一个贵族所不齿的,因为追求这样的与众不同不用拿生命去冒险。

一开始,福楼拜就把他的创造物带出了作坊,并测试着他的能耐。当赫麦看到布尼贤先生(Mr. Bournisien)时,他的内心充满了轻蔑。这个神甫集所有法国的旧与坏于一身。他是那黑暗王国中的教区长,是无知群众的永恒诱惑。这两个人,赫麦与布尼贤,代表了对19世纪法国人来说仅有的选择——是信仰启蒙运动,还是拥护天主教的保守。赫麦对神甫脱口而出的批评都是启蒙运动的陈词滥调。当布尼贤拒绝了旅店老板提供的酒时,赫麦谴责他虚伪,因为每个人都知道暗地里神甫们全都是酒鬼。当旅店老板称赞神甫体格强壮时,赫麦借机警告那些年轻的未婚女子,要对健康的神甫们提防着点儿。在这个时候,旅店老板开口为神甫辩护,他谴责赫麦没有宗教信仰。这一诽谤为赫麦提供了完整陈述其信仰的机会,这是一个理性的人的信仰:

> "我信教,信我自己的教,"药剂师回嘴道,"事实上,我比他们中的大部分人都要相信,他们不过是装腔作势,耍骗人的花招而已。和他们不同,我崇拜上帝! 我相信至高无上的真神,相信造物主,不管他叫什么名字,那都不要紧,反正是他打发我们到世上来尽公民的责任,尽家长的责任的。不过,我犯不着去教堂,吻银盘子,掏空自己的腰包去养肥一大堆小丑,他们吃得比我们还好呢! 因为你要礼拜上帝,那在树林里,在田地里,甚至望着苍天都可以,古人不就是那样的么?我的上帝,就是苏格拉底、富兰克林、伏尔泰和贝朗瑞的上帝! 我拥护《萨瓦教长的信仰宣言》和八九年的不朽原则! 因此,我不承认上帝老官能挂了拐杖在乐园里溜达,让他的朋友住在鲸鱼的肚子里,大叫一声死去,三天之后又活过来:这些事情本身就荒唐无稽,何况还完全违反了一切物理学的定律;这反倒证明了,顺便说一句,神甫都是愚昧无知的朽木,还硬要把世人和他们一起拉入黑暗的无底洞。"药剂师住了口,用眼睛寻找周围的听众,因为他一激动就忘乎所以,还以为自己在开乡镇议会呢。(页90)

这一陈述的愚蠢叫人难以容忍,但又滑稽可笑。对蠢话的好耳力是福楼拜特有的天赋,他将他的一生都用在了倾听人类历史最愚蠢时代的话语上,并且他再生产着它们。在这个例子中,问题不在于他们表达的学说是否是真理。这些学说是几位伟大的启蒙运动人物就人本宗教(humane religion)所发表的教诲集录(collection)。福楼拜所做的评判是一种美学评判。被表达出来的观点(sentiment)和表达这些观点的人之间的不对等是让人厌恶的,而这样的夸夸其谈也是可笑的。这就是将那些教诲付诸行动所产生的典型的人,作为反驳,这已经足够。福楼拜的艺术家良知(artistic conscience)迫使他去思考这种现代形式的丑陋:如今统治着这个世界的男人们。人们将会明白为何在不久之后,对真理温和的爱(gentle love)会被某种更生硬的概念——理智上的真诚——所替代,因为真理已不再讨人喜欢了。但福楼拜不同于后来的许多作家,对他来说,在美的东西面前,丑的东西始终是丑的。

福楼拜在刻画各色人等的观点时所用的技法是,像作曲一样来编排对话,就像运用了高低声部的对位法(counterpoint)一样,高低声部之间一点都不相通,但合在一起却是一曲充满音乐玩笑的和弦。和谐的滑稽乐。夏尔与爱玛抵达永镇寺的时候,遇见了赫麦先生和寄宿在他那儿的杜普伊(Leon Dupuis),他们几个人一起共进了晚餐。医生夏尔和药剂师赫麦对彼此颇有好感,相谈甚欢,而仪表堂堂的莱昂和美貌的爱玛被精神上的磁力驱动而靠得越来越近。赫麦告诉夏尔说,热病、胆汁感染和肠炎的肆虐在这个国家司空见惯,靠着它们可以大发横财,爱玛与莱昂则发现他们对旅行有着共同的兴趣。当那对专业人士讨论着温度、空气中存在氮、氧的时候,浪漫的那对已经从散步聊到了对大海的向往,甚至更高的对群山峻岭的向往,从音乐所必然带来的激励人心的力量最终聊到了阅读以及应该被艺术所唤醒的情感。当文化爱好者赫麦先生提出,爱玛可以随意使用他个人收藏的那些最好的作家的书时,这两组人又会合到了一起。沉闷的物质性与乏味的精神性演奏着各自的旋律,一个没有上层建筑,另一个没有下层基础。在赫麦与包法利之间已经建立起了一种商业关系,而在莱昂与爱玛之间则建立起了一种爱欲关系。最终,莱昂这位演奏者,会加入到其他两位算计的理性者那边,他的更高关切无非是后青春期的娱乐对减压的性经历的准备。这样一来,赌桌上就只剩下爱玛一个承担着高风险的玩家。

和莱昂一起的时光,是她第一次恋爱和被追求的时光,尽管她已结婚并怀有身孕。这个同样沉浸在时髦的浪漫主义辞藻中的俊俏男孩是她遇到的第一个与她有着共同兴趣的人,对她来说,他就像是一片绿洲。他们经历了恋爱关系里的各个阶段,吸引、爱慕、对回报的怀疑、狂喜与绝望、对彼此的占有欲,就好像他们都是没结过婚的年轻人一样。书中的这一节对那个时代一部典型爱情小说的套路做了充分的描摹,但在这里,它不过是无力的希望被重重摔在人类隔绝现实上的黑暗图景。

在这段乏味韵事的开端,爱玛还希冀着,她的怀孕能为她带来一个男孩,在她的悉心照料下长成她想要的那种男人,这样她就能从孩子身上得到满足。男人不是我们这个虚伪制度的受害者,他们是自由的。但在她分娩的最后,她听到的第一句话是:"是个女孩。"(页101)

给这个最终将在纱厂工作的可怜孩子取名的事引发了一场热烈的讨论。因为孩子是父母与未来联系的纽带,所以给孩子取名的过程总是能教给他们许多东西。从给孩子取什么名字的考虑中,人们能看出父母对过去与未来之关系的看法,以及他们希望孩子成为怎么样的人。这是我们内心经受冲突的时刻,此时我们往往会纠结于身份问题,什么最重要,是宗教、政治、艺术还是传统。这也是因循守旧和追赶时髦表现得最荒诞的时刻。赫麦先生的提议(contribution)最有意思:

> 至于赫麦先生,他偏爱伟大的人物,光辉的事件,高贵的思想,因此他给他的四个孩子命名时,就是根据这套道理:拿破仑

代表光荣;富兰克林代表自由;伊尔玛也许是对浪漫主义的让步;达莉却表示对法兰西舞台上不朽杰作的敬意。因为他的哲学思想并不妨碍艺术欣赏,思想家并不抑制感情的流露,他分得清想象和狂热。(页102)

这一表述关乎马克思主义者所谓的"资产阶级文化",或者更进一步说,它关乎尼采笔下的"最后的人"(Last Man)。过去时代的精华都属于赫麦先生,"平等"使他与那些天才站在了同一水平线上,他能把天才们的作品挪为己用。伟大的历史进程,连带着它所有的斗争和伟大远见都在有能力将它梳理得井井有条并能从中取其精华去其糟粕的赫麦先生手上宣告终结。他既无法对那一进程做出什么贡献,也无法像亚历山大(Alexander)和恺撒(Caesar)效仿阿基琉斯或圣徒模仿福音书里的耶稣基督(Jesus)一样效仿任何一位英雄。不论是英雄们,还是圣徒们,他们都没有改变可鄙自我的基本动机(fundamental motives)的能力。如果尼采说的这句话是对的,即现代人已经丧失了蔑视的能力,①那么在这个意义上,福楼拜就肯定不是一个现代人。

当她的希望——即在受合法婚姻约束的前提下,孩子的降生会让她过上一种充满意义的生活——落空之后,爱玛变得对莱昂魂牵梦萦,莱昂对她也是一样。双方都有痛心的渴望浪漫主义的矜持,以及一种不可能有好结局的预感。此外,在爱玛即将向莱昂吐露真情之际,她认识到了这件事的严重性——通奸、违背婚誓。所有的事都那么不知不觉地发生了,就如同梦里一样。她临阵退缩了,她开始全身心地对待她丈夫以及她分内的事,她在扮演一个理想妻子的角色。她以此面目示人,也以此面目吓唬莱昂。但说到底,她只是在假装;道德的世界没有任何强制力。她经历的是存在于责任与偏好(inclination)之间的古典冲突,但并非出于她的过错地,责任已

---

① 尼采,《扎拉图斯特拉如是说》,扎拉图斯特拉的开场白,节5。

经失掉其实质与力量。一切都已无法挽回。

为了寻求一些道德的力量,她漫步到了教堂。这是受到童年情感与回忆的指引。她想看看能否在那儿寻得一些慰藉与引导。这是属于布尼贤神甫的时刻,他是永镇寺百姓灵魂的看护者、牧羊人。但爱玛发现的却是天主教完完全全的衰落。布尼贤脸上留着胡茬,教袍上沾着油垢。他正忙着对付一群淘气的男孩子,老是打断包法利夫人。这里不存在任何献身圣职所需要的镇定(calm)。他正沾沾自喜于主教屈尊为他那并不高明的笑话一笑。当爱玛支支吾吾地想要袒露心扉时,他表现得就好像除了物质损失,对其他的一切都无甚了解一样。他一点也没有察觉到,他面前站着一个沦落到天谴边缘的女人,对于她受到的诱惑,他并未受到任何感染,正如赫麦并未受其渴望所感染一般。世上已经没有与她的痛苦有关的人了。没有了天堂作其后盾的教会已经听命于赫麦先生世界里的那些原则。她匆忙地离开了教堂,但就在这时,某个小男孩重复了好几次的"什么是基督徒"(页127)的教义问题(catechism)却传到了她耳边。对她来说,这一条路(alternative)已经失败,而对艺术家福楼拜来说也是。

在莱昂启程去巴黎学习之后,粗俗的罗道尔夫(Rodolphe)发现爱玛正如成熟的果实一般正可摘取,便装出一副绅士派头来引诱她。在莱昂完成了对爱玛的精神诱惑之后,罗道尔夫完成了对爱玛的肉体诱惑。罗道尔夫浪荡成性,什么也给不了,一个女人与另一个女人对他来说并没有什么区别。他是一个19世纪的花花公子,对他来说,追求性享受是第一位的——尽管19世纪的花花公子要更有教养,更少被大众市场(mass market)绑架。福楼拜通过点评罗道尔夫的衣着给出了他对罗道尔夫的看法。罗道尔夫带有一种时髦的巴黎男人对外省人衣着土气的轻蔑,因为衣着土气被认为是外省人平民身份(pedestrian characters)的象征:

> 他开始嘲笑永镇寺女人的打扮,又请爱玛原谅他衣着的随

便。他的装束显得不太协调,既普通,又讲究,看惯了平常人的衣服,一般老百姓会看出他的生活与众不同。他的感情越出常轨,艺术对他的专横影响,还总夹杂着某种瞧不起社会习俗的心理。这对人既有吸引力,又使人恼火。他的细麻布衬衫袖口上有皱褶,他的背心是灰色斜纹布的,只要一起风,衬衫就会从背心领口那儿鼓出来;他的裤子上有宽宽的条纹,在脚踝骨那儿露出了一双南京布面的漆皮鞋。鞋上镶的漆皮很亮,连草都照得出来。他就穿着这样贼亮的皮鞋在马粪上走,一只手插在上衣口袋里,草帽歪戴在头上。(页 150 – 151)

他是 19 世纪老练做派(nineteenth – century sophistication)的典型代表,装饰着常见于当今的各种浪漫主义作品中的派头和语言。《包法利夫人》既不像《红与黑》,也不像《傲慢与偏见》,因为在它那里没有受自爱(amour – propre)驱动的恋爱双方的交锋(engagement)——就像齿轮的啮合运动。在这里不存在人的联合,故事的很大一部分都是如此。这里存在的是联合的低劣仪式和为了得到性满足毫不掩饰地编造出来的爱的幻觉。升华不是一种内在的转化,它只是为了攻克女人残存的一点仅仅是习俗性的假正经(affects of modesty)。没有关系(relationships),有的只是爱玛浑然不觉的密不透风的孤立。

罗道尔夫为展现福楼拜代表作(chef d'oeuvre)中的复调(counterpoint)艺术提供了机会。今年的乡村展览会将在永镇寺举行,福楼拜利用这次机会使所有代表人物都齐聚一堂,以便将 19 世纪那件毫不相干的宇宙事务(incoherent cosmic affair)搬上台面。赫麦先生对此感到心潮澎湃,因为这意味着他能投身到一个更大的场面中去了。当直率的咖啡店女老板质问他参与这样一个与农业相关,因而是与真正的农民相关的事情之中是否合适时,他煞有介事地对他作为化学家的技艺高谈阔论了一番,他说,在这个科学的年代,化学家的技艺才是真正的农业。但是,在永镇寺,他更多时候是充当一家鲁昂自由派报纸的驻地通讯员,而不是药剂师。这个简单、肤浅、唯利是图的报社已经替代了真正的人类交流。他写的关于这次展览会的文章只是他表达反教权偏见的一个工具,他嘲笑,按照他的意思,教会在这个进步的场合消失不见了。

这一时刻属于自由派,或者说属于资产阶级奥尔良党人的皇帝路易·菲利普,他在1830年革命后接替了司汤达笔下波旁王朝复辟时期的君主。两位官方发言人代表了当时的典型修辞,这种修辞旨在拴住潜在的造反派民众,为自由主义的或资产阶级的财富增长服务。他们中的一个宣扬进步、科学与经济学。另一个举出卢梭激进的质疑,而这些质疑如今已成为官僚主义程式和话语的一部分。他向人们展现的是文明进步的正史,只约略提到卢梭对科学进步与幸福之间关联的质疑。当然,在他的叙述里,一切都运转得不错,但他已触及并引入了那些激进主义的主题,而这些主题在15年前德拉莫尔侯爵办的沙龙里还是被禁止和受到压制的。福楼拜有一双不那么宽容的敏感耳朵,它们无法容忍他所处时代的语言,也无法容忍用这种语言表达的关于当代灵魂(contemporary soul)的所有东西。而与这一背景形成鲜明比照的是,罗道尔夫和爱玛继续着他们更高的谈话。

爱玛和罗道尔夫一起登上镇公所的会议厅,俯瞰着主席台——那里正是庆典开始的地方。当我们听到这个场合各种公开的空洞言语,我们也成了罗道尔夫私人的浪漫主义蠢话的同伙——他正通过冷嘲热讽来打消爱玛的羞怯,以达成他的目的。当演说者称赞那些使个人和国家富裕起来的有用技艺时——"这是遵守法律、恪尽职守的结果",罗道尔夫评论道:

>"啊!又来了,"罗道尔夫说,"总是职责,我听都听腻了。真是一堆穿着法兰绒背心的老混蛋,一堆离不开脚炉和念珠的假教徒,老是在我们耳边唱高调:'职责!职责!'哎!天呀!职责是要感到什么是伟大的,要热爱一切美丽的,而不是接受

社会上的一切陈规陋习,还有社会强加在我们身上的恶名。"

"不过……不过……"包法利夫人反对了。

"哎!不要说不!为什么要反对热情?难道热情不是世界上唯一美丽的东西?不是一切美好事物的根源?没有热情会有英雄主义、积极性、诗歌、音乐、艺术吗?"

"不过,"爱玛说,"也该听听大家的意见,遵守公共的道德呀。"

"啊!但是道德有两种,"他反驳说,"一种是小人的道德,小人说了就算,所以千变万化,叫得最响,动得厉害,就像眼前这伙笨蛋一样。另外一种是永恒的道德,天上地下,无所不在,就像风景一样围绕着我们,像青天一样照耀着我们。"(页157)

在这里,反布尔乔亚的人第一次和布尔乔亚一样可笑而可鄙。看起来是解决办法的东西现已成为问题的一部分。尼采在一百多年前就已说过,布尔乔亚的喜剧已经江郎才尽,它已经变得索然无味了(这样一来,尼采就对我们的智性生活做了评述——在我们的智性生活里,每个人都表现得好像那些批评家的陈词滥调很稀奇很新鲜,有如第一次听到)。就这种观察而言,他被福楼拜抢了先,后者通过宣告浪漫主义——它被认为是布尔乔亚危机的缓冲剂——的危机,而使布尔乔亚的危机更加尖锐。

福楼拜突出了发生在"地上的东西"(what is on the ground)和"天上的东西"(what is up in the air)这组对立之间的所有变化,这组对立也是布尔乔亚生活的两面中唯一显而易见的对立。从罗道尔夫嘴里透出的情意伴随着牛羊的低鸣。他为这曲康塔塔(cantata)谱写了歌词:

"难道社会的合谋不使你反感?难道有哪一种感情不受到它指责?最高尚的本性,最纯洁的同情,都要受到迫害,诬蔑,而且,只要一对可怜的有情人碰到一起,所有的东西就要动员起来,不许他们团聚。不过情人总要试试,总要拍拍翅膀,你呼我应。哎!有什么关系,或迟或早,十个月或十年,他们总是要结合的,总是要相爱的,因为他们命里注定了是天生的一对,地成的一双。"(页159)

高潮出现在以"人类进步归功于脱离了自然状态"之名颁发良种猪奖、肥料奖,以及表彰一个老妇人勤勤恳恳地为同一农场服务了一辈子的奖时。而当演说者提出质疑,说这种进步是否真对人有益时,罗道尔夫却在大谈磁性、亲和力与命中注定(fate),这和前者构成了和声。自始至终,罗道尔夫都在一步一步地靠近爱玛,现在,他已经握过爱玛的手。

这件事过后不久,罗道尔夫以教爱玛骑马为借口,成功地骗到了被戴了绿帽子的夏尔的大力支持,这样他对爱玛的勾引便又近了一步。但没过多久,爱玛就认识到这段风流韵事已轻而易举地落入了罗道尔夫的掌控之中。她决定做最后一次努力,为夏尔平反,使他成为值得她注意的对象。她鼓励他去为旅馆伙计伊波利特的畸形足做手术。夏尔与赫麦合作,带来了由现代科学发明的最先进的外科技术,以改善人的地位。当然,他们把事搞得一团糟,有问题的那条腿,这个可怜的家伙本来早已习惯,现在却不得不被截去。后来,在爱玛的葬礼上,残忍的福楼拜让我们听到那回响于教堂地板上的假肢发出的咯咯声。夏尔是个既不走运又差劲的家伙,面对失败和随之而来的颜面扫地,他的回应是对爱玛说:"亲亲我吧。"(页198)她退缩了,放弃了同他的试验,重新投入了罗道尔夫的怀抱。她让罗道尔夫答应和她一起私奔,带着她那令人讨厌的小女儿,仅以爱为生,从一个浪漫的地方旅行至另一个。这已远远超出了罗道尔夫对这逢场作戏的消遣(casual amusement)的预期,他只是想以此消磨他在乡下的时间而已。当爱玛收到罗道尔夫寄来的那封致命的信时,她其实已把所有的一切都打点好,只待出发。她听到的是他的马车从镇上疾驰而出的声音,马车上只有他一个人,载着他奔向其他地方。这次打击几乎要了她的命。福楼拜表达了他对这件事的看法,让我们以为在福楼拜眼里爱玛和这本书里的其他所有人一样愚蠢,但这只是假象:

> 这些话他(罗道尔夫)听过多少遍,已经不新鲜了。爱玛和所有的情妇一样,新鲜的魅力和衣服一同脱掉之后,剩下的只是赤裸裸的、单调的热情,没有变化的外形语言。这个男人虽然是情场老手,却不知道相同的外形可以表达不同的内心。因为他听过卖淫的放荡女人说过同样的话,就不相信爱玛的真诚了;他想,夸张的语言掩盖着庸俗的感情,听的时候要打折扣;正如充实的心灵有时也会流露出空洞的比喻一样,因为人从来不能准确无误地说出自己的需要、观念、痛苦,而人的语言只像走江湖卖艺人耍猴戏时敲打的破锣,哪能妄想感动天上的星辰呢?(页203)

当爱玛康复之后,夏尔带着她去鲁昂看歌剧,那里正在上演唐尼采蒂(Donizetti)以司各特的浪漫主义小说为原型的古典歌剧《吕茜·德·拉梅穆》(*Lucia di Lammermoor*)。主唱是拉加迪(Lagardy):

> 他的肤色像大理石一样洁白,这使热情的南方民族看来更加光辉灿烂,更加崇高。他矫健的身材穿了一件棕色的紧身短上衣,一把精工雕镂的匕首挂在他左边屁股上。他转动一双多愁善感的眼睛,同时露出了一口白牙齿。据说一天傍晚,一个波兰公主听见他在比亚里兹海滨修理小艇时唱歌,就爱上了他。她为他倾家荡产,他却把她丢在一边,另外去找新欢,在风流韵事上出了名,在艺术上的地位也就抬得更高。这个善于交际的蹩脚戏子,甚至总是小心在意地在广告上加一句富有诗意的溢美之词,夸耀自己一表人才,令人倾

倒,心灵高尚,多情善感。一副好嗓子,一颗无动于衷的心,体力强于智力,虚张声势多于真情实意,但却提高了这个走江湖卖艺人的叫座力。他的实质不过是个理发师加上斗牛士而已。(页 234–235)

他是某种帕格尼尼(Paganini)风格的大师(virtuoso),以其技艺和显而易见的性诱惑力服务于 19 世纪资产阶级的浪漫主义需求。尽管还未从上次的失意中恢复过来,可是爱玛生性易受欺骗,台上的一切让她又回复了内心的激荡。舞台上富有张力和悲剧色彩的亲热场景让她的心久久不能平静。有那么一会儿,观众们的同情心满足了她的渴望。然而,在幕间休息的时候,她遇到了从巴黎归来的莱昂,于是又陷入一段真正的风流韵事之中。现在这段关系完全是肉体的,早先理想主义的元素已经逐渐褪去。她主动色诱,莱昂经不起她高超的色引手段,最终被搞得名声败坏。她渐渐成了过去所谓的那种失足女人(fallen women),为了满足肉体的需要而委身于一个她不尊重的男人。当然,她的堕落在于,她对爱情本来充满很高的希望和憧憬,最终却走向饥不择食的肉体解决。莱昂也来了个人去楼空,但她敲门却敲得越发的紧。她疯狂的忘我面对的却是一个冷漠、心智平庸的年轻人。他最终抛弃了爱玛,因为他的母亲不认可爱玛,而且闹得风言风语。他识时务地娶了一个叫茉奥卡蒂(Leocadie Leboeuf)的女人。

爱玛的一生成了一张网,一张由谎言和她所无力承担的奢侈消费织成的网。从鲁昂——她去那儿是为了和莱昂约会——回到家时,她发现如果她不偿还债务,她所有家具与财产都将在 24 小时之内被扣押。她最终成了阴险的勒合先生(M. Lheureux)的牺牲品。这个勒合先生是个贩卖梦想的商人(dream merchant),是信用卡在 19 世纪的化身。他满足了爱玛对适合其浪漫的服装与首饰的需要,是他使得爱玛落入了圈套。她为了骗夏尔去抵押他的财产与收入而编织的那张谎言之网似乎即将大白于天下。勒合就是那个让爱玛的激情跌回地面的人。为了挽回夏尔的财产和她自己的名声,她卑躬屈膝地去求那个说会回来找她的莱昂,那个提出以性换钱的公证人吉约曼先生(M. Guillaumin),那个说他身无分文的罗道尔夫。最后她真的走投无路了就冲进赫麦先生的店铺,直奔储藏室,往她的嘴里塞进了砒霜。

描写爱玛之死的那些场景是整部小说的高潮部分,神甫主持涂油礼那一幕体现了福楼拜技艺的顶峰——语言简练完美,其主题则是,对基督教仪式和情感的爱欲亵渎:

> 她慢慢地转过脸来,忽然一眼看见神甫的紫襟带,居然脸上有了喜色,当然是在异常的平静中,重新体验到早已失去的、初次神秘冲动所带来的快感,还看到了即将开始的永恒幸福。神甫站起来拿十字架;于是她如饥似渴地伸长了脖子,把嘴唇紧贴在基督的圣体上,用尽了临终的力气,吻了她有生以来最伟大的一吻。接着,他就念起"愿主慈悲"、"请主赦罪"的经来,用右手大拇指沾沾圣油,开始行涂油礼:先用圣油涂她的眼睛,它们曾贪恋人世的浮华虚荣;再涂她的鼻孔,它们曾流连温暖的香风和缠绵的情味;三涂她的嘴唇,它曾开口说谎,得意得叫苦,淫荡得发出靡靡之音;四涂她的双手,它们曾醉心甜蜜的抚摸;最后涂她的脚掌,幽会时跑得那么快,现在却已走不动。(页335)

但这还不是留给爱玛的幸福结局,因为透过窗户,她听到了一首歌:

> 天气热得小姑娘
> 做梦也在想情郎。

爱玛像僵尸触了电一样坐了起来,披头散发,目瞪口呆

> 大镰刀呀割麦穗,
> 要拾麦穗不怕累,
> 小南妹妹弯下腰,
> 要拾麦穗下田沟。(页337)

唱歌的是个瞎眼乞丐,他面容恐怖,两只眼睛被不断流着脓水的溃疡所取代。这个人爱玛曾在她和莱昂见面之后从鲁昂起身回家的路上遇到过。他已被赫麦先生注意到,并且那位伟大的化学家已经答应治疗他的残疾,虽然并不怎么成功。赫麦要让丑人变美的承诺最终被证明是一种障眼法:

> "瞎子!"她喊道。
> 爱玛大笑起来,笑得令人难以忍受,如疯如狂,伤心绝望,她相信永恒的黑暗就像瞎子丑恶的脸孔一样可怕。
> 那天刮风好厉害,
> 吹得短裙飘起来!
> 一阵抽搐,她倒在床褥上。大家过去一看,她已经断了气。

(页337)

她的最后肖像不是动人的美丽解脱,而是丑陋与恐惧。对她来说,天堂是不存在的,存在的只有一头扎进去的地狱。

守灵的任务被交给了赫麦与布尼贤。赫麦是个怕死的人,对他来说,死是不符合他的理性体系的。但他不愿招认的恐惧却迫使着他佯装成无所畏惧的样子。对布尼贤来说,这只是例行公事,他甚至没多想一下。这两个人忙着进行无休止的、无聊透顶的神学辩论。他们真的是绝配。赫麦坐在一边,向地板上洒氯水。布尼贤坐在另一边,往空气里喷圣水。他们吃吃东西,身体累了就打打瞌睡,醒了就继续他们的对话。最终,赫麦对布尼贤说:"我们总有一天会互相了解的。"(页345)这不是事实。自始至终,死去的爱玛都躺在他们中间，就像浪漫主义处于那些最基本的替代选择（fundamental alternatives）中间一样，她最终从他们的论辩中获得了自由，因而她胜利了。她的自杀行为与艺术家细致而冷静地记下他们那可怕故事的行为是类似的。

后来，赫麦笑到了最后，他最大限度地控制了永镇寺。通过对舆论的成功操控，他打发走了瞎子乞丐，避免了公众发现他医术的失败。他已经从艺术家那里了解到，当一个布尔乔亚是可耻的，所以他开始买雕像，而且他还做了最波西米亚的事（ultimate bohemian deed）：他开始抽烟。他把艺术家的世界逐渐揉进了布尔乔亚的面团。《包法利夫人》结尾的最后几个字是关于赫麦先生的："他最近刚得了十字勋章。"（页361）

四

随着艺术家们越来越强大，才华也被赋予了更多的权利，而这样一来，国家的审查者们（censors）就变得越来越弱小了。审查制度已不复当年。它不再有宗教的良知和君主制做靠山。这是自由主义取得的又一胜利，它在19世纪被艺术家们鄙视，即便他们从中获益良多。对艺术家敏感的耳朵而言，"观点的自由市场"（The free market of ideas）听起来有点过于商业气。艺术家是文化的拥趸，它要求一个支持审查制度的联合体，而败坏了的文明相信文化能经得起艺术家的颠覆。艺术家们想要被严肃地对待，而这就意味着他们需要敌人，尤其是那些建制内的官员。如果他们被容忍了，被轻易地解放了，那他们就没被严肃地对待。他们几乎成了布尔乔亚社会的另一组成部分。在过去的这两个世纪里，审查制度一直都在运作着，而艺术家们取得了一次又一次的胜利。上流社会的人反对审查制度，审查者似乎代表了宗教的黑暗和俗人的偏见。甚至当艺术家们被定罪时，真正算数的公意还是会支持他们，并最终为他们洗刷罪名。福楼拜是《包法利夫人》所受公开指控的受害者,曾有一场针对他的审判,但他最终得到无罪开释。我们都赞成这一决定。我们很难带着同情福楼拜敌人的心态阅读关于这场审判的记录。我们的反应是那种简单的、道德上高人一等的条件反射,非常接近于自我陶醉(self-congratulation)。我们站在历史正确的一边(on the right side of history),做到这一点并不花多少力气。艺术家是布尔乔亚社会的敌人,然而布尔乔亚社会却必须拥抱它的敌人。这并不是一个毫无问题的要求,我们需要对此做出一些反思。

显然,福楼拜是比那个起诉人更卓越的人。他立刻引起了我们的同情,不但因为他是如此伟大的一个作家,也因为在这儿他代表了对自由派而言弥足珍贵的言论自由。然而,如果我们更开明(open-minded)地阅读这份审判记录,我们会发现那个起诉人提出了一些非常中肯的观点,而福楼拜自己的辩护却并非那么坦率。他希望他的小说保持独立性,他并不想让自己成为某项事业的卫道士。他没有为绝对的言论自由申辩,因为在当时,那还不是一个广为接受的原则。他只是否认,他的书旨在破坏公共道德与宗教。在这个案子里,公共道德指的是婚姻的神圣性。任何严肃地阅读过《包法利夫人》的读者都会不由自主地看出,婚姻和宗教在这本书里是被轻蔑对待的。理智的人当然不会想要效仿爱玛,遭受她的失败。但没有人会因这本小说的鼓舞而坚持传统秩序,因为这部小说所展现的传统秩序是如此的虚弱、空洞和虚伪。为了说这本书不会威胁传统秩序,他将不得不说,文学不会对现实产生影响。

那个起诉人争辩说,在这部小说里,没有可以起到平衡作用的人物可以作为榜样,证明爱玛的选择是错误的,而这样的人物在奥斯汀或托尔斯泰那里是很容易找到的。这一指控无疑是正确的,它指出了我们刚刚提到的那个道德原则的现代弱点。没有哪种公共道德具有爱或艺术所具有的力量,爱和艺术乃是超道德的(supramoral)。公共道德是普通男女的一种既无生气又无危险的社交能力(sociability)。丈夫、政客、神甫,全都是可鄙的。在他们和浪漫的放纵之间选择毫不费力。恶,作为这种德性的对立面,作为对自由而非服从的选择,变得有吸引力了。随着地狱的消失,道德失去了约束力。不再有正面的社会榜样去诱导那些拥有最好心灵的人了。对社会而言,这无疑是一场道德危机,尽管一个审查者的批评无法恢复道德的生命力,也无法为艺术家提供一个既有教育意义又有真正艺术性的题材。在许多伟大的欧洲作家看来,留给我们的选择只有悲观主义(pessimism)、虚无主义(nihilism),或者"超善恶"(beyond good and evil)。也许这些作家对布尔乔亚的憎恶是太任性了,甚至不负责任。奥斯汀或许很好地证明了,在艺术问题上真诚、在社会问题上负责这两点是可以同时做到的。

但对福楼拜来说——如果曾经存在过一位真诚的作者,那么福楼拜就是其一——情况并非如此。在人性的需求和任何当前社会现实所能提供的东西之间存在着不对等,这种不对等只会使他恶心。他向他的读者传达了这种恶心,从这个意义上说,他的写作,而不是他的辩护词,构成了对那位起诉人的指控的一次有罪忏悔。福楼拜知道这会成为一个问题。他有那种浪漫主义的渴望,是因为他认识到了受神话驱动(myth-driven)的过去比科学的现代性(scientific modernity)更优越。他试图写一部真正意义上的浪漫主义小说,以便他的技艺可以完完全全倾注在对其男女主人公的刻画上,而非要证明他的艺术手法(artistic instrument)较其描绘的主题更高明。《萨朗波》(Salammbo)确实刻画出了生活在古代世界中的具有英雄气质的人。但福楼拜却成不了另一个沃尔特·司各特,因为司各特笔下的男爵们和女士们是用硬纸板做的,他们既不是当下真实经历的产物,也不是艺术家所汲取养分的现实的产物。莎士比亚仍然可以相信他和他的同时代人还和罗马的那些英雄们处在同一水平线上,仍然可以相信他的观众能把自己提升到那个高度,他的诗歌能激励人们去建立一种胜过罗马的政治与道德秩序。他自己可以成为恺撒或别的谁。在法国大革命和拿破仑之后,历史主义教导说,我们与过去的男女几乎没有共同之处。他们的动机、事迹以及他们灵魂的伟大都不再显得可信。早前那些徜徉在不同于他们自己时空的艺术家们，现在已被看作是幼稚的。从布尔乔亚的灵魂出发，似乎无法抵达古代伟人的灵魂。大多数试图回到过去的文学作品都被证明是狂妄的自欺欺人，现代读者已没有能力真正欣赏过去的那些伟大文学作品，当然更不可能被任何一首现代史诗（modern epic）所打动。卢梭用朱莉替代普鲁塔克的行为是关键的。就像福楼拜所看到的，现代生活根本没有给卓越的天才们什么合适的表达对象。《萨朗波》是一次艺术上的失败。而《包法利夫人》不管用什么标准来衡量，都是一个成功的作品。它在任何最伟大小说的评比中都会是一个有力的竞争者。

然而，要说这部小说里没有比爱玛更卓越的人物，那也不完全对。曾经短暂地出现过一个叫拉里维耶（Lariviere）的好医生，他在最后一刻，当爱玛的痛苦无法遏制的时候，被请了过来。他处于医学阶梯（medical ladder）的最顶端，而夏尔则处于最底端。现代人对肉体的关注把一切都往下拖，而拉里维耶的存在无疑是一种精神上的净化（spiritualization）。夏尔是个不适合当医生的笨蛋，他只在医学院里学过一些公式化的方法，但他不假思索地就把它们用在了患病的当地人身上。大药剂师赫麦利用他来打动民众，并通过给夏尔灌输启蒙运动的陈词滥调以满足其虚荣心。介于拉里维耶与夏尔之间的是从鲁昂来的卡尼韦医生（Dr. Canivet），他是个粗俗的家伙，但他也确实有些对付肉体不雅需求（coarse needs）的本事。就他们对医学目标的理解和他们在社会上的地位而言，这三个人是连在一起的。他们组成了一个根据虚荣心大小排列的等级秩序（a pecking order of vanities），夏尔在最底端，他为赫麦所鄙视，而赫麦又为卡尼韦所鄙视。拉里维耶凭借对"泥做的易朽皮囊"（muddy vestiture of decay）①的深刻理解，超越了通常因虚荣心

---

① ［译语］语出莎士比亚的《威尼斯商人》5.1.72。中译参《莎士比亚全集》，第1卷，朱生豪译，译林出版社，1998，第467页。

而产生的局限:

> 他属于穿比夏白大褂的伟大外科学派,对于现在这一代人来说,知名度已经大不如前了。但他们既有理论,又能实践,如醉如痴地热爱医学,动起手术来精神振奋,头脑清醒! 拉里维耶医生一生起气来,医院上下都会震动,他的学生对他崇拜得五体投地,刚刚挂牌行医,就竭力模仿他的一举一动;结果附近城镇的医生,个个像他一样,穿棉里毛料的长外套,宽大的藏青色工作服;他的衣袖纽扣老是解开的,遮在他丰腴的双手上,手很好看,从来不戴手套,仿佛随时准备投入行动,救苦救难似的。他不把十字勋章、头衔、学院放在眼里,待人亲切,慷慨大方,济贫扶幼,施恩而不望回报,几乎可以说是一个圣人,但是他的智力敏锐,明察秋毫,使人怕他就像害怕魔鬼一样。他的目光比手术刀还更犀利,一直深入到你的灵魂深入,穿透一切托词借口、不便启齿的言语,揭露出藏在下面的谎言假话来。这样,他既庄严肃穆,又平易近人,说明他意识到自己伟大的才能,顺利的处境,以及四十年来辛勤劳动、无可非议的生活。(页 331 – 332)

拉里维耶并不适合《包法利夫人》的情节,但他作为一种人的可能性是不会被忽视的。不信德性而实践德性(practicing virtue without believing in it)是最关键的表达。这样说可能会不全面,但至少能说明一些问题,即拉里维耶这个角色在某种程度上体现了作为艺术家的福楼拜身上的一些东西。为艺术而艺术(art for its own sake)就是唯一剩下的东西。

六 托尔斯泰的《安娜·卡列尼娜》

一

在分别三十五年之后与旧爱重逢,让我产生了一些奇特的感受和思考。当我还年轻时,托尔斯泰的两部伟大小说——《战争与和平》和《安娜·卡列尼娜》——对一大部分美国大学生而言是步入高等文学品味和进入欧洲大陆思想的敲门砖。这是文学对或多或少受过教育的人的日常生活产生直接影响和自然影响的最后时刻。生命的恩赐,对互相冲突的激情的尖锐展示,以及对伟大观点的直接呈现,似乎是通往教化和培养文明情感(civilized sensibilities)的康庄大道。现代性的问题,尤其是组织社会和经济秩序过程中的正义问题,在托尔斯泰以及其他伟大的俄国作家,比如陀思妥耶夫斯基那里,有着直接的表述,并且俄国自身似乎就是关于正义的戏剧(drama of justice)终场落幕的地方。从感性的、无拘无束的关系里,受到的奇怪强迫里,胜利里,以及尤其是受到的耻辱里表现出的心理深度(psychological depth)似乎是在阐明我们的那位弗洛伊德——他取得的胜利还依旧新鲜,依旧鼓舞人心。比起其他作家笔下的人物,托尔斯泰和陀思妥耶夫斯基笔下的人物更像我们认识自我(self-recognition)的文学代理人。阅读托尔斯泰是我那代人最珍视的体验之一。

重新发现托尔斯泰(Rediscovering Tolstoy)使我思绪万千,我想起了我年轻时的热情,以及被这些书激起的各种希望——希望更深刻地生活、拥有真正有趣的关系。因距离或许还有年龄和阅历而产生的较严酷的客观感(colder objectivity)改变了我对那些显然依旧是小说技艺巅峰之作的反应。对我而言,托尔斯泰笔下的那种反政治的政治学(antipolitical politics),连带着他对理性改革的批判,对自由民主的拒绝,以及他对民族文化的关注、对启蒙世界主义的反对,在今天显得越发重要了。我过去对他笔下人物个体心理的关注使我忽略了一个事实,那就是托尔斯泰的艺术服务于一个巨大的政治或文化计划。那个计划现在看起来更像是这个丑陋世纪里的那种狂热的帮凶,而不是至少救了我们当中一些人的那种政治与艺术的伙伴。此外,那种优雅的半贵族式的文明还有一种陌生感,它与我们在如今的日常生活中所能或所企望经历的东西已如此遥远,这样的陌生感是我年轻时几乎不曾留意到的。爱与友谊的关系和那些看起来几乎不大可靠的更高的关切之间有着十分微妙的联系。那一社会场景(social scene)与其说是我们生活的一个榜样,不如说是给我们一个旧世界的回忆,在那个世界中,人们有闲暇努力将他们的生活打造成艺术作品。

当然,托尔斯泰笔下的故事和人物还是引诱着、引领着我们去靠近他看待崇高与卑下的眼光。我们立即重新发现了托尔斯泰的古老魅力:他那无法效仿的人物塑造,把我们带入到人物的想法中,打破我们自身意识的局限,甚至赋予那里面最不值得同情的角色一种独立的生活。没有人只是表达托尔斯泰独特视角的傀儡。托尔斯泰很清楚一个年轻女孩在参加盛大舞会前的感受,也知道妒忌是如何在一个否定自己可能产生这种情绪的男人身上产生的。但是,托尔斯泰也有让人失望的地方。现在,更广的学习已经能使我看见一个悖论:这部小说的人物种类和那些人物所表现出来的生动性都受到了一个僵硬的、教条式框架的束缚,这个框架指向一种对人类问题(human problems)的表述,但这种表述不是托尔斯泰自己的东西。托尔斯泰最终成了卢梭有史以来最忠实、最坚定的追随者。这本身没有什么问题,只是,如果一个人读过卢梭,那么,托尔斯泰笔下的大部分剧情就变得可以预测,并且,在卢梭时代的末尾,这个视角其实已经太不成问题。我们会爱上托尔斯泰笔下的那些人物,或者至少是一部分人物,但我们很难认为托尔斯泰可以成为我们生活的向导。如果我们知道卢梭坚称的对普鲁塔克的滥读(abusive reading)对他造成的异化,那么在《战争与和平》中,安德烈王子(Prince Andrei)的拿破仑英雄主义情结以及这种情结对他所产生的异化影响就成了托尔斯泰对卢梭的一次相当笨拙的教科书式的例证,而非一种充满启发的洞察。安德烈王子和真诚的别祖霍夫(Pierre Bezuhov)——尽管他试图找到可以模仿的英雄榜样,但事实上他只能按照他内心的鼓声前进——之间的对比,现在似乎只是表现自爱在过度文明人身上引起的壮丽之恶(splendid vice)和自然本性的内在恢复之间差别的一种机械手段。别祖霍夫和列文(Levin)身上自然的善良(natural goodness)真的使人厌烦。现在,阅读托尔斯泰成了欣赏浪漫主义、意识到它自身局限和它对我们的局限的一种操练。托尔斯泰当然是证明我以下主张的绝好例子,一个如今看来让人难以置信的主张,即卢梭能对伟大人物们的头脑和心灵产生前所未有的影响。

所有的一切在托尔斯泰那里都有体现,而首当其冲的是自然与社会的对立和对启蒙运动的批判。大城市彼得堡有贵族、有政府官僚机构,它的反面是只有农民和土地的乡村,而莫斯科则扮演了一个自然而真诚的外省中间地带(provincial middle)。矫揉造作的礼数和人为的竞争造成了城市居民的分裂,但与此同时,同情心又使得同胞感(fellow feeling)产生在这些简单的心灵中。与理性的无神论和旧日教会的狂热形成鲜明对照的是一种建立在自然和情感之上的人本宗教(humane religion)。尤其是,对婚姻与家庭的关注和对各种爱欲关系的处理,都出自卢梭的教科书。托尔斯泰的温和,或者如果你愿意的话,他那让人腻味的多愁善感(cloying sentimentality)有着这样一个源头。自然景观和哺乳,以及卢梭其他所有奇特的或者悖论性的东西,都能在托尔斯泰笔下找到。小说的各色人物代表了不同类型的人,他们过着各不相同的生活。带着令人绝望的浪漫主义激情的通奸者是安娜,她是托尔斯泰笔下的朱莉。上流社会的绅士勾引者叫渥伦斯基(Vronsky)。凯蒂(Kitty)是唯一成功变成妻子和母亲的苏菲。负责表层改革的布尔乔亚官僚叫卡列宁(Karenin)。而那个寻找着爱的真诚的男人,那个试图过上一种真诚而老实的生活的男人,叫列文,他代表着模仿卢梭本人的托尔斯泰。

俄国自身,以一种神秘的和超政治的方式,也是这出戏里的一个角色,它代表了一种自然生长(natural growth)或者说一种文化,而与之相对的法国则代表了那种人造的理性国家(artificial rationalistic state)。

这是对那场由彼得大帝(Peter the Great)在俄国引发的分歧的反思。彼得大帝想要效仿法国和启蒙思想,使俄国现代化。当然,彼得大帝想要效仿的启蒙思想只不过是启蒙思想中与开明专制(enlightened despotism)相容的那一面,就像得到18世纪众多百科全书派成员关注和支持的腓特烈大帝(Frederick the Great)的那种统治。对法国政治、科学、艺术品味的照葫芦画瓢——这在当时的俄国贵族中相当流行——仅仅被托尔斯泰视作是对法国尤其是巴黎的肤浅模仿,这种模仿压制了或者摧毁了民族本能(national instincts)和特性。《战争与和平》的第一页几乎全都是法语,说话的是那些喜欢说三道四的彼得堡当地人。纵观这两部小说,俄国贵族的断背情结(brokenback instinct)通过他们在表达感受时在法语和俄语之间转换表现了出来。彼得堡就是一个二流的巴黎,彼得堡的那些风流韵事只有复制巴黎风格才能算得上令人满意。城市与乡村的冲突在法国与俄国的冲突中再次表现了出来。

为了表明俄国人或俄国保护和鼓励着人的那些基本情感,托尔斯泰将卢梭式的自然主义和19世纪的历史主义合二为一。卢梭自己曾批评过彼得大帝,因为后者只想把巴黎的那一套引入俄国,却从未意识到那一套并不适合俄国。[①] 卢梭说,在试着以这种方式

[①] 卢梭,《社会契约论》,卷2,章8;《关于波兰政府的一些思考》,章3。

"文明"俄国的过程中,彼得大帝却确保了俄国仍处于未开化的状态(barbaric),但现在却充满着各种混乱不一的品味和激情。这一批评出自《社会契约论》的"论立法者"那一章,[①]在那里卢梭说,一个建国者或立法者的职能是,使一个有着与众不同生活方式的民族形成一个有机的整体,而不是建立种种制度(institutions)去容纳一群原子般的个体。制度与作为立法首要目标的生活方式之间的对立,使洛克和启蒙运动与卢梭及其追随者形成了鲜明的反差,并体现在后续关于个体对集体、文明对文化的争论当中。这种争论很容易被引向那些极端民族主义者(extreme nationalists)支持的方向,尤其是俄国的那些泛斯拉夫主义者(pan-Slavists)的方向,他们的终极表述是,国家产生一种全新的、独立的人种,一个人除了是人,他更是一个俄国人或德国人。托尔斯泰想要的当然不是这种狂热,所以努力将俄国人的方式塑造成最接近人的方式,而不是割裂这两者。这样一种思路也是卢梭本人提倡的,卢梭主张一个恰当地组建起来的民族(properly constructed people)必然会有其特性,但它在文明的种种限制和扭曲下,依然最接近自然。他认为把政治原则(principles of politics)当作普世的东西去应用是理性主义的错误,这样做没有考虑到人性的需要(human needs),注定会失败。

这种卢梭式的观察并没有把他的那些追随者领向保守主义,而是一方面把他们领向了一种更加模糊、更加含混的革命计划,另一方面把他们领向了一种奇怪的混合,即对正义的普适性要求和对某个具体国家传统的尊重的混合。这一点被法国大革命证明了。法国大革命始于按英国1688年光荣革命的思路来让法国的政治自由化的尝试,终于雅各宾党人和罗伯斯庇尔的那些更严酷和复杂的要求。在托尔斯泰那里,自由派和他们的理性改革始终显得肤浅、低效和徒劳。他们乐观主义的热忱其实是他们无根(lack of rootedness)的表现。他们也许说得很好,但他们永远也无法理解人的自

---

① 卢梭,《社会契约论》,卷2,章7。

然本性。当马克思念叨着乡下生活的愚昧，希望能启蒙民众、征服自然时，托尔斯泰却对乡下顶礼膜拜，他希望那些农民能够保持他们的本真，尽管他全心全意地支持农奴解放。启蒙运动会把农民变成受过教育的城市居民，但卢梭和托尔斯泰想要做的是把城市居民变成农民，或者至少是把他们变成农民的朋友。

现代平等主义政治中的这种分裂回到了卢梭的那个观点，即进步并不必然带来幸福，而托尔斯泰对这个观点深以为然。托尔斯泰显然是某种意义上的激进分子，因此马克思主义者曾试图同化他。带有俄国背景的以色列的基布兹运动（kibbutz movement）就是由那些时常自认是马克思主义者和托尔斯泰主义者的人组成的。但这些人仅仅建立了一些小型的农业共同体和一种相当原始的社会主义，这是马克思所鄙视的东西，他称这些为浪漫主义的或乌托邦式的东西。总之，在《战争与和平》和《安娜·卡列尼娜》中，托尔斯泰把他要检视的私人生活都放到了一个政治活动的重要性遭到了削减的政治世界里。虽然本着卢梭的精神，在某些方面他却要比卢梭更超前，他创造了，或者说借鉴了一个像植物一样存在的民族精神（plantlike existence of nation minds）的概念，这种存在可能被那些干预者（meddlers）打扰，但不会被他们改变。通过投身于这样一种丰富的、私人的生活，人们就为人类的改善做了其所能做的所有贡献。科学理性、工具理性和操控理性（manipulative reasoning）是敌人，它们必须被清除，而清除它们的方式就是让情感来做我们的向导。有了这样一种准备，个体的那些浪漫主义活动也就有了一种深远且重要的意义。

《安娜·卡列尼娜》由两段平行的生活组成。这两段生活的主人公都对爱情抱有最大的期待，但只有在某一时刻，这两段平行的生活才发生了交叉，并渴望着彼此。这两个单独的故事，安娜的和列文的，在书中同时发展并相互映衬：安娜过着悲剧的生活，而悲剧似乎是自爱的好伴侣，而列文找到了那个适合与其生儿育女的人，但最终发现还有一种超越这种生活的需求难以消解。这样，托尔斯泰就精妙地展示了严肃的人所面对的那些真正的问题,他们一方面寻求着爱与被爱,另一方面又体会到了在实现特定的文明人的人性需求过程中存在的张力与矛盾。他的书是一个思考过爱弥儿、朱莉以及《忏悔录》和《一个孤独的散步者的梦》(Reveries of the Solitary Walker)中的卢梭的人的诗性看法(poetic vision)。他所要传达的最终信息只是一种孤独(loneliness),但他在可以忍受的孤独和不可忍受的孤独之间做出了关键的区分。围绕在列文和安娜身边的都是多少劣于他们的人,这些人不愿面对那些终极问题。而托尔斯泰,就像卢梭,从没有发现有哪个终极问题是他不愿意面对的。

二

在小说的开头出现的是那个迷人的感官享受主义者奥勃朗斯基(Oblonsky)。他正忙着忘记永恒(eternity),他是愚蠢的代表,他贪恋那迷人却又具有欺骗性的太过坚实的肉体(too solid flesh)。托尔斯泰并没有明确关注身体与灵魂之间的对立,但一个人的肥胖常常暗示这个人渴望得到感官上的快乐,对生活只有肤浅的认识。托尔斯泰提到一个人小腿的粗壮与肥厚的次数是令人瞩目的,借此他也希望表明这个人的性格。这种类型的人的谱系,从《战争与和平》中的阿纳托利(Anatole Kuzagin)一直延续到了《安娜·卡列尼娜》中受人尊敬的奥勃朗斯基。这些人都自我感觉良好(feel good in their skins),他们无法面对人生的那些基本矛盾。我们看到阿纳托利那肥硕的腿在波罗底诺战役(battle of Borodino)中被切除了。甚至是对启蒙运动及其旨在改变而非面对人的境况的主张进行邪恶帝国主义表达的拿破仑,也有小腿痉挛的时候,这在某种程度上揭露了他真实的自然本性。那些最好的人物都拥有强壮的身体,但他们从不脑满肠肥。

奥勃朗斯基的处境把我们领向了这本小说所要处理的肉体与

精神的问题。他和法国家庭女教师偷情,而后事迹败露,被他的妻子发现。他的妻子是一个正派得体的女人,浑身上下散发着母性。她生活在琐碎的细节当中,照看孩子、关心他们的健康和良好品格。多次的生育夺走了她的青春年华。她已不再具有性吸引力。这种情况过去常常发生在女人身上,因为当时很少实行计划生育,即使执行,效果也不佳;再者,由于婴儿的死亡率很高,为了维持人口水平,多生孩子似乎是必要的。她代表了爱欲生育性的那一面——托尔斯泰如此残酷地关注的那一面。在开始的时候,也许存在过浪漫吸引,但那只是自然吸引人类繁殖后代的方式。现在,奥勃朗斯基和他的妻子多丽(Dolly)都觉得被骗了。奥勃朗斯基觉得被骗是因为多丽已不再具有吸引力,而多丽觉得被骗是因为奥勃朗斯基已不再被她吸引。她无法理解为什么他不会因和孩子们一起玩而感到非常快乐。安娜承认做过节育手术,这让她感到吃惊,她的吃惊证明:她深信,自然的意图在于利用她的身体。她永远不会说她有权掌控她的身体,因为自然对她有这样一种权利,并且自然是一个比她高得多的权威。她一时间赞赏过安娜的通奸关系以及这种关系给她带去的自由,但这只是玩笑性的。她满足她那小小的自爱的方法是,想象自己有许多的情人,以此来让丈夫妒忌,就好像丈夫让她妒忌那样。多丽的处境建立在德性之上。不育的妇女和独身主义者总是处在生命的真实意义之外。像列文的同胞兄弟柯兹尼雪夫(Koznishev)这样的理性主义者是不会去爱的。托尔斯泰对《战争与和平》中的不育妇女索尼娅(Sonya)和《安娜·卡列尼娜》中未婚的华伦加(Varenka)是非常残酷无情的。她们是完全正派得体的人,但却不身具幸福的资源。多丽遇到的唯一问题是她的丈夫不忠,这让她多少显得有些可怜,尽管她对家庭的奉献已让她显得格外高贵。

尽管如此,托尔斯泰并不想把一个事实隐藏在道德训诫的雾霭之下,即与她做爱已不那么吸引人了,并且这多少是一件重要的事,不管人们给它多少权重。奥勃朗斯基是托尔斯泰笔下最可爱的(sweetest)人物之一。他既是安娜(他妹妹)和她丈夫合意的中间人,又是凯蒂(他姨妹)和列文合意的中间人。不管走到哪里,他都给人带去活力与善意。托尔斯泰并不责备他,也不惩罚他,仅仅是把他表现得有些无足轻重(slight)、不值一提。不被严肃地对待是对奥勃朗斯基那肤浅的爱欲的惩罚。他那些随随便便的女人和美味的大餐对严肃的列文来说是不合口味的。从某个意义上说,奥勃朗斯基的性活动是自然的,但从另一个意义上说,这些活动是那个可怕观察的结果——他妻子的"风华不再"是有朽(mortality)自身的宣告。这是他不愿去考虑的一个事实。他无法面对永恒,安娜和列文却经常面对。严肃的人生必须接受死亡,这个任务安娜失败了,列文却成功了。然而,他们两人都在与之不停地搏斗。浪漫主义的爱总是与死为伴。只有简·奥斯汀在这个问题上保持了沉默。爱是一个生与死的问题。我曾经上过一个著名的弗洛伊德老师的课,我向他提了这样一个问题:"一个聪明的读者能从弗洛伊德那里得出什么道德结论(moral conclusion)?"他回答说:"不要把鸡蛋全都放在一个篮子里。"而浪漫主义教导我们的是完全相反的东西。怯懦和自保使爱(单数的)堕落成了各种关系(复数的)。奥勃朗斯基那良好的幽默感和真正的享受把他从那些关于关系的沉闷而可憎的严肃话题中解救了出来——这些关系本身并不严肃,而我们今天则是受尽了这些话题的折磨。

美好肉体的吸引和对他人幸福、社会幸福的关切之间的联系是问题之所在。在呈现所有这类古老的卢梭式问题的同时,又不压抑现象的丰富性,从感官上的放纵到宗教神秘主义,是托尔斯泰令人印象深刻的地方。他似乎是在主张的解决之道又不太令人满意。安娜·卡列尼娜这个人物显然来自有关感官诱惑之危险和通奸之罪恶的道德寓言,不管她有多值得可怜。朱莉、德·雷纳尔夫人和包法利夫人都没有像安娜那样"罪有应得"。她们每个人都以自己的方式证明着自己的优越,证明着她们处境中的那些不可解的冲突。而安娜显然做了一个错误的选择,因此她必须承担后果。宇宙秩序(cosmos)反对她的通奸,就像它也反对麦克白的弑君一样。

当然,安娜是一个不可思议的人物。人们很难不一眼就爱上她。托尔斯泰设法在不做过多描述的情况下说服我们相信安娜过人的美丽。这就是为何《安娜·卡列尼娜》的电影只会令人失望。因为任何女演员都和我们想象中的安娜相距甚远。她的优雅、高贵和甜美赢得了所有人的心。她是一个好妻子,一个带着热情、全心奉献的好母亲。但她也是一个已婚的"处女",就像德·雷纳尔夫人或者包法利夫人一样。她早早地就嫁给了一个没有当爱人志向的男人,一个在官僚体制——托尔斯泰将其描述为一项试图理性地统治、改革俄国的愚蠢而无效的事业——中举足轻重的男人。安娜似乎在这场布尔乔亚式的婚姻中如履薄冰,她劝自己相信这场婚姻是坚实的、真实的东西。但显然,她没有意识到在这底下澎湃着汹涌的潮水。她觉得自己是一个不容置疑的忠诚的妻子,但事实上,她只是从未经历过考验。她是测试作为目的本身的爱欲激情所作承诺的完美题材。她的单纯(innocence)使她有机会抛开彼得堡圈子里相当盛行的做作或自保去经历这种体验。她将不顾一切。

迷狂(frenzied possession)是司汤达所赞扬的,柏拉图也以一种修正过的方式赞扬它,然而它却受到道德主义者们(moralists)的谴责,或者最多考虑到它对家庭生育功能的帮助而被允许。卢梭试图将激情的爱恋和家庭的基础合二为一,不让它们中的一方屈服于另一方。托尔斯泰似乎最终加入了道德主义者们的阵营,反对那些坚信不疑的浪漫派,但是他的这一立场是模棱两可的、惋惜的,或许还是说教的。安娜受到一个高端的崇尚肉欲的男人(fleshy man)的吸引与引诱,这个男人就是渥伦斯基伯爵。安娜第一次体验到的肉体之爱激起了她那丰饶的灵魂中所有的灵性。这具转瞬即逝的肉体是否只是一个骗子?他开始很轻浮,津津乐道于又一个漂亮女人愿意给他快乐,以及征服这样一个女人会引起社会的妒忌和赞美。安娜的力量也得到了验证——他甘愿遭受悲剧地忠于她。他不是一个让人轻蔑的人,不是包法利夫人遇到的那些男人的同党。他是一个绅士,一个士兵,一个好儿子和一个忠实的朋友。在遇到安娜以前,他在俄国贵族传统的范围内过得十分惬意。他很富有,也很高贵,跟宫廷也有联系。他的不良行为是那种典型传统绅士的不良行为:先还赌债而拖欠裁缝的钱,以及在不影响他社会地位和前途的情况下纵情于爱欲享受。一开始他并没有这样的意图下,但最终跟着安娜走向了万劫不复的境地:与朋友和母亲决裂,放弃军事职务,离开此前他感到如此惬意的圈子。因为他发现,如果离开她,他根本无法生活。他们的生活被剥夺了所有日常习俗性的支持与补给,他们只能以爱为生,彼此相依为命。但这是行不通的。这样的生活不足以滋养他们,并且安娜还怀着内疚。

她的内疚牵涉到她的孩子谢廖沙(Seryozha)。安娜,就像朱莉和德·雷纳尔夫人,陷入了要爱情还是要孩子的两难处境,至于孩子的父亲,她们是不爱的。在这种浪漫主义体裁中,甚至这个体裁以外,女人对其孩子的爱是她们自然本性中的独特元素。她们和男人一样,都能受到性吸引,但她们不像男人的地方在于,她们会体验到某种基本的张力,某种介于她们的自然吸引力和另一种与其孩子有关的爱之间的张力。而男人的情况依照自然就很简单,他们可以生了孩子却不照顾他们。就像卢梭在一开始就指出的,一个男人会被家庭关系网网住,但他缺乏那种使女人成为家庭之根本(source)的直接的自然激情(immediate natural passions)。谢廖沙的存在使安娜试图与渥伦斯基幸福地生活下去的尝试变成了练习忘我。她的女儿,她和渥伦斯基的私生女,无法像她丢下的儿子那样激起她的那些本能。尽管她的丈夫对她来说是无关紧要的,但他们的孩子给了他们的关系一种权威性,而这种权威性是她无法回避的。我们很难确定,她感到内疚是因为剥夺儿子应得的母爱,还是因为她失去了儿子对她的爱,又或者是其他什么更神秘的原因。安娜和卡列宁的婚姻完全是习俗性的,她有十足的理由不爱他——他是被骗娶她,并不是真的爱她,他本性上就是那种贫瘠的男人(barren men),而她完全是被姑妈强迫才嫁给他。但从某种意义上说,使得她和他的契约比今天任何这样的契约显得更加牢固的又不仅仅是习俗。卡列宁是谢廖沙真正的父亲,而尽管婚姻制度是由人和法制定的,服从这样的法——如果家庭要想存在——在某种意义上是必需的,甚至是神圣的。安娜对幸福的追求——和渥伦斯基在一起——与她的责任是冲突的。甚至声称安娜在通奸中寻求幸福也很有可能是错的。似乎她从一开始就知道这是一种会毁了她的致命而无法抗拒的吸引。然而不管怎样,安娜表现了女人所要面对的问题,并且托尔斯泰通过安娜向世人展现了爱欲之爱和对孩子的爱之间的决定性冲突,而这种冲突正是她所面对的问题的核心。这和人们服从那种现代的诗性分配(modern poetic dispensation)一样接近于悲剧——两种高贵选择之间的冲突。

  本来如果托尔斯泰愿意,他也可以以一个改革家的心态去处理这整个事情——试着将女性从男性的霸权中解救出来。我曾经听到我的一个大学同事说,如果安娜活在今天的威斯康星州,一个自由派的法官会判她无过错离婚(no-fault divorce),并让她拥有孩子的抚养权。这样一来,这本书似乎就成了反映过时而不义的法律体系的一面镜子。安娜可以心安理得地既拥有恋爱,又拥有孩子。但托尔斯泰永远不会考虑这样一种解决方式,这不仅是因为他是一个老顽固(old fogey)。他接受卢梭的观点,即生活的严肃性就在爱与婚姻之中,而现代的离婚,那种社会机器替换件的现成可得性,缺少严肃性。就像如果过去的男男女女亵渎了圣坛,他们会怕得要命,对托尔斯泰而言,现代的男男女女应该在婚姻的纽带中,不管是精神上的还是生理上的,为这种神圣体验找到真正的立足之地。卡列宁是一个令人厌恶、优柔寡断的人,让他出于各种低劣的动机去决定是否要和安娜离婚、是否要把孩子交给安娜,是不公平的。但体制那蛮不讲理的愚蠢却让这成了必然。不管怎样,依照自然混乱的、不完美的法律,孩子必须是一对夫妻的产物,而既然孩子是神圣的,那么生它的那对夫妻也必然是神圣的。托尔斯泰很清楚存在着各种各样既纵容自己的念头又在社会中游刃有余的办法。安娜曾经的朋友培特西(Betsy Tverskoy)有过许多随便的通奸关系,但因为她的虚伪,她依然受到尊敬。托尔斯泰尽其所能地想要说明,培特西和像她那样的人都是无足轻重的,他们不会被严肃的人严肃地对待。培特西对安娜的通奸十分称道,直到安娜因太认真而造成丑闻。这之后,她便开始回避安娜。那些放荡女人的圈子谴责安娜,那些心胸狭隘、自我开脱的假正经女人则公开地侮辱她。托尔斯泰以这样一种方式描述所有这一切,以便让我们对真诚地活出她的情感的安娜产生同情。但这并不表示安娜可以逃过惩罚,也不表示她应该逃过惩罚。即便如此,她所有的不幸都是卡列宁的古怪性格和一个腐败社会的不诚实造成的,她有这样的结局是不可避免的。宇宙秩序中的道德力量以一种在司汤达那里找不到的方式惩罚着安娜。托尔斯泰描绘了一种存在于女人身上并让她们变得有趣的可怕的责任。在托尔斯泰之后的时代里成为首要主题的抽象的公平(abstract fairness)对他而言不过是要把爱和道德简化成琐碎的功利主义。

所有这一切都指向那个问题,即爱与美好之物在人类关系中的地位问题。人们爱的那个美好对象究竟只是一种幻觉,还是某种人们赖以为生并为之而活的东西?托尔斯泰在某种程度上把对美好之物的爱看作是自然为诱使男女进入责任重大的生育(responsible reproduction)陷阱而使用的临时策略。在其他时候,他把它呈现为是一种善自身——即其声称之所是。这里,我们触碰到了浪漫主义对爱的理解的模棱两可性。卢梭既想说服我们对美好之物的爱只是一种幻觉,又想告诉我们它在某种程度上超越了幻觉。当某人和一个美好的人实现了爱欲的联合(erotic union),他可以说他的人生已经完成了吗?或者美好是否最终成一个空洞的承诺?在浪漫主义的理解中,在美好之物的表象之后没有其他东西,因此对浪漫主义的信徒们而言,各种各样的失望接踵而来。在人类被允许严肃对待具有爱欲之美的东西(the erotically beautiful)后,它的地位一直是个麻烦的问题。但对柏拉图来说,在这种表象之后似乎存在着某种存在(some kind of being)。圣普乐对朱莉的教育更多的是在勾引朱莉，而非以教育自身为目的，然而苏格拉底对他那些美好的年轻人的教育旨在最终形成一个灵魂的真正联合（a union of souls that is real）。通过安娜的故事，托尔斯泰想要表明，强烈的激情之火最终只会化为灰烬，人们应该——不管多么令人遗憾——避开它的魅力。但他没能解释，为什么有能力经历这种爱的人也因此变得高贵。

性吸引及试图满足这种吸引的努力都是自然的。但是，几乎在所有文明社会中，满足都被各种习俗和制度严格地限制，甚至吸引本身也多少受到责备。今天我们很难想象一个人在过去要找到性伴侣有多难，因为道德法、公民法和宗教法都明令禁止他找已婚妇女和未婚女子。他唯一的选择是找那些放荡的、寻求钱财的女人，但交易破坏了爱的大部分魅力，也带来了得致命疾病的风险。一个浪漫的人想要的只会是一个能够忠实地回应他的激情的美丽女人。他被禁止找已婚女人是一个事实，但那并不意味着已婚女人就真得不到，或者就没人使用过各种各样的借口，而是说，如果一个人这样做，他就得抛弃自己的体面和正派。未婚女子或处女也是禁止碰的，因为她们正要准备结婚，为了她们自己，也为了她们的家庭。要让一个在婚前随便与人上床的（sleep around）年轻女人在婚后变得忠诚并非不可能，但那种概率是很小的。卢梭暗示，由于迫切的需要，就像一个牧师的情况，一个正派体面的人会选择一个未婚的姑娘而非一个已婚的妇女，因为婚誓是神圣的。而事实上，聪明人选择已婚妇女，因为已婚妇女经验丰富、更容易得手，而且即使意外怀上孩子也可以掩盖自己的责任。在婚前或婚外，满足是很难得到的，而即使得到，也常常伴随着内疚和堕落。性的世界是由自然欲望构成的一个迷宫，而习俗认为维护社会是必需的（requisite）。一个人很容易在迷宫中走失，在最好的情况下，一个男人也需要许多诡计和勾引的技艺。当然，好戏一直在上演，但事实上，一切都是成问题的，一切都可能以耻辱、入狱、死亡告终。仅仅在三十年内，曾以这样或那样方式存在于几乎任何时代和地方的挫败（frustration）

对我们来说就已经变得不可想象。为了严肃地对待我们不曾面对或以有限方式面对的那些问题,我们需尽极大的努力去动用我们的想象与理智。今天,处女是可以得到的,已婚妇女也是可以得到的,私生子也是合法的。当然,现成便利的堕胎让避免未婚生子(illegitimacy)变得简单了,尽管关于未婚生子的统计数据似乎支持相反的结论。但未婚生子的增加应归因于家庭纽带的日渐松散,这种松散使人更容易未婚生子,使生育者和私生子本人都更容易。一切似乎都很好理解。一种过于简单化的解释会把这看作是自然(性欲)对习俗(社会的专断、压迫性的法律)的胜利。但卢梭和托尔斯泰都在夫妻的联合中看到了某种自然的东西,或者不说自然,而是某种神圣的东西,正是这种东西让他们成了父亲和母亲。或者,就像人们在这种表述中看到的,大家都知道一个母亲是哪个孩子的母亲,而一个父亲必须在答应认这个孩子为他自己的之后,他才是这个孩子的父亲。因此,是对性欲的限制让父亲的存在,以及随之而来的他们所有的神秘力量、权利与义务成为可能。如果对女性的贞洁和对男人的限制消失,那么父亲也会随之消失。这一点,我们从今天数目如此庞大的单亲家庭中即可看到。单亲家庭这个表述也许太过中立,因为它们几乎绝大多数都是以母亲为首的单亲家庭(mother – headed households)。

性解放运动的头脑简单在这一点上表现得最为清楚。朱莉、玛蒂尔德和安娜怀上的都是她们自然爱人(natural lovers)的孩子,于是未婚生子的问题就凸显了出来。因自然或者真爱而产生的孩子缺少某种只能由法律及其约束所提供的东西。如果自然的孩子是充分的,那么自然本身也就会是充分的。在安娜的例子里,她和她不爱之人所生的孩子更是她的孩子,因为她和那个男人有着法律和宗教上的联系。

不管怎样,安娜的处境突出了横亘在激情之爱和家庭之间的巨大鸿沟,尽管这两者似乎被我们的爱欲本性所连接。家庭也许不是自然的,但它也不全然是习俗的——就像大多数掌管着人类关系的法律一样。我们很难想象有不会阻挠我们性欲的法律。一个女人选择伴侣的自由非常接近于早先的那些严肃思想家心目中的性解放,但那还是十分遥远,并且预设了一些非同寻常的有德性的女人,她们能做出理智而持久的选择——就像奥斯汀如此美妙地向我们展示的那样。爱欲之爱(erotic love)的自由表达仍能推翻那种最好的解决方式。爱弥儿和苏菲也许能将激情之爱和家庭合二为一,这是现代运动的最高抱负,但那些小说家,包括卢梭他自己,向我们展示的通常都是不幸的结局。因此,对那些满足激情男女性渴望的替代选择的巨大限制,以及他们随之而来的挫败,是以家庭为中心的安排的一部分。

在过去,一个明显背离习俗的女人会丧失她的社会存在(social existence)。名誉受损的少女几乎只能终身不嫁,并且名誉受损就意味着会被已在追求她的男人放弃,就像卢梭警告爱弥儿的那样,而这事实上就发生在凯蒂和渥伦斯基的例子当中。一个处在这种情形下的姑娘很可能会变成一个老处女(old maid),和她的亲戚一起生活并服侍他们。那些事迹败露的情妇尽管不会被要求佩戴红字,但她们无法再被社会接受,也会失去所有的朋友。在最好的情况下,她可以和那些被包养的姘妇和戏子一起活在风月场里(demi-monde)——如果有的话,那个透着某种艺术诱惑力的波西米亚的可耻世界里。没有一个可以让她们立身的体面之处,而这就是安娜所面对的情况。如果没有保护和支持着她的渥伦斯基,她几乎就被完全抛弃了。这种赤裸裸的不公,这种让女人如此不平等地忍辱负重的情况,给了右翼思想家改革这背后的整个道德体系的动力。这样的改革者可以在《安娜·卡列尼娜》中找到,但他们最终被托尔斯泰抛弃了(dismissed)。

在托尔斯泰笔下,安娜的自爱是她与别人交往的首要心理动机,并且她的自爱有着各种温和的形式(gentle variety),就像德·雷纳尔夫人的那种自爱。她的自爱几乎全部和渥伦斯基的看法有关。渥伦斯基一开始根据他圈子里的人的看法来考虑这段风流韵事,安娜不同,她只是一方面根据渥伦斯基所表现出的爱,另一方面根据与他爱恋会如何影响她对自己的看法来考虑。她不像德·雷纳尔夫人,她此前已有意识地隐藏自己无意识的不满。她的自我意识是一种异化了的自我意识,因为她是按照她眼里的"她应该怎样"去生活的,而不是为了发现和表达她的真实情感而去生活的。她在做的同时也是在扮演一个好妻子和好母亲。她的满足来自她的假象,而非来自她自身。这是某种角色扮演(role playing):生活的乐趣不在于自己是什么,而在于自己看起来是自己所是。渥伦斯基之所以能成功地和她在一起是因为他能触碰到她真实的爱欲感受(erotic feelings),要是这些感受原本得以表达,她对自己的理解就能与她真实的自己保持一致。与此同时,基于她对自身的理解,她已经建构出了一整个世界,所以,她和渥伦斯基的事摧毁了这个世界,却没有提供给她一种新的自我理解,让她能承受自己欲望的真相。她只能把自己想成是情妇和坏母亲——这是一种让人几乎无法忍受的自我意识。因此,她把她和渥伦斯基在一起的大部分时光都用在了某种忘我的伪装和嫁给他的想象之中。在她认识渥伦斯基以前,她为应然的东西而活,而这些东西和她实然的东西毫无关系;在她认识渥伦斯基以后,她开始为实然的东西而活,可是她无法让实然与任何应然保持一致。当渥伦斯基缠着她,就像是在向她求爱时,她认为她并不喜欢这样,她让自己相信:她想要摆脱他。但当某天晚上渥伦斯基并未出现在他们常常光顾的那个沙龙时,她意识到她在想他。她表现得好像厌恶渥伦斯基的注意,但事实上,这只是她灵魂的诡计。这一诡计允许她用她体内的那种被渥伦斯基触动的能量来反抗他。这个可怜的女人没有武器反抗这个打破了被她寄予厚望的马其诺防线(Maginot line)的敌人。从长远来看,即从渥伦斯基追求她的那一整年来看,她的缴械投降是不可避免的。

在那之后,她生命中的一切都成了绝望的困兽之斗。真诚的安娜不能像普通情妇那样虚伪地生活。事实上,她的丈夫就是那种虚伪的人,他寻求着各式各样的借口,以便不承认自己被戴了绿帽子以及随之而来的所有后果。但安娜必须告诉他,必须让他面对她不忠的事实。她的女儿出生之后,她决意放弃渥伦斯基,回到丈夫身边,她竭尽全力地想要回归原来的角色。但她丈夫的出现让她作呕,她在生理上排斥她的丈夫。卡列宁事实上是一个令人作呕的人,而从渥伦斯基试图自杀的行为中,安娜看到了他对爱的宗教的真正皈依。他们必须在一起,但仅仅是因为他们悲惨的境遇。他们中了他们赖以为生的东西的毒。不像《红与黑》中的那一对,托尔斯泰几乎没有描述这自然相爱的一对的甜蜜。

　　导致安娜毁灭的是自爱所产生的影响中最隐蔽的那种——妒忌。"这个男人究竟爱我的什么呢?"她问。是她美丽身体所散发出的性吸引力?但她正在变老,她会慢慢失去这一吸引力。再者,性吸引是混乱的、无法预测的。是征服的快感?但是,当一个男人成功征服之后,这种快感就会即刻消失,于是他就得去寻找其他更棘手的敌人,以检验自己。他怎么可能不去鄙视一个失足女人? 也许在他离开的这段时间里,他就已经欺骗了她。或者,也许他的坚持仅仅是出于责任,而非爱的要求。她怎么可能知道他在想什么,知道他内心深处的活动? 在这段风流韵事中,没有任何人为的惯例和习俗保护着他们的爱恋。他们被丢回给了自然本身,而自然能否为这两个人的永久联合和激情联合提供足够的力量是很可疑的。托尔斯泰在他的人物身上展现了卢梭描绘的那种妒忌。没有其他的文学作品——除了《奥赛罗》——像《安娜·卡列尼娜》这样生动地展示了这种可怕的激情。多丽、卡列宁、安娜自己还有列文都是妒忌的受害者——以他们各自的方式。这是自爱,被爱欲渗透的自爱所能产生的最极端的影响之一。就像我们已经看到的,一个人的比较的、相对的存在(comparative and relative existence)——它开始于爱自己(amour de soi)转变成自爱(amour‑propre)的一刻,并且它导致了对别人看法的在意——被性欲转变成了对那个他/她被吸引之人的看法的在意。灵魂的伟大或渺小决定了因猜疑另一方的欲望或看法而产生的折磨会以什么方式表现自身。卢梭在讨论爱弥儿的妒忌时说,妒忌如何表现将会有两种可能的基本方向。第一种是对被爱的那方大发雷霆,责备他/她的不义之举,即不给予爱的回报。第二种是因自己不配被爱而责备自己。后一种形式的妒忌是爱弥儿和于连共同经历的。列文并不恨凯蒂,也不怪她,并且尽管他觉得自己无法和渥伦斯基竞争,他也不打算毁掉对方或者小心眼地诋毁对方的品质。他一心想的都是他自己的不配(unworthiness)——因此他觉得他不配得到幸福。这是一次抽干了生活所有乐趣的丑陋而忧郁的经历。如果没有对另一方的关注相伴随,那么没有什么经历是快乐的。她是唯一有决定权的评判者(competent judge)。

另一方面,安娜经历的是对渥伦斯基的愤怒,她想象着他每一瞬间的想法。渥伦斯基成了她的敌人。事实上,她需要他的保护,也需要他的钱,这让情形变得有一点微妙。但从本质上说,没有他对她的服从,她就没法活,而她并没有保证这一点的方法。她空想出许多渥伦斯基对她不忠的可能理由,想象着导致他不忠的可能人选,从妓女到伟大的女士。她的大脑成了一面哈哈镜,扭曲地呈现着她想象中的他的想法。她满脑子都是关于肉体与灵魂运动的下流场面。于是,她成了一个暴君,在没有任何正当理由的情况下,她想控制那些肉体与灵魂的运动,因为如果放任它们,它们会走向滥交。除了爱人的爱,她得不到任何支持,而现在爱人的爱也成了如此不确定的一样东西。既没有人也没有神可以帮助她。她心情的阴晴不定让她的狂躁变得愈发激烈。她一会儿觉得她这样想是疯了,另一会儿又觉得她那饱受摧残的感觉看到的一定就是真相。她现在左右为难,一方面她想让渥伦斯基自由地爱她,但另一方面她又意识到自由不一定会满足她想让他只被她吸引的需要。托尔斯泰并没有把安娜的妒忌描绘成小心眼,而是描绘成必要的甚至是神圣的惩罚,惩罚她那世俗的爱所造成的依赖。

事实上,渥伦斯基有时候也对安娜感到厌烦,他们试着一起在意大利或乡下过的那种田园生活没给渥伦斯基提供任何充实的活动(fulfilling activities)。她的妒忌让每一天的生活都不愉快,也让她多少显得有些可鄙。蔑视、回避残缺(neediness)和尊敬、追求整全(fullness)似乎生来就在人的自然本性之中。爱要求灵魂的结合,但对那种结合的期望也许只是圈套和幻觉。当人们被他们爱的对象拒绝或欺骗时,爱会使他们觉得自己一无所有(without resources)。明智会建议"不要把鸡蛋全都放在一个篮子里",但对这个建议的遵从会使得爱变得不再可能,并迫使男男女女回到仅仅是契约式的关系——那种自我与他人的永恒对立,以及源自这种对立的战争状态。今天的心理学家也许会称安娜为妄想症患者(paranoid),暗示她的情况仅仅是一种疾病。但问题是,那种说法是否只是津津乐道于自保性的半关系(self-protective half relationships)的人所散发的布尔乔亚式判断?尼采提出,不信邻人会被末人(last man)当作一种病,这样的人需自愿地去精神病院(即,接受治疗),以便治好自己。① 但如果人类之间的联系是如此微妙、如此不确定的一样东西,那么不信任也几乎肯定是它的伙伴。要想从这种妄想症中获得健康,需要以"使人类关系变得粗糙"为前提。爱包含着对另一方看法的在意,而另一方的看法在很多时候是一种难以捉摸的东西。

真正体验到"小心眼式的妒忌"的是卡列宁。让他感到困扰的不是安娜的不忠,而是他在圈内人眼里的可笑。拥有安娜这样的女人让他成了别人艳羡的对象,所以失去安娜也让他成了别人眼里可笑的对象。不管有多不公正,遭到不幸的爱人几乎总是轻蔑的对象,而卡列宁在意的正是那种轻蔑。他对安娜的爱并非是那种沉迷于她的恋爱。他从未真正爱过安娜。他把爱当作是满足他欲望——凌驾于大众之上——的一种工具,然而事实上,爱意味着排他性地沉迷于他爱的那个人。再者,卡列宁的妒忌的低劣还因他是

---

① 尼采,《扎拉图斯特拉如是说》,扎拉图斯特拉的开场白,节5。

一个布尔乔亚,这意味着他太恐惧死亡以至于不敢与渥伦斯基决斗。决斗确实是愚蠢的,但生命的赌注会为假想中的爱恋增添一丝高贵的色彩。但是——就像在德·雷纳尔夫人的例子中——我们知道,不管怎么左思右想,他最终都不会选择决斗作为体面的处理方式。这样一场决斗当然会更加清楚地表明他在意别人的看法,但杀了渥伦斯基也当然会减轻他的可笑程度。相反地,卡列宁希望安娜在分娩的过程中死掉,以帮助他从这个困境中脱身。这个希望落空以后,他又希望安娜能够幡然悔悟,接受公众的指责,并向公众表现出洗心革面的样子。最终他把希望寄托在了神秘的基督教信仰上,他这种信仰的低下动机是为托尔斯泰所鄙视的。卡列宁就是个可怜虫(poor fish),他被卷入了别人的巨大激情之中,他之前看起来如此高大的(grand)可鄙生活从而也被打回原形。习俗性的婚姻回避爱情真正的风险,爱情只能交给少数有能力实践它的人去实践。

安娜的自杀基于她对自己处境的感性评估(emotional survey)。像她这样一颗敏感而丰富的灵魂已无坚实之处可以立足。她那令人难以忍受的丈夫,她那失去了的儿子,以及那个曾以她为中心、随后又驱逐了她的社交世界,已经作为一种生活填充物消失了,不论那生活多么令人不满、多么造作。最重要的是,渥伦斯基,这个在领略了这位非凡女人的优雅之后就成了一位真诚的爱人的正派男人,无法给她带去什么真正坚实的(substantial)东西。他们的那些激情拥抱都只维持了片刻的工夫,并且充满了内疚。他们试图在意大利用文化充实生活,在俄国用农活充实生活,但都失败了,因为他们试图活在他们想象中的严肃生活里,而非发现那种依照自然就合适的生活。安娜实际上做了包法利夫人梦寐以求的事——和她的爱人一起去浪漫的意大利旅游,以爱为生。但托尔斯泰的教诲是,肉体之爱或许可以使人高贵,但却无法使人满足。托尔斯泰强调了那种构成我们过去这个浪漫主义时刻一大部分的爱的幻觉。

我们很难说安娜本来可以怎么做。也许本来她可以拒绝渥伦斯基,像一个好妻子那样待在她丈夫身边。但托尔斯泰已经告诉了我们足够多的关于卡列宁的信息,显然,和他在一起毫无幸福可言,并且,履行义务只会成为习俗意义上的牺牲,而无法指望从诸神那里得到报偿。照料孩子本来可以提供给她若干年的严肃活动,但也只是一些年,不管孩子们怎么想,把时间都花在他们身上的人生显然不是完整的人生。并且,渥伦斯基对她不可抗拒的吸引力导致了一种虚无感(a void)。如果她有这样的运气,还是一个少不更事的年轻姑娘时就发现和选择了一个渥伦斯基这样的男人,那么她也许会从此过上幸福的生活。但那仅仅是一种偶然,但这样一来,那种被错误地认为是一个统一体(unity)的东西——爱、婚姻和孩子——的真实的复合性(truly composite nature)也将无从彰显。安娜自杀的不可避免就在于她是安娜,她有短暂而真实的美丽和魅力,只可惜这样的美丽和魅力在事物的永恒秩序中没有地位。只有一颗粗糙的灵魂,一颗不易受到爱的依赖性(dependency of love)伤害的粗糙的灵魂,才能从真爱所导致的那些后果(consequences)中安然脱身。比司汤达更加真诚的托尔斯泰并不让我们无忧无虑地庆祝完美结合中的那些美妙时刻,因为并不存在完美的结合,而那些时刻也总有瑕疵,它们从来都不是自足的。作为一个好的浪漫主义者,托尔斯泰先向我们指明了一条通往幸福的路,然后又告诉我们那是死路。

三

不像我们其他三位小说家,托尔斯泰是一个健谈的作家,他试图在他的两部伟大小说里以教学顺序展示他对整个世界以及在这个世界里活动的那些力量的看法。比起其他小说,托尔斯泰小说里的情节更注重清楚地阐明他的总体观点,并且他坚持向我们讲述真实的故事,即使会减缓情节推进的速度,分散情节的强度。他无疑是一个真正的小说家,塑造那些活在我们体内的有血有肉的虚构人物,并为已经消化了他的书的我们时时提供参考。但他也是那种愿意闲坐在一个咖啡聚会里谈论大观念(big ideas)的人,就像那些把他和陀思妥耶夫斯基当作榜样的纽约知识分子。在他那个时代,受过教育的人整天都在谈论着各种关于政治和哲学的学说:唯物主义、无神论、启蒙运动、政治改革、农业社会还是工业社会、农奴解放和妇女解放、死亡和虚无主义。相比之下,奥斯汀几乎不提诸如此类的东西。你得自行理解它们。司汤达永远不会复制他那个时代乳臭未干的三脚猫哲学(callow subphilosophy),不会直接问"生活是有意义的还是没意义的?"司汤达笔下的绅士们也许会提到诸如此类的东西,但只是顺带提及,带着些许反讽,并且他总是使诸如此类的指涉从属于他情节的快速运转。正如司汤达的写作类似于他心目中的音乐天才罗西尼(Rossini)的创作,托尔斯泰的写作也类似于他心目中的音乐天才柴可夫斯基(Tchaikovsky)的创作。在这一点上,托尔斯泰多少要更像卢梭本人,因为卢梭从《新爱洛伊丝》中提取了大量篇幅来重复他在那些松散的哲学著作中已经阐明的教诲。但托尔斯泰是一个比卢梭更好的小说家和一个远比卢梭糟糕的哲人。他对他眼中那个受到启蒙理性主义和法国大革命精神威胁的俄国感性统一体(sentimental unity of Russia)的叙述,以及他对家庭生活之快乐的夸大,有时——甚至经常——会让我们觉得无聊。他在说教。我们只需把他笔下的拿破仑——比如《战争与和平》中的——和司汤达笔下的拿破仑做一比较即可一目了然。他试图为拿破仑祛魅的尝试似乎仅仅是说教性的,在那一尝试中,他破坏性的批评是在戏仿拿破仑。卢梭批评过普鲁塔克用来使人们崇拜英雄的方式,托尔斯泰的批评就是对卢梭那一批评的一次相当生硬的复制。他创造的那个非英雄的英雄库图佐夫(Kutuzov),那个击败了拿破仑、代表着他的时代和他的人民的简单而富有人性的人,是一次试图用卢梭指出的方式取代普鲁塔克的尝试。①

在这部小说中,没有哪个人物比列文更能说明这种倾向,那个既类似于俄国又类似于托尔斯泰的笨拙而敏感的男人。安娜是一个出现在法国社交圈或法国小说中也不会让人觉得不合适的人,而列文则是我们认为的典型的俄国人,他最突出的特点是他过人的严肃。托尔斯泰将他的故事和安娜的故事并行讲述,当安娜开始下降(went down)的时候,列文则开始上升(come up),并且以他笨拙的方式发现了幸福。托尔斯泰虽然被安娜完全吸引住了,但他还是打算用列文那笨拙的真诚为她和她的世界祛魅。这两个世界的选择——安娜的世界和列文的世界,它们的主人公都活在同一个社会背景之下,拥有共同的朋友甚至是亲戚——代表了生活中的坏选择和好选择。他们所处的是一个既过度文明化同时又半野蛮的俄国,法国化的俄国和旧俄国,列文的意识中充斥着这样两个俄国之间的冲突。他出入社交圈的样子有点像一个斯拉夫的卢梭(Slavic Rousseau),他试图严肃地对待社交圈——但只是在其中,而没有成为它的一员。当他去和奥勃朗斯基共进晚餐时,他表现得漠然而轻蔑,因为他发现这顿晚餐的花费足以让一个败坏的人垂涎欲滴。那个陪侍晚餐的、奥勃朗斯基跑去跟她调情的法国女郎让列文感到厌恶——因为她散发出一股爱欲的放荡。他喜欢产自他的土地并由他的仆人烹制的简单食物,他也喜欢那些发誓会对爱情忠贞的庄重的姑娘。他一刻也领略不了那些让奥勃朗斯基心醉神迷的败坏的魅力。他忠于他的直觉和感情,这是他异于别人的地方。这些直觉本来植根于俄国的土壤,但现在它们正在被现代性犁除。甚至是莫斯科这样的外省社交圈所关心的东西,也已远远超出了他的接受范围,当他在这个社交圈中时,他从未显得迷人,也从未表现出他最好的状态。他被看作是一个好人,一个直率的人,但不是一个非常有趣的人,这有一点像爱弥儿在巴黎时的样子。他从未有工夫在沙龙

---

① 卢梭,《爱弥儿》,第 240 – 243 页。

里献殷勤,因为他正一本正经地在寻找一位妻子。就因为他那寻求真理时的一本正经,他毁掉了旨在讨好那些女士的谈话,而在托尔斯泰看来,对真理的寻求几乎是和女士绝缘的。他想要过一种有意义的生活,而他所知道的仅仅是:这些人甚至都不想拥有这样的生活,更别提知道这样的生活是什么样的了。他的心情总是很沮丧,因为对于出现在俄国人生活中的那些矛盾,他看不到出路,但当他觉得他发现了一条出路,他就会释放他的热情。小说一开始,我们发现他已经退出了那些旨在改进当地政府的组织,因为他觉得把一种肤浅的改革精神嫁接到那些老路子上只会把事情弄得更糟,败坏彼此。他在几种复兴农业、鼓舞农民的替代方案之间摇摆不定。有时他想采用现代的市场技术,有时他又只想做一个简简单单的农民,从农民的本真和自然中得到更为深刻的满足。

我们第一次遇到列文是在莫斯科,那时他正打算向凯蒂求婚。他对自己毫无自信,并且认为凯蒂的回答会决定他人生的幸和不幸。凯蒂拒绝了列文,因为当时她正被渥伦斯基明显的求爱搞得头脑发热,而渥伦斯基确实比列文更具有浪漫主义的诱惑力,也更受凯蒂母亲的青睐——因为渥伦斯基是一个更吸引眼球的对象。不像奥斯汀,托尔斯泰永远不会把传统意义上的完美婚姻展示为一段好的婚姻。巨大的财富、显赫的地位必然都是无意义的。凯蒂就像《战争与和平》中的娜塔莎(Natasha),后者也曾一时间被另一个活在现世的(this-worldly)、有着粗壮小腿的男人阿纳托利吸引。这些美丽动人的女人在她们年轻时都有过一段与登徒子(the sensual)交往的插曲,这是她们天性的一部分,但这必须被引向她们母性的命运。

我们可以把凯蒂看作是一个与安娜截然相反的女人。在像她这样的女人身上,托尔斯泰成功地表现了他最苛刻的一面,这就是说,他既捧她,又为她祛魅。他对这些参加舞会的未婚女孩的描述是极为精彩的。这些女孩浑身上下都散发着优雅的性感,她们喜欢被关注,也在留意潜在的丈夫。她们对爱的誓言让人无法抗拒,但当她们最终打破誓言时,就像娜塔莎做的那样,她们又相当地草率,衣服上还带着小孩子的尿迹。她们身上的所有魅力都是自然诱使她们变成母亲的计谋的一部分。托尔斯泰把爱的所有浪漫主义魅力全都给了下场悲惨的安娜。他把女人生育的自然使命全都给了凯蒂,并以使那些对爱欲寄予厚望的人失望为乐。纵观整个动物王国,生育都是自然的旨意。考虑到人和人对自由的幻觉,需要对他们加以欺骗,以便诱使他们履行他们的义务。在卢梭的良好影响下,托尔斯泰相信,由于文明的进步,家庭已变得不可或缺,因此男人必须被家庭之网网住。凯蒂几乎就是苏菲的精确翻版。她用她的实践理性弥补着列文的理论理性,她不停地提醒着列文他们生活当中的那些小细节,弥补了列文在对别人缺乏心理感受力上的不足。他的婚姻——她的第一次拒绝给这段婚姻所带来的快乐调了味——最终成了和他期待的截然不同的东西。他发现她完全就是他所缺乏的东西的补充,她全神贯注于他们的日常事务(daily affairs),而非沐浴在浪漫主义的狂喜之中,分享他们彼此的每一个想法,尤其是当他们拥有了一个孩子之后。她完全无法参与到他那旷日持久的形而上学思考。甚至根本不值得努力让她参与。当他的哥哥快要死的时候,他并不想带她去,因为他不想让她看到这个十足的俄国人,这个以陀思妥耶夫斯基为原型的人物的痛苦,他和一个妓女一起生活,并且有着很多和俄国人身份不符的、有失体统的激情。列文相信,凯蒂那么柔弱,一定无法承受这样的场面,然而,就像苏菲对那个受伤的农民一样,凯蒂接受了这一切,对那污秽与丑恶浑然不觉。① 此外,她还表现出了卢梭归给自然人而托尔斯泰归给农民的那种品质,即对死亡这一事实的平静接受。这样的人不需要学习如何面对死亡。因为通过直觉,他们已经知道应该如何面对死亡。在所有这些方面,凯蒂都是自然本身,托尔斯泰花了很多工夫来让我们抛开我们的浪漫主义倾向而接受这一点。

---

① 卢梭,《爱弥儿》,第441页。

相反地,虽然列文也有好的直觉,但由于他的理性主义,他疏远了这种最初的知识(primordial knowledge),他必须用他自己的方式返回到这种知识。他因目睹哥哥的死而几乎思绪全乱。他的哥哥是一个没有信仰的人。这和沃尔玛(Wolmar)有着些许相似,但列文的朱莉一点也没被列文的精神痛苦所妨碍,因为她知道列文的哥哥是一个好人。带着卢梭式的直觉——作为她教会成长背景的反面——她知道上帝不会用永恒的天罚(eternal damnation)去惩处一个好人,因为他的那些错误看法并没有影响他的行为。他遭受着无神论带来的痛苦。死亡的恐怖将平息一切爱欲,这让他满脑子想的都是他为何要活着以及他存在的意义这样的问题。他很想自杀。这把他和他的妻子区分开来——他的妻子没有这样的疑虑,她的灵魂就像一泓不受阻拦、望不到头的清泉。这样一来,浪漫主义试图在两个人之间建立起完美和谐的尝试就彻底宣告失败了,因为这个人需要的是一个孤独者(solitary)所关心的东西。甚至最终,当他与现实和解,他内心最深处的那些思考也只属于他自己,无法和他的妻子分享。

列文的沮丧首先不是来自一对恋人结合的脆弱性和无常性,尽管那也是部分原因。他的沮丧主要来自当下的无意义(the meaninglessness of the instant),即生命与中立的永恒(indifferent eternity)的对立。列文的无信仰有两个来源,都在正影响着俄国的现代哲学之中。第一个源头关涉宗教批判、神圣文本权威性的瓦解和对各种教派的相反诉求的关注。他在这一点上也像年轻时候的卢梭,他不能确定究竟哪个才是权威的,并且他对教派彼此间的残酷无情感到震惊。没有哪种正统学说——连带着它们的虚伪和对朴素道德行为的真正漠视——能让列文觉得必须遵从。其次,现代自然科学对自然作了一番还原论的、唯物主义的解释,在这种解释中,没有人的位置,没有人与人的那些关系的位置,也没有上帝(providence)的位置。在列文看来,在这样的一种世界观下,不可能存在道德。人只是一个关心自保的胃(belly),不存在任何关心别人的根基。列文对那些提出这些理论但却还能活下去的知识分子感到震惊。他认为他们并不严肃,因为他们似乎还继续活着,履行着义务,而这些义务现在看起来已经毫无根基。这是占据着 19 世纪末许多俄国人思想的那种虚无主义的前尼采含义(pre – Nietzschean meaning):现代自然科学就是虚无主义。

列文的情况并不是古典意义上的无神论。他还没找到一种可以替代宗教生活的生活。他渴望信仰,但又无法信仰。他的情况可以被描述为虔敬(religiosity),与信仰宗教和无神论相对。我们可以说,这是现代意义上的悲剧,即不可能理性地相信道德,但又不可能在没有道德的情况下生活。这是那种真诚的、在理智上诚实的人所遇到的情况。在他结婚和他哥哥死亡之前,列文对这个问题的态度还相对比较平和,但这两个事件触发了那条导致他走向绝望的反应链。这个问题变得非常急迫,并且一直延续到小说的最后一章。安娜和列文似乎最终殊途同归,走向自杀。托尔斯泰的书总是强迫真挚的读者思考人生的意义。他对这个人生问题的表述是:本质上毫无根基的理性毁掉了信仰的根基,而信仰其实是解决这个人生问题的唯一办法。他从未严肃地考虑过那种可以替代信仰生活的"理性的自足生活"(self – sufficient life of reason)。对他而言,哲学是因理性的傲慢而产生的恶。他小说中的每一个理性主义者——他们以各种各样的姿态出现——的出场都闪耀着"肤浅"的光芒。我颇为好奇地回想起我年轻那会儿,许多教条化的无神论知识分子教师喜欢托尔斯泰,但他们从不像托尔斯泰那样真正严肃地对待这个问题——尽管他们也无法提供关于理性生活的可信论述。随着理性的命运被弄成了科学唯物论的命运,古典意义上的"爱智慧"也消失了,而与此同时,对生活的研习(the study of life)相反地只能求助于诸如历史、民族和情感的庇护。陀思妥耶夫斯基也以差不多的方式看到了这个问题,把托尔斯泰和陀思妥耶夫斯基区分开来的东西是:托尔斯泰还信仰一种温和的解决之道,就像体现在列文、别祖霍夫、伊里奇(Ivan

Ilyich)身上的解决之道,而陀思妥耶夫斯基发现的只有一道可怕的深渊和狂热的坚定(fanatic resoluteness)。这是浪漫主义和现代意义上紧随其后的虚无主义的最大分水岭之一。在陀思妥耶夫斯基那里,浪漫主义已经死了。

  托尔斯泰的解决之道——你们听了可别大吃一惊——正是卢梭在"萨瓦代理本堂神甫的信仰自白"中给出的教诲,而这也是列文详细重述的内容。这是对在一个多世纪之后坚持代理本堂神甫的教诲的褒奖,托尔斯泰可以把这当作是他自己的信仰自白,尽管对那些认为卢梭太过感性的人而言,托尔斯泰表露的东西或许有点让人失望。比起安娜的自杀,列文在体面正派的道德主义(decent moralism)中取得的成功实在有点过于说教。这就好像,在对伊里奇那空洞、无意义的生与死进行了严苛而几乎不带任何感情色彩的分析之后,紧接着就是小说最末段所表露出的一种卢梭意义上的人类之间的同情关系。卢梭扮演着救场英雄(deux ex machina)。列文能够恢复对其孩子简单而单纯的爱,而陀思妥耶夫斯基笔下的主人公们只会做关于弑童的噩梦。对陀思妥耶夫斯基来说,没有什么安全网。当列文通过他半笛卡尔式的沉思在情感(sentiment)中找到一个立足点,他就和那个萨瓦代理本堂神甫处在了相同的情形当中。

  当列文在田里、在自然之中劳作,实践着诸种技艺中最自然的那种技艺耕作时,当与他交谈的一个农民指出,有一些人冷酷而贪婪,而另一些人既善又关心同伴时,他的转变便开始了。那个被说成善人的农民叫柏拉图(Platon),这个名字也被托尔斯泰用在《战争与和平》之中,是一个自然地拥有智慧的人的名字。这反映了一种保存在斯拉夫世界的原始的柏拉图式教诲,也维护了那种对善的自然直觉。突然间,列文的灵魂被那种会使他和生活达成和解的顿悟(insight)给点燃了。他明白了好与坏的差别,尽管他无法用理性把这变成他的知识。在他身上存在着两个原则(principles),其一是他的胃,这让他只关心他的自保;其二是良知(conscience),这让他关心别人。他总是做着好事却又不信仰它。在他的自然本性中,良知的声音为他的行动提供了不同于胃的建议的行动指南。最终,列文呼应了康德对卢梭教诲的公式化表述(formulation):他说,他惊叹于头顶灿烂的星空和内心的道德律令——这两者在现代理性主义中都毫无地位。他得到的启示压制了理性的傲慢,而这种傲慢正是人类最大的罪过。这允许列文去肯定生命。在宇宙中存在着一种意志和一种秩序,只有愚蠢的顽固才会把它们还原成无(nothingness)。这是一种启示,但不是像其他那些有赖于口述传统或书面文字的启示。后面这种启示是某些狂热的迷信,因为人们是用自己的耳朵听到的它,而不是用自己的眼睛看到的它,它们是在把人分开而非使人聚到一起。托尔斯泰信仰的是一种适用于任何时代、任何地方、任何人的自然宗教。特定的宗教之所以好,就在于它们能促进那种适合于每一个人的道德行为。他的妻子凯蒂信仰的是俄国的正统教义,但她的行为举止却适合于每一个人。列文会舍弃这些宗教中所有不宽容的、排他的东西,对于此处的东西,他不想劳神去想它们的真理性,因为这超出了他的理智的思考范围。他的上帝是一个模糊的上帝——他的力量,我们可以从我们四周的自然中领略,他的那些律法则已通过同情和良知写在了我们的心中。在这种宗教中,只有维护人类道德所需的那些东西。列文的宗教和代理本堂神甫的宗教的同一性在每个句子中都一目了然。但是,托尔斯泰并没有涉及卢梭对神与爱欲之关系的那些复杂思考。

列文给卢梭补充了一点历史理论。理性人试图支配人类的企图总是以失败告终。列文自己的人生,他在政治和农业改革中的各种涉猎,证明了这一点。各民族的命运是那些作为其一分子的个体在不考虑整体的情况下所作出的万千个人行为的总和。在俄国,存在着一只精神化了的看不见的手,谁若想要用他自己那只理性的手去替代这只看不见的手,那他就是在自找麻烦。问题出在那些知识分子身上。托尔斯泰笔下的这个理论要人们远离统治(ruling)或政治,柏拉图和亚里士多德以降的哲学所开出的最古老的药方。然而托尔斯泰笔下的远离并非为了哲学之故。个体必须投身于那个生来就和他有关的小政治体(little polity),以及那些他能真正去爱的成员,即家庭。如果人那躁动不安的能量和理智接受这种甜美的限制,那么这一限制定会确保持久的满足,一切就会顺利。两性关系与家庭的联系勾勒出了介于自私的理智和自私的感官之间的大道。

　　列文的妻子和他的那些农民知道这所有的一切,而列文还在苦战,以到达他们一直所处的那个位置。这有点成问题,因为那些被认为是人身上有着更高力量的东西首先被用来使人误入歧途,而当它们受到恰当的净化之后,它们又被用来将人带回那些农民的高度。似乎没有这些力量,他会做得更好。但我们又很难相信托尔斯泰会不认为一个在拥有这些更高的力量的同时又能很好地利用它们的人自身不是更高的。他显然无法把一整部小说都用来刻画一个农民的意识或者甚至是列文的妻子凯蒂的意识。作为一个艺术家和一个思想家,他选择了最复杂的现象,而这种艺术家的身份把他放在了一个与他盛赞的"简单"不一致的立场上。因此,他的技艺对他来说是颇成问题的,就像作者的身份对卢梭来说也颇成问题一样,我们很难理解托尔斯泰如何解决这一矛盾。在一个为了回归"原初的简单"(original simplicity)而历经所有疑惑和欺骗的人身上是否存在着某种更好的东西?他的灵魂是否更深刻也更好?这对托尔斯泰来说似乎很难断言。然而这种小说家的技艺和那种复杂的和败坏的人的灵魂是不可分割的。这个问题在众所周知的《安娜·卡列尼娜》开篇的第一句话里反映了出来:"幸福的家庭都是相似的,而不幸的家庭各有各的不幸。"①复杂的东西、多样的东西和败坏的东西是小说家的主题,而简单的东西和善的东西是道德的主题。这对司汤达来说不是问题,因为他把道德看作是布尔乔亚的一种虚伪掩饰。但对托尔斯泰来说,这必定是一个问题。一种解

---

　　① 托尔斯泰,《安娜·卡列尼娜》,Constance Garnett 译(New York:Random House,The Modern Library,n. d.),第 1 部分,章 1,第 3 页。

决的方法是说,艺术家的道德意图旨在把迷路的羊领回羊圈。他描写不幸的家庭,这在艺术上更加有趣,为的是让幸福的家庭看起来更具吸引力,而这个目的通过直接描写幸福的家庭是无法做到的。艺术家将会成为道德和纯真的守护者。这意味着艺术对已败坏的人来说是好的,而对好的人来说是坏的、蛊惑性的。卢梭本人也说过类似的话,尽管他的意思更加深远。① 我们必须相信艺术家是一种更高级的人,相信他并不只是一个医生,没病就可以抛开。但这样一个结论会与托尔斯泰对自然善好和平等的信仰相悖。我们必须满足于托尔斯泰所描述的列文的家庭满足,但这对受过那些主张多彩的道德多样性的专家(virtuosos)——比如托尔斯泰自己——教育的人来说必定是太过无聊了。

托尔斯泰比其他任何小说家都更爱教导家庭的神圣性,家庭是真正的道德趣味的主题。他同意卢梭的观点,即肉体性欲是有意义的生活和道德生活的最终基础,但他也试图让我们忘记对美好之物的浪漫之爱的肉体反应与婚姻和家庭之间的悲剧性张力。他的最大价值——尽管这有悖于他的意愿——在于,我们绝大多数人都对安娜更感兴趣,而不是列文,我们无法忘记安娜,即使小说的最后一节就像一块盖在她身上的裹尸布。

---

① 卢梭,《致达朗贝尔论剧院的信》,章6,第65页。

七 浪漫主义的余波

到了19世纪末,浪漫主义运动告一段落,但它给欧洲和美洲的哲学、艺术带去的冲击却成了我们共同血液中的一部分。浪漫主义的愿望落空了,但浪漫主义的视角却一直保留到了最近。现在盛行的情绪是失望,它来自浪漫主义那一伟大愿望的落空,即从布尔乔亚社会的平庸和唯物主义与自然科学的还原论中抢救高贵、艺术和爱的失败。天堂已经消失,而地狱依然存在。与艺术家的创造力密切相关的那种狂喜已经变得毫无根基。对美好之物的寻求也在丑陋之物取得胜利之后终结了。浪漫派开始变得越来越像贫弱灵魂的装腔作势,而非丰满灵魂的洋溢过剩。小说这种浪漫派交流的首要形式在20世纪已不再庆祝爱,尽管它们还继续处理着人的亲密关系和两性关系。这一点我们只需想一想《尤利西斯》(Ulysses)里的莫莉(Molly Bloom)、《追忆似水年华》(Remembrance of Things Past)中的奥黛特(Odette)、阿尔贝提(Albertine)或夏吕斯(Charlus)就清楚了。福楼拜笔下的女主人公的特点在于,她相信爱而不信所有与之相悖的东西和证据。塞利纳《茫茫黑夜漫游》的主人公罗宾逊(Robinson)的特点则在于,他坚定地不说"我爱你",愿意为捍卫这种不说而死。当那咄咄逼人的年轻女人对罗宾逊说:"难道你不会像别人那样勃起?"①罗宾逊否认那一生理事实与爱或对另一方的承诺有关,叙事者费迪南(Ferdinand)显得异常赞赏这一回答。罗宾逊是费迪南遇到的唯一一个相信着某些东西的人,因而他超越

---

① 塞利纳,《茫茫黑夜漫游》(Journey to the End of Night),Ralph Manheim译,New York:New Directions,1983,第424页。

了费迪南本人的虚无主义。① 将器官及其各种表现(manifestation)衍生成爱和美好之物是彻头彻尾的虚伪(rank hypocrisy)的产物。总之,卢梭的伟大设计——升华——是一次失败。人的尊严或本真(authenticity)取决于智性上的诚实——那种敢于面对丑陋的、不那么可爱的真相的新式伟大德性。

如果在真诚和本真之间存在着些许差别,那么这种差别一定和卢梭所描绘的人类根本经验和作为其反面的尼采所描绘的人类根本经验的差别有关。对卢梭来说,在社会的种种矛盾、不义和虚伪之下,存在着某种关于存在(existence)的美好情感,就像列文所发现的那种。真诚从异化的意见迷宫走出来,重新发现自我,承认作为幸福核心的那种首要经验。而本真是在面对最根本的恐怖时,坦率地认识到那些美好的、给人慰藉的情感其实没有根基。从后者的角度看,卢梭笔下的真诚的人恰恰是最不本真的,因为这种人绝望地抓住的只是一些给人慰藉的、教条性的谬误。就像浪漫主义是一场争相体验最高贵、最崇高状态的竞赛,它的后继学派是一场拍卖,在这场拍卖中,谁把人的境况说得最可怕,谁就是赢家。② 真相开始变成那些最丑恶、与爱的温和期望最相对立的东西。卢梭温和的学派(soft school)被一个冷酷的学派(hard school)取代了。一种野蛮的还原论成了今日的风尚。它不像自然科学那种冷酷的还原论——进行工作时,并没有意识到自身后果。一句愤怒的"我早告诉过你了!"宣告了那种浪漫主义愚蠢的破灭。现实是,所有美好言谈只是为了引诱他人和自己。这与《危险的关系》(Les Liaisons Dangereuses)真是有着天壤之别。《危险的关系》使我们震惊,它暗示了一种体面行为的标准,而我们就用这一标准去衡量它的主人公们。现在,这样的人物已成为本真的标准。我们越来越远离恋人的

---

① 塞利纳,《茫茫黑夜漫游》,第431页。
② 施特劳斯,《斯宾诺莎的宗教批判》,Elsa M. Sinclair 译,New York: Schoken,1965,第11页。

超验结合(transcendental unity),走向萨特的断言——"他人即地狱"。① 对这一断言的细致分析成了小说家施展技艺的钟爱领域。为人类联系寻找基础的尝试就此搁浅——只发现我们真的是孤独者。面对这一处境,人的反应要么是陷入绝望,要么是走向此前都不敢想的极端主义。依据现代人的口味,那些最伟大的否定者似乎要好过那些最伟大的肯定者。谁拥有最可怕的消息(message),谁就拥有最真的真理。

与浪漫派及其后继者背后的简单论述相似的是霍布斯对自然状态的论述。《利维坦》的第十三章是对人的根本境况的一次冷酷而丑陋的描述,这一描述旨在取代那一传到我们手上的在伊甸园和柏拉图的《理想国》中的描述。人的生活被强有力地定性成"孤独的、可怜的、肮脏的、粗野的和短暂的",这种定性成了所有现代虔敬(modern pieties)的基础,也被霍布斯之后的绝大多数思想家和政府所接受。人自然地就处在一种与其他所有人相关的杀戮境况里。这一方面是因为稀缺,为了自保,人们不得不竞争;另一方面是因为虚荣,即自爱,坚信别人在评判我们,正如我们在评判我们自己一样。只有通过征服自然才能建立和平,使每一个极端个体化的个体都能保护自己。在这种严酷的眼光下,上帝给人类准备的温和的伊甸园,以及在《理想国》中提到的那种自然的共同体就像一个给人慰藉但却虚幻的影子一样消失不见了。每一个人都是其他每一个人达成目的的手段,和平的状态只是战争通过其他手段的延续。人与人的关系只是一个契约,这个契约允许每一个人追逐自己的利益。不存在什么共同善(common good)。这显然是从一个完全无爱欲的视角出发所看到的人。正是从这一点出发,才引出现在几乎每个人都同意的那些老生常谈——生命权、自由、对财富或幸福的追求,基于被统治者同意的有限政府,人与生俱来的自由和平等。

---

① 萨特,《禁闭》,第47页。

在霍布斯之后，几乎每个人都感觉到了在他对人的论述中似乎少了很多东西，于是他们努力用一些能增进人与人之间联系的教诲来修饰他。但是他们都是首先接受了霍布斯教诲中的那一根本真理（fundamental truth），因此我们可以问一问他们对霍布斯的修正是不是太小和太迟了。霍布斯教导我们说，人对彼此都是"他者"。后来的道德哲学史和政治哲学史都在试图解释他者如何变成公民同胞、朋友或爱人。言必称"他者"证明了霍布斯的力量，尽管那些这么说的人并没有意识到这种"他性"（otherness）是对人类友好（human kindness）的替换，即便使一些语言伎俩，比如说"重要的他者"，也不会使这一替代物发生根本变化。这种伎俩的特点就反映在布伯（Martin Buber）的建构里，他的建构从"我"出发，然后到"你"，最终变成"我们"。但问题在于，他是否具有足够的力量去组建一个真正的"我们"？或者，这是否只是感伤主义（sentimentalism），将轻易被行为推翻？霍布斯的最大德性是他从不感伤，并且他的力量远远超过那些信奉他、认为能把他拉进己方阵营的人。

第一位试图克服自由派个人主义的伟大哲学家是卢梭，我已试着勾勒了他想在一个被认为没有爱欲的自然中——在这个自然中，原子们相互碰撞，但并不自然地受彼此吸引——创造一种人的爱欲的尝试。尽管卢梭的设计被看作是对霍布斯的修正，但卢梭也是以自然状态——在自然状态中，人是孤零零的，对他人没有任何内在的吸引力——为出发点的。卢梭之后的那些伟大思想家——比如提出主奴辩证法的黑格尔，提出权力意志的尼采——不再提到自然状态，但他们都接受了霍布斯的方案，把战争看作是人与人之间的首要关系。尼采沉迷于自我的对立及其相互的敌意，而所有那些在他之前的人都试图从战争中推出和平。马克思是一个颇能说明问题的例子。当马克思说历史就是阶级斗争的历史时，他采用了一个霍布斯式的非感伤主义的姿态。接着他展示了所有最美妙的东西如何从阶级斗争的历史中产生。现在我们都可以看到这一期望的最终结果如何。换句话说，所有想用被还原的人、原子化的人去推出更高的、彼此关联着的人的尝试都已失败。卢梭复杂而又深思熟虑的设计与我们的关系最大,因为它试图用爱取代自然的恐惧或憎恨。但这都太过人为、太过复杂,最终毁于自己的繁复。不要弄错,我们所知道的爱欲的各种特定形式都是现代哲学家建构出来,用以修正爱欲的原初缺陷的尝试。然而,它们似乎都无法克服其创始人清醒而又完全自觉的思想的力量。

那些加入卢梭"爱的设计"的艺术家是 19 世纪真正的心理学家,因为这一设计为他们的天赋提供了一种更高的职能。他们仔细而精密地观察了爱的所有表现,呈现出一幅关于爱的细致图景,不仅把崇高的东西教给了公众,还让他们如痴如醉。当尼采说当今只有法国才有心理学家时,①他说的心理学家是指像司汤达那样的作家,而非那些在实验室里工作的大学教授。就心理的精细程度而言,现代只有基督徒对其良知的检省可与之媲美。浪漫派可以争辩说,他们观察灵魂的立脚点更优先,因为爱欲是更深层的现象,宗教冲动只是它所产生的影响之一。在古代,最伟大的心理学家是苏格拉底,他从对真理的爱的角度检视灵魂。所有这三种心理学都从同一个前提出发,即灵魂会在它最高的抱负或渴望那里完整地彰显自己,并且灵魂的缺陷与苦难也只有在那种最高抱负的背景下才会彰显其所是。对灵魂的观察是最困难的一种观察,因为它需要以知识本身作为工具。为了开始那些研究,似乎需要它所寻求的知识本身。现代科学的匿名观察者(anonymous observer)无法保持匿名,如果人们想要知道知者,而这样的知识要求一种别样的观察,一种不同于发现运动定律的观察。这种知识要求人们蹚入充满各式怪物的浑水。我们必须用最详细的细节去记录未知灵魂的现象。那些现象不允许还原。必须找到足以解释那些现象的原因。从整体中取出一部分或者用一些貌似可信但却歪曲了那些心理体验的理论是非常简单的。我们需要的是对灵魂的典型运动(soul's typical

---

① 尼采,《善恶的彼岸》,格言 218;另见格言 254。

movements)的丰富描述,以及对这一变化无常的野兽力量的一丝惊奇。

对于所有这一切,小说家或诗人可以说他能够很好地胜任。因为首先他是一个技艺娴熟的人类观察者,他不必先向任何一种理论低头。当然,一切都取决于他的眼力有多好,严肃的艺术家极有可能是百里挑一的人。他们严肃地对待他们看到的东西,从一个更深远的意义上说,他们是现象学家。如果爱真的是灵魂的最高表达,那么爱与主宰诗歌的缪斯(poetical muse)之间公认的联系进一步巩固着他们的权利(claim)。那一事实——爱首先是对美好之物的爱——也巩固着他们的权利,因为尽管如今要想起这一点很难,但艺术要比其他人类活动(human endeavor)更致力于美好之物。描述爱人们灵魂的艺术家也在体验他作为艺术家的天赋。当他创造爱人们的灵魂时,他必须观察他灵魂中发生的变化。这都隐藏在尼采对司汤达的评价背后,他的心理学天赋,他对牧师信仰以及女人深沉的爱恋的判断能力。在艺术和爱的问题上,卢梭将想象从理性的桎梏中解放了出来,这相当于是向艺术家们颁发了一张狩猎执照。

在心理学研究领域,小说家被科学家取代,最著名的是被弗洛伊德取代,这是现代人性史中决定性的。这标志着现代自然科学是知识的唯一形式这一命题胜利了。这是否认了,研究求知工具(instrument of knowing)的方法不同于那些适合于认识自然(knowing nature)的方法。艺术家们的特殊权利是不被允许的,艺术家本人必须受低于他们的东西解释。艺术家和非艺术家不再有质的区别,并且艺术家也要受那种推动着所有人的东西解释,尽管用在他们身上的术语是经过特别修饰的。艺术家徒劳地声称,他实际上是被爱欲推动的,他的爱欲是激情的一种特殊形式,是不能被分解成部分,也不是任何一种受挫的次一级表达。就像科耶夫(Alexandre Kojeve)说的,一个艺术家和别人发生性行为是为了去书写性(write about sex),而弗洛伊德认为作家写作是为了得到性。尽管弗洛伊德也写爱,但他无法帮助我们区分爱与性欲,无法帮助我们区分爱与出于习惯的关系,对他而言,美好之物并不是一种客观的存在。精神分析治疗的目标带着的是妥协的味道,是我们天生的欲望和外部强加给我们的社会要求之间的妥协,自我与他者之间的妥协——完全没有了卢梭心理学试图提供的自我与他者的调和。

卢梭和康德建造的精致结构倒塌了,不管是为了连接自然与社会这两极、弥合分裂的人,还是为了在文化中找到第三条道路,比之前任何一条都要高尚的路。浪漫主义所营造的所有狂喜都破灭和陨落了。高的东西开始显得只是道德说教,而低的东西看起来倒成了真正重要、过去一直被浪漫主义遮蔽的东西。

在美国,浪漫主义的当代遗产是相当贫弱的东西。它几乎已沦为以性为中心(centrality of sex),但这种性是完全没有理型的性。美国那种被性浸淫的(sex-drenched)氛围不同于20世纪欧洲小说家所描摹的那种,因为那些小说家关注失败的两性关系是为了表达某种绝望和痛苦,但那绝望和痛苦映衬在一种浪漫主义热情的背景之下。我们几乎无望于得到崇高的爱。相反地,我们看到的是为另一种唯物主义,为那种贪婪的唯物主义推波助澜的"性基底"(sexual substrate)。美国的哲学和文学很少说起有关爱欲的东西。这是一个靠家庭建国的国家,一个由万千家庭组成的国家(nation of households),家庭是一个不可置疑的单元。家庭形成之初的那些性魅力和使家庭分崩离析的那些性诱惑都不会得到多少发挥的空间。性得到其所应得的关注后,它的身边并没有一个指向升华的发射塔。我们得到的是无差别的解放,是治疗我们烦恼的药方,或者心理工程学,这是现在最首要,为的是完全平等这一宏伟计划,但是平等却进不了家庭的大门。在用两性之爱建立人与人之间真正联系的伟大计划中,与他者的同一融为一体的欲望只残存了一丁点儿,隐匿在关于共同体的模糊而无根基的讨论之中,而事实上,自我依然是自我,他者依然是他者。

附：

蒙田与拉博埃西

蒙田在他的散文《论友谊》中用最崇高的词汇描绘了他眼中两颗灵魂在彼此身上得到的快乐。这一现象见证了一种激情的、排他的情感,这种情感完全来自两个意识间超越肉体的纠葛。在这里,友谊并不有赖于努力。对友谊的描述完全就像对罗密欧与朱丽叶初次见面的描述——一种无法抵抗的吸引力。蒙田说他第一次见到拉博埃西(Etienne de La Boetie)是在一个盛大的宴会上,虽然那里有许多人,但他们两人却被彼此俘虏了。他们迅速撤入专属于他们的友谊圈子,无视其他所有人。这一切发生得既突然又彻底。不只是在那里,而且在他们后来的生活中,他们也变得完全无视他们周围的人。蒙田并不打算描写他们对彼此说了什么,也不打算定义他们关系的实质。他只打算从外部描写他们两人那牢不可破的、无法抗拒的愉快联系。

尽管这一让人无法抗拒的体验似乎和那种在各种文学体裁中如此常见、如此有吸引力的爱恋相似,但它却并不适合于文学描写。一种指向做爱的吸引在舞台上是非常容易模仿的,并且永远受到公众的欢迎。这并不需要爱人们真的在台上做爱,因为每个人都可以想象得到是什么在推动他们。但朋友在私下里会做什么却不那么容易想象,或者换句话说,友谊的核心完全是理智的(intellectual),而绝大多数人根本无从接近理智,所以他们无法想象。每个人都有肉体反应(bodily effect)——这种肉体反应是通往精神之爱的阶梯。以自身为目的的理智上的好奇(intellectual wonder)——它是蒙田所赞扬的友谊的基础,蒙田声称友谊要比其他任何一种人类关系都要高——却几乎不为多数人所知。莎士比亚可以给出一些暗示,但也只是通过狂欢趣味屋里的镜子歪曲地反映出来,就好像它是行为(action)的一部分,但事实上,它根本不是行为的一部分。甚至是蒙田所采用的那种散文的形式也无法表达他正在谈论的东西的核心。为了使友谊对读者们显得有趣而可信,他必须使用友谊外化所产生的那些值得称道的结果,比如愿意为朋友慷慨解囊。这些东西当然是值得称道的,但它们并不真的吸引人。当爱人们为他们的心上人做出牺牲,那些牺牲会立即被理解成一些美好而令人兴奋的东西的一部分,这些东西是几乎每个人都能想象得到的。比起肉体之间的爱欲,灵魂之间的爱欲——如果两个人能彼此分享他们对人性和其他所有东西的见解,那么他们就可以体验到这种爱欲——要更难被觉察,因而也更难被相信。伪科学理论又进一步强化了这种在绝大多数人身上的不相信,因为它告诉我们,这种体验基于幻觉,它事实上源于肉体的爱欲——这一肉体经过了为升华这一目的而创造出来的半奇迹能力(semimiraculous faculty)的转变。

因此,要解释这样的友谊并使它充满吸引力就面临非常大的修辞上的困难。我们必须给出一些大众可以理解的原因,使一个不大可能知道是什么产生了友谊的听众理解两个男人之间的那种看似危险的关系。这样的友谊是可疑的,因为他们从人类的普遍共同体(universal community)中抽离了出来,以便更完满地享受彼此的陪伴,甚或共同参与这样或那样的秘谋。这是柏拉图对话录的问题,因为在柏拉图的对话录里,苏格拉底希望通过对话的方式来交朋友,但对话并不属于任何现实的文学形式,尤其不适合表演。就像尼采这个伟大的戏剧拥趸说的,柏拉图是无趣的。[1] 事实上,柏拉图的对话并不无趣,如果我们理解了它们,但确实不存在可以戏剧化地模仿它们的方式。只有思想可以模仿思想。戏剧关心的是行

---

[1] 尼采,《偶像的黄昏》,"我感谢古人什么",2。

为,因此思想只能被展现为对那些行为有帮助的东西,而不是它本身。这也是为什么不可能真的存在一门叫思想史(intellectual history)的学科。行为可以被历史在不实践它们的情况下记录,但思想本质上不是行为,它只能被充分思考,而无法像行为那样被记录。事实上,甚至是柏拉图的对话录——对热爱戏剧的人来说,它们或许是无趣的——也不是对苏格拉底思想的模仿,因为苏格拉底和他的对手说话这一活动从来不是纯粹的思想活动,而是教学活动。他甚至从来没有和他最好的学生——不管是柏拉图还是色诺芬——说过话。在色诺芬的作品中,苏格拉底确实和色诺芬说过话,但只是在一个喜剧性的背景下,在那里,苏格拉底因色诺芬在性生活上不能自制而叫他傻瓜。① 事实上,柏拉图的对话录是半戏剧(half drama)——在柏拉图的对话里,苏格拉底和各种或没有思想或不能思考或不愿思考的人对话。这样的对话者不可能成为苏格拉底的朋友,尽管他们的对话充满了有趣的、次哲学的(sub-philosophical)交锋与引诱。这是赋予这些对话作品魅力的东西。有与忒拉叙马霍斯(Thrasymachus)及卡利克勒斯(Callicles)这样的人物的权力斗争;也有有趣的诡计,比如在《理想国》中,苏格拉底为了摆脱克法洛斯(Cephalus)这个父亲——他不会允许激进对话的发生——而采用的那一诡计;对于那些对苏格拉底友好但不能理解苏格拉底在做什么、为什么这么做的人,像克力同(Crito),还有反讽性的宽慰和保证,还有其他许多这样的小事(little deeds)。事情(deeds)可以在言辞中得到再现,但思想无法在事情——比如戏剧中的那些事——中得到再现。柏拉图把我们带到了苏格拉底的边上,看他和那些可以成为他真正的朋友、可以与他进行思想交流的人相遇,但他却从未把我们带入那片乐土,因为那事实上意味着一篇只有极少数人可以理解的哲学论文。

蒙田讲述了这样两个对等之人(two equals)的相遇,但被迫只

---

① 色诺芬,《回忆苏格拉底》,卷1,章3,节8-13。

描述了这一雄伟建筑的正面。他要谈论两个哲人之间的交往,他说这样的友谊可能三百年都不见得会发生一次。但毫无疑问,在这一谨小慎微的论述中,他要告诉我们关于他自身的那一重要的部分,虽然只是以这样一种可为大多数听众接受的方式。然而,不管那种经历如何罕见,如果它是真的,它就表明了两个人自然联合的可能性,而这种自然联合正是爱欲一直想要达到却又一直未能达到的东西,因为对爱欲来说,个体化的自私是自然的。这一可能性对我们理解人的自然本性十分重要,因为人最高的体验会让我们在它的指引下去重新诠释一些较低的体验。两个哲学人(philosophic men)之间的对话会让我们看到,普通人(lesser men)之间的对话至少也有一点类似最强形式的对话。两个好哥儿们之间逗乐的话也有一点两个哲人寻求共同见解(mutual insight)的味道。

就像蒙田提醒我们的,亚里士多德说,好的立法者更关注友谊而非正义,因为法律强迫人们违反其意愿地、不完满地履行正义,而爱对方如爱己的朋友却能在没有劝诫或惩罚的情况下完满地履行正义。但朋友不同于公民。他们更愿意把精力放在彼此身上,而不是城邦身上,因为城邦的目标并不是他们的目标。蒙田坚持认为,人只能有一个朋友,这无隙的认同也只可能发生一次,如果一个人有两个或两个以上的朋友,他就得选择是去做对这个朋友有益的事还是对另一个有益的事(页141 - 142)。① 一对朋友自身也是共同体,它可能和整体上的公民团体并不一致。友谊可以帮助我们解释政治想要得到的东西究竟是什么,但它也让我们意识到政治并不能达到它想要达到的那一目的。立法者希望所有公民都能对彼此友好,对彼此怀有善意,因为这样一来,人们就不会仅仅因为害怕惩罚或算计私利而服从法律,但他们不可能希望个体的友谊,因为在一

---

① 本章所有文中夹注均为引用蒙田《全集》的页码,Donald M. Frame 译,Stanford:Stanford University Press,1976。[译按]中译以潘丽珍等人的译本(译林出版社,1996)为底本,做了稍许改动。

对朋友看来,他们之间的纽带要比公民之间的纽带更高。在那种罕见的友谊中,自我与他者之间的对立完全被克服了,而在政治中,这种对立最多只是部分地被克服了。一大群人的现实利益(real interests)永远不可能是两个有着相同天赋、相似理解力的朋友的利益。出于这个原因,真正的朋友——他们总是在角落里进行私密的谈话——对任何共同体来说都是成问题的。"他们在说什么?他们在计划什么?"他们对彼此的偏爱对其他任何一个人来说都是一种冒犯,如果他们碰巧拥有高智商,对他们的不信任感也会随之增加。这种情况还会因大多数人可能无法理解他们而恶化,这也是他们不得不从一开始起就如此私密的另一个原因。

这也是苏格拉底一直遇到的问题,因为他不断地和年轻人进行亲密对话,这引起了共同体及其领袖的怀疑。他公开地表示他总是出现在公开场合,但这一说法与柏拉图和色诺芬的说法相抵牾,在柏拉图和色诺芬的笔下,他把大多数时间都花在了那些出身名门、生活宽裕的人身上,并独身一人与他们当中的某些人进行批判性讨论。最粗俗的怀疑是他违背了父亲们严格的禁令,与他的年轻伙伴们发生了性关系;或者是,他参与密谋推翻民主制,而这一指控因他与克里提阿(Critias)和阿尔喀比亚德——这两个人都以他们自己的方式对民主造成了威胁——的交往而显得尤为合理。在为苏格拉底辩护的过程中,柏拉图与色诺芬专注于那些相当容易反驳的粗俗指控,而避免谈及真正令人震惊的东西:对最高的东西有着不一样的看法。从表面上看,苏格拉底和他的伙伴们所谈论的和一起思考的东西——这种东西要比性或政治更接近友谊的本质——似乎要比性和政治更值得尊敬。但事实上,苏格拉底谈论的那些东西必然对民主信仰以及其他现实的政治体制起着颠覆作用。说他不敬神和引入新神其实是最恰如其分的指控。苏格拉底并未积极主动地引诱年轻男子的肉体,也未积极主动地建立新的政治体制。他做的只是让那些受到他吸引的人换一种角度去思考(think differently),甚至可能是换一种角度去思考那种告诉他们应该思考什么的宗教的权威性。老百姓最终无法容忍的正是这一退出（withdrawal），从信仰的共同体中退出，而这就是关于哲学友谊的一切。

这些思考能帮助我们理解蒙田和拉博埃西间的关系。他们都是我们所谓的文艺复兴人文主义者（Renaissance humanists），而这意味着，至少，他们仰慕在信仰和品味上都截然不同于基督教欧洲（Christian Europe）的古代。思想史家们倾向于回避这一问题，倾向于让我们忘记古希腊和罗马的那些书对那些严肃地对待这些书的人的基督教信仰构成了严重的威胁。在蒙田生活的那个时代，人们因宗教问题而互相残杀。每一正教都要求严格地信奉其教派的共同信仰，并且对那些被怀疑游离在已有阵营之外的人也同样严厉。这两个人对那种处境怎么看？蒙田可不是那种能与世隔绝、只管自己思考问题的不问世事的人（private man）。他在整个基督教世界都享有盛名，并且他还是天主教徒和新教徒之间的中间人。他是纳瓦拉（Navarre）新教君王——即后来平息了派系之争的法国天主教君王亨利四世——的一个密友。一个人在这些问题上持什么立场直接关系到生死，而一个人的思想自由以及一个人在微妙的宗教化的政治世界里的影响力有赖于找准不但有助于共同善还有助于保护他和他的思想免遭狂热的不宽容（fanatic intolerance）所害的审慎立场（prudent grounds）。甚至在两个世纪之后，当这些争端的生命力已大不如前的时候，卢梭还是因出版了相关的作品而饱受折磨。生活在更艰难时代里的蒙田也相对更审慎、更隐蔽，他必须更微妙、更注意分寸地行事和表达自己。他仅仅暗示他对普鲁塔克作品的热忱——普鲁塔克的《名人传》被他称作是他的日课经（breviary）（页262）——也许影响了他对自己时代的那些争端的看法，也影响了他表达这些看法的方式（页115，484，761，795）。

于是，他和我们说了他和新朋友之间的一见钟情，还令人费解地补充说，他们对彼此早有耳闻，并且互有好感。他早先在散文中向我们透露，他早已读过拉博埃西的论文，他管它叫《论自愿为奴》（The Voluntary Servitude），而别人管它叫《反暴君论》（Against One）。

这篇论文非常有争议地讨论了那些主导性的宗教事宜,并被法国的新教派系所利用(这有悖于拉博埃西的意图,因为按照蒙田的说法,拉博埃西很可能是反讽地说了这些话)。他还在《论友谊》(Of Friendship)的另一段里——显然和关于这篇论文的第一段有关——告诉我们,拉博埃西在政治上偏好共和。这一供认相当不同寻常,因为拉博埃西生活在一个君主国当中,而这一供认暗示蒙田偏好共和,因为他坚持他和拉博埃西同心一意。他向读者们保证,拉博埃西的共和主义是无害的,因为拉博埃西虔诚地遵守着他祖国的法律。这一辩护是如此成问题,以至于我无需对此发表评论。在同一语境下,蒙田宣称,他本打算把拉博埃西的这篇论文当作这篇散文的一部分发表,但最后决定不这么做,因为它最近已经被"那些带着恶意,试图扰乱和改变我们政府的处境的人"(页144)发表了。他说,他想要保护朋友免遭无知偏见的迫害,但他显然也打算保护自己。他用一系列拉博埃西论爱情的乏味诗歌取而代之。这两个人专注于那一伟大时刻的神学问题和政治问题,但蒙田却将读者的注意力从他们身上转移到了年轻人的爱欲上,而这显然更合大众胃口。从某种角度上说,这种爱欲低于那些大问题,但从另一种角度说,它又指向了一些更高的东西——这两人之间的关系。在读了拉博埃西之后,蒙田倾向于相信,他已经找到了一个灵魂伴侣。同时他也说得很清楚,他们共同的想法不会合大多数人的胃口,尤其是不会合宗教和政治权威的胃口。在向我们直陈他们对彼此的强烈感觉的过程中,他巧妙地隐藏了他们所持共同想法的内容。他们是两个年轻人,生活在一个狂热地要求整齐划一的时代,一个对独立思想非常危险的时代。蒙田巧妙地向我们透露,他和拉博埃西的相互吸引首先建立在他们对宗教和政治制度的看法上。他们发现,他们对他们时代的那些问题有着十分相近的看法;此外,他们都认可古代文学的重要性,而古代在基督教现代性(Christian modernity)中是模糊不清的。这一刻对他们彼此来说都可谓是相见恨晚!他们可以毫无保留地与对方交谈而不用担心吓到对方。他们可以和对方分享学问,比较看法。对某类人来说,这样的相遇至少和强烈的性欲满足有着相同的吸引力。但他们是——不管他们可以计划什么样的政治行动——有颠覆性的一对。

在下面这段文字中,蒙田向我们表露了这一问题,而且就像表露其他任何东西一样清楚:

> 罗马执政官们在判决提比略·格拉库斯后,追捕所有和他有来往的人。他最好的朋友凯厄斯·布洛修斯也在此列。莱利乌斯当着罗马执政官的面,问布洛修斯愿为他的朋友做哪些事,后者回答:"一切。"莱利乌斯又问:"什么?一切?要是他命令你放火烧神殿呢?"布洛修斯反驳道:"他从没这样命令过。"莱利乌斯又说:"假如他下命令呢?"另一个回答:"那我就服从。"史书上说,如果他真是格拉库斯的挚友,他就不必用最后这一大胆的供认来冒犯执政官,不该放弃他对格拉库斯意志的信任。然而,指责这一回答具有煽动性的人,并不了解这个奥秘,并没有像应该的那样认定他对格拉库斯的意志了如指掌,他俩的友谊是一种力量,也是彼此知根知底的。他们是真正的朋友,而不是一般的公民伙伴,不是国家的朋友和敌人,不是热衷于冒险和制造混乱的朋友。他们互相依赖,互相钦慕。因此,如果这一对是受德性指引,受理性控制的(他们的关系不可能受其他东西驱动),布洛修斯的回答就是恰如其分的。如若他们的行为不一致,那么,无论按我的标准,还是他们的标准,他们就不再是朋友了。(页139-140)

指控者自然而然地认为这样的朋友会烧掉神庙,而蒙田告诉我们,那一反应虽然轻率但也并非不正确。他断定这"一对"必然"受德性的指引和理性的控制"。这一断定说明,在蒙田看来,真正的友谊需要德性的在场,它是理性的一个共同体。但这里有一种含混,因为存在着两种德性,一种朋友的德性,一种公民的德性。通过合并这两种德性,他能明证,这是那两个人决不会做的事。蒙田继续他对这一问题的讨论,试图为朋友的世界作保;他说,他可以回答质疑者,他永远也不会杀自己的女儿。从这句话中,我们可以看清两点:他把神庙换成了女儿,而这两者在他心里或许有着不同的地位;其次,他说得很清楚,他永远也不会参加祭祀以撒(Isaac)的活动。上帝不是朋友,其部分原因是上帝不可知。

这一友谊的核心是哲学。这两个人在通往真理的路上互帮互助。友谊需要两颗灵魂以及灵魂致力于理解的真实(reality)。他们受到想将意见转化为知识的企图的引诱。是先于灵魂的自然、存在或真实提供了把他们黏合到一起的东西。仅当存在着某种真理——有了真理,他们才能用理性推论,才能同意或不同意,才能互相驳斥——分享才是可能的。当两个人一起证明了毕达哥拉斯理论,在那一刻他们无疑融为了一体,看到的、想到的都是相同的东西。在那一刻,他们确实以某种方式达到了同一,而这是那些身处其他任何关系中的人无法想象的。知者(knowers)可以以某种方式成为朋友,而创造者们(creators)不行,因为知者可以因怀有共同的愿景(common vision)而联合,但各自怀有独特愿景的创造者们不行。这样的共同愿景在自然科学领域里相对常见,我们对此都略有所知。自然科学的问题是,它们仅仅是片面的、部分的,它们并没有去尽力理解人类的整全。除非哲学是可能的,否则这样完整的交流(total communication)就是不可能的。因为哲学既处理事物的整全,又处理那些试图了解它们的人。蒙田——被他的一个同辈称为法国的泰勒斯①——和拉博埃西显然并不只讨论天体的运行,他们也讨论那些可能更吸引他们的东西,比如是否存在着天堂和地狱,对他们来说什么样的生活才是最幸福的(蒙田以公共人的身份登场,最终却选择回到他自己的私人生活之中),以及友谊是不是最高等的人类交往。这种私人交往——尽管它涉及那些最公开、最共同的东

---

① 利普修斯(Justus Lipsius)致蒙田的一封信,1583年5月23日。

西——必然是私人性的,因为关于这些东西的公意只是教条,它们必须受那些坚持知识而非意见的人的检验。蒙田以其怀疑论著称——他的"我知道什么?"这意味着他已经意识到他并不知道绝大多数人自以为知道的东西,并且这自身表明了一种对人类意见——被法律和宗教崇拜所神圣化的意见——的全面反思。这是这两个朋友与彼此分享的讨论。

纵使罕见,这也是一种可能的关系。它要求存在两个体验到求知迫切性的人,两个有理智天赋去求知的人,两个不会被肉体或灵魂的其他激情所压倒的人——对这样的人来说,求知要比其他任何东西都重要、都快乐。显然,这样天赋品味俱全的人是罕见的。但达到这一要求是必要的,如果我们想发现那种完美的人类联合的唯一的可能性——那种哪怕是暂时的联合,在这种联合中,两个人就像一双专注于同一样东西的眼睛。这就像蒙田告诉我们的,就是那个唯一的自在之在(ens per se)。他相当机智地告诉我们说,在其他关系中,他不会关心同伴身上德性的整全性(totality of virtue):他不会关心他的医生或律师的宗教,不会关心他的仆人的贞节。这些东西和他们的职能表现毫无关系,而对这些不整全的关系(partial connections)来说,职能表现才是重要的东西。在餐桌上,他偏爱机灵的人多过智慧的人;在床上,他偏爱美人多过善人;在交际圈(society of discourse)中,他偏好能力,即使能力与绅士风度无关。但在友谊的整全关系中,双方都必须具备所有的品质和德性,不是为了他们自己,而是为了友谊的可能性。一个胆小如鼠的人或一个总是喝得醉醺醺的人没有时间去成为别人的朋友。人们也无法想象两个毫无才智的人可以严肃地讨论神学。朋友与所有这一切都有关——可能除了他在床上想要的美丽。某种程度上的德性完美是友谊的一部分,而那种完满几乎是友谊双方所持有的共同目标的自发结果。蒙田就像苏格拉底一样,仅把道德德性看作实践理智德性的条件。

对这两个人来说,每一个人都不再是他自己,他们消失在了一个共同的身份(common identity)之中。伟大的爱国者们也让自己消失在共同的身份之中,但这需要那种被卢梭称为去自然本性化(denaturing)的过程。① 蒙田所说的之所以有吸引力,是因为他说的东西是自然的,是原始倾向的结果。"异体同心"(One soul in two bodies)。双方的互助并不比一方的自助更值得赞扬。这无非是个体意识延伸成了双方的共同意识。因此,存在着一种完美的财产共有——它消灭了那种造成人与人分离的罪魁祸首。这意味着,友谊含蓄地否认了私有财产的神圣性,它支持共产主义的那一古老梦想——由苏格拉底首先阐述,马克思和他在我们这个时代的门徒继续发展了它。关心财产就是关心个体的自保,而当这种关心被制度化以后,它就意味着,人与人将永远分离。渴望共产主义完全是可以理解的,也是说得通的。它是人真正共同体的前提。在婚前财产公证之前,在丈夫和妻子的关系中一直隐含着这样类似共产主义的东西,这种东西给了那一关系一定的特权。但蒙田向我们展示了为什么它在政治上是愚蠢的:只有两个朋友才能共产。这并没有让蒙田抛弃对共产主义或共同体的渴望。这只让他对政治不再抱有什么希望,让他不愿将友谊从属于它。从政治秩序或社会秩序的极端要求的角度看,一对朋友完全沉浸在彼此的交往中——显然,比起一个人完全沉浸在自己的世界里,这种关系要更高贵——是不义的。不管是在他的政治行为中,还是在他的著作中,蒙田都试图压制那些要求,以便保护友谊的真正可能性,保护总体上的私人生活。

  关于道德的来源和人类交往的基础,现在是时候去看一看卢梭和康德这两个人与蒙田的区别。卢梭从自然的自私和孤立的个体出发,通过他发明的公意(general will)(在康德那里是绝对律令),建构出一条从个体到共同体的康庄大道。诡计就在"公"(general)这个字当中。个体还是继续像他往常那样看待他自己的行为和欲

---

  ① 卢梭,《爱弥儿》,第40页;《关于波兰政府的一些思考》,章2;《社会契约论》,卷2,章7。

望,只不过他把它们一般化,应用到了所有人身上。道德的个体会放弃那种无法被应用到所有人身上的东西。换句话说,一个人意愿着什么的人应该把自己当成全人类的立法者。任何与普遍立法者(universal legislator)这个角色相抵牾的意愿行为都是不合法的。这种道德没有具体的内容。它的内容来自普通人的普通希望。让它变得道德的是这种一般化的过程。"为了赚钱我想撒谎。为了赚钱所有人都会撒谎。这是不可能的。因此,我不想撒谎。"道德人并不思考那种欲望究竟是什么样的欲望,他只考虑这种欲望是否具有一般性。在卢梭的教诲中,道德的本质就是一个人做这件事的可能性。它被用来回应自由派的观点,即人完全彼此孤立,他们首先关心的是他们的自保,以及那种相应的观点——所有的人类交往都只是自保的算计性延伸。卢梭和康德回应说,自然太低,无法提供道德指引,因自然而产生的交往是堕落的。一般化这一行为不是自然的,它并不源自任何自然给予的东西。它从自然的纽带中证明了人类的自由。献身于公意的个体因他的献身而道德,这样的个体在道德上是可靠的,因为他并不按照他的自然倾向或个体意愿行事,而是按照公意行事。人从完全的孤立来到了完全的社会化。遵从公意的人不仅仅是共同体的一员,从某种意义上说,他甚至就是那一共同体。而在这两极之间,几乎不存在任何个体的联合或共同体。卢梭确实把浪漫关系(romantic relationships)当作连接这两种情况的一种纽带。但恰恰是因为这个原因,爱情关系才既受到自然欲望的破坏,又受到不近人情的共同体要求的破坏。从道德的角度看,个体间的迷人关系和他们对人之整全的渴望没有任何地位。爱和友谊都抵制一般化,而共同体是战胜这样的关系和它们的自然原因(natural causes)的结果。

蒙田向我们展示的是一种自然的联系,一种对对方真实的关切,这种关切无需建立在对自然欲望的克服之上,而是它自身就是一种自然欲望。说这样的关系十分罕见并且几乎是不可能的并没有改变那一事实,即它源于自然并重建了道德的自然根基。是与对方在一起时那种同一的感觉,而不是抽象的一般化,把蒙田和拉博埃西紧紧地联系在了一起。如果这是一种真实的体验,那么它就驳斥了霍布斯、洛克、卢梭、康德、弗洛伊德以及绝大多数我们自己时代的现代思想家笔下的自然观。个人意愿和公意的关系是人与他自身的关系,而朋友则更强调人与另一个人的关系。我在这本书里总是说到自然,而这是关于它的最重要的问题:自然只是个体们的自私原子化(selfish atomization),还是它本身包含了一种联合的因而也是道德的冲动?就像我们看到的,在卢梭那里,居中的爱情关系源于自爱,源于一种升华的利己主义。蒙田饱含激情地声称,对另一个人的灵魂产生好奇是自然的,并且正是这种好奇在那些互相仰慕的人之间建立起了一个自然的共同体。这克服了在一些康德主义者那里如此成问题的快乐与道德之间的对立。对他们来说,如果帮助他人有回报,那么这种帮助他人的行为就不是道德的。对这样的康德主义者——在我们之中也有不少这样的人——来说,要证明一个人行事道德,当事人就必须说他并未从中得到快乐。蒙田骄傲地宣称,他和拉博埃西的关系是交往的最高形式,而他证明这一点的方式就是说他从中得到了快乐。莎士比亚和蒙田向我们详尽地展示了因对社会的自然倾向而产生的关系,这种倾向为亚里士多德所肯定,而为霍布斯所否定。这是我们讨论的作者之间的根本区别通过考察其他声称达到了这种完满的有力主张,蒙田试图证明,友谊是唯一完满的社会关系。他说,其他所有的社会关系都有一些外在于这一社会关系或交往的目的,它们多少都是商业关系(business association)的精妙变种。以自身为目的的友谊显然更值得选,因为没有什么东西可以威胁到它,并且同伴之间也没有任何的利益冲突。它就像无需补充他物的幸福,因为它已包含了一切善的事物。事实上,没有人会说:"我很幸福,但我还想多赚一点钱,或我还想变得再漂亮一点。"因为这等于是在承认他不是完全幸福的。从某种意义上说,蒙田主张友谊就是幸福,因此它是因其自身而被欲求的,它不需要任何外在于它的东西。为了证明他的观点,他审视了其他关系,即古人所区分的自然关系、社会关系、好客(hospitable)关系和性关系。他实际上只讨论了自然关系——即意味血缘关系——和性关系。他做了一件不合我们口味的事,即为这些关系确定等级秩序。这意味着,他意识到了在它们之间可能会存在着冲突,他意识到了人们必须选择,而有些人会因这样的选择而受到伤害。他勇敢地面对了那一事实,即虽然我们希望所有好的事物都不相互冲突,但这似乎是不可能的。

蒙田选择以父亲和兄弟,以家庭——因为它们最先要求我们忠诚——为出发点。他对待家庭的态度带着苏格拉底式的轻率(Socratic levity)。他所说的是传统家庭,而不是我们知道的那种民主家庭,因为他把民主家庭看作一种折衷,这种家庭既没有达到家庭的要求,也没有达到朋友的要求,它是一种注定要解体的试验性结合。他说,孩子对他们父母的感情是尊敬,而非友谊。在朋友之间存在着一种亲密关系,这种亲密关系完全不适合存在于父母和孩子之间。家庭的秩序建立在父母给孩子的那些指导和训诫上。父亲和母亲是权威,不是能过分亲昵(familiar intercourse)的对象。父母和孩子不是平等的,而朋友必须是平等的。在家庭中,教育是单向的,而在友谊中,教育必然是相互的。家庭假定了父母的卓越智慧,它不允许孩子指责他们的父母。他想到了阿里斯托芬所描绘的那个儿子,那个儿子是苏格拉底的学生,他因为父亲的无知和愚蠢殴打了父亲。① 这表现了父母有智慧和孩子从属于父母这一观点的传统特征。蒙田并不认为这一特征可以被改变,但家庭显然会使一个像蒙田这样的聪明孩子感到压抑。他会去找一个朋友。他以一些国家的风俗为例,在那些国家中,孩子杀父亲或者父亲杀孩子,"以便扫除障碍,因为他们有时会成为彼此的障碍"。带着典型的温和语气但却残忍的想法,蒙田接受了这些恐怖行径的合理性,以格言"依照自然,一方的存在有赖于另一方的毁灭"作为他的依据

---

① 阿里斯托芬,《云》,第 1321 行以下。

(页136)。蒙田指的是我们在哈尔和他父亲的关系中而非哈尔和福斯塔夫的关系中看到的东西。对一个儿子来说,自由与财产取决于——当然是在一个传统家庭中——他父亲的死。而在这些事实背后还有一个不可回避的事实,那就是儿子的成年与父亲的衰老、死亡的紧密联系,以及基于这一点要承受的所有心理负担。通过援引两个哲人的直白陈述,他完成了对血缘关系的批评。当人们问阿里斯提波(Aristippus)对自己生的那些孩子怀着什么样的情愫时,他开始吐痰,并说:"这也是我生的。"普鲁塔克在给一位哲人和他的兄长劝和时,这位哲人回答说:"我尊重他仅仅是因为我们都是从同一个洞里生出来的。"(页136)这就是一个有着卓越父亲的好儿子——通常理解中的好儿子——对父亲和家庭的理智思考。在蒙田身上,残酷的透彻性(harsh clarity)和举止的得体以一种最不同寻常的方式结合到了一起。

尤其是,家庭声称为一个男人或女人提供了最有吸引力、最重要的关系,而这是最令人无法接受的。要想让父亲、儿子或兄长的那些品质和朋友的那些品质一致是非常不现实的。一个人的朋友可以待在地球的另一端,不用遵从自己国家或家庭的法律、宗教和风俗。友谊的乐趣包含在选择和自由意志当中,而家庭提出的友谊建立在对法律和自然的服从之上。家庭专横的要求扭曲了人对好朋友的寻求,而在摆脱了家庭强加在他思想和行为上的约束之后,蒙田表达了他的喜悦之情。

蒙田从严苛而压抑的家庭关系转到了那种更加鲜活的与女人的爱欲关系。他对爱欲关系的评价要好于对家庭关系的评价。这种关系显然来自我们自身,并且是我们自由行为的结果。蒙田承认他体验过这种关系,并对此兴趣十足。他不否认,比起友谊关系,这种爱欲关系能给人更扣人心弦、更富张力的感受。在家庭中,挡在友谊面前的是责任;而在这里,吸引我们的是强烈的快感。显然,这意味着对蒙田来说,爱欲关系有着比家庭关系更卓越的吸引力。他承认,当爱欲和友谊相竞争时,他和拉博埃西都有过心理斗争,但对于什么东西才是首要的,他们都心里有数。友谊"在高空飞翔,傲气凛然,鄙夷地注视着爱情在它下面坚持走自己的路"(页137)。这是非常高贵的,并且证明了他们能够"分清轻重缓急"。但谁会想成为那个身陷这两种关系之中的女人?蒙田对这两种选择的深刻体验让他无条件地偏爱友谊胜过爱欲之爱。就像他说的,爱欲之爱仅仅抓住我们的一角。那一角也许会带上我们的其他部分,但它并不隐含我们在友谊中发现的那种总体的相适。爱欲不是永恒的,它一直在变化,时高时低,而友谊平和稳健,经久不变。当人走下爱欲的高峰——这是一个人必定常常在做的事——他会欣喜地回到友谊之中。并且最重要的是,爱欲更多的是沉浸在对其对象的追求上,而不是沉浸在享受中。爱欲的真实力量充满着不确定性。对情投意合的怀疑是最有意思的东西,只要那一怀疑仍然存在,爱欲就还是一种非常吸引人的体验。蒙田帮助我们在爱欲和性之间做出了重要的区分,而这一区分常常被我们忽略。一旦双方同意——这是人们表面上追求的东西——兴趣便开始减退。一旦做爱变成了习惯性的东西,它也就成了像吃饭一样的事。在爱欲性的追求中,某人真正想要的东西总是包含着一些幻觉。而在友谊中,真正的快乐要到得手以后才开始,并且谈话要比做爱更能使人沉浸其中。

现在我们看到了婚姻,这是在现代最享特权的关系之一,而蒙田对此完全是未开化的(savage)。我们必须记住,蒙田是一个可靠而忠贞的已婚男人,尽管他不会说他是一个幸福的已婚男人,因为幸福不是婚姻固有的一个范畴。他对婚姻的最大反对在于,这桩生意——蒙田这么称呼婚姻——只许进不许退。基督徒不能离婚。对蒙田来说,自由似乎是鉴别那些真正最可欲的东西和最人性的东西的试金石。缺乏自由是他批评家庭关系以及以另一种方式批评爱欲关系的核心。他说的自由显然不同于霍布斯、卢梭和康德提供的那两种选择。那两种中的第一种是不受阻碍地做冲动在自然状态下怂恿人做的任何事的自由。第二种是不受专横的自然必然性约束的自由,这种自由通过形成公意的能力表现出来。当一个人遵照某种普遍原则或准则行动,他就可以确定,他不纯粹是一头受自然法指引的野兽,而是一个受他为自己所立之法指引的人。后者是了不起的,它使我们的自尊心得到了满足,但它却并不怎么吸引人,因为除了良心上的快乐,它并没有给予其他更大的快乐。相对的,蒙田所谓的自由是不受必然性、习俗和我们的私心所阻碍,选择美善之物的自由。这是一种甜美的自由。它暗示,那些高贵或道德的关系都是自然的,并且人生来就渴望与另一个人的灵魂结合,与另一个人的行为一致。没有人会期望友谊破裂,就像没有人会期望婚姻破裂。但婚姻中的法律约束和宗教约束会削弱每天意愿的再确认(daily reaffirmation of the will),而这是友谊的大部分乐趣所在。

  蒙田告诉我们,他的妻子不可能是他的朋友。这不仅仅是因为婚姻关系有着各种各样约束,还因为婚姻并不以其自身为目的。婚姻是为了建立起家庭,是为了生育和教育孩子。这些东西超出甚至胜过在一起(being together)——友谊只意味着在一起——的范畴。在人们看来,家庭这个联合体是为了种族的繁衍,它当中的任何东西都分有着那一原初的必要性。结婚是人的公民义务,但不是人的实现。所有的这些家庭责任都在妨碍人对友谊的基本享受。理智地选择妻子,以及理智地选择妻子或夫妇身上的那些品质,都是为了满足家庭的需要。因此,蒙田在批评家庭时所说的一些话也同样适用于婚姻以及所有由它形成的关系。

  此外,蒙田坚信,朋友的那些伟大德性和魅力不可能在妻子身上找到。他把他对两性关系的批评直接应用到了这里。他进一步认为绝大多数女人没有哲学上的天赋,而正是这种天赋构成了友谊的核心。他承认,如果妻子的德性和朋友的德性可以合一,那种的原初性吸引也可以保持,那么这将会是别处无法找到的最完美的关系。但实际上他似乎认为这是不可能的,并且他似乎承认,他在讨论爱欲关系时所说到的那种较高的爱和较低的爱之间的张力在我们的生活中永远存在。我们必须做出选择并给它们排序。

从中我们可以看出，在婚姻问题上，古典表述和浪漫主义表述——包括我们自己时代的实践——形成了鲜明的比照。我们注意到，不管是在卢梭那里，还是在浪漫主义文学当中，几乎都不存在对以自身为目的的友谊的讨论，同时，几乎也不存在对蒙田笔下的那类朋友的描述，而在古典著作中则充满了这样的描述，从阿基琉斯和帕特洛克罗斯（Patroclus）开始算起。就像我们在讨论奥斯汀时就已看到的，人们一般认为妻子必须也是朋友，但蒙田显然认为，这种观点不但败坏了友谊，而且也败坏了婚姻。因为它会使男女对婚姻产生不切实际的期待，它会做出一些使友谊变得不可能——甚至变得不道德——的安排。归根结底就是一个选择：我们更愿意把我们的时间花在谁身上？我们必须做出选择，如果我们要朋友的话。对蒙田来说，他的妻子显然必须接受他更愿意与朋友待在一起的事实，而这在我们的时代几乎是不可能的。事实上，蒙田是在拉博埃西死后才结的婚，但他并不自称，他的婚姻从任何意义上弥补了他所失去的东西。为了使友谊存在，人们需要有一种罕见的闲暇，并且除此之外，必须对婚姻的基本原则有所限制，不能像我们如今在婚姻和家庭问题上那样专横。蒙田认为现代婚姻是在要求联合一些根本不可能联合的东西，因此才会自我瓦解——除了极少数的例外，在这些例外中，丈夫和妻子都有着极高的、对等的天赋。对我们来说，偏爱朋友胜过伴侣是完全无法忍受的，不管是从快乐的角度还是从德性的角度。这一点完全反映在当代美国的实践当中，在美国，留给朋友的时间很少，也没有为友谊活动提供便利的实际措施。朋友被等同于亲戚朋友，而这在任何意义上都不是蒙田所谓的朋友。在像法国和英国这样的国家里，独立于婚姻和家庭的友谊关系还残存着。俱乐部和咖啡馆都是老熟人见面的地方，但他们几乎不在这些地方见朋友的妻子或孩子。这是两种截然不同的关系，而且它们还很不幸地彼此冲突——除非存在着一种自然的等级秩序，在这种秩序中，一种关系优先于另一种。

不像卢梭提倡男女互补，蒙田向我们展示了"同好"（like to

like)之间的自然吸引。我的这一分析扩展了蒙田所透露出的那种残酷的透彻性——反映在他试图为我们的各种关系定序(put in order)。他对婚姻的最终陈述出现在紧随论友谊之后的一篇文章中。那是就拉博埃西的情诗出版而写给一位伟大女士的某类献词性的东西。蒙田道歉说,虽然这些诗不都是献给她的,但这些诗都充满了"美好而高贵的热情"。其他诗是拉博埃西后来为了结婚写给他妻子的,但这些诗已经透露出几分难以名状的夫妻间的冷漠(页145)。

最终,蒙田讨论了他所谓的"希腊人的选择"(或曰希腊人的放纵),那种"为我们的基督教道德所正当地厌弃的选择"(138)。尽管如此,他还是平心静气地讨论了它。他对娈童习俗的描述几乎完全取自泡萨尼阿斯在《会饮》里的演说。泡萨尼阿斯的演说在我论《会饮》的部分会讲到,在这里我也不打算概括蒙田对那一演说的概括。他在一个年长者对一个少年的爱欲吸引中看到了种种困难。他并没有用《圣经》里的理由来谴责这一吸引,也没有把它当作违反自然的事对待。他反对娈童的根本原因在于,巨大的年龄差距意味着年长者和少年之间的吸引必然是一种肉体吸引而非灵魂吸引。苏格拉底只在阿尔西比亚德成熟了一点以后,只在真正的娈童者放弃了阿尔西比亚德之后,才和他说话,这意味着苏格拉底同意蒙田对娈童习俗的批评。但蒙田承认,隐含在希腊人的娈童习俗当中的理型(ideal)正是友谊,并且至少在一些十分罕见的例子中,这种吸引可能日积月累地发展成友谊。因此他的谴责所针对的只是部分。蒙田总结道:"总之,所有有利于学园(Academy)的观点可以归结为:这是一种以友谊为目的的爱。这一点和廊下派关于爱情的定义大体吻合:'爱情是一种获得友谊的尝试,当某人的外貌吸引我们时,我们就想得到他的友谊。'[西塞罗]"(页139)蒙田完全不是在规定希腊人的爱,但这是在他讨论的关系中唯一一种不与友谊相违背的关系,并且这种关系——不管多么不完美——将男女之间的合法爱欲与友谊联系到了一起。

在审视了其他的人类情感关系之后,蒙田可以带着诗意地回到他的朋友拉博埃西:

> 此外,我们通常所谓的友谊,仅仅只是人与人之间的相识和熟悉,这类关系因偶然或方便——当然,灵魂的相通也有赖于此——而缔结。在我所说的友谊中,我们的灵魂互相融合,并且融合得如此天衣无缝,以至于再也找不到融合之处。如果有人非要我说出我为什么喜欢他,我觉得这无法说清楚,只能说:"因为是他,因为是我。"(页139)

这两个人之间的吸引力已经超出了理性解释的范畴。但这并不意味着,他们的关系不是主要建立在对彼此理性的分享之上。被亚里士多德称作自然"神性"(the demonic)的那一面掌控着他们,并把他们撮合到了一起。① 对卢梭来说,吸引意味着情感或激情压倒算计和个体理性,而对蒙田来说,理性自身就是一种激情,这种激情可以在灵魂之间激起无法抗拒的吸引力。他和那位多少比他年长的朋友沉迷于彼此,并且——再重复一次我所说过的——他们克服了自我与他者之间,或者你和我之间的那种区分。在这里,"我们"先于"我",也先于"你","我们"不再是"我"和"你"的衍生。蒙田说,他从未从这位朋友的死当中恢复过来,他将以一个残缺之人(a half man)的形式度过他的余生。是朋友使他成为一个整全的人。单独的一个人不足以获得幸福,只有一个朋友可以使他整全。这一观点必须和另一个蒙田所知甚多的作者——奥古斯丁——的观点相对照。在奥古斯丁的《忏悔录》里,奥古斯丁说到了他朋友的死,说到了他是多么伤心欲绝。但在那几乎是致命的伤口痊愈之后,他坚信,他要为朋友的死感到高兴。这是因为,友谊在两个朋友之间培养起了一种幻觉性的自足,而除了献身上帝,人无法真正自足。友

---

① 亚里士多德,《论睡眠中的征兆》(*On Prophecy in Sleep*),463b14–15。

谊是有毒害作用的,因为它不虔敬。人的爱只能献给上帝。① 蒙田和奥古斯丁都承认,就幸福而言,人自身是不完整或不完满的,并且他们都教导说,人必须去寻找那一会使他变得完整的存在者。但蒙田重申了纯粹人类联合(purely human couple)的自足性,在这一点上他反对奥古斯丁。这对一个人文主义者来说是完全恰当的。

---

① 奥古斯丁,《忏悔录》,卷4,章4-9;另见《上帝之城》,卷19,章8-9。

尾声:爱与友谊

　　爱是需要,是渴望,是意识到自己的不完整。它是灵魂的一种激情,这种激情明显牵涉肉体,并且指向两个人的结合——不管这种结合是多么不易。爱是一种让人自知(self-aware)的忘我,是一种使理性地审视自我成为可能的无理性。它产生痛苦,也产生那些最令人感到狂喜的快乐。它提供关于美好之物和生活之甜美的原初体验。它包含着强有力的幻觉。它也许会被全然当作幻觉,但它所产生的那些影响却不是幻觉。爱可以在没有原则或没有义务要求的情况下,以最直接的方式产生最惊人的行为。爱人(lover)知道美的价值,他也知道他只身一人——也许根本——无法活得好。他知道他是不自足的。爱人最清楚地表现了人与生俱来的不完美以及他对完美的寻求。

　　在这个意义上,朋友也与爱人相似,因为他也意识到了自己的不完整,意识到为了变得完整,他必须排他性地依附于另一个人。友谊对于需要(demands)也很专横,但友谊的体验往往更温和、更节制,没有那种疯狂。友谊——不像爱——必然是互惠的。你可以爱一个不爱你的人,但你不能做一个不是你朋友的人的朋友。与爱人相关的是被爱者,而与朋友相关的是朋友。爱扎根于肉体,几乎每一个人都体验过它的一些感觉——即便不是它的本质。因为各种原因,看起来更加容易的友谊事实上更为罕见。它所产生的快乐完全是精神性的,并且它要求的自我战胜(self-overcomings)并未受到肉体激情的推动。朋友的外表无关紧要,但爱人的外表却十分重要,它是爱的重要组成部分。爱在很大程度上意味着注视被爱者,而友谊在很大程度上意味着与朋友交谈。满足来自彼此之间的赞赏和这种赞赏所带来的自尊心的满足。在所有试图比较爱与友谊对严肃生活的相对重要性的尝试中，不同种类、不同程度的肉体参与都可以被视作是它们各自的优势。爱牵涉到我们的整全，而友谊则超越了单纯肉体的需要，它可以被视作专属于人的东西。

不管人们如何选择，如何排序，并且每一个严肃的人到了一定时候都得仔细考虑这个问题，爱与友谊都是极好的东西，都是人性的巅峰，都是人生终极目标的合理选项。一个人能够去爱或者能够拥有友谊都说明这个人拥有卓越而丰厚的自然本性，而当我们在生活中或艺术中见到爱与友谊，它们总能引起我们的同感。它们见证了一种豁达的存在（an expansive being）——这种存在在追求自身幸福的同时也把别人的幸福视为己任。在这样的人身上，快乐之物与高贵之物的永恒张力似乎消失了。爱人或朋友会做他的激情最想做的事，而在做这件事的过程中，他也使爱人或朋友从中获益。

因为这个原因，爱与友谊不仅吸引着每一个人，也恭维着我们，因为它让我们自我感觉良好。它们似乎是最自由的活动，因为它们完全建立在选择之上，并且它们无法提供除它们自身以外的好处。它们无需通过法律和理论就能显出它们的可贵。尽管它们爱好理性，但它们从不算计。它们往往开始于直接而深刻地意识到对象的值得欲求性（desirability）。就把我们引向那些看起来好的东西（apparent good）而言，饥饿感与性欲是相似的，但它们纯粹是动物性的，它们与它们的对象之间不构成道德，而如果没有使其对象受益的意愿，爱与友谊是绝不可能的。爱与友谊仅仅属于人类，它们与人类的灵性（spirituality）不可分割。它们指向某种对共同体的简单需求，以及某种形成共同体的能力。饥饿与性，甚至当它们利用了其他一些人时，它们也不产生对这些人的关心。因此，要成为一个朋友或爱人，我们必须以某种方式超越我们最需要的那种需要，超越那些最利己的激情。奇妙的是，对爱人和朋友来说，做到这一切几乎不费吹灰之力。因为这遵循了事物的自然本性。

因为这个原因，爱与友谊超越了正义。要让爱与友谊如其所是地存在,不需要什么契约,也无需区分你我。对方的善是被意愿的,并且如果存在收益上的不平等,那么这种不平等也一定是因为双方想要给得更多,而非想要得到更多。我们很难想象这种情况,即把某个人带上法庭,强迫他成为我们的朋友或爱人。政治上的正义(Political justice)只是试图在更大的人群中通过赏罚形成某种近似于朋友和爱人无需赏罚就能形成的联系。当我们这样说爱与友谊的时候,爱与友谊就好像完全是理想主义的(idealistic)。但爱与友谊就是那样,它们意味着结合。我们只需思考片刻就会得出,如果在一对夫妻之间需要引入赏和罚,那他们就不是朋友或爱人,他们只是合伙人(associates)。爱与友谊必然也都带着德性的概念,没有德性的概念,爱与友谊就是不可能的。它们要求一种信任。对那些不相信这些概念在现实中存在的人来说,这种信任是大胆的、疯狂的。在商业关系和国际关系中,这样的信任确实是疯狂的,因为在那里不存在真正的共同善。但如果没有基础良好的信任,就不存在真正的爱或友谊,存在的仅仅是对它们的各种模仿。一旦这样的信任开始动摇,爱与友谊要么退化成暴君式的妒忌,要么失去其所有的深沉和真实。如果我们无法相信这样的德性和信任,那么爱与友谊就得被解释成更简单、更低级的原因共同作用所产生的结果。我怕这样的还原论就是现代解读所采纳的方向,因为从本质上说,现代解读不相信更高级现象的单独存在,相反地,它试图为人之联合找到生物上、经济上、神经上或者追求权力意义上的(power-seeking)原因,但这样一来,那些现象本身的丰富性和魅力也被剥夺了。

  但是,爱和友谊的理念依然留在大众话语(popular discourse)中。当我们说,"她只对他的钱感兴趣",或者"为了他的前途,他交了些有用的朋友",或者发表了其他类似的评论,我们脑子里想到的都是那些更完美的关系,它们是我们识别那些不那么完美的关系时所参考的标准。只有意识到高的东西,低的东西才能被如其所是地理解。那种意识对人而言是天生的,它是使人有能力看清人类世界、有能力判断人的动机以及理智而感性地引领他过完一生的基础。受低等动机主导的人怀疑高等动机的存在,但当他们妒忌朋友和爱人时,他们是在向那些高等动机致敬。以某种方式,他们知道看到另一可敬之人或者陪伴另一可敬之人时的喜悦(delight)是存在的,知道使其他快乐黯然失色并让义务都显得有些多余的喜悦是存在的。令人遗憾的是,他们太过匆忙,以至于无法让自己向其敞开。

然而我们必须记住,尽管我们中的大多数人对爱与友谊有一种偏爱的倾向,但它们也有问题。爱与友谊是自由与必然的奇怪组合。它们牵涉到免于履行国家和家庭对义务和忠诚的那些一般要求的自由。它们生来就不受种族、宗教或国籍的限制,它们实现了世界主义的理想。许多伟大爱情故事的主人公都来自敌国,并且几乎所有这些故事都牵涉某种与习俗或习俗权威的冲突。真爱似乎总是对自然,对自然之美和自然德性的一次发现。而友谊则更是如此,因为它甚至对公民社会提出的生育孩子的要求置若罔闻,并且它也不包含任何诸如婚姻合法契约之类的东西。它全然依靠自己。它确实不知道什么家庭、国家,因此它经常遭到这两者的严重怀疑。我们必定还记得,苏格拉底因受到父亲们的指控——他们觉得,他们的孩子自从和苏格拉底做了朋友,就被他败坏了——而被审判和处决。因为人们认为,这些孩子爱苏格拉底更多,而爱他们的父亲更少。以自身为目的的友谊并不适合事物的既定秩序,因为它自己为自己立法(a law unto itself),这种法无法简单地从公民法或神法中推导出来。激情的爱是反对法律、反对习俗的(antinomian),但家庭与政体却试图驯化它,因为它对它们十分重要。但它却是一个不可靠的伙伴。爱能导致孩子的产生,如果这个孩子的降生并未得到家庭和政体的祝福,那么就会遭到它们的唾弃,但这却不是必然的,因为有如此多的爱情故事是关于那些不想要孩子或者为了他们的爱而遗弃孩子的人的。并且,很多孩子也不是严格意义上的爱的结晶。生育和爱在它们共同的器官上组成了让人困窘的一对(an uneasy pair)。

爱与友谊中的必然性也是自然的必然性。一旦来到这个世界，我们不受其他所有限制，但是被爱者或朋友那操控着我们整个存在（our whole being）的力量却不容许通常意义上的自由选择，并且这里似乎不牵涉意愿的问题。我们仅仅是走进了一个磁场，然后就被它牢牢地吸引住了。我们不是推动者，我们是被推动者。我们也许很幸运地吸引了那个我们被其吸引的人，但他或她被吸引的原因也和我们一样，绝非是受到了我们意愿的推动。那些吸引我们的对象绝不是我们想象力的虚构——不管有多少想象或许装饰着他们。他们是为我们所需的真实的人，和他们的结合会让我们变得完整，会治愈那些因与他们分开而造成的创伤。这些就是灵魂体验到的危险而激动人心的东西，和这些体验相比，其他所有东西都会黯然失色。

爱与友谊不会从那些卑微的激情（petty passions）中产生，但它们却导致了一种不会被轻易容忍的自足。所有社会的结构都是由个体的需要所织就的，正是那些需要把他们和社会紧紧绑在了一起。而真正的爱人或朋友是由那些特殊的需要所组成的，他们的在一起趋向于将他们和共同体的其他成员分开。爱人和朋友不可避免地会显得对统治者和家庭不忠，并且会受到诸如"自我放纵"的指控。那些自私的个体则较少受到怀疑，并且精明如霍布斯者会认为，他们比那些受更高激情支配的、不仅仅关心自保和舒适的人更容易被整合进社会，也更容易被社会控制。如果在爱与友谊中存在着节制，那么这种节制一定不是庸俗之人出于安全考虑而支持的那种节制。

同一个人是否可以既充当激情的爱人，又充当真挚的朋友？这个问题甚至让爱与友谊变得更成问题。爱与友谊都要求忠诚与排他，而这一要求很有可能使它们相互冲突。那么，我们应该选择哪一个？它们中的每一个都可以声称自己是更高的东西。恋爱中的男人或女人或许有一个朋友，但我们很难让一个爱人成为那个朋友的朋友。为什么爱人不可以也是朋友？也许可以，但这比我们平常认为的还要困难,原因经过这本书的讲解应该已经清楚。不管怎样,爱与友谊提出了无法轻易分开的共同需求。对于这个问题,不存在教条式的解决办法,只有生活能教导一个完整的人——一个有能力得到爱与友谊的人——如何解决这个问题。但理解爱与友谊的多层体验(manifold experiences)是认识自我的关键。

图书在版编目（CIP）数据

爱的设计：卢梭与浪漫派/(美)阿兰·布鲁姆(Allan Bloom)著；胡辛凯译. — 北京：华夏出版社，2017.1（2018.6 重印）

（西方传统：经典与解释）

ISBN 978-7-5080-9010-8

Ⅰ.①爱… Ⅱ.①阿… ②胡… Ⅲ.①卢梭(Rousseau, Jean Jacques 1712-1778)—浪漫主义—文学研究 Ⅳ.①I565.064

中国版本图书馆 CIP 数据核字(2016)第 260053 号

爱的设计——卢梭与浪漫派

著　　者　[美]阿兰·布鲁姆
译　　者　胡辛凯
责任编辑　马涛红
责任印制　刘　洋

出版发行　华夏出版社
经　　销　新华书店
印　　刷　北京汇林印务有限公司
装　　订　北京汇林印务有限公司
版　　次　2017 年 1 月北京第 1 版
　　　　　2018 年 6 月北京第 2 次印刷
开　　本　880×1230　1/32
印　　张　10.75
字　　数　300 千字
定　　价　59.00 元

华夏出版社　地址：北京市东直门外香河园北里 4 号　邮编：100028
网址：www.hxph.com.cn　电话：(010)64663331(转)

若发现本版图书有印装质量问题，请与我社营销中心联系调换。

西方传统：经典与解释
Classici et Commentarii
HERMES
刘小枫◎主编

古今丛编

孟德斯鸠的自由主义哲学
——《论法的精神》疏证　[美]潘戈 著
莫尔及其乌托邦　[德]考茨基 著
试论古今革命　[法]夏多布里昂 著
但丁：皈依的诗学　[美]弗里切罗 著
在西方的目光下　[英]康拉德 著
大学与博雅教育　董成龙 编
探究哲学与信仰
——基尔克果与苏格拉底　[美]郝岚 著
民主的本性
——托克维尔的政治哲学　[法]马南 著
梅尔维尔的政治哲学
——《切雷诺》及其解读　李小均 编/译
席勒美学的哲学背景　[美]维塞尔 著
果戈里与鬼　[俄]梅列日科夫斯基 著
自传性反思　[美]沃格林 著
黑格尔与普世秩序　[美]希克斯 等著
新的方式与制度
——马基雅维利的《论李维》研究
[美]曼斯菲尔德 著
科耶夫的新拉丁帝国　[法]科耶夫 等著
《利维坦》附录　[英]霍布斯 著
或此或彼（上、下）　[丹麦]基尔克果 著
海德格尔式的现代神学　刘小枫 选编
双重束缚　[法]基拉尔 著
古今之争中的核心问题
——施米特的学说与施特劳斯的论题　[德]迈尔 著
论永恒的智慧　[德]苏索 著
宗教经验种种　[美]詹姆斯 著
尼采反卢梭　[美]凯斯·安塞尔-皮尔逊 著
舍勒思想评述　[美]弗林斯 著
诗与哲学之争　[美]罗森 著
神圣与世俗　[罗]伊利亚德 著

但丁的圣约书　[美]霍金斯 著

古典学丛编

探究希腊人的灵魂　[美]戴维斯 著
尤利安文选　马勇 编/译
论月面　[古罗马]普鲁塔克 著
雅典谐剧与逻各斯
——《云》中的修辞、谐剧性及语言暴力
[美]奥里根 著
莱园哲人伊壁鸠鲁　罗晓颖 选编
《劳作与时日》笺释　吴雅凌 撰
希腊古风时期的真理大师　[法]德蒂安 著
古罗马的教育　[英]葛怀恩 著
古典学与现代性　刘小枫 编
表演文化与雅典民主政制
[英]戈尔德希尔、奥斯本 编
西方古典文献学发凡　刘小枫 编
古典语文学常谈　[德]克拉夫特 著
古希腊文学常谈　[英]多佛 等著
撒路斯特与政治史学　刘小枫 编
希罗多德的王霸之辨　吴小锋 编/译
第二代智术师
——罗马帝国早期的文化现象　[英]安德森 著
英雄诗系笺释　[古希腊]荷马 著
统治的热望
——修昔底德笔下的阿尔喀比亚德和帝国政治
[美]福特 著
论埃及神学与哲学
——伊希斯与俄赛里斯　[古希腊]普鲁塔克 著
凯撒的剑与笔　李世祥 编/译
伊壁鸠鲁主义的政治哲学
[意]詹姆斯·尼古拉斯 著
修昔底德笔下的人性　[美]欧文 著
修昔底德笔下的演说　[美]斯塔特 著
古希腊政治理论　[美]格雷纳 著
神谱笺释　吴雅凌 撰
赫西俄德：神话之艺
[法]居代·德·拉孔波 等著
赫拉克勒斯之盾笺释　罗逍然 译笺

《埃涅阿斯纪》章义　王承教 选编
维吉尔的帝国　[美]阿德勒 著
塔西佗的政治史学　曾维术 编

古希腊诗歌丛编
古希腊早期诉歌诗人　[英]鲍勒 著
诗歌与城邦　[美]费拉格、纳吉 主编
阿尔戈英雄纪（上、下）
[古希腊]阿波罗尼俄斯 著
俄耳甫斯教祷歌　吴雅凌 编译
俄耳甫斯教辑语　吴雅凌 编译

古希腊肃剧注疏集
希腊肃剧与政治哲学　[美]阿伦斯多夫 著

古希腊礼法
希腊人的正义观　[英]哈夫洛克 著

廊下派集
廊下派的神和宇宙　[墨]里卡多·萨勒斯 编
廊下派的城邦观　[英]斯科菲尔德 著

希伯莱圣经历代注疏
希腊化世界中的犹太人　[英]威廉逊 著
第一亚当和第二亚当　[德]朋霍费尔 著

新约历代经解
属灵的寓意　[古罗马]俄里根 著

基督教与古典传统
加尔文与现代政治的基础　[美]汉考克 著
无执之道
——埃克哈特神学思想研究　[德]文森 著
恐惧与战栗　[丹麦]基尔克果 著
托尔斯泰与陀思妥耶夫斯基
[俄]梅列日科夫斯基 著
论宗教大法官的传说　[俄]罗赞诺夫 著
海德格尔与有限性思想（重订版）
刘小枫 选编
上帝国的信息　[德]拉加茨 著
基督教理论与现代　[德]特洛尔奇 著
亚历山大的克雷芒　[意]塞尔瓦托·利拉 著
中世纪的心灵之旅
——波纳文图拉神学著作选　[意]圣·波纳文图拉 著

德意志古典传统丛编
彭忒西勒亚　[德]克莱斯特 著
穆佐书简　[奥]里尔克 著
纪念苏格拉底——哈曼文选　刘新利 选编
夜颂中的革命和宗教
——诺瓦利斯选集卷一　[德]诺瓦利斯 著
大革命与诗话小说
——诺瓦利斯选集卷二　[德]诺瓦利斯 著
黑格尔的观念论　[美]皮平 著
浪漫派风格——施勒格尔批评文集　[德]施勒格尔 著

美国宪政与古典传统
美国1787年宪法讲疏　[美]阿纳斯塔普罗 著

世界史与古典传统
从普遍历史到历史主义　刘小枫 编

启蒙研究丛编
现实与理性　[法]科维纲 著
论古人的智慧　[英]培根 著
托兰德与激进启蒙　刘小枫 编
图书馆里的古今之战　[英]斯威夫特 著

品达注疏集
幽暗的诱惑
——品达、晦涩与古典传统　[美]汉密尔顿 著

欧里庇得斯集
自由与僭越
——欧里庇得斯《酒神的伴侣》绎读　罗峰 编译

阿里斯托芬集
《阿卡奈人》笺释　[古希腊]阿里斯托芬 著

色诺芬注疏集
居鲁士的教育　[古希腊]色诺芬 著
色诺芬的《会饮》　[古希腊]色诺芬 著

柏拉图注疏集
柏拉图书简　彭磊 译著
哲学的奥德赛——《王制》引论　[美]郝兰 著
爱欲与启蒙的迷醉
——论柏拉图的《会饮》　[美]贝尔格 著
为哲学的写作技艺一辩
——《斐德若》疏证　[美]伯格 著

柏拉图式的迷宫——《斐多》义疏 [美]伯格 著
哲学如何成为苏格拉底式的 [美]朗佩特 著
苏格拉底与希琵阿斯 王江涛 编译
理想国 [古希腊]柏拉图 著
谁来教育老师——《普罗塔戈拉》发微 刘小枫 编
立法者的神学
——柏拉图《法义》卷十绎读 林志猛 编
柏拉图对话中的神 [法]薇依 著
厄庇诺米斯 [古希腊]柏拉图 著
智慧与幸福
——柏拉图的《厄庇诺米斯》 程志敏 选编
论柏拉图对话 [德]施莱尔马赫 著
柏拉图《美诺》疏证 [美]克莱因 著
政治哲学的悖论
——苏格拉底的哲学审判 [美]郝岚 著
神话诗人柏拉图 张文涛 选编
阿尔喀比亚德 [古希腊]柏拉图 著
叙拉古的雅典异乡人
——柏拉图《书简七》探幽 彭磊 选编
阿威罗伊论《王制》 [阿拉伯]阿威罗伊 著
《王制》要义 刘小枫 选编
柏拉图的《会饮》 [古希腊]柏拉图 等著
苏格拉底的申辩（修订版） [古希腊]柏拉图 著
苏格拉底与政治共同体 [美]尼柯尔斯 著
政制与美德——柏拉图《法义》疏解 [美]潘戈 著
《法义》导读 [法]卡斯代尔·布舒奇 著
论真理的本质 [德]海德格尔 著
哲人的无知 [德]费勃 著
米诺斯 [古希腊]柏拉图 著

亚里士多德注疏集

亚里士多德《政治学》中的教诲 [美]潘戈 著
品格的技艺 [美]加佛 著
亚里士多德哲学的基本概念 [德]海德格尔 著
《政治学》疏证 [意]托马斯·阿奎那 著
尼各马可伦理学义疏
——亚里士多德与苏格拉底的对话 [美]伯格 著
哲学之诗
——亚里士多德《诗学》解诂 [美]戴维斯 著

对亚里士多德的现象学解释 [德]海德格尔 著
城邦与自然——亚里士多德与现代性 刘小枫 编
论诗术中篇义疏 [阿拉伯]阿威罗伊 著
哲学的政治
——亚里士多德《政治学》疏证 [美]戴维斯 著

普鲁塔克集

普鲁塔克的《对比列传》 [英]达夫 著
普鲁塔克的实践伦理学 [比利时]胡芙 著

阿尔法拉比集

政治制度与政治箴言 阿尔法拉比 著

莎士比亚绎读

莎士比亚的历史剧 [英]蒂利亚德 著
莎士比亚戏剧与政治哲学 彭磊 选编
莎士比亚的政治盛典 [美]阿鲁里斯/苏利文 编
丹麦王子与马基雅维利 罗峰 选编

洛克集

上帝、洛克与平等 [美]沃尔德伦 著

卢梭集

论哲学生活的幸福 [德]迈尔 著
致博蒙书 [法]卢梭 著
政治制度论 [法]卢梭 著
哲学的自传
——卢梭的《孤独漫步者的遐思》 [美]戴维斯 著
文学与道德杂篇 [法]卢梭 著
设计论证
——卢梭的《社会契约论》 [美]吉尔丁 著
卢梭的自然状态 [美]普拉特纳 等著
卢梭的榜样人生
——作为政治哲学的《忏悔录》 [美]凯利 著

莱辛注疏集

汉堡剧评 [德]莱辛 著
关于悲剧的通信 [德]莱辛 著
《智者纳坦》研究版 [德]莱辛 等著
启蒙运动的内在问题
——莱辛思想再释 [美]维塞尔 著
莱辛剧作七种 [德]莱辛 著
历史与启示——莱辛神学文选 [德]莱辛 著

论人类的教育
——莱辛政治哲学文选　[德]莱辛 著

尼采注疏集
尼采引论　[德]施特格迈尔 著

尼采与基督教
——尼采的《敌基督》论集　刘小枫 编

尼采眼中的苏格拉底　[美]丹豪瑟 著

尼采的使命
——《善恶的彼岸》绎读　[美]朗佩特 著

尼采与现时代
——解读培根、笛卡尔与尼采　[美]朗佩特 著

动物与超人之间的绳索　[德]A.彼珀 著

施特劳斯集
原著
论僭政（重订本）——色诺芬《希耶罗》义疏
[美]施特劳斯 [法]科耶夫 著

苏格拉底问题与现代性（增订本）
——施特劳斯讲演与论文集：卷二

犹太哲人与启蒙
——施特劳斯演讲与论文集：卷一

霍布斯的宗教批判

斯宾诺莎的宗教批判

门德尔松与莱辛

哲学与律法——论迈蒙尼德及其先驱

迫害与写作艺术

柏拉图式政治哲学研究

论柏拉图的《会饮》

柏拉图《法义》的论辩与情节

什么是政治哲学

古典政治理性主义的重生（重订本）

回归古典政治哲学——施特劳斯通信集

苏格拉底与阿里斯托芬

研究作品
论源初遗忘
——海德格尔、施特劳斯与哲学的前提
[美]维克利 著

政治哲学与启示宗教的挑战　[德]迈尔 著

阅读施特劳斯　[美]斯密什 著

施特劳斯与流亡政治学　[美]谢帕德 著

隐匿的对话
——施米特与施特劳斯　[德]迈尔 著

驯服欲望
——施特劳斯笔下的色诺芬撰述　[法]科耶夫 等著

施米特集
宪法专政
——现代民主国家中的危机政府　[美]罗斯托 著

施米特对自由主义的批判　[美]约翰·麦考米克 著

伯纳德特集
古典诗学之路（第二版）
——相遇与反思：与伯纳德特聚谈　[美]伯格 编

弓与琴（重订本）
——从柏拉图解读《奥德赛》　[美]伯纳德特 著

神圣的罪业　[美]伯纳德特 著

布鲁姆集
巨人与侏儒（1960-1990）

人应该如何生活——柏拉图《王制》释义

爱的设计——卢梭与浪漫派

爱的戏剧——莎士比亚与自然

爱的阶梯——柏拉图的《会饮》

伊索克拉底的政治哲学

沃格林集
自传体反思录　[美]沃格林 著

大学素质教育读本
古典诗文绎读 西学卷·古代编（上、下）

古典诗文绎读 西学卷·现代编（上、下）

中国传统：经典与解释
Classici et Commentarii

娄亚备率

刘小枫 陈少明 ◎ 主编

论语说义 / [清]宋翔凤 撰
周易古经注解考辨 / 李炳海 著
浮山文集 / [明]方以智 著
药地炮庄 / [明]方以智 著
药地炮庄笺释·总论篇 / [明]方以智 著
青原志略 / [明]方以智 编
冬灰录 / [明]方以智 著
冬炼三时传旧火 / 邢益海 编
《毛诗》郑王比义发微 / 史应勇 著
宋人经筵诗讲义四种 / [宋]张纲 等撰
道德真经藏室纂微篇 / [宋]陈景元 撰
道德真经四子古道集解 / [金]寇才质 撰
皇清经解提要 / [清]沈豫 撰
经学通论 / [清]皮锡瑞 著
松阳讲义 / [清]陆陇其 著
起凤书院答问 / [清]姚永朴 撰
周礼疑义辨证 / 陈衍 撰
《铎书》校注 / 孙尚扬 肖清和 等校注
韩愈志 / 钱基博 著
论语辑释 / 陈大齐 著
《庄子·天下篇》注疏四种 / 张丰乾 编
荀子的辩说 / 陈文洁 著
古学经子 / 王锦民 著
经学以自治 / 刘少虎 著
从公羊学论《春秋》的性质 / 阮芝生 撰

刘小枫集

以美为鉴：注意美国立国原则的是非未定之争
海德格尔与中国
古典学与古今之争〔增订本〕
这一代人的怕和爱〔第三版〕
沉重的肉身〔珍藏版〕
圣灵降临的叙事〔增订本〕
罪与欠
儒教与民族国家
拣尽寒枝
施特劳斯的路标
重启古典诗学
共和与经纶
设计共和
现代性与现代中国：现代性社会理论绪论
诗化哲学〔重订本〕
拯救与逍遥〔修订本〕
走向十字架上的真
卢梭与我们
西学断章
现代人及其敌人
好智之罪：普罗米修斯神话通释
民主与爱欲：柏拉图《会饮》绎读
民主与教化：柏拉图《普罗塔戈拉》绎读
巫阳招魂：《诗术》绎读

编修〔博雅读本〕

凯若斯：古希腊语文读本〔全二册〕
古希腊语文学述要
雅努斯：古典拉丁语文读本
古典拉丁语文学述要
危微精一：政治法学原理九讲
琴瑟友之：钢琴与古典乐色十讲

经典与解释辑刊

1. 柏拉图的哲学戏剧
2. 经典与解释的张力
3. 康德与启蒙
4. 荷尔德林的新神话
5. 古典传统与自由教育
6. 卢梭的苏格拉底主义
7. 赫尔墨斯的计谋
8. 苏格拉底问题
9. 美德可教吗
10. 马基雅维利的喜剧
11. 回想托克维尔
12. 阅读的德性
13. 色诺芬的品味
14. 政治哲学中的摩西
15. 诗学解诂
16. 柏拉图的真伪
17. 修昔底德的春秋笔法
18. 血气与政治
19. 索福克勒斯与雅典启蒙
20. 犹太教中的柏拉图门徒
21. 莎士比亚笔下的王者
22. 政治哲学中的莎士比亚
23. 政治生活的限度与满足
24. 雅典民主的谐剧
25. 维柯与古今之争
26. 霍布斯的修辞
27. 埃斯库罗斯的神义论
28. 施莱尔马赫的柏拉图
29. 奥林匹亚的荣耀
30. 笛卡尔的精灵
31. 柏拉图与天人政治
32. 海德格尔的政治时刻
33. 荷马笔下的伦理
34. 格劳秀斯与国际正义
35. 西塞罗的苏格拉底
36. 基尔克果的苏格拉底
37. 《理想国》的内与外
38. 诗艺与政治
39. 律法与政治哲学
40. 古今之间的但丁
41. 拉伯雷与赫尔墨斯秘学
42. 柏拉图与古典乐教
43. 孟德斯鸠论政制衰败
44. 博丹论主权
45. 道伯与比较古典学
46. 伊索寓言中的伦理
47. 斯威夫特与启蒙
48. 赫西俄德的世界
49. 洛克的自然法辩难